**Imigrantes Judeus /
Escritores Brasileiros**

Coleção Estudos
Dirigida por J. Guinsburg

Equipe de realização – Revisão: Ingrid Basílio; Sobrecapa: Plinio Martins Filho e Tomás Bolognani Martins; Produção: Ricardo W. Neves e Adriana Garcia.

Esta obra mereceu o apoio do Projeto Cultural do Banco Safra, cujo patrocínio possibilitou a presente edição.

Livro publicado sob os auspícios da Associação Universitária de Cultura Judaica, presidida pelo Sr. Leon Feffer.

Regina Igel

IMIGRANTES JUDEUS/ ESCRITORES BRASILEIROS

O COMPONENTE JUDAICO NA LITERATURA BRASILEIRA

Dados Internacionais de Catalogação na Publicação (CIP)
(Câmara Brasileira do Livro, SP, Brasil)

Igel,Regina
  Imigrantes judeus / Escritores brasileiros : o componente judaico na literatura brasileira / Regina Igel ; [prefácio Rubes Ricupero] . -- São Paulo : Perspectiva : Associação Universitária de Cultura Judaica : Banco Safra, 1997 . -- (Coleção estudos ; 156)

  ISBN 85-273-0129-6 (Perspectiva)

  1. Judeus – Brasil 2. Judeus na literatura 3. Literatura brasileira – Escritores judeus 4. Literatura judaica I. Ricupero, Rubens. II. Título. III. Série.

97-4598   CDD-869.98

Índices para catálogo sistemático:

1. Escritores judeus : Análise crítica : Literatura brasileira   869.98

Direitos reservados à
EDITORA PERSPECTIVA S.A.
Avenida Brigadeiro Luís Antônio, 3025
01401-000 – São Paulo – SP – Brasil
Fone: (011) 885-8388
Fax: (011) 885-6878
1997

Para Moisés e Saloméa (Lúcia) Igel,
meus pais.

In Memoriam
Josef Lazarusz Feuer,
meu tio

Sumário

AGRADECIMENTOS XV
PREFÁCIO – *Rubens Ricupero* XVII
INTRODUÇÃO XXXV

1. O Componente Judaico na Literatura Brasileira: Temática, História e Periodização 1
   A Temática Judaica nas Letras Brasileiras 1
   Personagens Judeus, Escritores Não-judeus 5
   A Conscientização do Escritor Brasileiro Judeu 7
   História e Periodização da Escrita Brasileira Judaica 8
   Período Colonial 9
   Período Independente 21
   Processo Republicano – A Dinâmica Literária Contemporânea 28

2. Memórias do Espaço Rural 33
   No Campo das Memórias 33
   Memórias Rurais: Características e Limites 37
   A Trajetória Memorialista Judaica Rural no Brasil 39

3. Memórias do Espaço Urbano 75
   Moradia e Trabalho 76
   Perfil dos Primeiros Moradores do "Bairro Judeu" 77
   Formas de Registros Mnemônicos 78
   Características da Memória Urbana 80
   Depoimentos 101
   Ficção 105

4. Aculturação e Assimilação 129
   Pontos de Vista Não-Judaicos 134
   Pontos de Vista Judaicos 142

5. Marginalidade e Sionismo 163
   Marginalidade e Anti-Semitismo 163
   Anti-Semitismo no Brasil 167
   Aspectos de Anti-Semitismo na Literatura Brasileira 174
   Marginalidade e Anti-Semitismo na Literatura Brasileira Judaica 175
   O Sionismo nas Letras Brasileiras Judaicas 206

6. Memórias do Holocausto 211
   Temas Bélicos na Literatura Brasileira 212
   Judeus no Brasil e a Segunda Guerra Mundial 215
   O Tema Holocausto no Imaginário Brasileiro 219

7. Do Passado ao Presente: A literatura pós-imigração 249
   Literatura Pós-Imigração 251

Agradecimentos

Aos agradecimentos disseminados ao longo das notas de rodapé, quero adicionar meu reconhecimento às instituições e pessoas que, no decorrer dos últimos anos, deram-me inestimável apoio para a composição deste livro.

À Universidade de Maryland (Department of Spanish and Portuguese, International Affairs Office, General Research Board, Meyerhoff Center for Jewish Studies); e ao Programa Fulbright-Hays dos Estados Unidos, por possibilitarem minhas pesquisas, em suas diversas fases, em várias regiões do Brasil.

À Universidade de São Paulo, Associação Universitária de Cultura Judaica, Fundação Armando Álvares Penteado e aos estudantes do curso "O Componente Judaico na Literatura Brasileira" (1986), por seu interesse e entusiasmo; ao Professor Dr. Jacó Guinsburg (Universidade de São Paulo) e ao imigrante-empresário Sr. Leon Feffer, pelos apoios acadêmico e cultural à realização das aulas e palestras sobre o tema supracitado.

Ao Professor Dr. Dov Noy (professor emérito de literatura e folclore judaicos, Universidade Hebraica de Jerusalém), inspiração e exemplo de altruísmo profissional, pelo uso irrestrito de sua extraordinária biblioteca e por sua generosa atenção a alguns dos temas desenvolvidos neste livro.

A Sultana Levy Rosenblatt e Martin Rosenblatt (Belém do Pará e Virginia, EUA), enciclopédicos conhecedores da história judaica universal e do Brasil, a quem recorri infinitas vezes, para ser copiosamente agraciada com referências e informações.

A Frieda Wolff e Egon Wolff (*in memoriam*), pelas inúmeras e carinhosas acolhidas no Rio de Janeiro, que tanto me enriqueceram humana e culturalmente.

A Julieta de Godoy Ladeira e Fábio Lucas, pelo interesse e estímulo.

A Dona Sara (*in memoriam*), por sua presença em minha vida.

A Célia e Hênio, meus irmãos.

À minha família, por seu amor, ora expresso, ora implícito; por seu abrigo espiritual e por todas as oportunidades de crescimento no convívio doméstico e comunitário que, se não foram mais aproveitadas por mim, não poderiam ter sido melhor oferecidas.

Prefácio

Nenhum país das Américas teve, como o Brasil, começos tão intensamente marcados pela presença e ação do povo judeu. A afirmação surpreenderá quem pensa que o componente judaico na vida brasileira é recente, deste século, e de pouca conseqüência histórica.

Uma negligência prolongada fez com que se minimizasse esse capítulo da história, ao menos em termos de ensino, se não de pesquisa. Apesar disso, existe uma certa consciência disseminada, embora vaga e imprecisa, de que a origem do país e o destino dos judeus sefarditas nos séculos XV e XVI são fios inseparáveis de uma mesma trama.

O que os une é serem ambos episódios do mesmo processo, o da emergência de Portugal de sua Idade Média. Processo penoso e contraditório, cheio de altos e baixos, alternando momentos "modernos", de pré-capitalismo mercantilista, como a sistemática exploração oceânica em busca da rota das especiarias, com recaídas súbitas e freqüentemente desastrosas em comportamentos medievais, como as expedições de guerra santa contra os mouros do Marrocos.

O achamento do Brasil e sua colonização pertencem à primeira vertente; correspondem à segunda a conversão forçada dos judeus e sua contínua perseguição pela Inquisição e pela plebe beata, suja e feroz de que falava Eça. A procura de oportunidades econômicas e de um ambiente menos perigoso e repressivo que o da metrópole vinculou a segunda à primeira, tornando, desde o início, os cristãos-novos uma das fontes principais de recrutamento de imigrantes para a nova colônia.

Outras circunstâncias explicam o considerável peso relativo do elemento judaico. Porcentagem expressiva da população do Reino, sobretudo após a chegada dos milhares de expulsos de Castela, os judeus ocupavam posição mais que proporcional ao seu número em setores como o comércio, as finanças, a medicina, as matemáticas, a cartografia, a coleta de impostos.

Em 1497, quando Dom Manuel, em troca do casamento com princesa castelhana, impõe a conversão forçada, com ela se introduz em Portugal a divisão que vai marcar, durante mais de três séculos, a vida social do país: a distinção entre "cristãos velhos" e "cristãos novos".

A freqüência de casamentos "mistos" foi tal que, por volta de fins do século XVI, alegava-se que entre um terço e metade da população total estaria "contaminada" de sangue judeu (Boxer, C. R., 1969). Acrescenta Boxer que, além dos sofrimentos humanos e das incalculáveis perdas econômicas, a paranóica e obsessiva perseguição aos "marranos" ou cristãos-novos teve outro efeito contraproducente e mortificador para os portugueses da época: convenceu os demais europeus, a principiar pelos espanhóis, de que Portugal era um país de cripto-judeus. Erasmo, por exemplo, escrevendo a um amigo em 1530, se refere aos portugueses como uma "raça de judeus" (*illud genus judaicum*). Em 1674, Gaspar de Freitas de Abreu lamentava-se: "Somente nós, portugueses, entre todas as nações, somos estigmatizados com o nome de judeus ou marranos, o que é grande vergonha". Em 1736, o grande diplomata Dom Luís da Cunha queixava-se de que o nome de "português" era sinônimo de "judeu" nos países estrangeiros. Finalmente, os jesuítas espanhóis das reduções do Paraguai denunciavam os bandeirantes paulistas como "bandidos judeus" (Boxer, C. R., 1969).

Não é de admirar, assim, que, desde as primeiras tentativas de colonização, os cristãos-novos estejam sempre presentes e destacados nos instantes pioneiros da nova terra, onde a Inquisição não estabelecera residência e havia apenas que cuidar-se das visitações do Santo Ofício de tempos em tempos.

Já no primeiro século, a literatura está asssociada a judeus de forma significativa. São cristãos-novos o primeiro poeta colonial, Bento Teixeira, que escreveu a *Prosopopéia* e foi vítima da Inquisição, assim como Ambrósio Fernandes Brandão, autor dos *Diálogos das Grandezas do Brasil* e iniciador do gênero ufanista. No século XVIII, aproximando-se o fim do período colonial, a figura trágica de outra vítima da Inquisição, o dramaturgo Antônio José da Silva, o Judeu, embora mais ligado à vida cultural de Portugal, onde passou a maior parte de sua curta existência, atesta a permanência, ao mesmo tempo, da presença judaica na literatura e da incansável sanha repressiva do Santo Ofício.

Entre essas duas balizas se situa a fase breve, mas intensa, do florescimento e apogeu do sefardismo português no Brasil. A ocupação de Pernambuco e parte do Nordeste pela Companhia Holandesa das Índias Ocidentais atrai para esse enclave de relativa tolerância e oportunidade, levas crescentes de sefarditas ibéricos, instalados na

Holanda e de uns poucos asquenasitas e "tudescos", provenientes da Alemanha e da Polônia. Em carta ao Conselho da Companhia das Índias, queixavam-se os holandeses de que "a maioria dos imigrantes que chegam aqui são judeus e em pouco tempo chegarão a exceder em número os cristãos" e, com evidente exagero, de que "os judeus de todos os recantos do mundo estão se mudando para aqui" (Gonsalves de Mello, J. A., 1947).

Em seu *The Dutch in Brazil*, Boxer rejeita a afirmação de que, em 1640, o número de judeus em Recife fosse o dobro dos cristãos. Aceita os resultados das pesquisas de A. Wiznitzer, que teria "conclusivamente demonstrado, a partir de recenseamentos e outras fontes confiáveis, que o número de judeus no Brasil holandês atingiu seu ponto mais alto em 1644 com 1.450 almas", de um total da população branca civil de pouco menos de 3000, portanto, cerca de 50 por cento (Boxer, C. R., 1957).

No entanto, o nosso maior historiador do Brasil holandês, José Antonio Gonsalves de Mello, julga inadmissível que, "por volta de 1645 a população judaica do Brasil holandês pudesse ser quase a mesma de Amsterdam, se admitidos os 1.450 do cálculo de Wiznitzer". E acrescenta: "É para lamentar que não se conheça com segurança o número dos judeus residentes no Brasil holandês e no seu principal núcleo de população, o Recife" mas que, "a julgar pelas palavras de católicos e cristãos reformados contemporâneos eles eram muito numerosos" (Gonsalves de Mello, J. A., 1989).

Autor de *Tempo dos Flamengos*, na opinião do próprio Boxer, a "obra padrão de história social da colônia holandesa", Gonsalves de Mello publicou o estudo provavelmente definitivo da comunidade judaica no período holandês, *Gente da Nação*. No prefácio do livro, ele resume perfeitamente as razões da afirmação com que iniciei estes meus comentários:

A Gente da Nação Judaica [...] estabelec(eu) no Recife e, depois, em Maurícia, as duas mais antigas comunidades judaicas do Novo Mundo, com sinagoga documentadamente confirmada desde 1636. Esta é uma precedência honrosa para esta cidade e esta região, como não o é menos o de terem sido escritos aqui os primeiros textos literários em hebraico das Américas, nos poemas e orações dos Hahamim Isaac Aboab e Moisés Rafael de Aguilar. Pernambuco é singular, ainda, na história do judaísmo do continente, pelo fato de dois cristãos-novos (seguramente judaizantes) desta Capitania estarem representados entre os fundadores em Amsterdam em 1615 da Santa Companhia de Dotar Órfãs e Donzelas, associação filantrópica que ainda existe. De Pernambuco, enriquecido com o açúcar, procedeu James Lopes da Costa que em Amsterdam depois de 1603 fundou a primeira sinagoga portuguesa que ali houve, a Bet Yahacob (A Casa de Jacob), talvez referência ao nome de Jacob Tirado que adotou no judaísmo [...] Uma outra primazia pernambucana e recifense – entretanto ainda a aguardar confirmação – está referida pelo conhecido historiador inglês Geoffrey Parker de que "the first Jewish books printed in America were published in Recife in 1636" (Gonsalves de Mello, J. A., 1989).

A primeira sinagoga, na rua do Bode ou dos Judeus, chamava-se Kahal Kadosh Zur Israel (Santa Comunidade Rochedo de Israel). A segunda, na ilha de Antonio Vaz, era a Kahal Kadosh Magen Abraham (Santa Comunidade Escudo de Abraão). Houve outras sinagogas no Brasil holandês, uma delas na Paraíba e outra em Penedo, no rio São Francisco. Dúvidas sobre a liturgia hebraica provocadas pelo desencontro das estações entre os hemisférios sul e norte estão na origem de uma consulta, já de 1636, dirigida por judeus do Brasil ao célebre mestre sefardita, o rabino Sabatai, de Salonica.

Em torno do culto se desenvolve no Brasil holandês um núcleo pioneiro de cultura judaica. O "primeiro escritor israelita em terras da Américas", como o chama Gonsalves de Mello, foi o grande rabino Isaac Aboab da Fonseca. Antes dele, o ainda mais eminente rabino Menasseh ben Israel, nascido em Lisboa, chegou a anunciar que emigraria para o Brasil a fim de poder melhor sustentar a família. Disso foi poupado pelo decisão de Aboab que, ao optar por um salário no Brasil de 1600 florins por ano, deixou-lhe um dos lugares de rabino em Amsterdam.

No Recife, além das orações, Isaac Aboab compôs um poema, em hebraico, sobre os sofrimentos dos judeus durante a insurreição pernambucana, o "Zekher astir leniflaot El" ("Erigi um memorial aos milagres de Deus). O título completo, em português, é "Memorial dos prodígios de Deus e da grande bondade que Ele, na Sua compaixão e misericórdia, mostrou para com a casa de Israel no Brasil, quando surgiu a tropa de Portugal para destruir e exterminar tudo que se chama Israel, mulheres e meninos, em um dia".

A respeito da importância do movimento cultural judaico nessa época, Gonsalves de Mello transcreve o julgamento de G.A. Kohut em *Early Jewish Literature*: "Em meados do século XVII, encontramos no Brasil poetas e talmudistas que são bem recordados na literatura judaica". Dentre eles estava o gramático Moisés Rafael de Aguilar, possivelmente rabino da sinagoga de Antonio Vaz, a crer num poema em que afirma Daniel Levi de Barrios:

Dos sinagogas el Brasil ostenta,
Una en el arrecife se ilumina
con Abuab; con Aguilar se aumenta
otra, Angelica en nombre y en doctrina...

O mesmo Barrios descreve Aguilar como "aguila de excelsa cumbre... los ojos sabe aclarar, a la estudiosa esperanza ... primero ilustró al Brasil". Aguilar era tio do mártir judeu Isaac de Castro Tartas, executado em Lisboa. Ao falecer na Holanda, em 1679, Moisés Rafael de Aguilar deixou uma biblioteca cujo catálogo cobre 48 páginas.

Outras figuras destacadas na vida religiosa e cultural da comunidade judaica foram o *hazan* (cantor) Jehosua Velozino, o *Reb* (mestre-escola) Samuel Frazão, o *Shamas* (guardião) Isaac Nehamias, professores todos, juntamente com Aboab e Abraão Azubi, da Talmud Torá, a escola das crianças e da Eitz Haim, a escola para rapazes, existentes no Recife. Todos esses personagens, hoje para nós vagos e nebulosos, contribuíram para criar, nas palavras de Gonsalves de Mello, "um momento de grande brilho para a nação judaica do Recife". (Evitei sobrecarregar de notas este texto pois, até aqui, quase a totalidade do que nele se contém foi recolhido, como indicado, em duas obras de José Antonio Gonsalves de Mello, *Tempo dos Flamengos* e *Gente da Nação*, onde os fatos e afirmações referidos se encontram abundantemente documentados.)

Esse fugaz instante de brilho e vigor vai se apagar subitamente com a derrota e capitulação dos holandeses em 1653-1654. Volta a afirmar-se a primazia lusitana, a futura individualidade pernambucana e brasileira, já em formação, com suas qualidades e virtudes mas também seus pecados, vícios e defeitos. Entre eles, a Inquisição, a intolerância, o obscurantismo, a discriminação contra o sangue impuro (ver Cabral de Mello, Evaldo, 1989). Era o fim irremediável daquela fase tão rica e curiosa da experiência judaica no Brasil.

Menos mal que a vitória não se tenha manchado com maiores atos de crueldade ou mesquinheza. Ao contrário, o comandante vitorioso, o Mestre de Campo General Francisco Barreto de Menezes, mostrou nesse episódio sua magnanimidade e tolerância, raras na época. Impedindo energicamente que qualquer dos vencidos fosse molestado, permitindo a todos ficar ou deixar a terra com seus bens, Barreto engrandeceu seu triunfo. Diz Boxer que sua retidão "foi melhor demonstrada no seu tratamento da comunidade judaica do Recife, a qual, mais do que outra qualquer, tinha razões para temer a reconquista portuguesa e não podia esperar nenhuma consideração nas mãos de católicos romanos fanáticos. Para seu alívio e espanto, a conduta de Barreto em relação a eles não poderia ter sido mais correta".

A propósito do episódio, o rabino Saul Levy Mortera comentou logo depois:

> Deus Todo-Poderoso, com Seu infinito poder, protegeu Seu povo e salvou-o de todo perigo iminente, por meio da influência que exerceu sobre o coração do Governador Barreto. Este último proibiu que se tocasse ou molestasse qualquer pessoa da nação hebraica, sob pena de severas punições para os que agissem contrariamente a essa proibição. E não apenas isso, ele também concordou em permitir que os judeus vendessem sua mercadoria e deixou que embarcassem para a Holanda as mais de seiscentas pessoas de nossa nação que estavam ali presentes (Boxer, C. R., 1957).

O que os livros sobre o Brasil holandês não dizem é que o rabino Saul Levy Mortera é o mesmo que, juntamente com Menasseh ben Israel, iniciou o adolescente Baruch Spinoza no estudo do Talmud e provavelmente no das obras de Maimônides e outros filósofos judeus.

O título do livro em que Mortera se refere à capitulação de Recife é, em si mesmo, uma deliciosa mistura de provocação e desafio com uma tocante e corajosa fidelidade a uma fé perseguida ou, no melhor dos casos, mal tolerada: "Providencia de Dios con Ysrael, y Verdad y Eternidad de la Ley de Moseh y Nulidad de las demás Leyes".

De qualquer forma, nem todas as informações de Mortera são exatas. Gonsalves de Mello acha exagerada a cifra de 600 pessoas de fé judaica no Recife de 1654. E é sabido que nem todas partiram para a Holanda. Alguns foram para Nantes, outros para o Suriname, Barbados e outras possessões holandesas nas Antilhas, onde ajudaram a estimular, com seus conhecimentos técnicos e comerciais, a indústria açucareira que tanta concorrência faria à produção do Brasil. Outros, finalmente, tomaram o rumo da então colônia holandesa de Nova Amsterdam, tornando-se, na futura Nova York, a semente inicial da primeira comunidade judaica na América do Norte. Estudos de Arnold Wiznitzer "The Jewish Pilgrim Fathers" e o livro *The Grandees* atestam essa primazia, expressa, aliás, entre outras manifestações, pelo nome de "Brazilian Cemetery" que teve, durante muito tempo, o velho cemitério judaico de Nova York.

Sempre me fascinou e comoveu a aventura humana desse punhado de sefarditas de nomes sonoros que, numa colônia longínqua, cercada de matas tropicais, povoada de tupinambás e tapuias, de africanos e cafusos, de batavos e portugueses, criaram, sob o sol de Pernambuco, um núcleo vivo e ativo da velha Israel dos Patriarcas e Profetas.

A primeira vez que fui a Amsterdam, visitei a antiga sinagoga portuguesa, milagrosamente preservada da destruição nazista. Ali encontrei uma placa em honra de Isaac Aboab da Fonseca, sepultado naquela cidade. Lá também soube que o velho rabino, de volta do Brasil, cedeu, ele também, ao espírito intolerante da época, pois teria feito parte do tribunal religioso que decretou a excomunhão de Spinoza.

Tivessem sido outros os rumos da história, o que teria podido acontecer com a comunidade judaica brasileira que brotava com tamanha vitalidade? Que contribuições teria ela podido dar à cultura e à vida espiritual do Brasil, à economia de Pernambuco, cuja capitalização inicial por efeito do açúcar poderia, quem sabe, ter encontrado aproveitamento mais útil e duradouro?

Será talvez inútil, não terá sentido histórico, especular sobre isso. E, no entanto, não escaparam aos contemporâneos as consequências nefastas que estava produzindo, no plano econômico, a sistemática perseguição a judeus e cristãos-novos. A mais alta personalidade moral e cultural do Brasil-Colônia, o Padre Antônio Vieira, sofreu implacável repressão da Inquisição, não tanto pelos devaneios sebastianistas da *História do Futuro*, mas porque se empenhou com êxito pela concessão de imunidade ("isenção do fisco") aos bens dos comerciantes sefarditas que aceitassem voltar ou financiar a Companhia Geral do Comércio do Brasil e viessem a ser presos ou condenados por "heresia, apostasia e judaísmo".

O Inquisidor-Geral, Dom Francisco de Castro, perguntava indignado: "Se com penalidade tão pesada, o judaísmo ainda tem continuado recentemente a florescer, para mal de nossos pecados, o que haverá de acontecer quando ele se descobrir livre e imune desse castigo?" É verdade que, talvez de mais peso até que esse argumento, era a alegação de que o Santo Ofício não teria condições de funcionar sem os recursos provenientes dos confiscos...

São conhecidos os prejuízos causados à economia de Portugal (e à do Brasil) em conseqüência da contínua hemorragia, representada pela fuga de comerciantes cristãos-novos durante séculos. Transplantando-se para o exterior, às vezes com seus cabedais, esses comerciantes aportaram a praças como Amsterdam, Antuérpia, Londres e outras, sua energia e seus conhecimentos do comércio transoceânico português, com o qual passaram a competir.

Não seria igualmente válido constatar que a mesma perda se deu em relação à vida intelectual e cultural, não só pela emigração mas pela repressão direta, de que há tantos exemplos?

João Cruz Costa, antigo professor da Faculdade de Filosofia, Ciências e Letras da Universidade de São Paulo e autor de uma história das idéias filosóficas no Brasil, costumava dizer em suas aulas que a vocação metafísica, especulativa, foi rara em Portugal. Na Idade Média, dizia ele, até o mais célebre dos filósofos portugueses, João de São Tomás, teria sido mais um comentarista do grande filósofo de Aquino do que um pensador original.

Não deixa de ser irônico que o maior filósofo de ascendência portuguesa, Baruch ou Benedictus Spinoza, filho e neto de judeus portugueses, poderia ter nascido em Portugal, se seus pais não tivessem sido obrigados a fugir.

É claro que, mesmo assim, não teria ali encontrado atmosfera intelectual propícia à sua obra, a não ser que pudéssemos imaginar um Portugal sem o poder sufocante e esterilizador da Inquisição. É por essa e outras razões que volta ao espírito, nestas ocasiões, a conhecida observação de que a história da Península Ibérica se explica por ter sido esse o único canto da Europa Ocidental onde nem a Reforma, nem a Revolução Francesa conseguiram prevalecer.

É ocioso tentar divagar sobre "tudo o que poderia ter sido e que não o foi". A história é o que é, acabada, finita e sem possibilidade de revisão ou de emenda. Mas não é verdade que todas as heranças históricas se valham umas às outras, que sejam todas iguais, equivalentes em termos relativos. Algumas são melhores ou piores que outras. E, "como de tudo fica um pouco", o mal ou o bem de que é feita a história de cada ser humano, de cada instituição, de cada nação, não se acaba no ato, não esgota, no momento, todas as suas conseqüências, os seus possíveis desdobramentos.

Registre-se, assim, que onde Amsterdam e a Nova Amsterdam ganharam, nós perdemos ou deixamos de ganhar. E que essa reflexão sirva para reforçar em nós, se necessário, a convicção de que sempre, em qualquer circunstância, a intolerância é nefasta para a vítima mas também perniciosa para quem a pratica ou tolera.

Não era minha intenção demorar-me tanto na evocação desse mundo distante e desaparecido. Nem sei se terá sido apropriado, pois afinal esse é um capítulo menor no livro, quase à margem do fio central. Se me deixei levar por caminhos meio invadidos pelo mato do esquecimento, não foi só por capricho pessoal, gosto do pitoresco. É que esse pequeno universo, cristão-novo na Colônia, sefardita professo e assumido no Brasil holandês, fornece um contraste útil para melhor destacar os contornos do que vem depois.

Regina Igel investiga, sobretudo, o componente judaico explícito da literatura brasileira, não a circunstância de ter um autor nascido judeu, mas a decisão consciente de fazer dessa situação de "ser judeu" o tema principal da transposição literária. Às vezes até, como em Samuel Rawet, em reação violenta e deliberada contra esse estado.

Ora, é evidente que, desse ponto de vista, os primórdios do Brasil judeu mal fazem jus a uma menção. Na Colônia, a dissimulação, a reserva mental, o jogo dúplice de ir à igreja sem convicção interior, a prática sistemática do engano, eram condições de sobrevivência. Qualquer palavra descuidada, qualquer gesto distraído percebido como judaizante, trocar de roupa branca no sábado, por exemplo, poderia ser causa de tortura, de confisco, de morte.

No outro extremo, no Recife de Isaac Aboab, viveu-se por um tempo a ilusão de voltar a recriar a idade de ouro de Sefarad, a Espanha mourisca onde a vida hebraica, com seus rabinos e talmudistas, seus filósofos e médicos, se expandia com naturalidade, sem precisar mergulhar em si mesma a fim de interrogar-se sobre sua relação com o mundo de fora. É por isso que os textos do Recife são poemas religiosos, orações, escritos para a comunidade, voltados para dentro, com uma ou outra referência a acontecimentos exteriores, sempre interpretados à luz da fé.

Por conseguinte, de um lado, um judaísmo reprimido, clandestino e disfarçado, na melhor das hipóteses, sem nenhuma possibilidade de manifestação explícita. Do outro lado, uma vida judaica tradicional, com um horizonte fornecido pelos limites da comunidade.

A matéria de Regina Igel é diferente. Seu interesse se dirige ao fenômeno mais recente, de pouco mais de cem anos, resultado da imigração asquenasita da Europa Central e Oriental (salvo alguns sefarditas menos numerosos, vindos da África do Norte ou do Oriente Médio). Concentrados sobretudo no Centro-Sul, do Rio de Janeiro ao Rio Grande do Sul, falando ídiche, marcados pela tragédia européia do século XX, esses imigrantes-escritores encarnaram situações muito diversas e se utilizaram de grande variedade de gêneros e temas para transmitirem a maneira pela qual viveram a especificidade judaica.

O primeiro mérito de Regina foi ter sabido captar essa surpreendente variedade de manifestações, sem perder-se no labirinto de tendências e individualidades às quais imprime, sem artificialismo, um esquema organizador coerente e claro.

O trabalho foi vasto, estendeu-se ao longo de oito anos e cobriu um território virgem e inexplorado. Sua riqueza informativa e documental é sempre dosada por uma atitude de discrição intelectual. A autora deixa que os fatos e os escritores falem por si mesmos, com um mínimo de mediação teórica, não abusando nunca do privilégio de poder manipulá-los para se conformarem a preferências e escolhas subjetivas.

Obra de uma vida, o estudo me revelou coisas insuspeitadas: as colônias agrícolas judaicas no Sul, a ficção de Paulo Jacob sobre judeus amazônicos, o valor da criação teatral de Ari Chen, a literatura de testemunho e depoimento sobre o Holocausto. Muitas das conclusões são resultados originais de pesquisas sobre aspectos inéditos descobertos pela pesquisadora, baseados principalmente nos textos. Em alguns casos, ela se apoiou, dentro das oportunidades propícias, em entrevistas pessoais com os autores.

Como afirma a Introdução: "O objetivo de *Imigrantes Judeus/ Escritores Brasileiros* é sanar, em parte (um) vácuo, pela apresentação de narradores judeus no Brasil que incluem temas judaicos na sua escrita. O roteiro deste livro, baseado em fontes ficcionais, documentais e críticas, revela um número representativo de obras literárias e depoimentos, organizado de acordo com uma similaridade de tópicos". A construção metódica do espaço do estudo não pretendeu abarcar todo o universo da experiência judaica no Brasil. Não inclui, por exemplo, os grandes exilados judeus que tentaram interpretar o país, como Stefan Zweig, com *Brasil, País do Futuro* ou Tulio Ascarelli, com o *Sguardo Sul Brasile*. Tampouco se detém no papel valioso de homens como Otto Maria Carpeaux, Anatol Rosenfeld ou Vilem Flusser no campo da crítica literária, teatral, musical, na discussão do pensamento filosófico ou sociológico.

O valor estético ou a repercussão literária não são os principais determinantes de sua seleção. Muitos dos quase cinqüenta narradores analisados não são escritores profissionais. Homens e mulheres às vezes de um só livro passaram ao papel suas lembranças dos primeiros momentos de instalação dos imigrantes. Outros lembram do Holocausto, da ação do sionismo, expressam sensações de marginalidade, contam como foi o processo de aculturação, de adaptação. Quase, às vezes, um exercício de sociologia ou antropologia literária.

Na abertura do capítulo I, a autora fornece o balizamento de seu campo de análise, a temática judaica na literatura brasileira: reação literária aos problemas dos primeiros tempos da imigração, fenômeno surgido em meados do século XX (leia-se, na primeira metade do século), circunscrito às experiências de judeus em território brasileiro. O capítulo contém uma interessante citação de Joseph Lowin, mais pelas perguntas que pelas respostas:

> [...] o que faz com que uma narrativa seja judaica? Será, por exemplo, seu tema? Poderia alguém escrever uma narrativa não-judaica sobre um tema judaico do mesmo modo que é possível pintar um quadro cristão sobre um tópico do Velho Testamento? O que faz uma narrativa ser judaica: será a religião, a nacionalidade ou a etnicidade? O judaico da narrativa seria determinado pelo idioma – ídiche, hebraico ou ladino [...]? – Talvez a intenção do escritor ou escritora possa determinar o teor judaico do seu discurso literário [...] talvez sejam os leitores judeus que façam que uma história seja judaica [...]

Regina Igel apresenta uma solução tópica ao dilema, reconhecendo um texto como judaico se, "pelo menos, dois aspectos de judeicidade forem satisfeitos: a identificação do escritor como judeu [...] e uma dinâmica judaica textualmente explícita ou relevante [...], quando o conflito principal de uma obra estiver expressamente ligado ao judaísmo quanto à sua gênese e à convivência física, mental, espiritual e psicológica de quem a escreve". Mais adiante assevera a autora que "se um tópico não estiver explícito dentro das coordenadas referidas, a origem judaica de um escritor ou escritora não assegura, necessariamente, a temática judaica de um texto".

Embora os critérios pareçam claros e coerentes, não saberia dizer se satisfarão a todos os leitores. Tome-se, por exemplo, o caso de Clarice Lispector, excluída por não preencher os requisitos básicos acima transpostos. Regina está consciente de que situações como esta se localizam numa espécie de "zona cinzenta", de "terra de ninguém", onde qualquer decisão, negativa ou positiva, presta-se a controvérsia.

Ela cita, com efeito, poucas páginas antes, a questão de Kafka como "clássico exemplo de convergências e bifurcações étnico-literárias", pois, escrevendo em alemão e sem judaísmo explícito em sua ficção, o problema de sua "nacionalidade literária" permaneceria em aberto. Não obstante o distanciamento aparente da obra kafkiana em relação ao judaísmo, o crítico Gershon Shaked nela identificaria metáforas e alegorias judaicas, como o personagem K., incapaz de ingressar no "Castelo" e condenado à marginalidade.

Não seria impossível, tratando-se de Clarice, esboçar uma argumentação análoga. Veja-se, nesse sentido, esta passagem da biografia *Clarice, Uma Vida que se Conta*, de Nádia Battella Gotlib:

E há que mencionar o ídiche, língua dos pais, que Clarice também nunca falou. E nem a ela se refere. Curioso esse silêncio. Mais um significativo silêncio, entre tantos, na obra de Clarice, sobre as suas origens hebraicas. Afirmará a um jornalista, um ano antes de morrer: "Eu sou judia, você sabe" – embora não acredite que o povo judeu seja o povo eleito por Deus. Aliás, imediatamente após essa afirmação, declara: "Eu, enfim, sou brasileira, pronto e ponto."

E a biógrafa prossegue:

> Mas a cultura hebraica, transfigurada *metaforicamente* [grifado por mim], há de se manifestar na sua obra futura. Entre outras transfigurações, sob a forma de grito de rebeldia, denunciando a fome e a impotência da personagem, ela também prisioneira, como os macabeus, mas que, como eles, resiste, nordestina na cidade grande, massacrada por um sistema social desumano: Macabéa.

E, por falar em metáfora, alegoria do destino judaico, como a relação K-judeu errante, atente-se nesta aproximação feita por Callado e citada na biografia:

> É assim, distante, que Antonio Callado a descreve, surpreso ao ficar sabendo, pelo ritual do enterro, que Clarice tinha origem judaica: "Clarice era uma estrangeira. Não porque nasceu na Ucrânia. Criada desde menininha no Brasil, era tão brasileira quanto não importa quem. Clarice era estrangeira na terra. Dava a impressão de andar no mundo como quem desembarca de noitinha numa cidade desconhecida onde há uma greve geral de transportes. Mesmo quando estava contente ela própria, numa reunião qualquer, havia sempre, nela, um afastamento. Acho que a conversa que mantinha consigo mesma era intensa demais. [...] Sempre achei, e disse mesmo a Clarice, que ela era a pessoa mais naturalmente enigmática que eu tinha conhecido. Depois li num livro dela, póstumo, *Um Sopro de Vida:* 'Sou complicada? Não, eu sou simples como Bach'".

Como se vê, haveria, em termos metodológicos, mais de um caminho para tratar questão que admite, em tese, aproximações diversas e não mutuamente excludentes. Regina Igel fez bem, contudo, em escolher de preferência o critério da intencionalidade explícita, mais adequado a seu objetivo de estudar a expressão literária do encontro de dois mundos: o dos imigrantes judeus e o da sociedade brasileira.

O que surpreende, nesse sentido, é que ela tenha conseguido reunir uma quantidade tão grande e diversificada de testemunhos sobre uma experiência limitada a algumas poucas décadas e envolvendo número relativamente restrito de pessoas. Eu mesmo, ao preparar em 1980, o prefácio para a tradução italiana de *Brás, Bexiga e Barra Funda*, de Antônio de Alcântara Machado, encontrei muito menos depoimentos e livros inspirados por um movimento migratório, afinal, de envergadura bem maior e que se havia prolongado por período bastante superior (Alcântara Machado, Antônio de, 1980). Lembro-me de ter procurado, na ocasião, para fins comparativos, documentos literários representativos da imigração alemã ou japonesa, com resultados ainda mais modestos.

A explicação da discrepância estará talvez no nível social ou cultural mais elevado da média dos imigrantes judeus em relação a outras correntes, majoritariamente de camponeses ou trabalhadores não-qualificados. Devem ter pesado também fatores como o caráter mais recente da imigração judia, as circunstâncias trágicas das guerras mundiais e do Holocausto a que ela está em parte ligada e a vocação, até do judeu pobre, para a palavra escrita, símbolo daquele que é o "povo do Livro" por excelência.

Não obstante, tenho a impressão de que, na raiz dessa maior intensidade de introspecção literária, existe igualmente um elemento que tem a ver com o que se poderia chamar a especificidade ou excepcionalidade da experiência migratória judaica. Há, de fato, algo de comum a todo imigrante, qualquer que seja, econômica, política ou religiosa, a razão que o impeliu a imigrar. Paralelamente ao deslocamento no espaço físico, emigrar é transitar de uma cultura a outra, arrancar-se a uma língua, instituições, aspirações, tradições, e tentar enxertar-se, com toda sua bagagem, numa árvore cultural já formada e quase sempre estranha, difícil de entender.

O constante da vida interior do imigrante é essa luta entre o que se deixou para trás e o novo a descobrir, a tensão dialética entre a preservação da identidade anterior e o apelo da integração a uma realidade diferente. A título individual, dependendo da estrutura psicológica, da personalidade, de outros fatores, uns se saem melhor do que outros, logrando quase renascer, recriar-se de novo. Outros, em câmbio, vivem o sonho, freqüentemente irrealizável, da volta a um mundo que já não mais existe, aferram-se a uma língua incompreensível, esforçam-se em transplantar para o calor dos trópicos as roupas sombrias, a penumbra, o samovar dos climas frios.

Mas, se essa é a sina individual dos que nunca se adaptaram, à medida que se sucedem as gerações, o triunfo do novo sobre o velho se afirma inelutável em função das vantagens irresistíveis derivadas de todos os meios de socialização de que maciçamente dispõe o país de acolhida: escola, sobretudo, mas também o jornal, o rádio, a televisão, os vizinhos, os colegas, os meios profissionais. Resistem um pouco mais os que, por um motivo ou outro, escolheram viver segregados ou foram a isso obrigados. Foi o caso, por exemplo, das colônias de agricultores alemães e italianos no Rio Grande do Sul e Santa Catarina ou de japoneses em São Paulo ou Paraná, com suas escolas primárias e instituições comunitárias. Isso mesmo revelou-se finalmente passageiro e está em curso de desaparição.

Um caso à parte é, em geral, o dos exilados ou refugiados políticos, sempre com a mala pronta para a viagem de volta. Até esses passam, porém, quando a intolerância dos regimes adventícios é acompanhada de durabilidade maior que a vida humana. Aos poucos, vão morrendo, um a um, os grão-duques russos brancos reconvertidos em porteiros de restaurantes em Beverly Hills ou choféres de taxi em Paris...

Fora situações especiais como essas, todavia, a regra para quase todos os grupos de imigrantes é a busca da integração até como meio mais seguro de êxito econômico e aceitação social. Essa aspiração a dissolver a velha identidade dos pais no meio de cultura da nova pátria é particularmente forte na primeira geração de filhos de imigrantes, desejosos, como toda criança, de não serem ou parecerem "diferentes" dos seus pares na escola, empenhados em falar sem sotaque e demonstrar até um certo nacionalismo exagerado que faça esquecer o nome de sonoridade estrangeira.

Ora, o caso dos judeus é, como se sabe, diferente, se não único, uma vez que a emigração judia é, de todas as variantes, aquela cuja razão de ser não é a troca de uma identidade por outra mas a defesa e manutenção de uma identidade que não se deseja perder, mesmo se para isso for preciso desenraizar-se.

O judeu emigra da Polônia para o Brasil não apenas para deixar de ser polonês e tornar-se brasileiro mas sim para melhor continuar a ser judeu através de nova identidade que lhe dá mais condições de ser fiel a si mesmo, à sua herança e à pátria de acolhimento. O processo é complexo pois envolve duas modalidades diversas de identidade, a primeira, identidade-núcleo, inegociável, irrenunciável, a consciência de pertencer para todo o sempre ao povo de Israel. A segunda é a identidade adquirida, igualmente genuína mas que se sacrifica, caso necessário, não de coração leve, não por falta de lealdade com o país, mas devido à rejeição ou pelas mesmas razões, econômicas e outras, que levaram milhões de irlandeses, alemães, italianos, portugueses, japoneses, nos últimos 200 anos, a trocarem de país. "Não fui eu que abandonei o navio", como disse o segundo oficial do Titanic, citado por Ernest Jones na biografia de Freud, "mas o navio é que me abandonou".

Preferi usar de forma deliberada a palavra "identidade", em lugar de "nacionalidade" porque aqui reside uma das causas da incompreensão freqüente da excepcionalidade judaica e que se traduz vulgarmente na idéia do judeu sem pátria ou errante, cosmopolita, sem lealdade nacional ou de lealdade dupla e contraditória. "Nacionalidade" é um conceito ligado ao estado-nação, da mesma forma que "nacionalismo". Como afirma Anthony Giddens num livro fundamental para entender o mundo de hoje, o estado-nação é um tipo de comunidade social que contrasta de modo radical com os estados pré-modernos (Giddens, Anthony, 1980). Coincidente com a modernidade, fenômeno desenvolvido a partir do século XVII na Europa, o estado-nação, forma confinada, delimitada, de sociedade fechada em si mesma, alimenta exigências de lealdade indivisível e não-compartilhada, a crença ciumenta de que só se pode pertencer a um tipo de sociedade envolvente. Existe algo de absolutismo, de totalitarismo, nessa modalidade de estado, que só admite o radicalismo da exclusividade e não tolera referências religiosas, espirituais ou culturais a autoridade ou inspirações além-fronteiras.

Não é de surpreender, assim, que esse gênero relativamente recente de organização estatal tenha dificuldade para entender o sentimento de identidade de um povo cuja consciência da própria especificidade já estava suficientemente definida há mais de meio milênio antes de nossa era, ao resistir com êxito ao capítulo primeiro do interminável livro do seu êxodo e dispersão: o longo exílio de Babilônia.

O milagre e o mistério da história de Israel se contêm neste fato inconstestável e sem paralelo: nenhum dos impérios grandes ou pequenos da antigüidade, Babilônia, Assíria, Egito, Pérsia, Grécia, Macedônia ou Roma, não obstante a superioridade de poder militar, de organização jurídica, de riqueza material, de brilho cultural, conseguiu chegar até nós sem que jamais se tivesse rompido o fio de uma continuidade histórica capaz de prescindir de território, de autonomia, de liberdade. Só Israel sobreviveu a tudo e a todos, dentre a multidão dos contemporâneos de Nabucodonozor e Assubarnipal, de Ciro e de Xerxes, de Ramsés e Queops, de Péricles e Alexandre, de Júlio César e Otávio Augusto.

Diante desse mistério, o salmista já se maravilhava: "Feliz a nação cujo Deus é o Senhor, e o povo que escolheu como herança", esse mesmo Deus "que frustra os desígnios das nações e desfaz os projetos dos povos".

Como explicar o milagre, inexplicável por definição? Jean Bottéro, o grande assiriólogo francês, sugere não uma explicação mas uma pista. Mesmo para quem não tem fé religiosa, as duas contribuições gigantescas e inigualáveis do povo judaico à história da humanidade foram, primeiro, a idéia de um deus único, não-antropomórfico, transcendente ao homem e ao mundo e, em segundo lugar, o conceito de uma religião moral, consistente não em ritos e sacrifícios mas na mudança do comportamento dos homens uns para com os outros (Bottéro, Jean, 1992).

Foi, de início, a fidelidade a essas duas idéias, ainda que com altos e baixos, que proporcionou aos judeus uma poderosa razão para existir e sobreviver, para guardar a unidade e a fé nos tempos mais sombrios. Em torno de um núcleo religioso na origem, teceu-se aos poucos uma cultura e herança de valores e aspirações que vão além da fé para fornecer um universo de símbolos e significados comuns até aos secularizados e agnósticos.

O particularismo judeu consistiu, no fundo, na recusa em dissolver-se e deixar perder, desse modo, um componente insubstituível da experiência humana. As ameaças vieram não só ou principalmente da perseguição e da intolerância, que, em fim de contas, acabavam por reforçar os laços de solidariedade e identidade comunitária. Um risco mais insidioso, sobretudo após a emancipação trazida pela Revolução Francesa e o Iluminismo, foi assimilação progressiva, a secularização, a diluição na massa das novas nacionalidades.

Esse processo foi em geral brutalmente interrompido pelo recrudescimento do anti-semitismo a partir de fins do século XIX. A família de Bernard Lazare, por exemplo, era de tal modo assimilada e laicizada que o futuro renovador da literatura judaica na França confessou só ter adquirido consciência de ser judeu durante o caso Dreyfus, ao descobrir que seus compatriotas recusavam-se a aceitá-lo como igual. O choque do processo Dreyfus teve igualmente, como se sabe, impacto decisivo no fundador do Sionismo, Theodor Herzl, que cobriu o julgamento para o jornal vienense *Die Neue Freie Presse*.

Se assim é, haveria interesse em explorar, com base no material recolhido por Regina e numa perspectiva comparativa com outros países de emigração nas Américas, especialmente a Argentina e os Estados Unidos, quais seriam as características específicas da experiência judaica no Brasil e as linhas mais prováveis do seu desenvolvimento futuro.

Creio que, para isso, importa, antes de tudo, liberar-se de uma excessiva dependência de padrões analíticos emprestados de um contexto diferente, como o europeu. O anti-semitismo não me parece, por exemplo, desempenhar para nós um papel central. Não por que esteja totalmente ausente, afirmação certamente falsa e insustentável. Sua relevância é, contudo, relativizada pela inexistência de condições sociológicas e culturais capazes de transformá-lo numa idéia-força arraigada na comunidade. A verdade é que, em contraste com o camponês ou o operário da Polônia, da Ucrânia, da Alemanha ou da Áustria, o homem do povo no Brasil nunca teve a experiência concreta de ver e tratar com um judeu, entidade de que terá, no melhor dos casos, vaga noção, baseada num folclore religioso. É sugestiva, nesse sentido, a história contada por Boris Schnaiderman nas suas reminiscências da FEB, reproduzida neste livro de Regina. A incompreensão do oficial, incapaz de entender porque Boris desejava lutar pelo Brasil havendo nascido na Rússia, a insistência em considerá-lo "russo" e não judeu ou brasileiro, são indicações de um universo cultural e mental totalmente alheio ao responsável pelo anti-semitismo europeu. Desse ponto de vista, por serem países muito mais europeizados na cultura, a Argentina e os Estados Unidos se mostraram tradicionalmente mais receptivos ao anti-semitismo importado. Aqui pouco restou, em termos sérios e duráveis, da propaganda anti-semita de Gustavo Barroso e da Ação Integralista. Não tivemos nada que se comparasse em virulência e persistência ao movimento nazi-nacionalista argentino Tecuara ou Tacuara.

Quanto ao outro termo de comparação, sempre pensei que, muito mais do que os Estados Unidos, o Brasil constitui o verdadeiro *melting pot*, o caldeirão onde se dissolvem todos os ingredientes para formar a sopa comum ou, se quiserem a geléia geral. Na América do Norte (isso vale, também e, com mais força, para o Canadá), os enclaves étnicos, os bairros nacionais, Little Italy, Little Poland, Chinatown, tendem a se perpetuar, e mesmo quando pouco resta da língua, a influência político-eleitoral dos grupos étnicos está presente no fenômeno do "Jewish vote", do "Irish" ou "Polish vote", freqüentemente capazes de pesar sobre a política externa.

No Brasil, mesmo em São Paulo, os bairros étnicos duram pouco, apenas o suficiente para que os moradores prosperem e se mudem para outras vizinhanças. Excetuando o Bexiga, invenção turística recente, os bairros italianos só existem hoje nas detestáveis caricaturas das novelas de televisão (falo com algum conhecimento de causa, pois nasci e vivi por mais de vinte anos no Brás, em São Paulo).

Qual será a razão dessa poderosa, irresistível capacidade de integração do Brasil, capaz de descaracterizar em poucos anos até uma cultura singularmente forte como a nipônica? Não creio que isso se deva à ideologia oficial da integração, que teve sua época de ouro durante o Estado-Novo, chegando ao extremo da campanha contra os nomes e os idiomas alemão, italiano e japonês. Tampouco se pode creditar tal feito ao sistema escolar primário, notoriamente precário e deficiente. A quê então, atribuir essa força de assimilação?

Paradoxalmente, a explicação talvez se encontre na fraqueza generalizada das instituições formais do "país legal", escolas, educação física, igrejas, universidades, academias etc. e na força sutil mas profunda da vida popular, numa cultura informal envolvente e não-exclusiva a qualquer grupo particular, na capacidade de absorção do "país real". Compare-se, por exemplo, com os Estados Unidos. Apesar da colossal contribuição da imigração não-britânica ao país, é impossível negar que o fundamental nas instituições americanas – Constituição, sistema político e partidário, sistema legal e judiciário baseados na "Common Law", substrato religioso do protestantismo episcopal, presbiteriano, metodista, universidades da "Ivy League" moldadas no modelo inicial de Yale, Harvard etc. – tudo isso foi feito e acabado pelo grupo original WASP ("White, Anglo-Saxon, Protestant" – branco, anglo-saxão, protestante). Não é que não se tenha apreciado o aporte dos demais, que se lhes tenha negado oportunidades ou reconhecimento. Mas, no fundo, para usar expressão do humorista argentino Landrú, os outros são os "venidos a más", chegados quando o esssencial estava pronto.

No caso brasileiro, como se sugeriu acima, a fraqueza é a nossa força, é o que explica a fundamental unidade de cultura no sentido mais amplo do conceito. No fundo, não é tão difícil entender que seja mais fácil ser absorvido por um meio-ambiente mole, flexível, plástico, do que por um mais sólido, consolidado, que nos faça claramente sentir qual é o nosso lugar.

Não sei se antes o judaísmo já se terá defrontado, em sua milenar história, com esse original desafio da brandura (para sermos positivos) ou de uma sociedade relativamente pouco articulada, de padrões pouco rígidos (para sermos um tanto mais críticos).

Não sou testemunha inteiramente imparcial ou desinteressada desse processo. Descendo de imigrantes italianos e sempre senti que conviviam em mim, sem conflito ou contradições, duas heranças culturais, a italiana, herdada e a brasileira, adquirida do meio desde o nascimento. Entristece-me, às vezes, constatar que a tradição a que pertenço vai aos poucos desaparecendo e que já é muito mais fraca em meus filhos. Não por qualquer orgulho descabido, mas por sinceramente acreditar que o país só terá a ganhar em riqueza cultural, em abertura ao mundo, em conhecimento de línguas, até em vínculos de conseqüências práticas para o comércio e os investimentos, quanto maior for sua diversidade étnica e cultural.

Agora que passou a onda do nacionalismo integracionista e xenófobo do Estado-Novo, com ramificações no regime de 1964, no momento em que finalmente se aceitou a possibilidade da dupla nacionalidade, quando já se superou o que não passava, em última análise, de insegurança, de falta de confiança em nós mesmos, não nos faria mal uma dose moderada de etnicidade, de multiculturalismo. É na construção, fio a fio, dessa teia complexa de influências e inspirações cujo entrelaçamento há de constituir a dinâmica cultural brasileira, que vejo um papel importante para uma comunidade judaica consciente de seus valores, de sua identidade, de seu espírito aberto ao vasto mundo.

Reata-se, assim, também com o fio interrompido no distante século XVII mas que lá ficou, latente na memória coletiva, de onde reaparece, de tempos em tempos, para fugir ao esquecimento e reclamar um lugar ao sol. São as sobrevivências de ritos meio camuflados descobertas por Elias Lipiner nos sertões nordestinos, nas tradições familiares de acender velas no cair da tarde de sexta-feira, nas abluções e fórmulas cujo significado não se sabe bem. São os poemas de cordel, as interpretações às vezes curiosas do passado cristão-novo que se manifestam em livros populares, em entrevistas a jornais e semanários. São, finalmente, trabalhos de amor e generosidade, como o monumental *Gente da Nação*, de José Antonio Gonsalves de Mello.

Nada melhor para concluir este escrito e convidar o leitor a merecidamente honrar com sua atenção o livro de Regina Igel do que citar, uma vez mais, Gonsalves de Mello, cuja austeridade de historiador rigoroso deixa, uma vez ou outra, entrever a paixão e o sentimento que o animam. Confessa ele, na introdução a *Gente da Nação*, ter sabido, por um pesquisador amigo, que entre seus antepassados está Duarte de Sá, o qual declarou em Olinda, em 1594, perante o Visitador do Santo Ofício, "ter raça de cristão-novo pela parte de sua mãe". Pôde, deste modo, dar resposta afirmativa à pergunta que se havia feito, nos versos de Jorge Luís Borges:

> Quien me dirá si estás en el perdido
> Laberinto de ríos seculares
> De mi sangre, Israel?

Muitos outros brasileiros seguramente poderiam responder de igual maneira. Mais importante que o sangue ou o nome, porém, é sabermos todos tributários e devedores do povo que primeiro chegou à compreensão do Deus único e vivo que, por isso, nas palavras de outra grande figura deste século, a todos nos fez para sempre espiritualmente semitas.

Embaixador Rubens Ricupero
Secretário-Geral, United Nations Conference on Trade and Development
Genebra, Suíça – Julho, 1997

Obras Citadas

BIRMINGHAM, Stephen. *The Grandees, America's Sephardic Elite*. Nova York, Harper & Row, 1971.

BOTTERO, Jean. *Naissance de Dieu, La Bible et l'historien*. Paris, Gallimard, 1992.

BOXER, C. R. *The Dutch in Brazil, 1624-1654*. Oxford, Clarendon Press, 1957.

_____. *The Portuguese Seaborne Empire, 1415-1825*. Londres, Hutchinson and Co., Ltda, 1969.

GIDDENS, Anthony. *The consequences of modernity*. Stanford, Stanford University Press, 1990.

GOTLIB, Nádia Battella. *Clarice, uma Vida que se Conta*. São Paulo, Ática, 1995.

JONES, Ernest. *The life and work of Sigmund Freud*. Nova York, Basic Books, 1953.

MACHADO, António de Alcântara. *Notizie di São Paulo*, Racconti; A cura di Giulano Macchi, Introduzione di Rubens Ricupero, Milano, Scheiwiller, All' Insegna del Pesce d'Oro, 1981.

MELLO, Evaldo Cabral de. *O Nome e o Sangue, Uma Fraude Genealógica no Pernambuco Colonial*. São Paulo, Companhia das Letras, 1989.

MELLO, José Antônio Gonsalves de. *Gente da Nação: Cristãos-novos e Judeus em Pernambuco, 1542-1654*. Recife, Fundação Joaquim Nabuco/ Editora Massangana, 1989.

_____ . *Tempo dos Flamengos: Influência da Ocupação Holandesa na Vida e na Cultura do Norte do Brasil*. Rio de Janeiro, José Olympio, 1947.

WIZNITZER, A. "The exodus from Brazil and arrival in New Amsterdam of the Jewish Pilgrim Fathers", *in Publications of the American Jewish Historical Society*.

Introdução

Embora já se possa contar com um acervo bibliográfico referente à história dos judeus no Brasil, faltava, até agora, um trabalho que abrangesse a literatura brasileira judaica. O objetivo de *Imigrantes Judeus / Escritores Brasileiros* é sanar, em parte, esse vácuo, pela apresentação de narradores judeus no Brasil que incluem temas judaicos na sua escrita.

O roteiro deste livro, baseado em fontes ficcionais, documentais, semificcionais e pessoais, revela um número representativo de obras literárias e depoimentos, organizado de acordo com uma similaridade de tópicos. A divisão por temas intenta facilitar o acesso à historicidade de cada discurso, a seu conteúdo literário e à sugestão de um posicionamento da temática judaica na literatura brasileira. O critério da semelhança entre assuntos permite o agrupamento de textos em capítulos específicos e a inclusão de um mesmo escritor em diferentes estudos. Seis deles dizem respeito a narrativas de experiências vividas ou imaginadas por indivíduos em comunidades judaicas do Brasil, abarcando desde os primeiros fluxos imigratórios do começo do século XX até o momento presente.

Os narradores aqui reunidos somam quase cinqüenta. Embora a maior parte deles não se apresente profissionalmente como escritores, utilizo este termo para identificá-los segundo uma adaptação literária de anabolismo: a ocupação narrativa faz com que os autores sejam vistos como escritores. Neste sentido, todos os narradores, mesmo que não tenham publicado mais do que um livro em suas vidas e ainda que muitos dentre eles não se descrevam como escritores, são assim considerados no contexto deste estudo.

Entre os temas percebidos como pontos de confluência entre as manifestações literárias examinadas encontram-se: reminiscências dos primeiros momentos do estabelecimento judaico no campo e na cidade; processos de aculturação e assimilação dos judeus asquenasitas e sefarditas no Brasil; sentimentos de marginalidade, devidos a causas diversas; memórias e impacto do Holocausto e presença do sionismo na sociedade brasileira contemporânea.

O Capítulo 1 projeta um esquema passível de ser utilizado para uma periodização histórico-literária das letras brasileiras judaicas, baseada nas duas grandes fases da história do Brasil, a colonial e a independente. Nesse capítulo são examinados também conceitos referentes aos termos "judeu", "judaísmo" e outros, em relação à "literatura judaica na Diáspora".

Os Capítulos 2 e 3 incluem, respectivamente, o estudo de Crônicas, Depoimentos e Ficção. Cada um deles abriga leitura selecionada e exame de textos ditados pela memória ou pela imaginação de imigrantes desembarcados no Brasil em princípios do século e entre as duas guerras mundiais. Nesses capítulos, os mais extensos do livro, também se trata de representações de lembranças, rurais e urbanas, dos descendentes dos imigrantes.

No Capítulo 4 examinam-se as questões de aculturação e assimilação e parte de seus efeitos na comunidade judaica e na sociedade não-judaica brasileira em geral. Dado o jogo de reciprocidade que se integra ao processo de aculturação, esse capítulo abarca textos de autores brasileiros não-judeus, que revelam certas manifestações do judaísmo na cultura brasileira. O Capítulo 5 abrange dois temas: marginalidade e sionismo. Os textos ficcionais, poéticos e dramáticos alusivos ao primeiro tópico revelam três tipos de marginalidade sofrida por judeus: a resultante de pressões exteriores – anti-semitismo, antijudaísmo e anti-sionismo –, a provocada por tensões internas pertinentes à comunidade e a conseqüente de atitudes individuais de alienação. No tema referente ao sionismo, são examinados textos que enquadram a presença, no convívio brasileiro, de certos valores milenares judaicos, que ganharam realidade política em 1948, com a fundação do Estado de Israel.

O Capítulo 6 revela trabalhos ficcionais, semificcionais e documentais sobre experiências específicas vividas fora do Brasil. Tais vivências referem-se ao *Shoah* – palavra hebraica que significa "extermínio", divulgada como *Holocausto* nas línguas modernas ocidentais –, correspondente à destruição da comunidade judaica européia entre 1939 e 1945. Alguns dos sobreviventes do Holocausto aportados no Brasil dispuseram-se a relatar, por escrito, seu envolvimento com as trágicas circunstâncias daquele período. Ainda que esse tópico não faça parte de experiências ocorridas no país, ao contrário das registradas nos demais capítulos, não hesitei em incluir obras representativas sobre o Holocausto por três razões: por estarem estruturadas segundo os padrões literários brasileiros, por serem publicadas em português e por se referirem a um passado e presente vividos por pessoas que se integraram à sociedade brasileira. Tais relatos, já assinalados em literaturas de diversos países, abrem um caminho pioneiro nas letras brasileiras, pelo ineditismo do tema e pela armação estética peculiar aos testemunhos dos narradores.

O Capítulo 7 traz algumas reflexões provocadas pela presente etapa desse percurso literário. Nesse capítulo revelam-se alguns espaços recém-abertos na literatura brasileira judaica, que estariam moldando um tipo de escrita que poderia ser qualificado como de *pós-imigração*. Os escritores aí incluídos representam uma geração de brasileiros judeus que acaba de florescer (na década de 90), apresentando indícios de originalidade de estilo, diversidade temática e novas perspectivas. Em contraste com a maioria dos narradores apresentados ao longo deste estudo, esses devem ser percebidos como profissionais da escrita, seja por exporem, nos seus textos, certas marcas identificadoras de seu potencial, seja por incutirem, em nós, leitores, uma confiança, ainda que por razões indizíveis, na sua vocação emergente.

Esse último capítulo, apesar de designar o fim da travessia, não é um fecho. Como os demais, intenta sugerir o prosseguimento da fruição da literatura brasileira judaica.

1. O Componente Judaico na Literatura Brasileira: Temática, História e Periodização

A TEMÁTICA JUDAICA NAS LETRAS BRASILEIRAS

A temática judaica ingressou na literatura brasileira como reação literária aos problemas típicos dos primeiros momentos da imigração para o Brasil, de judeus oriundos, principalmente, da Europa. Surgida em meados do século XX e em língua portuguesa, é uma escrita dotada de identidade específica, circunscrita, sobretudo, às experiências de judeus em território brasileiro.

Estabelecer a temática em obras individuais de ficção já teve seu lugar proeminente na história das letras, antes que estudiosos e críticos se preocupassem com âmbitos mais complexos do discurso literário. No entanto, torna-se importante uma categorização por temas em um estudo como este, em que se propõe uma arqueologia literária pela qual se vão examinar elementos formativos da comunidade judaica no Brasil, ao emergirem à superfície da sua escrita.

A preocupação com temas se justifica por dois fatores de importância para este exame: um, de data relativamente recente, diz respeito à crescente infusão de uma nova temática na literatura brasileira, originada de diversos grupos imigratórios dentre os que têm afluído ao Brasil; outro relaciona-se ao surgimento, no Brasil e em outras partes do mundo, de uma literatura escrita por judeus, um ato praticado na Diáspora ou no Exílio (assim são chamados os períodos de tempo de dispersão dos judeus em territórios fora de Israel)[1]. A literatura escrita

---

1. Estudos recentes tendem a distinguir os significados dos termos "diáspora" e "exílio" em referência à história dos judeus. Estar na "diáspora" significaria o estado de residência no exterior (em relação a Israel) e "exílio" indicaria um afastamento espiritual de Deus na "diáspora". No contexto deste estudo, ambos os termos são intercambiáveis e devem ser entendidos como significativos do estado de quem vive

por judeus, que versa tópicos pertencentes à cultura judaica, faz parte do legado literário de um dos grupos imigratórios. Esse dado é imprescindível para a compreensão do que é a *temática judaica na literatura brasileira*.

A questão do conceito de judaísmo é de interesse para a legitimidade de circunscrever como judaicos certos elementos nos âmbitos das letras e das artes, oriundos na Diáspora. Em regra geral, quando um estudo lida com termos tais como "judeus", "judaísmo", "temática judaica" e outros pertinentes ou similares, questiona-se, primeiramente, *o que é um judeu*. Assunto complicado e fascinante, por ele se têm interessado judeus e não-judeus, desde principiantes em estudos judaicos a especialistas em religião, sociologia e antropologia, filósofos e rabinos. Retomada por gerações, a questão tem sido revista de várias perspectivas, principalmente com o surgimento de interpretações inovadoras e práticas alternativas aos rituais ortodoxos e com a expansão de uma mentalidade acolhedora aos convertidos ao judaísmo.

Tendo em vista a importância da questão e os propósitos deste trabalho, considere-se, como base para a conceituação de judeu, o conjunto de definições – de ordem religiosa, cultural e prática – assim emitidas:

> Judeu é aquele que aceita a fé judaica. Esta definição é *religiosa*.
> Judeu é aquele que, sem uma filiação formal religiosa, encara os ensinamentos do judaísmo – sua ética, seu folclore e sua literatura – como pertencentes a ele mesmo. Esta definição é *cultural*.
> Judeu é aquele que se considera judeu ou assim é visto por sua comunidade. Esta definição é *"prática"*[2].

Na percepção da identidade judaica, para fins analítico-literários, transfiro e adoto para este exame a seguinte observação:

> Para os propósitos deste ensaio, é judeu qualquer pessoa que se considere a si mesmo judeu, seja por nascimento ou conversão, formal ou informal. Embora, como se verá, esta definição, provavelmente, apresente tantos problemas quanto outra qualquer, em conexão com literatura, ela nos dá uma base sobre a qual trabalhar[3].

É ilusório pensar que os conceitos acima transcritos solucionem a intrincada questão da definição sobre o que é ser judeu e, por extensão, o que é judaico. No inter-relacionamento de ambas as conceituações, a

---

fora de Israel (ver Ruth Gruber Fredman, *The Passover Seder: Afikoman in Exile*, Filadélfia, University of Pennsylvania Press, 1981, p. 3).

2. Morris N. Kertzer (Rabino), *What is a Jew?*, 4. ed., Nova York, Macmillan Publishing, 1978, p. 3. (Sem indicação contrária, as traduções são minhas.)

3. Richard Tuerk, "Jewish-American Literature", *in* Robert J. Di Pietro & Edward Ifkovic (orgs.), *Ethnic Perspectives in American Literature, Selected Essays on the European Contribution*, Nova York, The Modern Language Association of America, 1983, p. 134.

idéia de "tema judaico" ainda inclui língua, espaço, tempo e modalidades. No entanto, essa divisão, de auxílio didático, tampouco é inteiramente satisfatória, embora seja relativamente fácil constatar como texto judeu, por exemplo, qualquer discurso escrito por judeu e em ídiche. Uma vez substituindo-se a língua ídiche por qualquer outra da Diáspora, não fica tão simples, como aparenta ser, a caracterização de um tema judaico em setores espaciais, temporais e modais. Lembrar, por exemplo, que espaço judeu é qualquer perímetro territorial onde se reconheçam valores judaicos é uma redundância. Apesar disso, como hipótese de trabalho, consideremos espaço, tempo e modalidade judaicos como estratos onde valores judeus sejam identificados e reconhecidos. A conjunção desses elementos tem sido identificada como "civilização judaica". Esta é descrita como composta de judeus em "um grupo cultural, principalmente religioso, embora não exclusivamente, ligados por uma história e uma língua litúrgica comum, uma vasta literatura, costumes e, acima de tudo, um sentido de destino comum. [...] Judaísmo é um modo de viver"[4].

Questões relativas a categorizações confrontam-se com uma variedade de dúvidas, ditadas pela prática da vivência judaica no mundo. Essas perguntas também vêm em auxílio da colocação de um fio prumo para o erguimento deste estudo:

[...] o que faz com que uma narrativa seja judaica? Será, por exemplo, seu tema? Poderia alguém escrever uma narrativa não-judaica sobre um tema judaico do mesmo modo que é possível pintar um quadro cristão sobre um tópico do Velho Testamento? O que faz uma narrativa ser judaica: será a religião, a nacionalidade ou a etnicidade? O judaico da narrativa seria determinado pelo idioma – ídiche, hebraico ou ladino – no qual o escritor elabora? Talvez a intenção do escritor ou escritora possa determinar o teor judaico do seu discurso literário. E como determiná-lo quando um escritor – como Abraham Cahan em *The Rise of David Levinsky* – não mostra, na sua narrativa, intenção de promover sua etnicidade, mas, sim, facilitar o processo de ajustamento e aculturação? E o que dizer de I. L. Peretz, em cujo conto "Bontsha the Silent" ["Bontcha, o taciturno"], se mostra a insipidez da chamada estreiteza mental e passividade dos judeus? Escolho estas histórias – e há muitas mais – porque, apesar das intenções dos seus autores, elas passaram a ser modelos na literatura judaica e são até mesmo celebradas como clássicas, por leitores judeus em toda parte. Neste caso, talvez sejam os leitores judeus que façam que uma história seja judaica. Há bastante verdade nesta afirmação. Mas não a verdade inteira[5].

A procura de uma "verdade inteira" passa por caminhos entrelaçados com a busca de identidade e de nacionalidade literárias, fenômeno comum a literaturas de imigrantes ou daqueles culturalmente diversos numa determinada sociedade. Clássico exemplo de convergências

---

4. Mordecai M. Kaplan, *apud* Kertzer, *op. cit.*, p. 3.
5. Joseph Lowin, "The Literature of the Jewish Idea", *in* Ruth S. Frank & W. Wollheim (orgs.), *The Book of Jewish Books, A Reader's Guide to Judaism*, São Francisco, Harper & Row, 1986, pp. 195-196.

e bifurcações étnico-literárias é a questão envolvendo Franz Kafka (1883-1924): escrevendo em alemão, a qual nacionalidade literária pertenceria a obra de Kafka, que não é considerado um "escritor judeu" no sentido de trazer explícito judaísmo à sua ficção?

A percepção de judaísmo na obra kafkiana tem sido um desafio a críticos como Gershon Shaked, para quem Kafka manteve sua obra ficcional distante do judaísmo, ao mesmo tempo que se encontrava integrado aos problemas judaicos de seu tempo, como visto em referências pessoais em seus diários e cartas[6]. Shaked identifica, no entanto, metáforas e alegorias referentes ao judaísmo em alguns de seus romances, como *O Processo* e *O Castelo*. Neste, observa-se uma representação alegórica do judeu deslocado e desprezado no personagem K., que jamais conseguiu entrar no "castelo" nem pertencer à comunidade com a qual convivia, sempre tratado como pária.

Shaked dá seqüência à sua pesquisa através de indagações e ponderações como: "O que é literatura judaica escrita em língua não-judia? É qualquer literatura escrita por europeus, americanos ou de outras nacionalidades a quem acontece ser de origem judaica? E, isto, até que geração?" (p. 58). Uma entrada alternativa à mesma questão, também formulada pelo crítico, torna-se base orientadora para este estudo: "Outra forma de acercar-se ao problema é definir a temática judaica para depois determinar se e em qual proporção estes temas estão expressos ou implícitos nos trabalhos em discussão" (p. 58).

Com apoio nos postulados acima, considere-se judeu ou judia, para fins deste exame, quem assim se apresentar na sua escrita, ou por ter nascido de pais judeus (pai, mãe ou ambos), por assim designar-se de acordo com seu conhecimento da fé e da cultura judaicas, ou por se ter convertido ao judaísmo. O espírito deste estudo reconhece uma escrita como passível de ser interpretada como judaica se, pelo menos, dois aspectos de judeicidade forem satisfeitos: a identificação do escritor como judeu, dentro de quaisquer dos parâmetros acima delineados, e uma dinâmica judaica textualmente explícita ou relevante junto a outros aspectos da sua personalidade e caracterização literárias.

Amalgamando esses pensamentos, reconhece-se um tema como judaico quando o conflito principal de uma obra estiver expressamente ligado ao judaísmo quanto à sua gênese e à vivência física, mental, espiritual e psicológica de quem a escreve. Essa condição deve encontrar-se tanto na manifestação literária ficcional quanto na poética, dramática e na crônica, como também na semificcional e em depoimentos. Neste ensaio, serão usadas expressões como "temática judaica na literatura

---

6. Gershon Shaked, "Kafka, Jewish heritage, and Hebrew literature", *in* [título em letras minúsculas] *the shadows within, essays on modern Jewish writers,* Filadélfia, The Jewish Publication Society, 1987, pp. 3-21.

brasileira" e "literatura brasileira judaica" com o mesmo significado, visto que a primeira delas molda e retém a precisão da segunda.

Se um tópico não estiver explícito dentro das coordenadas referidas, a origem judaica de um escritor ou escritora não assegura, necessariamente, a temática judaica de um texto. À literatura brasileira têm concorrido escritores judeus que não expuseram temas propriamente judaicos na sua escrita como, entre outros, Clarice Lispector e Márcio Souza[7].

O presente ensaio abre uma trilha nunca antes percorrida na crítica brasileira. Além de constituir-se de uma pluralidade analítica, este estudo tenciona ser um argumento para inclusão e reconhecimento de uma temática judaica específica no fluxo da literatura brasileira. O presente levantamento de obras representativas de autores judeus concentra-se em textos contemporâneos, surgidos a partir dos primeiros quarenta anos do século XX no Brasil. Dada a situação de que grande proporção desse quadro literário é pouco conhecida ou se encontra esquecida, uma breve biografia faz parte das apresentações individuais. Registros bibliográficos encontram-se nas notas de rodapé.

PERSONAGENS JUDEUS, ESCRITORES NÃO-JUDEUS

Para verificação e exame da temática judaica na literatura de qualquer país, deve-se cuidar em não confundir tema com personagens judaicos. Estes últimos podem estar presentes em qualquer texto ficcional, independentemente de ser ou não judia a origem do autor. Romances inseridos tanto na literatura portuguesa quanto na brasileira, por exemplo, apenas por incluírem personagens judeus não determinam, por isto, uma temática judaica. Portanto, não poderiam assim considerar-se certas obras que abrigam personagens judeus calcados em clichês antijudaicos, vistos, geralmente, como portadores de malignidade de atos e pensamentos, além de serem expostos, tradicionalmente, como usureiros. Por outro lado, escritores não-judeus podem apresentar, em seus trabalhos, passagens da história judaica, de forma direta ou através de metáforas e alegorias. Uma das ilustrações brasileiras é o romance *Pessach: A Travessia* (1981), de Carlos Heitor Cony. Algumas conotações simbólicas têm sido apontadas, pela crítica, nas alusões à opressão faraônica contra os hebreus no Egito, que poderiam referir-se

---

7. Nascida na Ucrânia, Clarice Lispector (1925-1977) imigrou para o Brasil com menos de um ano de idade. Filha e neta de judeus, ela é considerada brasileira, de origem judaica. Seu pai, Pedro Lispector, chegou a ser um dos líderes sionistas no Rio de Janeiro. Sem expressamente renegar suas raízes, Clarice tampouco indicou sua ascendência israelita na sua escrita profissional. A última afirmativa aplica-se também a Pedro Bloch e Márcio Souza.

ao contexto de uma política opressora, em certo período da história do Brasil. Extratos judaicos são igualmente expressos na menos conhecida historieta *Minha Irmã Catarina* (1982), de Lília Malferrari, na qual uma voz infantil relata as reações de seus pais, católicos, quando sua irmã e um rapaz judeu se apaixonam e querem casar-se[8].

Octávio Mello Alvarenga, em *Judeu Nuquim* (1967), relata a história de Nuquim e Domitila, dois irmãos adolescentes de origem judaica, confiados pelos pais a um grupo de pessoas que se adentrava pelo Brasil à procura de ouro, ao tempo da Inquisição. Baseando-se em fatos históricos, a narrativa expõe as reações dos irmãos acossados e impedidos de revelarem suas identidades. Os resultados mais óbvios dessas condições são díspares: enquanto Nuquim esforça-se em preservar sua religião e por ela correr perigos, Domitila resolve desvencilhar-se dos fios que a prendiam à tradição hebraica. O romance faz uma avaliação subtextual da herança espiritual judaica quando desafiada pelas pressões de assimilação e isolamento, ao mesmo tempo que retoma a problemática da escravidão indígena sob o poder arbitrário da Igreja e do Estado.

Também Maria José de Queiroz, escritora não-judia, focaliza um tema judaico em *Sobre os Rios que Vão* (1990): Joel Levi, um rapaz judeu, talentoso músico e físico de profissão, decide assimilar-se, mudando seu nome para Jari Leite. Ao modificar sua certidão de nascimento, tencionava afastar-se o bastante de sua identidade judia e de seu complexo de perene exilado, na esperança de que o novo nome lhe assegurasse uma situação renovada na sociedade brasileira[9].

No domínio teatral, Alfredo Dias Gomes entrosa personagens judeus na peça *O Santo Inquérito* (1966). É a história de Branca Dias, neta de cristãos-novos, acusada de judaizante pela Inquisição em vigor, no século XVI. A trama passa a ser um pretexto, na complexidade de suas mensagens, para uma representação que extravasa a problemática judaica daquele período da história luso-brasileira. O historiador Elias Lipiner, ao resenhar o drama, observa que

não obstante, porém, o seu aparente exclusivismo judaico, a peça é caracterizada pela sua universalidade, pois destina-se a alertar os espectadores sobre o perigo que anda

8. Carlos Heitor Cony, *Pessach: A Travessia*, 2. ed., Rio de Janeiro, Civilização Brasileira, 1983; Lília Malferrari, *Minha Irmã Catarina*, São Paulo, Melhoramentos, 1982. Como nenhuma destas obras é de autor judeu, nem expressam intenção de levantar uma questão intrinsecamente judaica, ainda que ambas envolvam reflexões sobre alguns aspectos do judaísmo, não entram no rol das obras a serem examinadas aqui. (Carlos Heitor Cony declarou-me, em entrevista informal realizada na redação de *Manchete*, no Rio de Janeiro, em 1985, que é descendente de judeus ibéricos – os sefarditas – e criado na religião católica, tendo estudado em seminário.)

9. *Judeu Nuquim*, Rio de Janeiro, Bloch, 1967, Prêmio Walmap, 3º lugar Categoria Romance; *Sobre os Rios que Vão*, Rio de Janeiro, Atheneu Cultura, 1990.

eternamente à espreita da liberdade da consciência dos homens, independentemente da sua nacionalidade e das condições de tempo ou de espaço[10].

A CONSCIENTIZAÇÃO DO ESCRITOR BRASILEIRO JUDEU

Textos brasileiros nos quais prevalece a temática judaica como expressa por autores judeus não são, em sua grande parte, reconhecidos como obras modelares, nem exemplares de construção refinada ou de discursos paradigmáticos. Muitos dos autores tampouco se definem como escritores profissionais ou aspirantes a essa posição. Neles pode-se perceber uma fuga do termo "escritor", que lhes emprestaria uma profissionalização que, em geral, não almejam. Apesar dessa resistência, plausível em alguns casos, nem por isso se deve deixar de examinar a escrita judaica do país como integrante do mundo literário e do imaginário brasileiro. Os elementos que constituem tal escrita não são menos merecedores de análise, exame e fruição do que a de muitos autores não-judeus consagrados ou que ainda se encontrem em julgamento crítico.

A criatividade literária dos judeus no Brasil, ressalvadas as exceções individuais, pode ser vista como em fase final de seu período de formação. Trata-se de uma etapa que, comparada com o corpo ficcional profissional e modelar que constitui a literatura brasileira em geral, manifesta-se, em muitos aspectos, por potencialidades. As ressalvas individuais vão referir-se aos escritores profissionais, cujos méritos já se encontram reconhecidos pela crítica convencional.

Nesta altura, o conjunto ficcional brasileiro judaico é quase todo constituído por imigrantes radicados no Brasil ou seus descendentes brasileiros. Enquanto com os primeiros é perceptível uma potencialidade literária nem sempre redimida, nos segundos já se reconhecem traços indicativos de uma ascensão estético-literária que se distancia das modestas intenções inaugurais dos pioneiros.

Os pioneiros da escrita, que aprenderam português de ouvido, como seu segundo ou terceiro idioma, constituem a "geração do sotaque". Seus filhos, nascidos no país, aprenderam a língua portuguesa nos bancos escolares a partir da escola primária. Por se referirem, a miúdo, a um mundo judaico transladado do Leste e do centro da Europa, onde se falava ídiche, a língua franca dos judeus daquelas regiões, os escritores da geração do sotaque e seus descendentes tendem a incluir, nos seus textos, termos daquele idioma. Outra adição lingüística é representada por palavras em hebraico, circunscritas sobretudo à designação de dias religiosos e celebrações populares.

---

10. Elias Lipiner, "O Santo Inquérito", *Comentário,* Rio de Janeiro, Instituto Brasileiro de Cultura e Divulgação, ano VIII, n. 8, 2º semestre, n. 2 [30], 1967, pp. 176-178.

Muitas das publicações apresentam glossários ou explicações ao pé da página para os vocábulos estrangeiros ou assuntos culturais e religiosos. Tais esclarecimentos referem-se, em sua maioria, a esferas sociais dominadas pelo ídiche e vão estabelecer um vínculo entre o passado europeu e o mundo moderno brasileiro. Essa ponte lingüística e cultural empresta uma personalidade singular à produção literária, observada principalmente nas memórias. Elas também constituem tratados instintivos de antropologia e sociologia, por oferecerem uma ampla visão de processos individuais e coletivos de adaptação, resistência, acomodação e conciliação dos imigrantes em relação ao novo meio ambiente.

Como a temática judaica encontra-se envolvida, em diversos aspectos, com as entradas imigratórias, faz-se importante uma revisão, ainda que sucinta, das etapas principais da imigração judaica para o Brasil.

HISTÓRIA E PERIODIZAÇÃO DA ESCRITA BRASILEIRA JUDAICA

As ondas imigratórias e as incertezas a que estiveram sujeitos os imigrantes determinaram tanto a constância quanto a inconstância da presença de judeus em território brasileiro. Como resultado dessa flutuação entre estar e não estar, durante muitos séculos, sua produtividade literária no Brasil foi igualmente oscilante. Em termos de tempo e densidade populacional, os judeus constituem uma comunidade pequena e de chegada maciça relativamente recente no país. Um senso informal indica 150 mil judeus no Brasil na década de 90.

É intrigante o número de classificações que a história judaica no Brasil tem recebido no decorrer dos anos, tendo por fim uma compreensão da sua imigração. Começando pela divisão pormenorizada de Salomão Serebrenick, completada por Elias Lipiner[11], converge-se a um sumário de ambas, efetuado por Nachman Falbel[12]. Dentre estas classificações, para um exame ordenado do desenvolvimento das letras judaicas no Brasil, salientam-se os três grandes períodos da sua história: o colonial, o monárquico e o republicano. Cada um deles, com suas diferentes restrições e concessões aos imigrantes – principalmente aos judeus – exerceram influência fundamental para o nascimento e desenvolvimento da literatura judaica no Brasil.

11. *Breve História dos Judeus no Brasil,* Rio de Janeiro,Biblos, 1962, Salomão Serebrenick, "Quatro Séculos de Vida Judaica no Brasil (1500-1900)", pp. 9-104; Elias Lipiner, "A Nova Imigração Judaica no Brasil", pp. 113-151.

12. Nachman Falbel, "A Propósito da Periodização da História dos Judeus no Brasil", *in Estudos sobre a Comunidade Judaica no Brasil,* São Paulo, Federação Israelita do Estado de São Paulo, 1984, pp. 11-15. Também de interesse, o capítulo "Algumas Questões Concernentes à Metodologia na Pesquisa da História Moderna dos Judeus e o Conhecimento de suas Fontes", pp. 16-25.

O cultivo de tópicos israelitas nas letras brasileiras estende-se, em diferentes proporções, ao longo destas três experiências político-administrativas: o *período colonial* (1500-1822), o *período independente*, abrangendo o Império (1822-1889), e o processo *republicano*, incluindo-se a fase contemporânea.

PERÍODO COLONIAL

Durante o domínio português, a opressão inquisitorial sufocou, além da religião, quaisquer outras atividades afins, culturais e artísticas, geradas pela comunidade judaica em Portugal e no Brasil. Em conseqüência, inexistiu, para efeitos práticos, qualquer expressão literária judaica em todo o território dominado pelos portugueses. Foi preciso que se passassem muitas décadas depois de 1822, data da independência do Brasil do poder administrativo português, até que os judeus de várias nações entrassem na ex-colônia portuguesa com sua identidade pessoal, isentos de subterfúgios e confiantes na liberdade para a prática de sua religião.

Durante os quase 330 anos de submissão político-administrativa, religiosa e cultural à Coroa portuguesa, apenas três escritores chegaram a deixar traços de seu judaísmo nas letras luso-brasileiras. Em contraste com esses resultados, no decorrer dos quase 180 anos de independência, o Brasil foi um dos pólos de atração para imigrantes, aumentando sua densidade populacional judaica e, conseqüentemente, sua contribuição ao país, em vários setores e atividades.

No período colonial, alega-se, expressões de raízes mosaicas perfuraram a mordaça da Inquisição e se revelaram, de forma encoberta, através de três obras literárias. Nelas, segundo alguns críticos, seus autores puderam preservar uma índole judaica velada, mas assim mesmo perceptível: Bento Teixeira, no poema *Prosopopéia*, Ambrósio Fernandes Brandão, nos *Diálogos das Grandezas do Brasil*, e Antônio José da Silva, no conto "Obras do Diabinho da Mão Furada". Apenas dois entre eles – Teixeira e Antônio José – se contariam como escritores de origem judia com trabalhos divulgados no período colonial. A obra de A. F. Brandão só foi publicada em 1930.

Os primeiros judeus a alcançarem o Brasil, de acordo com a história (não-oficial) dos acontecimentos náuticos portugueses, eram de origem ibérica, isto é, sefarditas. Esta palavra deriva-se de *Sefarad* (Espanha, em hebraico)[13]. A ausência de documentação sobre a presença

---

13. Sefarditas são judeus de ascendência portuguesa e espanhola. Começando em 1381, a Espanha manteve uma campanha de expulsão de judeus que se recusavam a trocar sua religião pelo cristianismo. O processo de expelir os recalcitrantes culminou (mas não terminou) em 1492, quando grande parte da comunidade mosaica preferiu

de israelitas praticantes a bordo da esquadra portuguesa tinha sua razão de ser, pela violência moral e física a que foram submetidos em Portugal.

A esquadra de Pedro Álvares Cabral compunha-se de dois tipos de pessoas no que dizia respeito à religião: os cristãos e os judeus. Enquanto os primeiros se orgulhavam de ser reconhecidos como "cristãos velhos", os últimos estavam resignados à alcunha de "cristãos-novos", que lhes fora atribuída depois de terem sido obrigados a aceitar o cristianismo como nova religião[14]. Este apelido forçado era como uma segunda pele que mal escondia a musculatura nervosa e angustiada daqueles que insistiam em pertencer à "nação mosaica"[15].

Pode-se imaginar que razoável proporção de cristãos-novos passou a praticar seu primeiro credo às escondidas, uma vez enfurnados nos seus casebres de pau-a-pique ou embrenhados pelas fazendas e plantações de cana-de-açúcar. Estes eram os chamados "judaizantes"[16]. Certos resquícios de seus hábitos religiosos e alguns costumes foram legados à cultura brasileira, que alguns estudiosos têm encontrado na língua portuguesa falada no Brasil[17], outros os surpreendem em algu-

---

antes exilar-se de sua terra a converter-se. Muitos dirigiram-se a Portugal, atraídos por uma proclamada tolerância no reino, mas encontraram idêntica sorte. Repelidos definitivamente da Península Ibérica, os judeus se estabeleceram em terras espraiadas ao redor da bacia mediterrânica, nos países balcânicos, no norte da África e nas Ilhas Baleares, além de outras regiões. Sempre conservaram o espanhol e o português como meio primordial de comunicação, com prevalência do espanhol, que, desde então, passou a receber mais de uma dezena de nomes (*judezmo, judeo-espanhol, espanholit, espanyol, spanioliko, romanzo, ladino* etc.). A tendência atual entre lingüistas é preservar a denominação *ladino* somente para a língua encontrada nos textos de liturgia utilizados pelos sefarditas, para distingui-la dos demais dialetos regionais (ver Tracy K. Harris, *Death of a Language, The History of Judeo-Spanish*, Newark, University of Delaware Press, 1994, pp. 20-29.)

14. "Cristão-velho – Cristão autêntico, genuíno, nativo, em oposição ao cristão-novo, que é um judeu batizado ou descendente deste" (Elias Lipiner, *Santa Inquisição: Terror e Linguagem*, Rio de Janeiro, Documentário, 1977, p. 55).

15. "Nação" no sentido de "grupo". O nome era uma forma de manter a separação entre judeus e cristãos, iniciada com as "judiarias", bairros exclusivos para judeus na Península Ibérica. Outros termos separatistas em relação aos judeus em Portugal eram "nação hebréia" e, simplesmente, "nação", que os judeus assimilaram para se identificar como "gente da nação". Comenta Elias Lipiner: "Entre os vários apelidos dos judeus de Portugal, este era dos poucos não considerados injuriosos, pois os próprios cristãos-novos o adotaram nas suas rezas" (Elias Lipiner, "Gente da Nação", *in Santa Inquisição: Terror e Linguagem*, p. 77).

16. "*Judaizantes* – Os cristãos-novos cuja conversão era fingida e que às ocultas conservavam a lei de Moisés, para distingui-los dos outros que sincera e conscientemente adotaram para sempre o cristianismo" (*Idem*, p. 93).

17. Para um exame da possibilidade de elementos judaicos na linguagem, ver Moysés Kahan, *Judeidade*, São Paulo, Sociedade Brasileira de Estudos Israelitas, Departamento Cultural do C.E.I.B., Macabi, 1968: "As Vozes Hebraicas no Brasil Quinhentista", pp. 32-39, e "Raízes Hebraicas no Tupi", pp. 40-48.

mas superstições[18], e ainda terceiros percebem-nos em atitudes que só podem ser produto de contaminação religiosa-cultural[19].

Uma vez instalados na nova terra, foi numa atmosfera de segredos, camuflagens e perseguições que as três obras literárias supracitadas foram concebidas no Brasil colonial por cristãos-novos, sendo apenas duas delas publicadas durante esse período. Assim, segundo um setor da crítica que se ocupou do assunto, parece que um veio judaico, acaçapado e mal despontando através de esparsas sugestões textuais, emerge no poema *Prosopopéia*, de Teixeira, nos *Diálogos das Grandezas do Brasil*, de Fernandes Brandão, e no conto "Obras do Diabinho da Mão Furada", de Antônio José da Silva, o Judeu. Teixeira e Brandão eram de origem portuguesa; Antônio José era brasileiro. Diferenças de local de nascimento não tinham peso nenhum na época, muito menos para a Inquisição, visto que todos eram súditos da Coroa ibérica. Enquanto os registros indicam que Bento Teixeira e Antônio José foram isolados do convívio social pela Inquisição, Brandão foi o mais privilegiado dos três. Segundo fragmentadas notas biográficas, ao ser acusado de judaizante, conseguiu confundir a vigilância do Santo Ofício e prosseguir sua vida de cobrador de impostos, dono de engenhos e escritor incógnito.

Bento Teixeira

Bento Teixeira (*circa* 1561-1600) nasceu em Portugal e chegou ao Brasil – onde permaneceria grande parte de sua vida –, acompanhando a família com a idade de cinco anos. Segundo notas biográficas, espraiadas por manuais literários, estudou em escolas jesuíticas, onde criou raízes de amizade vitalícia com alguns clérigos, enquanto, com outros, disputava as interpretações

---

18. Superstição popular impede que se aponte para estrelas "porque cresce verruga" no dedo indicador. Tal proibição indicaria resquício do cuidado com que judeus religiosos saíam à rua ao fim da tarde de sábado para ver se já havia três estrelas no céu, o que assinalaria o encerramento do culto ao dia sagrado. No caso de serem apanhados em flagrante à procura dos pontos luminosos ao crepúsculo, estariam praticamente declarando sua condição de "judaizantes". O hábito de impedir ou ralhar com crianças que apontam para estrelas com o dedo, prevenindo-as de que lhes poderá nascer verrugas no indicador, pode originar-se nas precauções dos judeus sefarditas contra observadores à espera de algum ato judaizante distraído. A ameaça, que teria protegido as crianças de denunciadores, ainda é lembrada em certas regiões do Brasil, ainda que a origem e motivação da advertência tenham desaparecido.

19. Para um exame profundo a respeito da assimilação cristã de cultos e hábitos rituais hebraicos, ver Moisés Espírito Santo, *Origens Orientais da Religião Popular Portuguesa Seguido de Ensaio sobre Toponímia Antiga,* Lisboa, Cooperativa Editora e Livreira, 1988. Agradeço à Dra. Hilda Strozemberg Szklo, que me indicou e facilitou acesso a essa obra.

dogmáticas de passagens bíblicas. Uma romantização da sua biografia, por Luzilá G. Ferreira, indica que a mãe, cristã-nova, não teria poupado esforços em incutir, no filho, a idéia de que era parte "da nação", apesar dos protestos do pai. A biógrafa indica que, em reconhecimento à tradição materna, Teixeira ofertou-lhe o último ritual, de acordo com sua ascendência:

> Bento a fez amortalhar e enterrar segundo o modo judaico. Pusera na boca da mãe um dinheiro de prata, cortara-lhe as unhas e as guardara, derramara a água dos cântaros e havia feito comer aos que vieram, pescado, ovos e azeitonas, por amargura, sobre mesas baixas. Na descoberta da *matzeiva*, o pai o havia interpelado. Discutiram ali mesmo, diante do cadáver da mãe[20].

O poema épico que lhe favoreceu um lugar nas letras brasileiras é um exacerbado discurso encomiástico sobre as qualidades pessoais e as vitórias bélicas de Jorge Albuquerque Coelho, o então governador de Pernambuco. Críticos negam-lhe valores literários originais, reconhecendo, no autor, a classificação cronológica de número *um* numa fila poética, mas não o primeiro no sentido qualitativo. Em outras palavras, dessa perspectiva, seu mérito reside apenas em que nasceu antes dos demais poetas que exerceram rimas no território brasileiro sob jurisdição ibérica.

Pesquisadores de literatura tendem a isentar-se de comentários sobre a controvertida inserção de elementos judaicos no poema de Bento Teixeira. Analistas e professores têm mostrado preferência em acusar o poema de medíocre imitação de *Os Lusíadas*, ressaltando aqui e ali versos recortados contra um fundo clássico. Alfredo Bosi, numa obra fundamental para o conhecimento da história da literatura brasileira, dedica-lhe dois parágrafos[21]. Relegado ao ostracismo pelos críticos, não se deve estranhar que o "caso Teixeira" tenha sido discutido por historiadores, os quais dedicaram-se a debater a questão das raízes judaicas no poema e a intenção do poeta em proclamá-las ou não. O momento político-social vivido pelo cristão-novo Bento Teixeira parece ser de importância maior do que os méritos de seu famoso poema e do restante da sua parca obra literária.

As discussões sobre o possível âmbito judaico de *Prosopopéia* tiveram sua dose de polêmica, já há tempos amainada mas não ainda em estágio de conclusões magnas. A mais renomada das divergências

---

20. Luzilá Gonçalves Ferreira, *Os Rios Turvos,* Rio de Janeiro, Rocco, 1993, p. 33. (*Matzeiva*, palavra hebraica, indica monumento erigido sobre um túmulo; faz parte dos costumes a família da pessoa morta "inaugurar" esta construção um ano depois do enterro; o cadáver, ou o que resta dele, está enterrado; portanto, no texto, pai e filho estariam diante da cova e não do cadáver.)

21. Alfredo Bosi, *História Concisa da Literatura Brasileira*, 2. ed., São Paulo, Cultrix, 1978, p. 41.

de perspectivas estabeleceu-se entre os historiadores Rubens Borba de Moraes[22] e Arnold Wiznitzer[23]. No entanto, a oposição entre eles, hoje arquivada e mal lembrada, guarda interesse para um recorte literário-arqueológico de Teixeira e seu significado para as semimortas letras judaicas do tempo.

Na percepção de Wiznitzer, o desenho de um pelicano, aparecido na edição de 1601 de *Prosopopéia*, pareceu-lhe uma fênix, à qual o historiador outorgou símbolos supostamente judaicos, emprestados da ave mitológica que renascia das próprias cinzas. Moraes, ao denunciar o equívoco de Wiznitzer, abriu uma brecha de descrédito às hipóteses relacionadas ao judaísmo textual de Bento Teixeira, como expostas por Wiznitzer.

O historiador Luiz Roberto Alves examina a bifurcação dos dois historiadores e apóia a observação de Moraes. Alves ressalva que, ao contrário do que pretendeu Wiznitzer, o poema encomiástico não seria uma escamoteação cheia de orifícios pelos quais escapavam aspectos das crenças religiosas do poeta; seria, sim, reflexo de um momento brasileiro em que a erudição de um poeta (incluindo conhecimento de outra religião) e sua permeabilidade a vozes folclóricas se mesclavam e se expunham sem, necessariamente, determinar identidade de raízes[24]. Segundo Alves:

> O jovem poeta Bento Teixeira se impôs como um representante do seu tempo: cristão-novo, professor, comerciante, advogado, polemista, até mesmo assassino da esposa e pretenso livre-pensador do final do nosso primeiro século (p. 4).

Em seu artigo "Muitas Perguntas...", Borba de Moraes respalda-se em comentário do historiador Rodolfo Garcia, que diz ter Bento Teixeira escrito aqueles versos como qualquer homem culto, instruído e contemporâneo seu o teria feito. Conhecedor das teologias judaica e cristã, para ele seria muito simples fazer citações de escrituras hebraicas, sem que isso constituísse uma mensagem criptológica sobre suas origens judaicas.

Além das observações mencionadas, Wiznitzer pinçou também outros fios de judaísmo, encontrados no comportamento do autor de *Prosopopéia* nas suas lides sociais. O historiador comenta que Teixeira teria dito, em certas ocasiões, que Adão teria morrido como qualquer mortal, mesmo se não tivesse comido a tal maçã que o riscou da lista

---

22. "Muitas Perguntas e Poucas Respostas sobre o Autor de 'Prosopopéia' ", *Comentário,* Rio de Janeiro, Instituto Brasileiro Judaico de Cultura e Divulgação, V, 5, 17, 1964.

23. Arnold Wiznitzer, *Jews in Colonial Brazil,* Nova York, Columbia University Press, 1960.

24. Luiz Roberto Alves, "A Fábula e a História", *in Confissão, Poesia e Inquisição,* São Paulo, Ática, 1983, p. 129.

dos imortais, pois ele também era feito de ar, fogo, água e barro[25].
Moraes rebate estas e outras inferências definindo-as, também, como parte do acervo cultural de qualquer homem culto e racional em qualquer época. Luiz R. Alves, igualmente, aprofunda-se na análise do poeta como um "intelectual pressionado", principalmente pelas informações resultantes dos vários conflitos em que ele se viu envolvido, de ordem pessoal e política, seja por conversas informais com clérigos, quase os únicos doutos da época, seja por "confissões" diante da Santa Inquisição.

A matéria ainda se encontra aberta a interpretações, para desassossego de críticos literários, como se estes já não tivessem suficientes problemas para resolver, além do enigma dos nomes (Bento Teixeira ou Bento Teixeira Pinto?), o mistério da autoria do poema, que, por muitos anos, fora atribuído a outro cristão-novo, Ambrósio Fernandes Brandão, autor dos *Diálogos das Grandezas do Brasil*.

Ambrósio Fernandes Brandão

Sobre esse homem não há conclusões definitivas a respeito de datas e locais de seu nascimento e morte. Sabe-se que Brandão foi contemporâneo de Bento Teixeira por registros de sua passagem pelo nordeste açucareiro do Brasil, ainda que as datas sejam aproximadas (mais ou menos 1583). Verbetes sobre Ambrósio F. Brandão em dicionários literários não são muito elucidativos quanto à sua vida ou à sua obra literária. A maior parte das informações o descreve, assim como a seu trabalho literário, como

presumivelmente português, cristão-novo, radicado no Brasil em 1583 como feitor ou arrecadador dos dízimos de açúcar de Pernambuco. [...] Escritos em 1618, [os *Diálogos*] permaneceram inéditos até o século passado, quando Varnhagen descobriu em Leyde (Holanda) apógrafo de onde extraiu um manuscrito cuja publicação só se faria anos depois[26].

A principal contribuição de Brandão às letras brasileiras inclui uma coleção de seis diálogos trocados entre dois portugueses, Alviano e Brandônio. O primeiro era recém-chegado ao Brasil e encontrava a vida na colônia muito difícil de ser compreendida, notando defeitos em todas partes. O segundo era um imigrante veterano, que tivera tempo de aprender a viver na nova terra e adaptar-se a tudo que podia usufruir. Ambos representam uma síntese de opiniões contrastantes a

25. Wiznitzer, *op. cit.*, p. 27.
26. Massaud Moisés e José Paulo Paes (orgs.), *Pequeno Dicionário de Literatura Brasileira, Biográfico, Crítico e Bibliográfico*, São Paulo, Cultrix, 1980, pp. 86-87. Muitas das referências sobre Ambrósio Fernandes Brandão procedem de Rodolfo Garcia, "Os Judeus no Brasil Colonial", *in* Uri Zwerling (ed.), *Os Judeus na História do Bra-*

respeito da incipiente sociedade colonial brasileira, tecendo-se, por suas respectivas observações, um panorama geral das comunidades indígena, portuguesa e africana do tempo.

Uma pulsação judaica criptológica em Brandão foi observada pelo historiador Varnhagen (conforme observação de Wiznitzer em seu *Jews in Colonial Brazil*), como veladamente expressa num comentário de Brandônio. Esse personagem comenta que os índios brasileiros seriam possivelmente descendentes dos israelitas[27]. A mera alusão a tal tópico poderia encarcerar e condenar Brandão a um formidável auto-da-fé. Não se estranhe, portanto, que a descoberta da conversa ficcional ostentando Brandão como seu autor tenha ocorrido muitos anos depois de sua morte e, ainda assim, ocultando sua origem: "Os *Diálogos das Grandezas do Brasil* apareceram em 1618, sem menção de autoria"[28]. Assim permaneceram até que uma cópia dos originais foi descoberta no século XIX e finalmente impressa por volta de 1930, no Brasil.

As inferências de cripto-judaísmo na sua obra, entretanto, não se encerraram com os comentários de Varnhagen e Wiznitzer. Na introdução à versão norte-americana dos *Diálogos*, seus tradutores reverteram a percepção sobre a troca de idéias dos dois personagens portugueses ao declararem que estes

---

Rio de Janeiro, 1936, pp. 19-21: "Já estava em Pernambuco, pelo menos, em 1583; dahi acompanhou o ouvidor Martim Leitão como capitão de mercadores, em uma das expedições contra os franceses e indios da Parahiba e tomou parte com a sua companhia no combate em que foi conquistada a cerca do Braço de Peixe. [...] freqüentava a esnoga do engenho de Camaragibe; foi por esse motivo denunciado perante a mesa do Santo Officio, na Bahia, em Outubro de 1591, com outros seus correligionários [...] Antes de 1613 estabeleceu-se na Parahiba [...] era senhor de dois engenhos de assucar, o Inobi, ou de Santos Cosme e Damião, e do Meio, ou São Gabriel [...] Ignora-se quando morreu, mas já não vivia quando os hollandezes tomaram a Parahiba".

27. *Diálogo II*. Alviano reflete as idéias correntes no século XVII sobre as origens dos índios das Américas. Suas hipóteses variavam entre os fenícios, cartagineses e os chineses; estes teriam povoado o Peru, de onde seus habitantes se teriam escoado a terras brasileiras. Brandônio rebate os termos explicativos destas variadas origens e se firma na idéia de que os índios eram descendentes de navegantes israelitas dos tempos salomônicos. Brandônio, cujo nome tem sido interpretado como sendo um criptograma de "Brandão", identifica certos hábitos considerados israelitas no costume indígena de tomar uma sobrinha por esposa, no conhecimento de algumas leis celestiais e pela presença de certas palavras no vocabulário indígena, que lembram palavras hebraicas. Alviano nega-se a reconhecer esses fatos como provas suficientes, dizendo que a ascendência israelita dos índios brasileiros dificulta a explicação de seu estado de barbarismo. Brandônio esclarece que a passagem de tantas gerações depois dos primeiros navegantes, a ausência de forma escrita de comunicação e os descaminhos e esquecimentos naturais à transmissão por via oral das tradições reduziram o brilho dos antepassados ao primitivismo nativo (*Diálogo II*, fala n. 27 de Brandônio).

28. Nelson Werneck Sodré, *O Que se Deve Ler para Conhecer o Brasil*, 4. ed., Rio de Janeiro, Civilização Brasileira, 1973, p. 119.

oferecem pouca informação a respeito da crença religiosa de Brandão. Parece que até a propósito o autor se esquiva de discutir assuntos religiosos. [...] No entanto, nota-se uma notável escassez de referências à Virgem Maria ou a Jesus, as quais eram abundantes em muitos escritos contemporâneos a Brandão, e praticamente todas suas alusões às Sagradas Escrituras referem-se ao Velho Testamento. Os poucos tópicos doutrinários citados por ele são comuns tanto à fé judaica quanto à cristã (há apenas uma Criação; o homem é descendente de Adão; Deus é todo-poderoso). Estes fatos são, com certeza, negligenciáveis para se poder chegar a uma conclusão a respeito da crença religiosa de Brandão[29].

Os *Diálogos* têm sido lidos por gerações de estudantes brasileiros, aos quais se indica, principalmente, a clareza de estilo, quando comparado aos excessos do barroco prevalecente ao tempo do escritor; também enfatizam-se as informações disseminadas a respeito da sociedade brasileira colonial no século XVII. Não se fazem referências, seja em dicionários, seja em manuais literários, às raízes judaicas presumidamente percebidas pelas entrelinhas e escondidas na troca de idéias entre os dois imigrantes portugueses.

No que diz respeito a veios judaicos inseridos na escrita colonial brasileira, o garimpo literário avança quase cem anos depois da morte de Bento Teixeira e outro tanto depois que os *Diálogos* teriam sido compostos, para descobrir o aluvião de tragédias que foi a vida de um dramaturgo brasileiro e súdito português, assassinado pela Inquisição portuguesa.

Antônio José da Silva

No caso de Antônio José, como para que sua origem jamais fosse esquecida, foi-lhe dado o apelido "o Judeu", com o qual passou aos cânones da história literária luso-brasileira. Nascido no Rio de Janeiro em 1705, faleceu aos 34 anos em Lisboa, vítima de um auto-da-fé. Ainda quando residia no Rio, aos oito anos de idade, seus pais foram acusados de judaizantes pela Inquisição e toda sua família foi removida à força do Brasil para Portugal. O futuro dramaturgo passou o resto de sua vida em Lisboa, como um brasileiro em meio a portugueses hostis à sua origem judaica, hostilidade à qual se somava o desprezo dos lusitanos pelos nascidos no Brasil.

Entre inúmeras interrupções provocadas por interrogatórios diante dos oficiais do Santo Ofício e termos de prisão decretados por este, Antônio José completou seus estudos e chegou a casar-se, constituir família e a exercer a advocacia. Prolífico criador de peças teatrais de sucesso ao seu tempo, combinou recursos do teatro popular de Gil

---

29. *Dialogues of the Great Things of Brazil, attributed to Ambrósio Fernandes Brandão,* tradução e notas de Frederick H. Hall, William F. Harrison & Dorothy W. Welker, Albuquerque, University of New Mexico Press, 1986, p. 10.

Vicente e da *opera buffa* italiana, os quais resultaram em textos satíricos carregados de humor e de opiniões pouco lisonjeiras sobre a sociedade do seu tempo. A comicidade de suas peças baseava-se em confusões, ambigüidades e qüiproquós típicos do teatro ao gosto popular. Mas a maior parte de sua vida foi consumida em tentar convencer os representantes do Clero de que não merecia a perseguição sádica que acabaria por levá-lo à fogueira em praça pública.

Ironicamente, críticos e historiadores literários concordam em que as peças do "Judeu" não apresentam vestígios de hábitos culturais judaicos, nem trazem sequer pistas, veladas ou expressas, sobre a origem israelita do autor. Os espiões que levaram "o Judeu" aos calabouços da Inquisição, segundo a História, estavam mais interessados em seus hábitos pessoais do que nos seus escritos: visitas de amigos e parentes arrumados como para uma festa ao fim das sextas-feiras, uma camisa limpa e preferência em permanecer em casa no sábado, ou ainda o recusar-se a comer na solidão de sua cela. Essas atitudes do dramaturgo foram interpretadas por seus delatores como hábitos condizentes com uma lealdade religiosa, levando-os a concluírem que ele ainda permanecia judeu.

O único trabalho literário onde Antônio José teria feito alusões à sua fé mosaica seria o conto "Obras do Diabinho da Mão Furada", como o demonstra o historiador e crítico José Carlos Sebe Bom Meihy. Observando traços de judaísmo no texto indicado, Bom Meihy comenta que a escrita de Antônio José não pode passar despercebida a nenhum historiador da sociedade ibérica e do judaísmo, pelo que de magnânima contribuição trouxe o dramaturgo a essas duas esferas[30]. Refletindo na possibilidade de existir um paralelo entre a hierarquia da Inquisição e o inferno imaginado na história do "Diabinho da Mão Furada", o historiador propõe dois níveis de compreensão para o conflito principal: um, metafórico, invisível para os menos informados, era possivelmente dirigido aos judeus de Portugal, como a insinuar-lhes truques para se livrarem das perseguições da Inquisição, ao modo das atividades pícaras do Diabinho; o outro nível, visível em cena, era de fácil entendimento pelo público generalizado, atraído pelas trapalhadas de um ser que os fazia rir por ser desajeitado e não alinhado com o resto da sociedade.

Pode-se observar que a diabolização do judeu, uma constante no ambiente da Inquisição, tenha servido ao autor de forma ambígua: o diabinho era o judeu que, indiretamente, ensinava, a seus correligionários, métodos de se livrarem de outros diabos. Assim, o diabinho seria uma metáfora do judeu alerta, em oposição aos seus perseguidores,

---

30. José Carlos Sebe Bom Meihy, "A Literatura como Defesa: O Exemplo do Teatro de Antônio José da Silva", *Boletim Informativo,* VII, 9, São Paulo, Universidade de São Paulo, 1981, pp. 13-19.

representados na história como os senhores do inferno. Na percepção de Meihy, a falta de jeito do protagonista guarda relação direta com os problemas físicos sofridos por Antônio José, vitimizado pelas torturas que lhe tiraram os movimentos das mãos. Além dos valores literários intrínsecos à obra, a trágica e digna figura do "Judeu" reverbera pelas letras luso-brasileiras como uma antítese, um compósito da imortalidade de um valor espiritual e da mesquinharia de seu tempo[31].

Entre o anonimato literário de Ambrósio Fernandes Brandão e a notável trajetória profissional e pessoal de Antônio José da Silva, houve um lapso de cerca de 150 anos. Ao longo do espraiamento de perseguições e sevícias por parte da Inquisição, a vida foi-se tornando cada vez mais perigosa para os cristãos-novos judaizantes, não estando a salvo nem mesmo os não-judaizantes. Uma presumível pausa na opressão religiosa vivenciada no Brasil entre as passagens de Brandão e a de Antônio José da Silva ocorreu durante a ocupação holandesa de uma parte do nordeste brasileiro, com início em 1624.

Parênteses: Holanda no Brasil

Durante o regime holandês, os cristãos-novos e judeus tiveram, aparentemente, ocasião de viver um intervalo parentético tolerante, embora limitado à área ocupada pelos holandeses, hoje parte do estado de Pernambuco. A exploração do açúcar, já de grande fama e lucros desde os tempos de Brandão, foi um dos incentivos que levou os nórdicos cristãos, não-católicos, a se estabelecerem em exíguo espaço de terra conquistado aos portugueses. A pouca atenção, por parte de Portugal, às terras açucareiras em favor da exploração de especiarias e essências da Índia mais estimulou os holandeses e os judeus ibéricos, refugiados na Holanda, a rumarem para Pernambuco. Durante anos, os judeus expulsos ou fugidos da Península e, depois, seus descendentes, estiveram em contato com portugueses da "nação" instalados no Brasil

---

31. O impacto do destino de Antônio José da Silva nas histórias do Brasil e de Portugal reverberou pelas literaturas de ambos os países, tornando-se o tópico de grande número de trabalhos ficcionais e artísticos. Entre os mais conhecidos contam-se: a peça teatral *Antônio José ou o Poeta e a Inquisição* (1839), do brasileiro José Gonçalves de Magalhães; o romance *O Judeu* (1866), do português Camilo Castelo Branco; uma peça com idêntico título, pelo português Bernardo Santareno (1924); e o filme *O Judeu* (1995), sob direção do brasileiro Iomtov Azulay (descendente de judeus marroquinos). É de autoria do jornalista brasileiro Alberto Dines a densa obra comentada *Vínculos do Fogo, Antônio José da Silva, o Judeu, e Outras Histórias da Inquisição em Portugal e no Brasil* (1992). Nela, Dines relaciona: *A Ópera do Judeu*, em ídiche, de Alter Katzizne (1885-1941) e o poema *Auto da Fé*, de Moshe Broderson (1890-1956); o escritor também alude ao projeto cinematográfico *Doutor Judeu*, "o filme que Alberto Cavalcanti não fez" (p. 27). (Para uma bibliografia extensa sobre o Judeu, até à década de 1980, ver Käthe Windmüller, *Antônio José ou o Poeta da Inquisição*, São Paulo, Centro de Estudos Judaicos da FFLCH-USP, 1984.)

e em outras cidades européias, tendo, como interesse comum, a exploração do açúcar.

A corte nórdica européia, instalada à beira da Mata Atlântica, parecia depender de uma curiosa trajetória de relacionamentos:

quando existia a colônia portuguesa em Amsterdam, negociavam estes portugueses com o Brasil, via Portugal [...] através destes negócios ficavam os judeus, tanto os de Hamburgo, como de Amsterdam, em estreito contato com a colônia portuguesa, aparentemente cristã, mas na realidade, em grande parte, judaizante[32].

Com os holandeses como os novos senhores das terras, os judeus ibéricos de Pernambuco espraiaram-se para o Rio Grande do Norte e a Paraíba. Foram trinta anos de intenso trabalho rural, concentrados em canaviais, engenhos, exportação e trâmites com a Europa, em meio a uma explosão de atividades judaicas de índole religiosa nunca antes permitidas aos hebreus em territórios da Coroa portuguesa ou espanhola[33]. Seu estabelecimento no nordeste, entretanto, não deixou pegadas literárias no âmbito ficcional. Escritos de ordem litúrgica, da autoria do Rabino Aboab da Fonseca, são o legado espiritual daqueles tempos[34].

O aparente interlúdio de relativa liberdade religiosa terminou com a expulsão dos holandeses, pelos portugueses[35], mas há vozes que dis-

32. Hermann Kellenbenz, *A Participação da Companhia de Judeus na Conquista Holandesa de Pernambuco*, Paraíba, Universidade Federal da Paraíba, Departamento Cultural, s.d., pp. 17-18. (O jornalista pernambucano Cyl Gallindo facilitou a localização e doação desta obra.)

33. Ver Anita Novinsky, *Cristãos Novos na Bahia*, São Paulo, Perspectiva, 1972, e *A Inquisição,* São Paulo, Brasiliense, 1982, principalmente pp. 71-85; e José Gonçalves Salvador, "Holandeses e Cristãos-novos no Brasil," *Os Cristãos-novos – Povoamento e Conquista do Solo Brasileiro (1530-1680)*, São Paulo, Pioneira, 1976, pp. 328-362.

34. Entre os judeus cultos que aportaram em Pernambuco, onde se haviam instalado os holandeses, encontrava-se o Rabino Isaac Aboab da Fonseca (Portugal, 1605 - Amsterdam, 1693). Formado em Amsterdam, o rabino desembarcou no Brasil em 1642, onde se integrou a uma sinagoga ("esnoga"), com uma congregação organizada desde 1637. Durante sua estada de treze anos no país, deu continuidade a seus afazeres de escrever comentários religiosos em hebraico, um trabalho específico à sua vocação e profissão. A reconquista, pelos portugueses, da área geográfica onde ele se estabeleceu, ocasionou seu retorno à Holanda e a fuga de muita "gente da Nação" para regiões costeiras e ilhas no Golfo do México. Desse deslocamento em massa resultou o estabelecimento de várias colônias judaicas pelo Caribe (em Surinam, Curaçao, Barbados, Jamaica, São Tomás e São Eustáquio). Na mesma ocasião, 23 fugitivos de Pernambuco findaram sua viagem marítima em Nova Amsterdam, uma cidade-fortaleza holandesa, instalada em área hoje conhecida como Ilha de Manhattan, nos Estados Unidos. (Ver Howard Morley Sachar, "The Rise of Jewish Life in the New World," *The Course of Modern Jewish History*, Nova York, Dell Publishing, 1977, e *"La Nación" – The Spanish and Portuguese Jews in the Caribbean*, Tel-Aviv, The Nahum Goldmann Museum of the Jewish Diaspora, 1981).

35. Além dos judeus que se estabeleceram pelas ilhas do Caribe e em Nova Amsterdam (cf. nota anterior), alguns voltaram para a Holanda, onde receberam privilégios da Companhia das Índias Ocidentais para se estabelecerem em Surinam (ver

cordam de que aquele paraíso equatorial fosse real. Segundo Vamireh Chacon,

muita gente pensa que o período holandês foi isento de antisemitismo, constituindo uma fase áurea de tranqüilidade para os judeus desta parte da América. Grande ilusão. Os Protestantes flamengos tinham quase a mesma atitude e antisemitismo teológico que os católicos lusos e espanhóis. Tanto na teoria quanto na prática. [...] Teoricamente, os bátavos respeitavam a liberdade do judeu – ao contrário do ibérico que, nesta época, não o fazia nem em teoria. [...] Na prática, porém, o Sínodo tentou proibir seu culto nas ruas ou em edifícios públicos com o mesmo ódio implacável que votava ao catholicismo[36].

Depois da vitória dos portugueses, a vida dos cristãos-novos remanescentes voltou ao que fora antes, marcada pelo receio de serem presos como judaizantes pelos representantes da Inquisição no Brasil, terem seus bens confiscados e, pior ainda, serem deportados para Portugal. Oprimidos e assustados, os judeus coloniais que ainda permaneceram no Brasil foram-se integrando à população circundante. Embrenharam-se pelos matagais, juntaram-se a excursões à procura de minérios, plantaram cana, abriram engenhos, instalaram-se em pequenas aglomerações de portugueses e índios para, finalmente, deixarem de existir como judeus, judaizantes ou cristãos-novos[37].

A Inquisição conseguiria suspender a genealogia judaica em todo o domínio ibérico pelos duzentos anos seguintes. Só para fins do século XVIII, por iniciativa do Marquês de Pombal, como observa Anita Novinsky, foi, oficialmente, eliminada "a discriminação racista que havia contra os cristãos-novos, ficando-lhes desde então facultados todos os cargos públicos, como também aos filhos e netos de condenados"[38].

As novas gerações de judeus, afastadas de suas origens mosaicas, constituíram famílias alheias ao acervo cultural e patrimônio religioso ritualista dos seus ancestrais. No entanto, não puderam evitar que alguns de seus hábitos transpirassem por certos gestos e atitudes. Disso resultaram alguns costumes entre a população que ainda habita as áreas mais isoladas do país, que parecem emular algumas práticas judaicas, como infere o historiador José G. Salvador: "Aqui, se mesclaram tradições católicas, judaicas, indígenas e africanas, ainda hoje patentes

---

R.A.J. Van Lier, "The Jewish Community in Surinam: A Historical Survey", *in* Robert Cohen (org.), *The Jewish Nation in Surinam, Historical Essays*, Amsterdam, S. Emmering, 1982).

36. Vamireh Chacon, *O Anti-semitismo no Brasil,* Recife, Clube Hebraico, 1955, pp. 15-16.

37. Ver Octávio Mello Alvarenga, *Judeu Nuquim*, citado anteriormente, cujo tópico mais importante é a entrada de judeus, acossados pela Inquisição, ao interior do Brasil central.

38. Anita Novinsky, *A Inquisição*, p. 48. Apesar da fachada de tolerância, a sanha contra os que não eram católicos prosseguia, pois "nos anos de 1805 e 1806 ainda seguiam para Lisboa listas de hereges do Brasil" (p. 49).

nas festas, nos cultos, no cardápio cotidiano e em determinados usos"[39]. O autor refere-se a um dos "determinados usos" judaicos como "patente no antiqüíssimo costume litúrgico de lavar os defuntos e cortar-lhes as unhas, observado ainda hoje em algumas regiões do Brasil" (p. 216)[40].

PERÍODO INDEPENDENTE

Os períodos colonial e independente são marcadamente diferentes em relação à demografia judaica e sua representação literária. A partir da data em que o país se tornou independente de Portugal, os judeus paulatinamente passaram a se aproximar das costas brasileiras e, talvez pela primeira vez desde a chegada de Cabral, a integrar-se com confiança ao ambiente local. Seu ingresso no país, modesto a princípio, começou a ganhar um certo impulso entre 1850 e 1880, principalmente ao final do regime imperial e o início do governo republicano. O período que precedeu a Primeira Guerra Mundial e o espaço de tempo entre-guerras foram os mais movimentados quanto ao fluxo imigratório judaico.

A partir da Independência (1822), pode-se mapear, de modo sucinto, a chegada organizada de judeus ao Brasil em três blocos geográficos: para o sul, afluíram judeus europeus e russos com os incentivos do Barão von Hirsch, um filantropo judeu; para o norte, mais precisamente para a área amazônica, dirigiram-se sefarditas de origem marroquina-espanhola e portuguesa; para as regiões nordeste, sul e centroeste, acorreram judeus de todas as origens, com predominância dos oriundos da Europa central e do Leste europeu. Entre as brechas desses movimentos em massa, ingressaram indivíduos e famílias judaicas de várias classes sociais e de diversas regiões européias, que se dirigiram a centros urbanos das áreas costeiras desde o Rio de Janeiro para o Sul e para o interior do país. Seus percursos, até certo ponto pioneiros e temerosos, às vezes eram facilitados por endereços de parentes, conhecidos ou amigos já aportados na terra alguns anos antes. Quando este não era o caso, eles se tornavam os desbravadores para aqueles que os seguiriam mais tarde.

39. José Gonçalves Salvador, *Os Cristãos-Novos – Povoamento e Conquista do Solo Brasileiro (1530-1680),* São Paulo, Pioneira / Edusp, 1976, p. 104.
40. Dois hábitos têm sido indicados, em trabalhos dispersos, como de origem judaica: o costume de se admoestar crianças que apontam para as estrelas com o dedo indicador (ver nota 18, sobre ameaça de verrugas) e o hábito de cozinhar a feijoada de um dia para outro. O cozinhar feijão em 24 horas, preferivelmente de sexta-feira para sábado, poderia se ter originado do hábito, entre judeus religiosos (ainda hoje persistente), de se deixar um cozido em fogo brando, iniciado na sexta, evitando-se acender o fogão para a refeição do sábado. Outros hábitos de origem judaica, integrados na cultura popular brasileira, são observados por Luís da Câmara Cascudo (cf. o Capítulo 4 deste livro).

Os israelitas começaram a desembarcar com maior densidade depois de 1920. Eles eram, principalmente, de origem polonesa, russa, romena e húngara, incluindo-se nas imprecisões de demarcações nacionais que tipificaram o caos político europeu depois da Primeira Guerra Mundial. Uma certa parcela da imigração se estabeleceu no Recife, e em outras áreas do nordeste brasileiro, enquanto um número maior de imigrantes deslocou-se para as cidades mais povoadas do sul do país.

Schtetl, *Embrião dos Imigrantes Asquenasitas*

Judeus de origem européia ou russa são chamados *asquenasitas*, por derivação da palavra *Achkenaz* (Alemanha, em hebraico), como registrada na Bíblia (Gênese 10:3; I Livro de Crônicas I:6 e Profetas 51:27). O derivado "asquenasita" passou a designar os judeus originários de países da Europa central e do Leste europeu, não ibéricos nem orientais.

Desde o final do século XIX, começaram a ser divulgadas na Europa (e na Ásia), por agências comerciais e canais diplomáticos brasileiros, as vantagens das áreas rurais do Brasil, em contraste com a pobreza dos campos europeus (e asiáticos). A imaginação dos judeus não foi indiferente às atrações do clima tropical e à idealização de uma existência sem perseguições. Panfletos multicoloridos exaltavam as terras para cultivo, um luxo desconhecido para a grande maioria de israelitas europeus, que não tinham o direito de trabalhar no campo, ainda que este fosse acessível aos demais habitantes. A isto, somem-se as matanças planejadas – os *pogroms* – que se materializaram contra eles, sobretudo na Rússia, em algumas regiões da Polônia e em áreas vizinhas. A possibilidade de abandonar para sempre essa situação de opressões e perseguições foi uma oportunidade aproveitada por muitos.

Os judeus na Europa, ressalvadas as raras exceções, não eram colonos, lavradores ou camponeses; as cidadezinhas de onde provinham eram, em última análise, pequenos aglomerados urbanos, localizados em meio a áreas rurais, de plantação e pastoreio, às quais os judeus tinham pouco ou nenhum acesso. Em ídiche, uma variedade de grafias indica "cidadezinha" como *shteitel, shtetl, schtetl, shtetel* e *shteitele*, como aparecem nas recordações e nas canções dos judeus do centro e do leste da Europa. Depois de inúmeros ataques anti-semitas, a vida da *schetel*, uma verdadeira colmeia humana, começou paulatinamente a esvaziar-se com as emigrações para as Américas, mas não foi o êxodo ultramarino que determinou seu destino final. Ainda fervilhante de população, apesar de seus temores e sua precariedade existencial, as cidadezinhas só cessaram de existir quando foram sumariamente eliminadas pelos nazistas.

Em "O Paradoxo da *Shtetl*", o poeta israelense Aba Kovner descreve as condições do que tinha sido o embrião das comunidades judaicas no Novo Mundo:

Segregados da sociedade circundante, cortados do resto do mundo, isolados por estradas inferiores entre pântanos e florestas e pela muralha de proibições políticas, densamente espremidos em suas minúsculas casinholas, os judeus desenvolveram um tipo especial de comunidade que se tornou o conglomerado judaico da Europa oriental – a *schtetl*. A *schtetl* não era uma cidade pequena. Tampouco uma cidade grande. A *schtetl* era simplesmente um pequeno órgão no corpo de uma extensa população – e era um mundo judeu que se completava a si mesmo[41].

Além de impedidos de trabalhar na terra, aos que seguiam a religião judaica impunham-se outras dificuldades para sobreviverem nas cidades do interior europeu. Era-lhes proibido freqüentar escolas, pois de tempos em tempos impunha-se uma medida de quotas, limitando o ingresso ao ginásio a um número reduzido de judeus por ano; também eram forçados a viver em áreas determinadas pelos governantes, os "guetos" e outros espaços de confinamento. Esse estado de coisas prevaleceu até a época da Emancipação, quando lhes foram concedidos certos direitos[42].

É possível que o ideal daqueles judeus da *schtetl* fosse carregar consigo, através do oceano, parte de sua estrutura ocupacional como definida no século XIX, composta basicamente de rabinos, professores de religião e hebraico, barbeiros, curandeiros, boticários, parteiras, padeiros, alfaiates, sapateiros, ferreiros, entre outras especialidades. Na realidade, entre as pessoas que atravessaram o Atlântico, uma vez desembarcadas nas Américas, poucas conseguiram dar continuidade a suas profissões e ocupações originais.

No Brasil, os primeiros a chegar com a ajuda de agências designadas para auxiliar imigrantes, tinham, como destino, o campo; muito mais tarde se mudariam para as cidades, perseguindo o velho sonho de se reconhecerem, finalmente, como cidadãos urbanos, com os direitos e deveres dos demais habitantes.

Da Schtetl *para o Sul do Brasil: os Asquenasitas*

Vários motivos levaram outros povos a procurar o Brasil para se estabelecer. Mudanças de regime, guerras e desvarios econômicos de seus respectivos governos fizeram com que italianos, espanhóis, ja-

---

41. Aba Kovner, in Aharon Vinkovetzky, Aba Kovner & Sinai Leichter (orgs.), *Anthology of Yiddish Folksongs*, vols. 1-4, Jerusalém, Mount Scopus Publications, Magnes Press, 1983, vol. 1, p. XIX.
42. "Emancipação" é termo utilizado para designar certas concessões que começaram a abrir-se para os judeus, na Europa, no século XVIII. Indica-se a Declaração dos Direitos do Homem, em 1789, na França, como o início da liberação de muitas das opressões antijudaicas. Outros países foram influenciados pelo espírito da Declaração, embora ainda se observassem diferenças entre *direitos* (privilégios dos cidadãos não-judeus) e *concessões* (direitos alcançados pelos judeus). (Este tópico encontra-se mais desenvolvido no Capítulo 4 deste livro.)

poneses e demais povos procurassem o Brasil para aqui fixar residência. A chegada de contingentes europeus e asiáticos em nossos portos coincidiu com o processo de liberação dos escravos descendentes de africanos no Brasil, em fins do século XIX. Descartando-se dos exescravos, os donos das terras passaram a utilizar os serviços dos imigrantes, que eram encaminhados para a lavoura, assim que desembarcavam. Estes chegavam altamente motivados por convites, descrições de privilégios e outros elementos aliciantes de uma propaganda bem planejada. Essa propaganda atraía também os judeus, insultados sob as mais variadas formas em sua terra natal. As imagens de campos prontos para o cultivo, ainda que os intimidassem, eram um dos incentivos que os levaram a tentar escapar com vida, sua fé e suas trouxas para o Novo Mundo.

Na conjunção dessas coordenadas, surge a rutilante figura do Barão Moritz (Maurício) von Hirsch. Nascido na Baviera em 1831, esse nobre judeu dedicou-se, pouco antes de falecer, na Hungria, em 1896, a ajudar os judeus, principalmente os da Rússia, a emigrarem, por volta de 1891. A essa altura, ele já tinha acumulado uma das mais impressionantes fortunas do mundo, não só pela herança de seus avós e pais, banqueiros do reino da Baviera, como também pela família de Dona Clara, sua esposa. Seus grandes empreendimentos, um deles a instalação de estradas de ferro ligando várias regiões da Europa e esta ao Oriente (como a linha do Expresso Oriente), fortaleceram mais ainda seu prestígio financeiro. A nobreza do nome, declarada no conectivo alemão "von", provém dos contínuos esforços de seus predecessores familiares em buscarem a necessária proteção da corte bávara, com a qual puderam alcançar o respeito, negado aos judeus no mundo bancário europeu, que se outorgava a sobrenomes nobiliárquicos.

A filantropia ainda era um conceito identificado mais à criação de grandes obras de arte, na linha enfática dos Mecenas e dos Medici de Florença, quando o barão e alguns sócios passaram a financiar a transferência de judeus para alguns países das Américas. A Jewish Colonization Association (ICA ou JCA), sediada em Londres, era a organização, fundada por ele, que controlava as transferências de pessoas dos confins da Europa e da Rússia para a Argentina, o Brasil e o Canadá. Diferentes dos demais imigrantes, os judeus não dependiam exclusivamente dos países que os acolhiam; eles eram parcialmente subsidiados pela ICA na compra de lotes cuja localização lhes caberia por sorteio, enquanto as dívidas decorrentes dessa compra eram distribuídas pelos anos em que se mantivessem nos domínios da Associação. Isso ajudou os imigrantes rurais a se sentirem livres, até um certo ponto, das restrições que ameaçavam estrangular, financeiramente, os demais agricultores, como os italianos e os japoneses.

Ainda que tivesse passado ao legendário popular como grande benfeitor, com a perspectiva do tempo a iniciativa de von Hirsch tem encontrado severos críticos entre historiadores. Alega-se que o interesse do barão pelos imigrantes tivesse segundas intenções, com vistas em retornos lucrativos na agricultura da América Latina. Isso o teria incentivado a financiar nove fazendas argentinas, quase todas portando nomes que lembravam pessoas de sua família: Moisésville, Lucienville, Clara, Dora, Maurício etc.[43] Seus críticos tendem não só a despojar o idealizador da ICA de sua aura benemérita como também a denunciá-lo como indiferente às queixas dos colonos sobre as falhas de comunicação entre eles e os técnicos responsáveis pela orientação agrária e administrativa. O chamado rigor germânico destes e seu estilo dominador eram pouco tolerados pelos judeus de origens diferentes, que ainda tinham de acostumar-se a trabalhar no solo. Eles estavam exaustos das opressões sofridas na Europa e, em conseqüência, impacientes quanto a novas restrições, provindas dos judeus alemães em terras brasileiras. O barão também se teria oposto a que os colonos se dedicassem a outras atividades que não fossem rurais, reprimindo as antigas ansiedades dos recém-chegados por outros meios de subsistência, negando-se a criar escolas vocacionais para os jovens desinteressados na vida rural e impedindo-os de participarem na vida nacional do país onde se encontravam.

Algumas dessas interpretações são enfatizadas por setores do corpo literário brasileiro judaico, ao tratarem o tópico das fazendas brasileiras da ICA. Como se verá oportunamente, denunciam-se a pobreza de recursos oferecidos pela Associação, a má vontade dos seus representantes e administradores e, também, a má escolha da terra, por sua infertilidade, o que culminou com o êxodo dos colonos para as áreas urbanas e o conseqüente fracasso das colônias[44].

As terras adquiridas pela ICA no Rio Grande do Sul, em 1902, foram primeiro povoadas por um contingente de imigrantes chegados em fins de 1904. Instalaram-se na área que passou a chamar-se Fazenda Phillipson, em homenagem a Franz Phillipson, um dos sócios dos Hirsch. As primeiras 37 famílias e algumas pessoas solteiras, num total de 267 indivíduos, tiveram de enfrentar um solo pedregoso e des-

---

43. Para a história da ICA na Argentina, cf. Haim Avni, *Argentina y la Historia de la Inmigración Judía, 1810-1950*, principalmente "Capítulo Segundo, 1880-1896: 2. La obra del Barón de Hirsch", Jerusalém / Buenos Aires, Editorial Universitaria Magnes / AMIÀ, 1983, pp. 135-142.

44. Ver Theodore Norman, *An Outstretched Arm, A history of the Jewish Colonization Association*, Londres, Routledge & Kegan Paul, 1985. Esta obra dedica-se a deixar para a posteridade um quadro positivo da atuação de Maurício von Hirsch e da Jewish Colonization Association, focalizando, como modelo, suas obras na Argentina. O autor indica que, se não fosse o trabalho de diplomacia da ICA junto a tantos governos sob cujo poder viviam os oprimidos judeus, gerações judaicas jamais teriam tido a oportunidade de se afastarem de seus antagonistas nos seus países de nascimento. Theodore Norman apresenta um resumo das principais idéias críticas à ICA, comentando, principalmente, os argumentos de Haim Avni (*op. cit.*).

provido de umidade, florestas cerradas, sua própria ignorância no trato com a terra e a presença de orientadores agrícolas quase nada capacitados a entenderem a massa cultural de judeus oriundos de regiões diferentes das suas e com outros costumes[45].

Aparentemente, a ICA não dava a devida importância aos problemas que se acumulavam com os colonos e continuava aumentando as ondas imigratórias com as quais ia abrindo mais fazendas. Assim, surgiu, no Rio Grande do Sul, a Colônia Quatro Irmãos (nome em homenagem a todos os von Hirsch), com sua primeira leva de colonos começando a aportar em 1913. Já com duas colônias agrícolas por volta de 1920, contavam-se nelas "cerca de 700 pessoas"[46], enquanto outras expedições vieram em anos subseqüentes, em 1926 e 1927. Com essas, fazendas menores foram se organizando, como Barão Hirsch, Baronesa Clara (homenagem à esposa do barão) e Rio Padre (topônimo local)[47].

Em 1936, longe dos pagos sulinos, no Rio de Janeiro, uma fazenda foi formada nos arredores de Rezende, nos moldes das anteriores, também respaldada pela ICA. Teve vida breve e não deixou pegadas literárias entre seus moradores[48].

Nenhuma outra empresa imigratória foi tão bem mantida sob controle como as levas trazidas pela ICA ao Rio Grande do Sul. Nenhuma, tampouco, teve tão grande índice de problemas de ordem administrativa. Além dos motivos mencionados, havia outras razões para o acúmulo de derrotas nas fazendas. Algumas foram decorrentes das crises econômicas surgidas no período que se seguiu à Primeira Guerra Mundial, o que levou os organizadores da Associação a desviarem sua atenção da agricultura para a situação dos refugiados da guerra. Finalmente, depois do abandono da maior parte dos colonos, alguns dos lotes foram vendidos para agricultores não-judeus ou utilizados ora como pastos ora como local de treinamento hípico e também revertidos em instalações para a produção de lacticínios[49].

Muitos dos ex-colonos das fazendas convergiram para as cidades incipientes do Sul. Instalaram-se por Erebango, Erechim, Santa Maria,

---

45. "JCA Elsewhere", *An Outstretched Arm*, pp. 90-91.

46. Samy Katz, *Em Busca de uma História dos Judeus no Brasil,* Rio de Janeiro, CIEC (Centro Interdisciplinar de Estudos Contemporâneos), 44, 1993, p. 11.

47. Essas datas diferem por um ano das datas apresentadas no relatório de Moysés Eizirik, *Aspectos da Vida Judaica no Rio Grande do Sul,* Caxias do Sul / Porto Alegre, Universidade de Caxias do Sul, Escola Superior de Teologia São Lourenço de Brindes, 1984, pp. 18-25.

48. Ver Avraham Milgram, "Rezende e Outras Tentativas de Colonização Agrícola a Refugiados Judeus no Brasil (1936-1939)", *Judaica Latinoamericana, Estudios Histórico-Sociales, II,* Jerusalém, AMILAT / Universidade Hebraica de Jerusalém, 1993, pp. 57-68.

49. Ver Jeff Lesser, "Postscript", *in Jewish Colonization in Rio Grande do Sul, 1904-1925),* São Paulo, CEDHAL / Universidade de São Paulo, 1991, pp. 77-79.

Pelotas e Cruz Alta ou criaram lugarejos como a Vila Quatro Irmãos; chegando a estas e outras áreas em crescimento demográfico e econômico, fizeram-se pequenos comerciantes, vendedores ambulantes ou mascates, subalternos do comércio local e empregados de categoria modesta. Os ex-camponeses e suas famílias seriam as sementes das futuras comunidades judaicas urbanas que se dispersariam pelo país a partir da década de 30 e ao longo dos anos 40 e 50.

Das Mellás *ao Norte do Brasil: os Sefarditas*

Diferentes das levas que eram parcialmente sustentadas pela ICA no Rio Grande do Sul, as ondas imigratórias sefarditas, principalmente as oriundas do Marrocos espanhol, vinham com seus próprios recursos, resultado de anos de economia pelas *mellás* (guetos urbanos árabe-judaicos) e vendas de seus bens[50]. As exceções eram condizentes com uma ajuda de parentes ou amigos, pioneiros atraídos para a área amazônica pelas oportunidades de exploração dos seringais. A entrada dos imigrantes marroquinos no norte do país se dava, geralmente, por Belém do Pará, em navios oriundos de Lisboa. Seu percurso se teria iniciado em Tânger, Tetuam, Casablanca ou Rabat. Como as leis imigratórias exigiam um respaldo econômico para suas entradas, os imigrantes eram sempre esperados por um "tio" no porto de Belém, que, além de se apresentar como um patrono, haveria de, na prática, iniciá-los nos mistérios da vida à beira da selva e nas incursões aos inúmeros rios e igarapés que se entrosam pela floresta. Muitas vezes, estes "tios" eram conterrâneos marroquinos, que se faziam passar por parentes dos imigrantes a fim de lhes facilitar a entrada no país.

Tendo sido os primeiros judeus a pisar o solo brasileiro, com uma longa história de experiências em isolamento e adaptação a ambiente insólito, ironicamente, quando comparado aos asquenasitas, o cultivo das letras entre os judeus sefarditas se iniciou tardiamente. Esse atraso é paradoxal, pois os sefarditas foram, praticamente, os que inauguraram as rotas marítimas ao Brasil. Sua vinda nas caravelas de Cabral, parcialmente incógnita, foi seguida por inúmeras incursões terra adentro, acompanhando os portugueses cristãos-velhos entre os séculos XVI e XVIII. O interlúdio holandês, no século XVII, abriu-lhes as portas tropicais e lhes permitiu descobrir sua identidade judaica por um período de tempo. Sua imigração em número mais freqüente só iria dar-

---

50. São também considerados sefarditas os judeus originários da Bulgária, Iugoslávia (antiga), Turquia, Grécia, Líbano e Síria. Judeus do Egito e da Itália tendem a identificar-se, respectivamente, como "judeus orientais" e "judeus italianos", embora ambos pertençam ao ramo sefardita da cultura judaica. A imigração de judeus egípcios para o Brasil resultou principalmente das hostilidades do presidente Nasser do Egito, a partir de 1950.

se depois da instalação da Corte portuguesa no Brasil. Diante desse quadro cronológico, percebe-se que a presença dos sefarditas, embora encoberta parte do tempo, foi constante e perseverante.

Essa constância, no entanto, parece não ter sido significante para um pioneirismo literário. Algumas das razões para isso se localizariam na ausência de um apoio estrutural semelhante àquele que os israelitas asquenasitas receberam da ICA ou, mais tarde, de outras agências e organizações para imigrantes. A falta de apoio ou auxílio externo fez com que a comunidade sefardita se visse na obrigatoriedade de concentrar-se na sua sobrevivência; aparentemente, esse foi o interesse comunitário que predominou sobre quaisquer outros.

Provavelmente, como resultado dessa situação e por terem uma representação numérica menor do que a dos asquenasitas, escritores de origem sefardita emergem na literatura brasileira judaica em modesta contagem. Além da diferença numérica, outro traço literário distintivo entre esses dois grupos é a escolha de tópicos. Os asquenasitas tendem a fazer referências a seu passado europeu, trazendo uma perspectiva do mundo a partir de experiências de perseguições e proibições. De outro lado, entre os textos dos ficcionistas sefarditas brasileiros nota-se uma tendência a concentrarem seus tópicos a situações localizadas nas regiões brasileiras onde vivem, seja nos emaranhados da região amazônica, seja nas redes cosmopolitas das grandes cidades. Suas extensões passadistas referem-se, quando o fazem, a aspectos da cultura sefardita e não a localizações específicas nem a reminiscências de maus-tratos na terra natal.

No caso da comunidade sefardita da região amazônica, seu isolamento geográfico forjou uma modalidade de vida que fez com que os judeus de origem marroquina adotassem certos costumes característicos da área. No entanto, sobreviveram com sua identidade judaica, estabelecendo sinagogas, criando escolas, inaugurando clubes para atividades recreativas e celebrando datas de importância para a religião e para a tradição marroquino-judia. Seu estilo de vida encontra-se refletido na ficção em prosa de dois escritores, judeu e não-judeu, cujas obras são examinadas em outra parte deste livro.

PROCESSO REPUBLICANO – A DINÂMICA LITERÁRIA CONTEMPORÂNEA

A expressão de elementos judaicos e sua complexidade cultural-religiosa na literatura brasileira é de origem contemporânea. Como fenômeno literário, tem sido impulsionada principalmente por imigrantes aqui estabelecidos no começo do século XX, seus descendentes nascidos no Brasil e por refugiados e sobreviventes da Segunda Guerra Mundial.

A liberdade de declarar-se judeu (ou judia) pela voz literária, em português, é reconhecidamente uma conquista moderna. Uma sensação de liberdade de expressão judaica tem transitado a par com a oscilação entre avanços e percalços sofridos pela tradição democrática do país. Enquanto isto, a liberdade ritual religiosa tem estado isenta de policiamentos, impedimentos ou censuras.

Apesar dos quase quinhentos anos da presença de judeus no Brasil, foi apenas durante as últimas cinco décadas (a partir de 1940) que emergiu o período mais prolífico em termos de uma tipologia judaica literária. Esta foi iniciada e tem sido incrementada por escritores que explicitamente expressam na escrita sua ascendência e convivência judaicas.

Suas preferências dividem-se entre o romance, o conto e a crônica, sendo menos cultivados o teatro e a poesia. Entre aqueles a serem examinados neste estudo, encontram-se autores que se tornaram bastante conhecidos do público leitor, como Moacyr Scliar, Samuel Rawet, Alberto Dines e Zevi Ghivelder. É evidente, nesta altura do percurso literário brasileiro judaico, as diferenças de criatividade, em termos de quantidade, persistência e fama, entre escritores como Moacyr Scliar e Samuel Rawet e outros, de prática e envolvimento literários variados. Adão Voloch, Sara Riwka Erlich, Eliezer Levin, Haim Grünspun e o dramaturgo Ari Chen, menos afamados literariamente, refletem, igualmente, explícito teor judaico na sua obra ficcional, memorialista e teatral.

Nas fazendas e nas cidadezinhas sulinas fermentou-se e delas se desenvolveu a vida judaica no Rio Grande do Sul. Daquelas fazendas sairiam os pioneiros criadores de um ambiente a ser legado a seus descendentes, que se espraiaram por outras regiões brasileiras. Memorialistas e romancistas levaram as fazendas da ICA à plataforma literária do país.

Como já indicado, depois da Primeira Guerra Mundial, a imigração transatlântica de judeus rumo ao Brasil prosseguiu em direção a cidades em diversos graus desenvolvimento, como São Paulo, Rio de Janeiro, Porto Alegre, Curitiba, Belo Horizonte, Recife e Salvador. Em São Paulo, os primeiros israelitas a se instalarem na cidade aglomeraram-se em bairros com atividades industriais e comerciais, já povoados por outros imigrantes, como o Brás, Belém, Penha, Tatuapé, Ipiranga, Barra Funda e Bom Retiro. Neste último, grande número de judeus criou uma infra-estrutura mercantil e lá esteve estabelecido por muitos anos. (A partir da década de 70, o bairro começou a ser povoado por imigrantes coreanos, que adquiriram moradias e pontos comerciais dos judeus, os quais se foram deslocando para outras áreas da cidade.)

O chamado "bairro judeu", como o formado em São Paulo, se reproduziria por outras cidades brasileiras. Essas áreas são literariamente representadas por diversos estilos, que variam entre memórias e ficção: em Porto Alegre, Moacyr Scliar imortaliza Bom Fim; no Rio de Janeiro, Samuel Malamud celebra a área da Praça Onze onde, por muitos anos, se concentrou parte da imigração judaica; em São Paulo, o bairro do Bom Retiro é tema de vários livros de Eliezer Levin; Boa Vista, no Recife, aparece na escrita de Sara Riwka Erlich.

Entre estes e demais autores, apresentados neste livro, o denominador comum é a conscientização do ser judeu e a inserção desta consciência na sua escrita. A partir desse ponto, cada um se diversifica, em seus respectivos discursos, de acordo com suas características estilísticas, ideológicas e intenções literárias. Tanto as memórias quanto as armações imaginativas apóiam-se no fato incontestável de um deslocamento geográfico dos narradores. Os imigrantes geraram a temática do deslocamento e da busca de um enraizamento no Brasil, um dos portos seguros para os sulcos marítimos modernos. Aqui puseram fim a itinerários e deram início a um novo caminho, legado e multiplicado por uma variedade de sendas literárias.

Para aqueles que nasceram ou foram criados no Brasil, o transplante geográfico e social dos pais e parentes vai transformar-se em uma pluralidade de tópicos literários. Alguns dentre eles são dominados por sentimentos complexos, derivados de um posicionamento em dois mundos, o que foi transladado pela geração dos imigrantes, onde os brasileiros natos se incluem emocionalmente, e o seu, de legítimo direito de nascença, onde se encontram fisicamente. Em seus textos emergem situações que tratam do judaísmo e da sua identidade como judeus, embora não se apresentem, necessariamente, ligados aos motivos da dispersão e imigração, de predominância na escrita da "geração com sotaque".

Um dos poemas de Lúcia Aizim, imigrante judia e "carioca", representa uma súmula do grande mural traçado pelas estrias dos navios transatlânticos de imigrantes para o Brasil. O poema de Aizim, aqui recortado em seu primeiro canto, expõe o itinerário mental do imigrante, seu percurso espiritual e o júbilo experimentado quando sua casa flutuante encontra um lugar onde lançar âncora:

ERRÂNCIA

Eu ignorava para onde nos levaria
aquele navio
lento, pelo mar negro. Certamente
sabia, não era de recreio aquele barco.
Pelos rostos graves, pela proximidade dos corpos
– algo dizia aos meus cinco anos
que atravessávamos o mar.
Embora não fosse tempestuoso. Havia até luar
em certas noites.

Era tão triste aquele barco
tão cheio de lembranças dos que partiam.
E eu ainda não sabia distinguir. Entre uma cidade
e outra. Tudo era mar.
E desconhecido.
Só algumas palmeiras ficaram na memória
só algumas palmeiras.
Depois, aqueles caminhos onde não se permanecia
além de um breve amanhecer. Ou de porto em porto
entre brumas anoitecidos.
Pouca bagagem, quase nenhuma.
Íamos, isso sim, assustados.

Onde pousariam nossas cabeças, afinal?
De qualquer modo, levávamos alguma esperança
de um dia chegar à terra elegida.
E eras, entre as américas
brasil,
ilha perfil
a nos acolher
com seu nome de árvore das árvores[51].

---

51. Lúcia Aizim, *Errância, Poesia,* Petrópolis, Vozes, 1978, pp. 95-97.

2. Memórias do Espaço Rural

> *Então disse o Senhor a Moisés:*
> *"Escreve isto para memória num livro..."*
> Êxodo *17:14*

Os relatos elaborados por imigrantes judeus sobre suas experiências nos campos brasileiros podem ser percebidos como parte de um processo de cristalizar o passado através de uma seleção não-aleatória de lembranças, como expostas por ficcionistas, cronistas e autores de depoimentos. Quase todo o acervo sobre a experiência judaica em áreas rurais do Brasil constitui-se de memórias dispostas como crônicas, ficção e por relatos orais. Dentre as mais óbvias intenções dos narradores estão a de compartilhar com outros e de preservar certas passagens dos primeiros percursos no país, através da palavra escrita e oral. Outras formas de preservação de imagens e lembranças, como gravação de entrevistas e filmagem de documentários, não fazem parte do escopo deste trabalho, que se limita a selecionar e examinar o material escrito por alguns imigrantes e seus descendentes a respeito de seus contatos nos perímetros rurais brasileiros.

NO CAMPO DAS MEMÓRIAS

O resgate do passado brasileiro judaico é feito ao longo de um processo mnemônico seletivo de experiências coletivas e individuais. A retenção de certas imagens em detrimento de outras, por um indivíduo ou uma comunidade, é um processo multivariado e misterioso. Embora se reconheça a variedade de termos e significados agregados à idéia de "memória", tais como lembrança, recordação, reminiscência, recapitulação, evocação, reconhecimento, memorização, entre outros, não se pretende reestabelecer aqui uma questão diferencial entre esses termos. Eles coexistem e se manifestam na escrita de quase todos os memorialistas aqui examinados, através da sua perseverança em reviver e do desejo de divulgar suas memórias textualmente.

A intrincada situação em que uma pessoa se encontra quando trata de lembranças, termo tão fugidio e, ao mesmo tempo, tão presente e real, é atestada por dois estudiosos contemporâneos, que circunscrevem memória a

um processo complexo, não um simples ato mental; até as palavras que usamos para descrever este ato (*reconhecer, lembrar, recordar, relatar, comemorar*, e assim por diante) mostram como "memória" pode incluir tudo, desde uma sensação mental, altamente particular e espontânea, possivelmente muda, até um ato de cerimônia pública[1].

Apesar da riqueza do vernáculo e das sutis diferenças entre atos como *lembrar* e *recordar*, ou entre termos como *lembranças, recordações* e *reminiscências*, o uso desses vocábulos e correlatos, neste capítulo e nos demais que tratam da memória como eixo propulsor da escrita, será intercambiável e livre de distinções que tendem a ser, em certos casos, delicadas e ariscas. A base de todos os sinônimos assinalados é o seu valor unânime de "impressão, idéia de uma coisa, de uma pessoa ou de um fato, que a memória conserva"[2].

Romancistas, contistas, cronistas e pesquisadores extraem das lembranças um mundo multifacetado de vivências que podem ser ou não corroboradas por registros da história, dependentes de arquivos, documentos e livros. Os textos vistos a seguir apóiam-se tanto em testemunhas oculares, quanto em documentação escrita e iconográfica e em criatividade imaginativa. Todos convergem à tentativa de reviver seletivamente o passado.

Algumas recordações registradas sobre fatos e pessoas encontram-se duplicadas por crônicas, entrevistas, depoimentos e trabalhos ficcionais. Apesar da multiplicidade de um mesmo assunto em textos distintos, cada um destes guarda suas características próprias, manifestas por diversas dimensões: pela ótica pessoal e intransferível dos narradores; pelas diferenças observadas entre os relatos de homens e de mulheres; pelos distintos objetivos dos textos, ora elucidatórios, ora encomiásticos, ora críticos; pela índole social ou histórica das nar-

---

1. James Fentress & Chris Wickham, *Social Memory,* Oxford & Cambridge, Blackwell Publishers, 1992, p. X.
2. "Lembrança", *Pequeno Dicionário Enciclopédico Koogan Larousse*, ed. 1982. O vocábulo "memória" guarda significado condizente ao texto em que se insere ("repositório de lembrança", "capacidade de lembrar"); além de ser sinônimo de "lembrança", é também termo empregado na linguagem computacional ("memória do computador").

rativas; pela originalidade literário-estética apreendida nos textos individuais; e, finalmente, pelas tentativas de atrair leitores à tarefa de manterem as memórias vivas, compartilhando do armazenamento das recordações expostas.

Parte do resgate mnemônico do passado rural dos imigrantes judeus nos alcança como depositários de uma vivência que recém começa a registrar-se em estudos históricos e sociológicos. Os narradores inclinam-se a proclamar fidelidade aos acontecimentos observados, às narrativas ouvidas de testemunhas oculares ou de seus descendentes e à documentação escrita. Muitas das histórias, sendo ou não reflexos de experiências pessoais, tendem a confundir, nos horizontes da memória, realidade e imaginação. Não se deve, portanto, procurar nos textos o rigor científico de uma pesquisa histórica, embora muitos dos elementos coletados sejam potencialmente úteis a futuros pesquisadores e para o delineamento de uma história literária brasileira judaica.

Crônicas, contos, romances e depoimentos diferem do texto de índole histórica principalmente no que se refere a suas especificidades. Nos primeiros quatro módulos, compreende-se uma fusão entre imaginação e reminiscências pessoais ou coletivas, enquanto, no texto historiográfico, incorpora-se rigor científico à exposição e interpretação da lembrança textual.

Os memorialistas, ao recriarem o espaço e o tempo nos quais estiveram integrados, sentem-se livres para seguir ou não uma determinada ordem, admitindo ou negligenciando cronologia e espacialidade. Essa interação entre empatia e neutralidade é permissível à preservação da memória individual, mas não é tolerável no relato histórico que, idealmente, deve conservar-se neutro. Paradoxalmente, no entanto, enquanto se pode extrair das lembranças pessoais elementos indicativos de mudanças individuais, grupais, psicológicas e sociais, também delas se extraem referências históricas de valor para a pesquisa científica.

Apesar de seus distintos alcances, a memória pode ser considerada uma espécie de embrião da história; no entanto, esta última deve ser vista como uma ciência que vasculha o tempo e o espaço de forma distinta ao ato de lembrar, como observa o historiador Yosef H. Yerushalmi: "Memória e historiografia moderna permanecem, graças a suas distintas naturezas, em posições radicalmente diferentes em relação ao passado"[3]. Ainda que não satisfizesse a historiografia moderna, foi a partir da memória coletiva e individual que o povo judeu pôde criar um cadinho abstrato do qual emergiu uma forma de relatar sua história: "Enfim, os judeus têm a reputação de serem ao mesmo tempo um dos povos mais historicamente orientados e de possuírem a mais longa e persistente das memórias" (p. XIV).

3. Yosef H. Yerushalmi, *Zakhor, Jewish History and Jewish Memory*, Seattle / London, University of Washington Press, 1983, p. 94.

Obedientes a uma ordem bíblica indiscutível, como o ilustra a epígrafe deste capítulo ("Então disse o Senhor a Moisés: 'Escreve isto para memória num livro'...", *Êxodo* 17:14), os judeus mostraram-se, quase sempre, como povo imerso no registro escrito e na leitura contínua de sua história e religião, o que lhes valeu o renome de ser "o povo do livro"[4]. Mas o ato de escrever uma memória coletiva ou social (ambos os termos são aqui utilizados indistintamente), que se iniciou por volta do ano 200 da Era Comum, foi bastante posterior ao hábito de ouvir histórias[5].

É certo que a tradição de lembrar o passado ao longo da transmissão oral antes de ser cristalizada pela escrita não é exclusividade judaica. Outros povos preservaram suas histórias para deixá-las como legado oral ou impresso para as gerações futuras. No entanto, por causa da mobilidade cultural e do deslocamento espacial do povo judeu, a perseverança em repetir e transmitir sua história parece ter sido uma tarefa muito mais difícil do que o registro convencional praticado por povos sedentários. A persistência mnemônica judaica em circunstâncias que pouco facilitavam seu registro confluíram para um rico e diversificado acervo da palavra escrita. Este é composto de narrativas, fábulas, parábolas, lendas e canções, ordens, conselhos, regras, sanções e perdões, além de provérbios, leis, comentários e rezas numa combinação quase infinita de estilos e retóricas, acumulados ao longo do tempo e ao largo do espaço.

Para os judeus, o cultivo de lembranças, mesmo sendo uma operação compartilhada por toda a humanidade, tem certas características exclusivas. Dentre todas as possíveis associações que se podem fazer com esse cultivo, o exercício de recordar o passado tem servido de incentivo para prosseguir no presente, ainda que adverso, e planejar um futuro, mesmo quando era incerto. Já se fez lugar-comum a citação bíblica "Se eu me esquecer de ti, ó Jerusalém, esqueça-se minha mão direita da sua destreza. Apegue-se minha língua ao palato, se não me lembrar de ti, se não preferir Jerusalém à minha maior alegria" (*Salmos* 137:5-6). O significado dessas sentenças tem sido o suporte milenar

---

4. O lendário que se ergueu ao redor desse cognome tem várias versões. Uma delas diz respeito ao fato de essa qualificação estar registrada no Alcorão em referência a judeus e cristãos, por ambos terem suas religiões baseadas nas Escrituras ou no "Livro"; com o tempo, o apelativo passou a referir só os judeus (Cecil Roth, *The Concise Jewish Encyclopedia*, Nova York, New American Library, 1980). Outra versão diz respeito a um chefe militar árabe que, subestimando a força dos israelitas, calculou que seriam fácil presa porque "eram um povo de livros", portanto, sem habilidades militares. Os israelitas se afeiçoaram ao apelido e o mantiveram como símbolo de sua inclinação à pesquisa e ao conhecimento.

5. "Era Comum" refere-se ao período comum a judeus e cristãos, depois da data do nascimento de Jesus. Essa indicação temporal, indicada como *E.C.*, que adoto neste estudo, tem substituído, em muitos textos que tratam da história judaica, as demarcações "antes" / "depois de Cristo" (a.C. e d.C.).

do povo judeu: "Se não me lembrar de ti" inclui o verbo "lembrar" (*zarror*, em hebraico), que está subjacente a todos os apelos para o não-esquecimento[6].

MEMÓRIAS RURAIS: CARACTERÍSTICAS E LIMITES

Tanto as lembranças do campo quanto as da cidade emergem com sensações de nostalgia e crítica em quem as evoca. Tais sentimentos desenvolvem-se por uma mescla de saudades e visão julgadora dos atos e acontecimentos que tiveram lugar nos primeiros tempos das experiências agrícolas entre judeus, no Brasil. Em retrospectiva, os memorialistas analisam tanto seus próprios enganos quanto os desacertos das agências brasileiras e européias que os trouxeram ao país; no desfiar de suas lembranças, também examinam a conjuntura histórico-social-psicológica que os fez aproximarem-se e concatenarem suas forças nas florestas ou na formação de bairros e cidadezinhas. Em quase todas as histórias narradas, extrapolam-se a homogeneidade com a qual são vistos os habitantes-personagens, o condicionamento em que estiveram imersos como imigrantes recém-chegados e as circunstâncias em que viveram durante e depois de suas experiências nas fazendas coletivas[7].

As experiências dos moradores das colônias da Jewish Colonization Association, estabelecidas pelo Barão Maurício von Hirsch, no Rio Grande do Sul, são um marco na história mosaica do Brasil[8]. As colônias da ICA constituem o celeiro mais antigo e pródigo em narrativas de índole ficcional e semificcional, de crônicas e depoimentos. Grande parte das reminiscências de seus antigos habitantes prende-se a descrições dos princípios da colonização judaica rural no Brasil, praticamente iniciada por volta de 1900. O subseqüente êxodo para as áreas urbanas também faz parte das lembranças que refletem, em larga medida, a história coletiva do estabelecimento judeu nos pampas riograndenses e que, em pouco espaço de tempo, se espraiou pelo estado e pelo país.

6. Este verbo, transcrito em inglês como *Zakhor* (pronuncia-se "zarror"), encontra-se esculpido numa das paredes de entrada do Museu do Holocausto, inaugurado a 26 de abril de 1993, em Washington, D.C., Estados Unidos. O verbo "lembrar" ou *zakhor* é aí enfatizado com a intenção de que o assassinato de 6 milhões de pessoas, pelos nazistas (1939-1945), seja lembrado, a fim de nunca ser repetido.
7. Uma extensa catalogação de papéis relativos a atividades agrícolas, comerciais e imobiliárias da ICA no Rio Grande do Sul encontra-se no Arquivo Histórico Judaico Brasileiro, sediado em São Paulo (ver "Inventário Sumário do Fundo Jewish Colonization Association (ICA)", São Paulo, Arquivo Histórico Judaico Brasileiro, 1989, descritivo de documentos guardados no Arquivo).
8. Ver Cap. 1 para descrição mais extensa da ICA.

As memórias desse setor da experiência judaica têm suas próprias variantes e características. Estas dependem das circunstâncias pessoais dos memorialistas, conforme sejam pessoas já nascidas nas colônias, integradas a elas em idade infantil ou descendentes dos colonos. Um traço característico das narrativas é o limite imposto pela memória dos narradores, que não acompanham nenhum modelo que não seja seu novelo de reminiscências, tanto do passado individual quanto do coletivo. Um elemento distintivo em sua expressividade narrativa é seu desenvolvimento a partir de um vácuo de protótipos literários, o que lhe garante uma aura inauguratória na literatura brasileira judaica.

O complexo sistema de seleção de lembranças, expressas nas esferas do real e do imaginário, apresenta, nas obras de conteúdo rural, componentes similares e diferentes entre si. Os principais traços análogos que se encontram em quase todos os textos que tratam da colonização incentivada pelo Barão von Hirsch são descrições dos esforços desenvolvidos e os sacrifícios sofridos pelas famílias pioneiras nas terras adquiridas pela agência judaica. Outros componentes de similaridade são: descrições dos deslocamentos dos improvisados e desiludidos camponeses aos incipientes centros urbanos da região sulina; observações sobre influências recíprocas entre as vidas estrangeiras e brasileiras no mesmo território; encômios e críticas a indivíduos ou organizações. Essa confluência de práticas existenciais traz ao texto memorialista qualidades de documento crítico-social, de monumento comemorativo e de reivindicação por um reconhecimento aos esforços coletivos em manter o judaísmo ativo nos confins de fazendas e vilarejos.

Com poucas exceções, os narradores das fazendas da ICA resgatam os mesmos personagens e acontecimentos com os quais conviveram em diferentes fases das suas vidas: vaqueiros gaúchos, caboclos lavradores, colonos judeus e cristãos, peões; chefes de estação, delegados; professores, donas-de-casa, parteiras, improvisados farmacêuticos e enfermeiras; crianças e adultos; homens com tarefas religiosas específicas; dissidentes políticos e religiosos; emissários da ICA; moças e rapazes namoradeiros; epidemias em plantações e pragas de insetos; mortes de pessoas e de animais, picadas de cobras, ataques de outros animais, banditismo, vendedores ambulantes... um mundo revivido e espelhado a cada lembrança traçada em escrita. Os personagens que transitam por esse universo formam uma espécie de população flutuante que se translada de uma obra para outra. Nessa transmigração, as narrativas se diferenciam entre si, principalmente, pela intencionalidade das evocações, pelo peso emocional individual e pela interpretação analítica dos evocadores.

Percebem-se as diferenças nas intenções dos discursos ficcionais ou não-ficcionais pelo seu caráter nostálgico, informativo e ideológico. Embora tais qualificações não sejam mutuamente excludentes, contrastam-se a índole nostálgica do discurso mnemônico de Frida Alexandr e a intenção informativa da escrita de Eva Nicolaiewski. Convicções ideológicas dos memorialistas, refletidas por personagens ou pela voz dos narradores, indicam idéias apreendidas em leituras e vivência, expressas nas obras, de Adão Voloch, Moacyr Scliar e Marcos Iolovitch.

A área em maior evidência na escrita das evocações rurais é a Colônia Filipson, seguida pela Colônia Quatro Irmãos. O período privilegiado pelas descrições dos narradores refere-se ao início do século XX e se prolonga até seus meados. O resultado do resgate de lembranças é bastante diverso: por influência de distâncias temporais e espaciais, o passado ora é suavizado pela nostalgia, ora embalsamado em azedume por ressentimentos nunca resolvidos. Tal filtragem crítica, de pesos desiguais, abrange todos os componentes das fazendas, de forma independente de suas origens nacionais ou densidade religiosa. Uma espécie de análise judicante encontra-se mais pronunciada nos textos ficcionais de Marcos Iolovitch e Adão Voloch e, de forma mais sutil, em certos romances de Moacyr Scliar. Embora todos os que escreveram sobre as fazendas tenham revolvido quase as mesmas lembranças, como observado acima, as diferenças entre eles são passíveis de serem examinadas individualmente. O prefaciador de *Filipson*, de Frida Alexandr, refere-se a essa diferenciação, ao observar

> Todas as pessoas gostam de contar coisas do passado. Nem todas têm o que contar. Muitas não sabem contar. Às vezes, o interesse de quem as ouve ou lê reside apenas na narração, pouco valendo o significado. No fundo, o invulgar pode não ser o fato e sim o modo de o transmitir. O invulgar mesmo é o fato interessante habilmente narrado[9].

A TRAJETÓRIA MEMORIALISTA JUDAICA RURAL NO BRASIL

Alguns memorialistas principiam suas evocações por lembranças da vivência européia. O primeiro a fazê-lo, em português, foi Marcos Iolovitch, autor de *Numa Clara Manhã de Abril*. Ele foi pioneiro em colocar, em forma ficcional, a trajetória Europa-Rio Grande do Sul e as tribulações urbanas dos que foram obrigados a iniciar sua vida no Brasil como camponeses da ICA. Outros deram início a seu relato referindo-se diretamente aos terrenos das fazendas, como Frida Alexandr, que foi a primeira pessoa a publicar, em português, a crônica da colonização judaica nos pampas brasileiros. Todas as narrativas,

---

9. Frida Alexandr, *Filipson*, Prefácio de Carlos Rizzini, São Paulo, Fulgor, 1967, p. 11. Esta e todas as demais citações desta obra respeitam a grafia original, a menos que se faça referência em contrário.

revistas neste capítulo, arraigam-se nas terras gaúchas das fazendas da ICA.

Para a apresentação, que segue, das obras memorialistas individuais e coletivas, observa-se uma ordem cronológica e uma seqüência geográfica de publicação. As obras são também agrupadas segundo o gênero a que pertencem: "Crônicas", "Depoimentos" e "Ficção". As obras examinadas, quase as únicas existentes até o momento, são representativas das escritas semificcional (crônicas), não-ficcional (depoimentos) e ficcional (romances e contos).

Nem todos os textos deixam-se classificar por essa divisão, pois alguns são resultantes de um processo de polinização literária entre a possível exatidão circunstancial da crônica e a evidente liberdade criativa ficcional. As diferenças entre crônicas e trabalhos decorrentes da imaginação individual são evidentes por sua própria configuração textual: enquanto nas primeiras os narradores tendem a apegar-se à exatidão de datas coerentes com os acontecimentos, nos segundos eles preferem alcançar uma liberação dessas coordenadas temporais e espaciais.

Em regra geral, as fronteiras entre a crônica e uma obra ficcional fazem-se nítidas quanto à linguagem e o propósito discursivo. Para fins de organização didática, a conceituação desses gêneros reconhece crônica como "uma espécie de história com ênfase, como sugere o nome, no tempo"[10]; isso implica também verificar nela a existência de uma "visão pessoal, subjetiva, ante um fato qualquer do cotidiano"[11]. Com a mesma intenção pedagógica, um conceito sumário de romance, em termos comparativos, caracteriza-o como trabalho extenso (em comparação ao conto ou à novela) narrado em prosa, com grande articulação ficcional, variedade de personagens e desenvolvimento de uma trama[12].

Há nítidas diferenças entre textos que se prendem a datas e fatos, baseados em documentação e testemunhas, e aqueles que, ainda que baseando-se numa cronologia de acontecimentos, não se apóiam em padrões de exatidão histórica. Assim, por exemplo, *Filipson*, de Frida Alexandr, pode ser examinado como livro de crônicas, por sua apreensão cronológica do empirismo cotidiano, e *O Colono Judeu-Açu*, de Adão Voloch, como romance, por incluir elementos de uma trama, um certo teor de suspensão dramática e a colocação de problemas sociais, psicológicos e humanos repartidos pela população de personagens que nele transitam[13].

---

10. N. Frye, S. Baker & G. Perkins, *The Harper Handbook to Literature*, Nova York, Harper & Row, 1985, p. 103.

11. Massaud Moisés, *Dicionário de Termos Literários*, 2. ed., São Paulo, Cultrix, 1978, p. 133.

12. M. H. Abrams, "Novel", *A Glossary of Literary Terms*, 5. ed., Chicago, Holt, Rinehart and Winston, 1985, p. 117.

13. Quase todas as crônicas que compõem o acervo literário brasileiro judaico surgiram mais diretamente em forma de livro do que através da imprensa diária e pou-

Entre esses dois, inserem-se *os depoimentos*, lembranças pessoais espontaneamente veiculadas ou obtidas por pesquisadores que as publicam com ou sem seus próprios comentários.

Como método de trabalho, cada uma das divisões seguintes inclui trabalhos representativos de suas respectivas áreas. Os livros de Frida Alexandr, Eva Nicolaiewsky, Guilherme Soibelmann, Jacques Schweidson agrupam-se como crônicas, de índole semificcional. As narrativas de Moacyr Scliar e Adão Voloch inserem-se nos parâmetros de romance, como obras ficcionais. Os depoimentos são representados pela escrita de Martha Pargendler Faermann, que viveu nos campos do sul do Brasil e deles guarda uma memória polida pela nostalgia.

Crônicas

FRIDA ALEXANDR, *Filipson* (1967)

A única obra conhecida de Frida Alexandr (1906-1972) leva o nome da fazenda onde ela nasceu e passou a infância e parte da adolescência. A narradora retrata aspectos do desenvolvimento da comunidade que a viu crescer por um período de quase duas décadas. Seu discurso inclui descrições intensamente pictóricas, nas quais se percebe o esboço de um possível mini-*Bildungsroman*, já que a história pessoal da autora se revela por passagens da sua evolução etária e psicológica[14].

Filipson compõe-se de 56 capítulos curtos, com títulos sucintos. Descritivos das atividades comunitárias e individuais ocorridas numa das primeiras colônias agrícolas subvencionadas pela ICA, descobrem o envolvimento da escritora no campo e na casa, antes de a família mudar-se para a cidade. Seu relato focaliza, com predominância, as atividades coletivas e as inter-relações cotidianas entre os colonos, peões, homens e mulheres da fazenda.

A trajetória mnemônica de Alexandr pode ser caracterizada, basicamente, por dois eixos: uma constante procura de fidelidade aos atos presenciados por ela e uma tonalidade oral na sua linguagem, culta e expressiva. Outros elementos distinguidos em seu texto: tentativa de vinculação com leitores; visão de um passado coletivo, abarcando atividades de ordem social, espacial e temporal, independentemente da par-

cas guardam as convenções típicas de textos cotidianos ou semanais. Suas características são anunciadas pelo tratamento onomástico de "crônicas", feito por seus autores por preservarem a transitoriedade, o passsageiro, o vislumbrado, sob forma escrita, abreviada e informativa. (Para uma apresentação didática do assunto, ver Flora Bender & Ilka Laurito, *Crônica – História, Teoria e Prática*, São Paulo, Scipione, 1993.)

14. Frida Alexandr, *Filipson, op. cit.* (ver nota 9). A capa da edição original registra: "Memórias da Primeira Colônia Judaica no Rio Grande do Sul".

ticipação direta da narradora; perspectiva feminina implícita; levantamento de comemorações judaicas, com ênfase nos rigores e limites do campo.

A narradora reconhece, no próprio texto, os parâmetros do ato mnemônico criativo:

> Sacrilegamente, procuro arrancar as criaturas de suas tumbas, fazê-las reviver com todos os seus sofrimentos. Moldo-as, pouco a pouco, com os fragmentos que me saem da memória. Ponho-as em pé, faço-as movimentarem-se, impulsiono-as de acordo com as recordações que delas guardo, e na medida do possível, insuflo-lhes um sopro de vida. Percorro ao seu lado o árduo trajeto do passado e imprimo ao seu coração o mesmo ritmo sob o qual o meu próprio funciona.
>
> Minha intenção é a de analisá-los com imparcialidade, separando as impressões por vezes injustas que a mente da criança ou do adolescente é suscetível de gravar. Ressuscito-os, pois, em toda a simplicidade e rudeza de seus carácteres de pioneiros para conhecimento das novas gerações, mais cultas, mais prósperas, mais felizes, deles separadas apenas por algumas décadas, devendo-lhes, contudo, o progresso alcançado e as possibilidades que ora usufruem (pp. 167-168).

Frida Alexandr tem o propósito de transmitir para a posteridade os fios de vida que se teceram nas terras gaúchas, lembrando serem eles forjadores de parte da comunidade judaica brasileira. Nesse processo, descreve a fase incipiente da colônia, o período de frustrações coletivas, a decadência da produção agrícola e o paulatino abandono dos lotes por parte dos colonos.

A dimensão temporal do relato abrange um período anterior ao nascimento da autora, mas seu trajeto mnemônico tem uma linearidade determinada por acontecimentos que ela considerou fundamentais. A primeira das balizas foi seu aparecimento no mundo: "Um dos acontecimentos de grande importância no seio de nossa família foi o meu nascimento" (p. 36). A fase seguinte expande-se por lembranças que se estendem da sua infância até a ocasião de uma viagem a uma cidade vizinha, como ela explicita (grifo meu): "Sim, como os leitores percebem, os acontecimentos, para mim, só giram em torno do *antes* [...] e do *depois* da minha viagem a Uruguaiana" (p. 127).

Estes marcos temporais servem como pontos concretos na organização do discurso, sobrepassando pormenores etários individuais e datas de ocorrências públicas. Seu processo mental de trazer reminiscências à superfície literária expõe-se nesta declaração textual: "Da nebulosidade dos meus primeiros anos de existência, minha memória fixou algumas cenas que marcaram fundamentalmente a minha integração na vida da família" (p. 46). A confessa indefinição não impediu a nitidez com que suas lembranças foram resgatadas, como ela observaria: "Lembro-me de um fato acontecido comigo, como se o estivesse vivendo agora" (p. 52).

Uma tonalidade oral na narrativa faz-se clara desde o princípio. Nascida quando sua família já se encontrava em Filipson, a cronista elabora os episódios ocorridos no período que antecedeu seu nascimento e o da sua primeira infância a partir de testemunhos orais de parentes e vizinhos. Seu discurso é uma filtragem do legado cultural que, transmitido oralmente, levou-a a informar-se sobre um passado não presenciado por ela ou, ao tempo, não apreendido por sua consciência.

A conotação de oralidade na sua escrita se faz principalmente por uma seleção verbal, aparente em várias áreas do enunciado (grifos meus): "Mamãe *contava-me* que fora recebida com todo o carinho pelas freiras do hospital" (p. 17); "Golde, a filha mais velha dos Averbach, *contou-me* que, ao chegarem a Filipson, foram hospedados por meus pais" (p. 22); "*Contou-me* também, com um leve rubor no rosto já envelhecido [...]" (p. 23); "Sturdse, atualmente octogenário, mas em plena lucidez de espírito, foi quem *me relatou* o que se segue" (p. 23).

Já na vivência diária da fazenda, não sendo narradora onisciente e não estando presente em todas as situações possíveis, a memorialista imbrica narrativas alheias em seu discurso, valendo-se de seus contemporâneos como informantes. Relatos são identificados por sua fonte de origem, como (grifos meus): "*Jacques*, mais tarde, *contou-nos que* [...]" (sobre um confronto entre um colono e seu pai, p. 71); "*Contaram-me as priminhas* que Nenén, a caçula [...]" (sobre uma relação incestuosa, p. 123) e "*professor Budin* [...] que *nos comunicou*, num tom solene, que o Brasil se decidira entrar na conflagração mundial" (p. 128).

A escritora imagina leitores para suas descrições, jogando retoricamente com eles (grifos meus): "Já *ouviram* falar de Filipson?" (p. 15). Imitando o processo da narrativa oral, ela estimula a criatividade dos seus ouvintes-leitores, convidando-os a formularem uma abstração: "*Imaginem* o desconforto desses infelizes" (p. 15).

Ao expressar sua visão do sistema cosmogônico da estância, Frida revive alguns dos seus momentos significativos tanto em esferas que a tocaram de forma pessoal quanto aquelas com as quais se relacionou apenas como observadora. Dentre as últimas, encontram-se as atividades sociais ao redor de comemorações religiosas e culturais, praticadas na colônia desde o início de sua existência, apesar dos parcos recursos de seus habitantes. Essas são descritas pela memorialista desde o nascimento de meninos, seguido pelo ato da circuncisão, às festivas cerimônias de casamento até a morte e a observação tradicional de luto por sete dias. Outras atividades, como as relacionadas ao tratamento da carne bovina, à execução de aves, ao respeito pelo sábado como dia de orações e descanso e à observação dos "grandes dias" (o primeiro dia do ano e o Dia do Perdão) também ocuparam significativo espaço na vida da fazenda e das suas lembranças. A memorialista lhes dá importância à medida que preservavam uma tradição cultural e serviam uma função social, como se expressa neste comentário: "Papai cumpria alegremente o mandamento judaico, que manda amar e ajudar seu próximo, cedendo ao hóspede o lugar de honra em sua mesa" (p. 30). Seu texto também se presta a um exame de um mundo folclórico – incluindo crenças e superstições – transferido da Europa e mesclado ao mundo caboclo brasileiro, como na evocação da relação entre o farmacêutico (*felcher*, em ídiche) e o ervanário local: "[...] o *felcher* nunca se opunha à vinda de algum caboclo curandeiro que se propunha a experimentar seus ungüentos feitos de ervas ou de produtos animais" (p. 76).

Ao relatar o universo social da fazenda, Frida intercala enfoques de ordem geral e individual, uma flexibilidade que leva sua escrita a registrar tanto os cataclismas coletivos como comportamentos e relacionamentos individuais. Dentro de uma visão globalizante, descreve as pragas da agricultura que, arrasando diversas colheitas, trouxeram pobreza e fome aos membros da fazenda; relata as doenças humanas, com resultados sinistros para a expectativa de vida infantil e expõe a falta de recursos médicos, com conseqüências graves para inúmeros adultos.

Na pauta de ordem pessoal, lembra a frustração do irmão Jacques, quando foi obrigado a recusar uma oferta de bolsa de estudos na França – o que ele vai relatar mais tarde na sua obra autobiográfica (*Gaúchos de Bombachas e Chimarrão,* examinada neste capítulo); exalta a convivência positiva entre membros da colônia e figuras locais – como o chefe de polícia, Frederico Bastos, "por todos benquisto" (pp. 34 ss.), e o chefe da estação, Otacílio Monteiro, vitimizado pelo surto de gripe espanhola (pp. 195 ss.); na mesma pauta, valoriza seu próprio relacionamento com os peões, enfatizando o processo de auto-aprendizado quando um deles, Chico Lencino, a levou a conscientizar-se, o que a assustou, de que já não era uma menina e sim uma moça (pp. 160 ss.).

Ainda que a fazenda fosse auto-suficiente como experiência agrária, os membros da Colônia Filipson eram dependentes, para o seu progresso, tanto dos vizinhos expatriados como dos naturais da região. Enquanto os primeiros lhes mostraram as técnicas apreendidas com alguns dos orientadores da colônia na construção de galpões, casebres, escola e sinagoga, os últimos lhes ensinaram o manejo do gado, o trato da terra e uma leitura meteorológica pelas nuvens e direção do vento.

Sem interceptar sua linha narrativa com críticas manifestas (que, quase sem exceção, emergem nos textos dos que se dedicaram a rememorar suas experiências nas fazendas da ICA), Frida também denuncia, sutilmente, o desprezo do pessoal da administração pelos colonos. Às primeiras páginas do seu relato, projeta contundente contraste entre a casa do representante da ICA, "um sobrado pintado de branco, com todo o conforto possível, próprio para pessoas acostumadas a viver em Paris [...] Rodeava-a um imenso jardim florido e bem tratado [...] um grande pomar com variedade de frutas [...] protegidos por uma cerca de arame farpado" (p. 16) e as casas dos imigrantes que "ainda não estavam prontas para receber os moradores. [...] Era total o desconforto. Todos dormiam no chão, numa promiscuidade deprimente" (p. 17).

As dimensões social, espacial e religiosa confluem para a história de Filipson, como narrada por Frida, de um ponto de vista feminino. Aqui não se trata de argumentar sobre a possibilidade de haver ou não um modo congênito de narrativa feminina ou masculina. Mesmo porque, como já se afirmou, "apesar de todo o avanço no campo de estudos feministas em anos recentes, muito pouco se tem feito no campo da natureza específica das percepções femininas do passado"[15]. O que se quer estabelecer é a percepção de a narradora ter sido subordinada às limitações impostas a seu sexo pela estrutura social vigente durante seu crescimento. Daí a resultante perspectiva feminina dominando seu discurso, uma mirada irizada com funções tradicionalmente reservadas à mulher: proteção, recolhimento, estímulo e consolo. A moradia é o casulo onde Frida parece ter adquirido tais funções, vendo seus irmãos partirem, um a um, enquanto ela prosseguia entre suas paredes.

O texto de Frida Alexandr, além de sofrer as limitações da narratividade em primeira pessoa (que ela procurou superar através da interseccionalidade de narrativas alheias), é resultante das percepções de uma mulher cerceada a determinados espaços. Dentro destes, a narradora foi obrigada a limitar sua observação do mundo de Filipson – extraordinária para a idade e para o meio em que vivia – a partir do mundo interiorano da casa.

A casa no lote onde ela morava com os pais e irmãos é seu ponto de referência e perspectiva. Isso porque, na sociedade em que cresceu, a narradora esteve restrita aos afazeres domésticos, às tarefas da roça e à contingência de ser a filha que permaneceu na família depois do afastamento dos irmãos mais velhos (por casamentos ou por outras razões). Na rotineira cultura de crescer, casar e mudar-se da fazenda, que alcançou seu grupo familiar, coube-lhe considerável parcela de sacrifício pessoal, como descreve:

> Após o casamento de Adélia as minhas obrigações dentro de casa desdobraram-se, quase não me davam tempo para estudar. Voltava da escola correndo, largava os livros num canto e, sempre correndo, ia ao encontro de meus pais na roça a fim de ajudá-los na semeadura ou na colheita (p. 147).

Seu posto de observação era privilegiado, de antemão, pela localização topográfica: "Erguia-se a nossa casa sobre um promontório, dando de frente para a estrada principal" (p. 199). Além disto, ao al-

---

15. James Fentress & Chris Wickham, "Class and Group Memories in Western Societies", in *Social Memory, op. cit.*, p. 138.

cance de sua vista, um riacho, com o qual ela criou uma referência alegórica da vida corrente:

[...] o nosso singelo riachinho. Corria anos a fio, cumprindo seu destino, matando a nossa sede, banhando os recém-nascidos, lavando as nossas feridas, o suor e as lágrimas das decepções, e transformando-se no caldo dourado e perfumado na mesa dos esponsais (p. 200).

De seu ponto referencial, ela e membros de sua família se afastavam para ir ao campo, à escola ou à sinagoga. O retorno seguro era sempre à casa. Esta era o reduto-matriz, que atraía também a seu bojo outros habitantes da colônia. Aí iam eles para conversar e trocar narrativas, fornecendo, sem o perceber, o material vivo para uma história oral que seria depois resgatada pela memória da autora.

As dimensões de ordem espacial, abrangendo a colônia e as áreas circundantes, de ordem social, em que se descreve o relacionamento entre os colonos judeus (e destes com empregados, peões e vizinhos), e de ordem temporal, fechando um círculo sobre ambas, são relatadas, além de um prisma pessoal, por perspectivas emprestadas de outros narradores, como se observou acima. O que esteve além do alcance físico e temporal de Alexandr ingressou na sua narrativa através da elaboração de terceiros. São freqüentes, na sua escrita, a revelação de suas fontes informativas como oriundas de membros da família, vizinhos, amigos e visitantes. Reuniam-se todos para escutar, dar ou trocar informações, e estas atividades, que não prescindiam de uma voz narradora, eram executadas numa variedade de ocasiões: em reuniões familiares – "esta história contada e recontada nos longos serões" (pp. 44-45) –; por correspondência dos que se encontravam longe da colônia – "Papai voltou da Administração trazendo cartas dos filhos" (pp. 58-63) –; através de conversas entre mulheres – "Pecy, nossa vizinha, vinha todas as noites auxiliar mamãe nos preparativos e permanecia até muito tarde contando casos acontecidos com parturientes" (p. 59) –; e ao longo de relatos dos homens – "Tornara-se um hábito entre os colonos jovens e idosos reunirem-se nos sábados à tarde, na estação. Os mais velhos trocavam idéias sobre política e lavoura [...] E ao voltarem para casa, contavam à esposa, que ficara cuidando dos filhos, os acontecimentos que iam pelo mundo" (p. 72).

Enquanto as mulheres das fazendas só saíam da proteção do casulo para casar-se e, assim, dar início a uma família, os homens eram livres para saírem sozinhos, sem a imposição do casamento, à procura de outras alternativas de subsistência. Essa regra geral se aplicava às fazendas Hirsch como ecos de normas universais. No mundo dominado e controlado pelo homem, Frida era uma aberração. Como criança, ainda podia passar quase despercebida na sua introspecção e no seu hábito de examinar o mundo circundante: "Encolhida a um canto, eu observava essa cena [...]" (p. 183). Já crescida, passou mais tempo dentro do casulo doméstico, como se esse período de interna fosse uma condição a mais para sua sobrevivência como pessoa. Embora sua curiosidade, vivacidade e espírito analítico tenham sobrepujado os limites então impostos a meninas e mulheres, como reconhecidos por um terceiro: "Tu és diferente de todas", "Não és igual às outras" (p. 206), um clima de coerção deixa-se perceber no seu discurso. Suas lembranças, por mais ricas, variadas e informativas que sejam, são restritas aos limites da fazenda que, finalmente, ela também teve de deixar.

Em todo o discurso narrativo, Alexandr consegue manter uma atmosfera de narrativa oral coesa, homogênea e informativa. Um tom didático, que se mescla ao conjunto da obra, dirigido a um imaginado público leitor, é explicável. Quando Frida Alexandr teve sua obra publicada, as fazendas da ICA no sul do Brasil eram quase desconhecidas pelas demais comunidades brasileiras judaicas. Sabia-se vagamente que havia judeus trabalhando nos campos, mas nessa informação imprecisa se resumia o conhecimento que deles se tinha no resto do país. Foi só a partir da desintegração de algumas fazendas, quando seus colonos passaram a procurar meios de sobrevivência em cidades vizinhas ou mesmo longínquas, é que teve início uma aproximação maior entre os patrícios e os "judeus das colônias", como passaram a ser chamados seus ex-habitantes.

É possível que seu livro de memórias tenha obtido, como alcance mediato, uma compreensão maior a respeito dos colonos da ICA por parte dos não-colonos, estes últimos constituindo quase a totalidade da imigração judaica no Brasil. Como alcance ulterior, sua obra pode ser considerada exemplo clássico de procedimentos mnemônicos e elaboração discursiva do dado real para os quais a história oral se fez imprescindível.

EVA NICOLAIEWSKY, *Israelitas no Rio Grande do Sul* (1975)

Eva Nicolaiewsky nasceu em Santa Maria, no Rio Grande do Sul. Depois de Filipson, a segunda grande colônia subvencionada pela ICA foi Quatro Irmãos, no município de Santa Maria. A escritora apresenta breves descrições das histórias de ambas as comunidades, complementando-as com dados da historiografia judaica mundial e copiosa iconografia sobre as fazendas.

Em 1939, Eva mudou-se para Porto Alegre, onde começou sua carreira no magistério secundário. Formou-se em sociologia e fez cursos de aperfeiçoamento na Suíça e na Universidade de Syracuse, nos Estados Unidos, antes de estabelecer-se como catedrática na Escola Normal de Porto Alegre, no campo de sociologia educacional. Seu interesse maior foi sempre a educação e contribuiu com inúmeros artigos na sua especialidade. A obra sobre Quatro Irmãos espelha sua formação didática, pelo roteiro ordenado da memória e pela preocupação em registrar suas fontes de informações[16].

Israelitas no Rio Grande do Sul[17], o título indica, refere-se à comunidade judaica no perímetro estadual gaúcho, desde os tempos do estabelecimento das colônias até meados da década de 60. Diferente do livro de Frida Alexandr, essa obra baseia-se em memórias cristalizadas em registros públicos, consistindo numa compilação de dados sobre a história judaica do Rio Grande do Sul, encontrados em arquivos e bibliotecas, verbetes de enciclopédias e longas listas onomásticas referentes aos habitantes das colônias da ICA.

O propósito de Nicolaiewsky é explicado por ela, referindo-se a si mesma na terceira pessoa: "A autora preferiu escrever mais sobre certos fatos distantes no tempo, antes que as fontes de informações secassem completamente" (p. 83). Uma interpretação subjetiva da segunda parte da sentença pode indicar que a intenção da cronista foi, possivelmente, aproveitar-se da presença das pessoas ("fontes") enquanto pudessem oferecer informações ("antes que secassem"). Entretanto, a contribuição de antigos moradores das fazendas ou seus descendentes não se encontra diretamente incluída nas suas páginas.

Seu estudo estende-se a uma breve revisão da história judaica mundial, incluindo capítulos e verbetes sobre judeus asquenasitas e sefarditas. Servindo-se sobretudo de fontes convencionais e recursos de acesso público, Eva faz um levantamento de momentos julgados, por ela, marcantes nas comunidades rurais. Cinco das dezoito partes que compõem o livro são dedicadas a uma iconografia referente ao período que abarca os primeiros momentos das colônias até as atividades sociais dos descendentes dos imigrantes, migrados a Porto Alegre. Nessas seções alinham-se fotos de inúmeras famílias fundadoras das fazendas (muitas delas mencionadas na obra de Frida Alexandr e de outros), de fachadas de sinagogas, saguões de edifícios e bibliotecas localizados em áreas urbanas, assim como fotos oficiais de encontros entre representantes do governo estadual gaúcho com membros da comunidade judaica, por ocasião de inaugurações de sedes sociais, culturais, recreativas e similares.

A pesquisa de Nicolaiewsky tem uma fímbria de desculpas que a acompanha pelas legendas de algumas fotos. Sua necessidade de afirmar-se constantemente como parte de uma comunidade laboriosa e

---

16. Entrevista com Eva Nicolaiewsky realizada em sua residência, em Porto Alegre, em abril de 1985. Outras informações compartilhadas na ocasião referem-se à participação de seus irmãos no Exército Brasileiro: Guilherme, que recebeu a patente de tenente, em 1919, e José e Isaac, combatentes contra-revolucionários em 1930 e 1932.

17. Eva Nicolaiewsky, *Israelitas no Rio Grande do Sul*, Porto Alegre, Garatuja, 1975.

integrada ao meio brasileiro assinala um certo grau de ansiedade de que sua contribuição ao progresso do país seja reconhecida. Referências laudatórias exemplificam uma necessidade de que os empreendimentos da comunidade tenham uma aceitação coletiva. Daí sua inclinação por amplificações adjetivas, como nesta passagem:

> Os imigrantes de Quatro Irmãos aproveitaram parte dos *imensos* pinheirais daí, para transformar em *excelente* madeira [...] o solo vem sendo aproveitado [...] servindo a *grande* mercado consumidor (p. 59, grifos meus).

A ansiedade percebida nos cumprimentos e autolouvores pode indicar uma dimensão existencial típica do imigrante em geral, ansioso por auto-afirmar-se na terra que o acolhe. Essa referência tipifica especialmente o judeu que ainda se sentia atemorizado com os ecos de perseguições e expulsões sofridas por séculos de convivência com a hostilidade da Europa e da Rússia, de onde provinha a grande maioria dos colonos. Outra explicação para a atmosfera que se descobre na escrita de Nicolaiewsky apóia-se no fato de a autora ser parte da primeira geração nascida no país e ter presenciado as dificuldades de aculturação, experimentadas pela geração anterior. Daí ela ver-se a si mesma como uma pioneira, próxima ao passado desbravador da geração de seus pais, que fizeram parte dos primeiros contingentes de imigrantes a entrarem em território gaúcho.

O trabalho de Nicolaievsky, aproveitando um levantamento da memória impressa e já catalogada, estabelece-se entre uma pesquisa científica e uma acumulação iconográfica por onde se infiltra uma perspectiva sentimental. Seletivamente, pode-se recorrer à sua obra em busca do registro dos primeiros momentos e dos nomes das primeiras pessoas de origem judaica no sul do país.

GUILHERME SOIBELMANN, *Memórias de Philippson* (1984)

À guisa de celebração dos oitenta anos da instalação da Fazenda Filipson, Soibelmann, um de seus ex-moradores, recorda sua vida até os 14 anos de idade, passada naquele "pacato rincão"[18].

O memorialista principia por apresentar seu pequeno livro de 93 páginas como resultado dos "insistentes pedidos de parentes, amigos e descendentes de colonos da Colônia Philippson" (assim grafada na edição original). Como alguns dos escritores e cronistas examinados, ele também não se admite "escritor" e, muito menos, pesquisador, indicando, em texto de capa, que o livro "foi elaborado a partir de recordações e memórias da minha infância e puberdade". No entanto, ao

---

18. Guilherme Soibelmann, *Memórias de Philippson*, São Paulo, Canopus, 1984, texto de capa (orelha) da edição.

contrário da sua anunciada limitação, o livro não se compõe de puras lembranças ao sabor da memória; nele se incluem resultados de pesquisas, como a citação de documentação pertinente ao estabelecimento da sede da ICA em Londres, além de reproduções de mapas do Rio Grande do Sul de posse de arquivos da ICA e notícias reproduzidas de jornais gaúchos (pp. 21-26).

Soibelmann também traz à sua diminuta coleção de reminiscências uma dimensão didática, pela qual divide o livro em sete partes: "Origens", "Administração", "A Vida na Colônia", "O Ensino na Colônia", "Acontecimentos Inesquecíveis", "Vida Social" e "Fim da Colônia".

Ele recupera imagens e fatos do passado através de uma dupla perspectiva: a do menino crescendo na fazenda e a do homem maduro, afastado da colônia. Sua própria pessoa é quase uma sombra em todo o decorrer da narrativa-crônica. Pelo olhar do menino emergem certas passagens muito especiais nas suas reminiscências, assim indicadas: "Muitos fatos simples acontecidos naquela época ficaram gravados na minha lembrança" (p. 69, capítulo "Acontecimentos Inesquecíveis").

Da sua perspectiva de homem maduro, o narrador prende-se a minúcias de medições, como em "A área de uma colônia era de vinte e cinco a trinta hectares de terra e mato" (p. 34), além de relacionar pertences, como "Cada colônia tinha direito a uma carroça, uma junta de bois, um cavalo, uma ou duas vacas, conforme o número de pessoas, um arado de tipo muito primitivo, enxada, pá e rastelo (grade)" (p. 34); também inclui listas de nomes, uma delas contendo os "primeiros colonos de Philippson" (p. 31), outra registrando um aumento da população local através de casamentos e de novas entradas de imigrantes (p. 50). Outras listas, disseminadas pela obra, fazem referência a pessoas que, de alguma forma, moldaram e transformaram a vida na colônia.

O escritor mostra habilidade em colocar, em linguagem simples, uma objetividade praticamente isenta de preocupações de ordem estético-literária. Seu trabalho consiste em perfilar recordações diárias em linearidade cronológica, e esse aspecto temporal-cotidiano empresta ao texto uma qualidade de crônica, ainda que não siga o tradicional formato de relato breve e datado.

Alguns dos acontecimentos enunciados por Soibelmann já tinham sido descritos por Frida Alexandr, em *Filipson*. As coincidências residem principalmente nos incidentes que marcaram toda a população da colônia, como episódios sobre o desaparecimento da Torá, a praga dos gafanhotos, as influências exercidas pelos professores Israel Becker e Leon Back (duas das pessoas a cujas memórias o narrador dedica o livro), os ecos da Primeira Guerra Mundial e os primeiros sinais do fracasso da colônia. Muitos outros pormenores, ligados a experiências do memorialista, são acrescentados, assim como seu cuidado em manter um alto perfil da vida na colônia, como se pertencesse a um período sagrado que não devesse ser perturbado por ressentimentos. Sua voz crítica, no entanto, não deixa de registrar que:

> As vacas, porém, eram de raça crioula (baixa qualidade), criadas e alimentadas apenas com o pasto do campo, e numa área pequena. Não havia rações ou alimentação adequada (milho, alfafa) para melhorar a produção do leite. Por tudo isto, a cooperativa fracassou (p. 36).

A obra de Soibelmann é ilustrada por fotos de membros da família, de escolares (entre os quais ele se encontra) e professores, além de incluir uma foto sua, contemporânea, em companhia de sua esposa.

A importância de Soibelmann no rol dos memorialistas das fazendas reside muito mais no seu valor documental do que, propriamente, no seu valor estético-literário. Sua elaboração descritiva é límpida, o teor das narrativas é bastante informativo e suas intenções, como ele as proclama em texto de capa do livro, foram atingidas: "Não tive a pretensão de apresentar um trabalho profundo ou de esgotar o assunto". No cômputo geral da narrativa, sobressaem-se, além de sua disposição elucidatória, uma visão serena da vida em Filipson, com os altos e baixos do cotidiano rural, e um registro documentado de momentos decisivos das famílias pioneiras da colônia.

JACQUES SCHWEIDSON, *Judeus de Bombachas e Chimarrão* (1985)

Jacques Schweidson nasceu a 30 de setembro de 1904 na colônia Filipson. Faleceu em 1995. Seus pais eram da Lituânia, mas emigraram para a Bessarábia, onde se casaram, antes de imigrarem para o Brasil. No "Intróito" de *Judeus de Bombachas e Chimarrão* o autor apresenta parte de sua árvore genealógica[19]. Aí ele enfatiza as identidades dos contadores de histórias na família: sua irmã Frida Alexandr (que o menciona, várias vezes, em seu livro *Filipson*), seu pai e o avô. Explica como o hábito da transmissão oral se estendeu verticalmente, atravessando gerações antes de vir a atingi-lo também. Como resultado dessa hereditariedade, atendeu a pedidos de sua filha para que contasse histórias, o que agora faz também com a neta:

> Pelo visto, um mal de gerações. Milhares de estórias que se perderam. Todavia, anima-me a esperança de que esta, que é a história real, venha a permanecer, para sempre, ao alcance da Micaela e dos meus familiares (p. xiii).

Parece que a intenção do autor, ao invocar sua linhagem de contadores de histórias, foi a de emprestar a seu livro as qualidades orais

19. *Judeus de Bombachas e Chimarrão*, Rio de Janeiro, José Olympio, 1985.

dos narradores que o precederam e contar uma "história real". Um extenso levantamento dos períodos em que se criou na fazenda Filipson e quando dela se afastou para cidades vizinhas ocupa a maior parte de 94 dos 119 capítulos que compõem sua obra auto-reflexiva. Os restantes 25 capítulos referem-se a *Raízes*, história resumida do judaísmo, a partir dos Patriarcas até a invasão hitlerista na Europa; esse trecho não se inclui no escopo deste ensaio. É de interesse a primeira parte do livro, onde o autor faz uma revisão mnemônica da sua experiência rural e do princípio de sua vivência citadina.

Apesar da linhagem de transmissores da história oral, a escrita de Schweidson molda-se por um estilo solene que a afasta de algumas características tradicionais da narrativa verbal, como fluidez e simplicidade vocabular. Certas expressões como (grifo meu) "*À sorrelfa*" (p. 209), "*mui* profunda", "aristocrática residência, *sita à* rua" (p. 294), "*assaz* distante" (p. 298), "*fi-lo* com extrema aspereza" (p. 302) sobrecarregam a escrita com formalidades não condizentes com a dinâmica das narrativas, nem com o "Intróito", que indica uma motivação oral para sua composição.

Os "judeus de bombachas e chimarrão" foram os imigrantes com quem o autor conviveu durante o período de seu aprendizado de camponês e que, no processo de aculturação, se terão identificado com os gaúchos, pela indumentária e por um dos hábitos mais cultivados por eles, o beber quase ritualístico de uma infusão de mate amargo. Apesar da generalidade indicada no título, predomina na obra de Schweidson uma configuração autobiográfica. As narrativas são engolfadas por inúmeras anotações pessoais, fiéis à intenção do autor, como informa no "Esclarecimento", de divulgar "a saga de lutador e bravura de um jovem que, enfrentando dificuldades e perigos, afinal se alça às alturas do triunfo" (p. xi).

Schweidson pode ser visto como representante da geração dos primeiros judeus culturalmente assimilados aos brasileiros do pampa. Comporiam eles uma versão brasileira do "gaúcho ídiche", figura estabelecida por Alberto Gerchunoff, escritor argentino de origem russa, autor de *Los Gauchos Judíos*[20]. Segundo certos críticos, Gerchunoff tende a fantasiar as experiências rurais dos seus contemporâneos judeus, suavizando, para a escrita, os problemas provenientes do desenraizamento físico, da burocracia da ICA e de aculturação. Naomi Lindstrom observa que "um significativo ressentimento a respeito do livro de Gerchunoff relaciona-se ao fato de que ele mostra, falseando a

---

20. Alberto Gerchunoff (1884-1950), jornalista e escritor. Em criança, sua família emigrou da Rússia para uma das colônias argentinas subvencionadas pelo Barão von Hirsch. O livro pelo qual se fez conhecido, *Los Gauchos Judíos* (Buenos Aires, 1910), compõe-se de 26 episódios descritivos da vida agrícola judaica na região de Entre Rios, Argentina.

realidade, imigrantes judeus da Europa oriental recebendo irrestritas boas vindas e adaptando-se facilmente à vida argentina"[21]. Ressalvando os valores positivos da obra, a crítica salienta intenção do autor de celebrar o primeiro centenário da imigração européia na Argentina, o que o teria impedido de denunciar os aspectos negativos das experiências dos imigrantes judeus naquele país.

Ainda que Schweidson não tenha sentido a mesma necessidade de agradar o governo nem o povo brasileiro (como fez Gerchunoff em relação aos argentinos), ele procurou amenizar, nas suas descrições, os choques entre forasteiros e nativos das terras. Em dois capítulos distintos, "Sangue" (p. 53) e "Laureano" (p. 132), o narrador recorta confrontos entre membros de sua família, os peões e contratados locais. Fez o mesmo sobre representantes da ICA, em molduras de leves reparos críticos, apesar de perceber sua negligência e arrogância. Sem chegar ao cerne das falhas da agência, aludiu ironicamente à "habitação dos oniscientes e onipotentes representates da YCA [grafia original]" (p. 17). Suas denúncias parecem compostas de forma a não querer macular o templo da memória, alcançando sua mais contundente agressividade ao descrever um dos técnicos da ICA como "administrador enfatuado e vaidoso" e como um dos "usufrutuários da fortuna do Barão Hirsch" (p. 43).

A cuidadosa seleção de lembranças de Schweidson sobre os encontros entre os expatriados e a nova ordem de trabalho cria uma atmosfera de mágica junção de pessoas e natureza e entre valores alienígenas e autóctones. Ao retirar suas experiências de seu banco de memórias, o faz como quem utiliza binóculos, ajustando uma das lentes com sentimentos saudosos enquanto tenta diminuir, com a outra, cenas penosas com as quais ele, aparentemente, não desejou confrontar-se de novo.

Comparado a outros memorialistas, ao tentar ajustar sua visão do passado, provoca certas distorções em muitas das imagens resgatadas. Embora não se negue a retratar fatos sucedidos (mesmo porque muitos podem ser relacionados a situações descritas em *Filipson* e em outras obras), o autor parece estar protegendo-se de certas arestas incômodas, através de delicadas pinceladas, como nesta passagem:

> Gente robustíssima, trabalhando com entusiasmo e orientada pela experiência cabocla, realizavam a tarefa em tempo recorde. Rasgões na roupa, farpas de arame dilacerando a carne, calos sangrando, dedos arroxeados por marteladas que erravam o alvo no grampeamento, tudo foi aceito *com bom humor* (p. 28, grifo meu).

---

21. Naomi Lindstrom, "Alberto Gerchunoff, Rhapsodizing a Jewish New World", *in Jewish Issues in Argentine Literature, From Gerchunoff to Szichman*, Columbia, University of Missouri Press, 1989, p. 51. (Ver também: Saúl Sosnowski, "Contemporary Jewish-Argentine Writers: Tradition and Politics", *Latin American Literary Review* 6, 12 [1978], pp. 1-4.)

Enquanto isto, os hospedeiros, os habitantes do local, diante de tão bem-humorada armada de trabalhadores, num retrato retocado por louvores, são vistos em altíssono estilo:

> O coração destemido e generoso do gaúcho não dava guarida a intolerâncias e mesquinhas diferenciações. Seus fortes braços hospitaleiros entreabriram-se acolhedores a todos os imigrantes (p. 9).

De outro lado, apesar da preocupação em manter uma bela imagem dos seus contemporâneos (gaúchos judeus e não-judeus) para a posteridade, os relatos de Schweidson encaixam-se no quadro regionalista da literatura, tanto pelas expressões idiomáticas empregadas quanto pelas evocações de atividades típicas da região. Uma ciranda de caboclos, peões, cavaleiros e gaúchos de muitas ocupações dão voltas ao redor do narrador e dos demais colonos e com eles mesclam-se na vida rotineira campestre.

Ex-menino prodígio que fôra impedido pelos pais de aceitar convite de bolsa de estudos na França (episódio revelado pela irmã Frida e narrado com mais pormenores nesta obra, em "Exames", p. 173)[22], o autor faz reverberar, por suas crônicas, intenso orgulho por seu passado gaúcho.

No exame do livro de Frida Alexandr, observou-se o ponto de vista feminino ecoando pela obra. No livro do irmão, a tonalidade é outra pois, tendo acesso ao mundo que se estendia para fora da casa, o homem do campo também alcança, a seu gosto, as esferas além das porteiras e cercas. Coerente com a dimensão quase ilimitada das possibilidades do protagonista, os capítulos que expõem seus livres e múltiplos deslocamentos ganham, como títulos, formas verbais como "Aprendendo" (Cap. 9), "Andando de Trole" (Cap. 29), "Carreteando" (Cap. 55), "Viajando" (Cap. 63), "Retornando ao Campo" (Cap. 78), entre outros termos indicativos de dinamismo progressivo. Ao contrário das mulheres que se encontravam limitadas a suas casas, quando não fincadas na roça, depois de cumprido seu trabalho no campo, Jacques tinha acesso a partidas de futebol, corridas de cavalos e outras atividades típicas do ambiente de vaqueiros. Esse mundo "masculino" tem forte representação nas suas memórias, descobrindo a convivência judaica em dimensão não atingida nos cromos descritivos de sua irmã.

22. O episódio da recusa dos pais em deixá-lo aceitar a bolsa de estudos na França é outra vez mencionado no seu segundo livro (cf. Cap. 3). Na entrevista pessoal que tive com o escritor, ele lembrou que a recomendação para a bolsa fora feita pelos professores Beck, Becker e Budin, pioneiros no magistério nas fazendas da ICA Nessa mesma entrevista, Schweidson disse que, "olhando para trás", percebeu que o maior tributo que poderia ter prestado aos pais, que não queriam separar-se do filho, foi recusar a oferta da Aliança Francesa e permanecer no Rio Grande do Sul. (Entrevista concedida em 21 de maio de 1985.)

Na cronologia das recordações, Schweidson descreve-se deixando o campo para trás, em busca de ocupações urbanas: "Não vendo alternativa, tomei a decisão de me tornar vendedor ambulante" (p. 284). Com esse compromisso, penetrou por órbitas distintas da vida campestre, revelando-se comerciante, homem de negócios e filantropo. A narrativa que se seguiu, *Saga Judaica na Ilha do Desterro*, prende-se a descrições de suas experiências depois de ter saído de Filipson.

Schweidson produz uma obra que reflete alguns aspectos das relações dos pioneiros judeus com a força brutal da topografia sulina e com o mundo social do gaúcho campestre. Seu caminho mnemônico, influenciado pelo distanciamento físico e pela nostalgia, desvia-se por fabulações paralelas aos fatos descritos. O autor amplia certas características das pessoas com quem conviveu, dando-lhes uma configuração recamada de qualidades positivas que os modelos originais podiam ter ou não, mas que, na visão do escritor, passaram a ser sua característica quase única e essencial. Essa indulgência parece empurrar a obra de Schweidson para um território mais passadista do que memorialista. O escritor preocupa-se mais em cultuar e homenagear o passado do que examiná-lo com o benefício da perspectiva do tempo e da própria maturidade.

Fotos inéditas de indivíduos com os quais conviveu complementam seu trabalho, uma exposição pictórica importante para a preservação do mundo judaico gaúcho pela fotografia.

Depoimentos

Depoimentos são percebidos, no presente contexto, como relatos de pessoas que viveram os fatos sobre os quais dão seu testemunho ou estiveram o bastante próximo deles para poder descrevê-los ou narrá-los com conhecimento de causa. Até a presente data, é pequeno o número de depoimentos, em forma de narrativas, sobre experiências judaicas nas áreas rurais. Estes não devem ser confundidos com catálogos de notas biográficas ou sumários de depoimentos gravados eletronicamente[23]. Os depoimentos, como narrativas orais, têm um elemento criativo que os distinguem de apanhados descritivos ou listas de datas importantes nas vidas dos depoentes, embora abarquem estes elementos.

Os depoimentos rurais referem-se tanto a reminiscências de situações acontecidas no interior quanto fora do Brasil. A memória passa a ter uma *praxis* revelada por uma série de componentes, como listas onomásticas e genealógicas, descrições de rituais, ou suas adaptações,

---

23. Sumários: *Histórias de Vida* (sem data) e *Histórias de Vida II*, Porto Alegre, Instituto Cultural Judaico Marc Chagall, Projeto Preservação Cultural da Memória Judaica, Imigração Judaica no Rio Grande do Sul, 1992.

de origem religiosa, enumeração de pratos típicos, reprodução de documentos e fotos e, principalmente, uma seleção de episódios considerados relevantes pelos narradores.

Os testemunhos dos imigrantes e seus descendentes têm, geralmente, como objetivos preservar uma identidade cultural e receber um reconhecimento coletivo dessa identidade. Ambos os ideais estão interligados pela memória, como observa Ulpiano Bezerra de Menezes (grifo do autor), "o suporte da identidade é a *memória* [...] que funciona como instrumento biológico-cultural de identidade, conservação, desenvolvimento, que torna legível o fluxo dos acontecimentos"[24]. Depoimentos diferem das outras formas de exposição memorialista não tanto pelas intenções – similares quanto a preservação e reconhecimento – mas pela espontaneidade textual, liberada das restrições da escrita. Os textos recolhidos são geralmente instigados por pesquisadores profissionais que orientam seus informantes a lembrarem e a liberarem, dos escaninhos de sua memória, passagens de suas vidas até então incógnitas.

Não se descobrem, na fluidez das lembranças dos depoentes, intenções visíveis em concatenar cronologicamente os episódios lembrados ou dar-lhes uma coesão estilística. Depoimentos são, praticamente, uma digitação da memória, que resulta num tecido verbal esgarçado, um discurso fragmentado e suspenso entre vácuos que flutuam entre reminiscências. Os entrevistados se apóiam quase exclusivamente em suas próprias recordações, recorrendo esporadicamente a outras pessoas, pelo emprego de formas verbais como "contaram-me" e "disseram-me". Nos depoimentos, as coisas lembradas têm uma característica unilateral, do indivíduo narrador, como os testemunhos coletados na obra examinada a seguir.

MARTHA PARGENDLER FAERMANN, *A Promessa Cumprida – Histórias Vividas e Ouvidas de Colonos Judeus no Rio Grande do Sul (Quatro Irmãos, Baronesa Clara, Barão Hirsch e Erebango)* (1990)

Entre as obras memorialistas sobre os judeus nos campos do Rio Grande do Sul, esta é a mais completa, pois além de abranger memórias pessoais da narradora e narrativas sobre membros da sua família, apresenta depoimentos de ex-colonos das fazendas mencionadas no título e listas onomásticas parciais de seus ex-habitantes[25]. É também

---

24. Ulpiano Bezerra de Meneses, "Identidade Cultural e Arqueologia", *in* Alfredo Bosi (ed.), *Cultura Brasileira, Temas e Situações*, São Paulo, Ática, 1987, pp. 183 e 185.

25. *A Promessa Cumprida – Histórias Vividas e Ouvidas de Colonos Judeus no Rio Grande do Sul (Quatro Irmãos, Baronesa Clara, Barão Hirsch e Erebango)*, Porto Alegre, SAGRA, 1990. (No presente texto, o título é abreviado para *A Promessa Cumprida.*)

um conjunto complexo, pois apresenta relatos sobre as experiências dos camponeses da ICA simultaneamente a narrativas sobre os ambientes semi-urbanos de Erebango e da Vila Quatro Irmãos, na fase incipiente daquelas cidades.

A obra apresenta um panorama social e histórico amplo e, ao mesmo tempo, minucioso, quanto a descrições das atividades exercidas por judeus e não-judeus no interior do Rio Grande do Sul por volta dos anos 20, focalizando uma área que recém começava a povoar-se de imigrantes. A frase coloquial "recordar é viver" encontra-se imbricada no título parentético do livro *Histórias Vividas*, que se referem às recordações da autora. Ela as separa de episódios ouvidos de outros, registrando-as com um certo grau de isenção profissional, dando-lhes um caráter de crônicas.

A narrativa de índole pessoal é de composição simples. Nela, Martha Faermann estabelece uma relação de transparência semântica entre a expressão verbal, lembranças da sua vida e descrições de experiências de membros de sua família. Seguindo uma trajetória linear, o livro está dividido em sete partes, das quais as mais significativas, no que diz respeito a informações sobre o passado do seu grupo familiar, são as numeradas de I a III. Na primeira delas, a memorialista faz referências a si mesma como "filha de imigrantes"; na segunda, ela compõe biografias de membros das famílias Faermann e Pargendler e, na terceira parte, são apresentados depoimentos de ex-colonos das fazendas da ICA. As demais divisões do livro referem-se a "considerações finais" e a listas de nomes de alguns colonos que moraram nas fazendas Quatro Irmãos, Baronesa Clara e Barão Hirsch. O acervo fotográfico é variado e superior, em número, ao dos demais livros de memórias sobre os judeus na região sulina.

Martha P. Faermann, filha de imigrantes russos, nasceu na colônia Quatro Irmãos. Seus pais desembarcaram no Brasil em 1913 e, depois de uma breve estada em Porto Alegre, estabeleceram-se, por algum tempo, no campo. Em seguida, mudaram-se para Erebango, uma das cidadezinhas para onde começavam a se dirigir os primeiros egressos das colônias da ICA. A narradora passou sua infância entre essas duas áreas, uma rural e outra relativamente urbanizada. Sua dupla experiência é um dado de relevante proporção para o conhecimento daquela época da vida judaica no país, quando as migrações eram instigadas por frustrações pelos parcos recursos da terra.

Ao regressar, pelos sulcos das suas recordações, aos anos de sua formação, a depoente recupera seu passado por episódios esparsos, com um cunho explicitamente individual:

> Tenho assim fragmentos de memória dos meus primeiros anos em Quatro Irmãos, onde nasci. O despertar da minha consciência e o senso cronológico completaram-se em Erebango, vila em que vivi a partir dos oito anos (p. 19).

Embora as evocações da autora abarquem extenso espaço físico (principalmente das regiões de Quatro Irmãos e Erebango), ela reconhece que a matriz e a composição centrípeta das suas lembranças encontram-se na sua casa e na família, ecoando muitas outras vozes memorialistas:

> Vejo minha mãe na cozinha preparando o pão. [...] Nossa casa era arejada, com três quartos, sala de refeições, um escritório que também servia como depósito da loja. [...] Lembro emocionada de toda a simplicidade que nos cercava e do quanto podíamos ser felizes, respirando carinho e amor. Na casa modesta de Erebango vivi todas as emoções da minha infância e adolescência, vivi meu primeiro e único amor, li e reli as lindas cartas que Maurício me escreveu [...]. Nas noites geladas, encontrava conforto perto do fogão. Ali jogava uma partida de dominó com Papai, ou ajudava Mamãe nas tarefas domésticas (pp. 28-36).

Diferente de Frida Alexandr, que utilizou sua moradia mais como ponto de referência para observar o mundo rural ao seu redor, Martha Faermann concentra-se na movimentação do interior da sua residência e sua interação familiar, relegando para um segundo plano os acontecimentos exteriores à sua "casa-mundo-abrigo", que permaneceu na sua memória "em seus mínimos detalhes" (p. 20). A casa, descrita como espaço protetor, é também o local onde se cultivou o encontro entre o mundo europeu, como revivido por seus pais, e a vida brasileira. O mundo gaúcho é levado para dentro das suas paredes por ela e seus irmãos, escolarizados no Rio Grande do Sul, e pelo trabalho da família, no "pequeno estabelecimento comercial de fama, que ocupava parte da frente de nossa casa [...] porta de ligação com o mundo exterior" (p. 31).

Focalizando, preferencialmente, o ambiente doméstico onde foi criada, a narradora releva as vigas de suporte da sua formação judaica. A cozinha tradicional e o exercício de rituais são alguns dos liames culturais milenares preservados por sua família naquele rincão isolado do Brasil:

> Precedendo o Shabat, nossos jantares eram sempre festivos. As refeições semanais eram simples, mas na noite de sexta-feira Mamãe fazia uma boa sopa de galinha – a *gildene iuch*, que em ídiche quer dizer: sopa dourada. Era de ouro a nossa sopa! [...] Como sobremesa, saboreávamos um *kiguel*, bolo de arroz. [...] A lembrança fixa os momentos finais da nossa refeição festiva em noites de sexta-feira: finda a sobremesa, Papai, Esther e eu cantávamos *smires*, canção tradicional do início do Shabat (pp. 21-22).

Além da prática da culinária e de hábitos indicadores de coesão familiar, o uso da língua ídiche foi outro dos fatores de preservação do legado judaico:

> aos dezesseis anos ajudava nas compras para suprir a venda e fazia a contabilidade em ídiche, porque meu pai quase não escrevia em português. Aprendi, portanto, a fazer

uma contabilidade bilíngüe. Aos domingos, cumpria a tarefa de passar as vendas registradas em cadernetas para o Livro Caixa, sempre em ídiche (p. 33).

Certas variações lingüísticas também tinham sua utilidade: "Com alguns colonos nós falávamos alemão, o que facilitava o comércio" (p. 35). A evocação do universo gaúcho que rodeou a memorialista multiplica-se por inúmeras e minuciosas descrições de pessoas, seus afazeres, encontros, chegadas e partidas e as inter-relações entre elas e os demais habitantes não-judeus da cidade.

Morando na faixa limítrofe entre os campos cultivados da ICA e as áreas incipientes urbanas, Martha Faermann vivenciou os vínculos que se formavam entre os camponeses e os moradores da vila. Segundo ela, esses eram facilitados pelo comércio de secos e molhados da sua família, uma

venda, instalada em 1932. O estabelecimento tinha duas portas e uma vitrine que decorávamos com papel de seda em forma de ventarolas. [...] Debaixo dos balcões de madeira ficavam as tulhas de arroz, feijão e outros gêneros que eram dali retirados em grande concha para serem pesados. [...] Praticamente, todos os moradores de Erebango eram nossos fregueses [...] Nos fundos da nossa venda havia um enorme armazém onde papai colocava os produtos que os colonos lhe vendiam [...] Os colonos, ao trazerem para a venda o produto do seu trabalho, compravam muitas mercadorias (pp. 32-35).

A obra de Martha P. Faermann é uma ponte metafórica entre o presente e o passado. Por ela transitam anotações sobre os imigrantes pioneiros e os destinos de seus descendentes, à altura da escrita das memórias. A narradora relaciona nomes e sobrenomes, origens, ocupações e desenvolvimento dentro e fora do Rio Grande do Sul e, em alguns casos, menciona as posições proeminentes de alguns dos descendentes dos imigrantes em esferas comerciais, universitárias e políticas.

Uma certa ingenuidade prevalece na atmosfera de seus relatos, sobretudo por ter sempre escolhido, para descrevê-los, os melhores momentos da vida em Erebango ou o melhor lado dos perfis da população retratada. O lado positivo das pessoas prevalece na quase absoluta maioria de seus "retratos falados" e do seu passado, cristalizados na escrita através de uma demão nostálgica.

Como o fez Frida Alexandr ao fim da sua jornada memorialista, a passagem do tempo e suas seqüelas levou Martha Faermann também a repetir o tema do *ubi sunt*, ao verificar:

Viagens sentimentais podem criar sensações antagônicas. Provocam a alegria por rever amigos e, com eles, retomar lembranças de um tempo que foi bom. Mas podem provocar frustrações quando as imagens do presente não coincidem com as do passado. Assim, constatamos que desapareceu em Quatro Irmãos a antiga vida comunitária. Onde foi a sede da Colônia restam testemunhos daquela vida: encontram-se desativados os prédios do hospital e dos escritórios da ICA. As pequenas propriedades que os colonos cultivavam foram substituídas pelo latifúndio. [...] Em Erebango teria sido bom rever a casa que foi nossa, mas ela não mais está na rua principal. Procurei a nossa árvore que anunciava as quatro estações do ano; procurei o pé de magnólia que exalava perfume à noite. Também não estava lá (p. 109).

A *Promessa Cumprida* guarda certas similaridades às demais obras memorialistas aqui examinadas quanto a referências a povoações sulinas, seus habitantes judeus e não-judeus e descrições de seu lento processo de urbanização. Retém, ao mesmo tempo, o valor de testemunho irremovível da certeza pessoal da autora de que as pessoas existiram como ela as viu e as coisas aconteceram como descritas.

Ficção

A memória rural ficcionalizada tem em Moacyr Scliar e em Adão Voloch escritores muito diferentes quanto a propósito, estilo e experiências. Faz-se evidente uma distinção fundamental entre os relatos de Scliar, escritor de refinado imaginário, e os discursos de autoria de um narrador e cronista menos preocupado com problemas de elaboração estética, mas de cultivada intuição literária, como Voloch.

A Moacyr Scliar se reserva o mérito de ter sido o primeiro escritor que, não tendo participado diretamente das experiências agrícolas incentivadas pela ICA, nem das jornadas citadinas que se seguiram, foi quem mais incluiu, em forma ficcional, a vivência dos imigrantes judeus no Rio Grande do Sul. Precedido cronologicamente por Marcos Iolovitch (que escreveu principalmente sobre imigrantes na área urbana), Scliar aproveitou um material histórico até então em estado latente e se enfurnou, literariamente, pelos atalhos abertos pelos pioneiros judeus, do pampa brasileiro às cidades.

A perspectiva ficcional do judaísmo gaúcho, na obra de Scliar, é dominada pelo espaço citadino; ganha menor porte, na sua ficção, a gente incorporada ao interior e às áreas lavráveis e de pastoreio, no Rio Grande do Sul. O campo desponta, na sua ficção, como um pano de fundo contra o qual se estende uma cenografia acima do real cotidiano, exposta a uma coordenação imaginativa que mal toca o empírico para instalar-se no reino do abstrato. Os judeus e as fazendas colonizadas pela ICA são reconhecíveis ora por seus nomes, reais ou fictícios, ora pelas descrições topográficas; uma vez estabelecida esta identidade, as narrativas desenvolvem-se pelo mundo de acontecimentos já definidos como "mágicos", irreais, para onde convergem forças extrafísicas, como a presença de figuras históricas e mitológicas, dos âmbitos judaico e universal.

O conto "A Balada do Falso Messias" e o romance *O Centauro no Jardim* são aqui examinados como representações dos discursos de

Scliar em que o campo, como área habitada por imigrantes judeus, abriga personagens arquetípicos e amplia-se por fabulações abstratas. No conto, emergem Sabatai Zvi e Natan de Gaza, duas personalidades do século XVII, enquanto o romance é a história de um casal de centauros. Nas duas narrativas, colonos convivem no mesmo ambiente rural com figuras emblemáticas, como o "falso messias" e também míticas, como os centauros. Todos são liberados na escrita ficcional por um prisma surrealista, super-imposto ao domínio do empírico, embora restrito a certos dados históricos e topográficos.

Em contraste, os romances de Adão Voloch, tendo como assunto a vivência de imigrantes nos mesmos limites geográficos em que se encaixa a ficção de Scliar, constroem-se e se desenvolvem em base autobiográfica e ao nível da realidade cotidiana. As atitudes pessoais dos personagens de Voloch estão intimamente ligadas a seus afazeres diários, aos obstáculos pertinentes às lides agrícolas e aos sentimentos de nostalgia e deslocamento experimentados por alguns dos expatriados.

MOACYR SCLIAR

Moacyr Jaime Scliar nasceu no bairro do Bom Fim, em Porto Alegre, Rio Grande do Sul, a 23 de março de 1937. Filho de imigrantes russos judeus, o escritor resume, na sua pessoa e em grande parte de sua escrita, a dualidade típica do brasileiro nato, criado na cultura brasileira e herdeiro de uma bagagem cultural judaica européia.

Em 1962, formou-se pela Faculdade de Medicina da Universidade Federal do Rio Grande do Sul. Como médico principiante, fazendo suas rondas por uma casa ("lar") de judeus idosos, em Porto Alegre, Scliar começou a ouvir e a armazenar histórias individuais de um passado coletivo, no qual se encontravam suas próprias raízes.

A primeira inspiração para suas narrativas, no entanto, prende-se à fase da sua vida quando a família, parentes e amigos "se reuniam nas casas e nas calçadas e contavam suas histórias de imigrantes. A experiência de um novo país, de uma nova realidade, havia sido muito forte para eles"[26]. Em entrevista a mim concedida, Scliar evocou as sessões improvisadas de história oral, quando ele ouvia narrativas de pessoas da geração anterior:

> A primeira vez que as escutei, eu era menino; minha família tinha o costume de levar cadeiras para a calçada em frente de nossa casa nas noites de verão. Muitos dos nossos vizinhos faziam o mesmo, e assim círculos de conversas se formavam sem parar por todo o bairro do Bom Fim[27].

26. "Entrevista", *Autores Gaúchos*, Porto Alegre, Instituto Nacional do Livro, 1985, p. 4.
27. Entrevista à autora, gravada nos estúdios da televisão educativa Piratini, Porto Alegre, 1985. Transcrita para o inglês: Regina Igel, "Jewish Component in Brazilian

Aqueles mesmos grupos de expatriados, no inverno, recolhiam-se em suas casas, para continuar a contar e ouvir histórias ao redor de uma mesa, enquanto se serviam de chá quente; estas e outras cenas similares são rememoradas pelo autor por diversas entrevistas e depoimentos[28].

A transposição literária daquelas sessões de contadores de histórias, nas calçadas quentes de um Brasil semitropical ou no aconchego de uma sala aquecida a lenha, no inverno sulino, constituem o motivo fundamental da ficção de Scliar, principalmente aquela povoada por judeus provenientes da Europa. A esses dados, ele acrescentaria sua própria vivência no meio gaúcho brasileiro e judaico da cidade de Porto Alegre.

"A Balada do Falso Messias" (1976)

A narrativa se desenvolve em dois níveis de representação ficcional: o convencional, com um entrosamento tradicional de locais, datas e estados de ânimo: "comprimidos na terceira classe. Chorávamos e vomitávamos naquele ano de 1906"[29]; e o surreal, pelo qual Scliar faz com que se aproximem, aos imigrantes do século XX, no Rio Grande do Sul, Shabtai [sic] Zvi e Natan de Gaza, duas figuras do século XVII[30].

No nível empírico da narrativa, a colônia onde as duas figuras históricas e demais imigrantes passam a morar é denominada "Barão Franck". Por sucinta explicação do narrador, tem-se que este nome lhe foi dado "em homenagem ao filantropo austríaco que patrocinara nos-

---

Literature: Moacyr Scliar", *in* Judith M. Schneider (ed.), *Folio, Essays on Foreign Languages and Literatures, Latin American Jewish Writers*, 17 set. 1987, Nova York, State University of New York, p. 113.

28. Em texto-depoimento dirigido a uma faixa etária juvenil, Moacyr Scliar salienta essas reuniões espontâneas entre seus parentes, além de indicar outras circunstâncias de importância para sua vida profissional literária. Ver *Memórias de um Aprendiz de Escritor*, São Paulo, Nacional, 1984.

29. Moacyr Scliar, "A Balada do Falso Messias", *A Balada do Falso Messias*, São Paulo, Ática, 1976, p. 11.

30. Sabatai Tzvi (1626, Esmirna – 1676, Constantinopla, Turquia), a certa altura da sua vida decidiu-se por uma existência de asceta, revelando mensagens proféticas e propagando o Talmud; tido como louco por uns, fanático e politicamente perigoso por outros, foi desacreditado e banido pelos rabinos; passou, então, a viajar pela Grécia, pela antiga Palestina e por outras regiões do Oriente Médio, recepcionado e seguido por grande contingente de pessoas. Seu encontro com Natan (1643-1680), da região de Gaza, deu origem a um movimento popular messiânico, liderado por Natan, que divulgou a idéia de que o turco era o esperado messias. Tzvi assim também se proclamou ao voltar para Esmirna, aos 39 anos de idade. Para desilusão de seus seguidores, o "falso messias" converteu-se ao islamismo pouco antes de falecer. (Ver Bernard Martin, *That Man from Smyrna, An Historical Novel*, Nova York, Jonathan David Publishers, 1978.)

sa vinda" (p. 12). A localização da colônia é, portanto, paralela, se não incorporada, ao grupo de fazendas subsidiadas pela ICA. Outros elementos identificadores, fazendo coincidir essa colônia com outras do rol das fazendas de Hirsch, prendem-se aos constantes queixumes de seus moradores: "Como era dura a vida rural! A derrubada de árvores. A lavra. A semeadura [...] Nossas mãos se enchiam de calos de sangue" (p. 12). Uma vez identificada a base real da narrativa, a apresentação de elementos surrealistas na história se faz por etapas. Numa fase inicial, a presença do messias-impostor e seu amigo, vindos de outra era, merece mínimo registro dos imigrantes contemporâneos, que a eles se referem com um certo grau de desdém:

> Eles já estavam no navio, quando embarcamos. [...] Nós os evitávamos. [...] De fato, ele e Natan de Gaza ocupavam o único camarote decente do barco [...] passou dias trancado no camarote, sem falar com ninguém (pp. 11-12).

Essa atitude, indicadora de uma visível lacuna entre os visitantes do século XVII e os expatriados, é reiterada na colônia: "Durante meses não vimos Shabtai Zvi. Estava trancado em casa" (p. 12).

Por ocasião de invasões de um "bandido Chico do Diabo" nas terras da ICA, os elementos arquetípicos entram em contato com os personagens da fazenda e a seqüência surrealista expande-se. Além dos estragos do Chico, que rouba, saqueia e espalha terror, as terras são vergastadas por uma "chuva de granizo que arrasa as plantações de trigo" (p. 14). Ambas as trágicas contingências – o ataque do bandido e os prejuízos com a chuva – provocam o despertar do messias turco para sua missão de redentor dos oprimidos. Ele se ergue como a própria esperança contra as maldades do bandido e as pragas meteorológicas, atrai os colonos com sua visão idealista e acaba por transformar a rotina da colônia rural em fervilhantes dias hipoteticamente pré-messiânicos.

Nessa altura da narrativa, encontram-se a realidade brasileira rural judaica do início do século XX e o mundo mágico erguido pelas ilusões do visionário. Scliar leva Zvi a retomar seu papel carismático, uma posição interrompida havia quase trezentos anos, na Turquia. A maior parte da população da fazenda, guiada pelo autonomeado redentor, prepara-se para sair da colônia, a caminho da Terra Prometida. Os agitados movimentos do povo ao redor do visionário revivido constroem-se num aprimorado *crescendo* de tensões que se vão fragmentar com a impossibilidade de alcançarem Jerusalém, com a conseqüente separação interna da comunidade e o anticlímax da volta às atividades cotidianas pela sobrevivência.

O mundo ideal de Zvi é vencido pela realidade empírica: o messias-faz-de-conta acaba por sucumbir à situação circundante, pois passa a seguir a população e, como tantos, muda-se para Porto Alegre. Nessa cidade, emprega-se num estabelecimento comercial e seu amigo

Natan desaparece de vista. Os níveis convencional e surrealista da narrativa transpassam-se um ao outro com o aburguesamento dos colonos nas lides comerciais e a banalização do cotidiano para todos, inclusive para o "messias", forçado a interromper sua "balada".

Alegoricamente, os acontecimentos da fazenda podem ser identificados com a condição dos judeus na Diáspora, ao tempo em que se viam à mercê de impostores e de ambições predatórias de bandidos. Mesclando história e ficção, Scliar revela aspectos da vida dos judeus gaúchos ao princípio da colonização hirsheana e reconstrói, nesse mesmo perímetro, uma passagem da trajetória judaica universal. Essa confluência de situações, díspares à primeira vista, enovelam-se numa só alegorização, confundindo-se a decepção dos imigrantes na nova terra e sua crença num ilusionista temerário e falho.

O Centauro no Jardim (1980)

Nesse romance, uma projeção universalista também atinge outra colônia do Barão von Hirsch por um tratamento literário-surrealista. Guedali, filho de imigrantes, nasce como centauro, numa "pequena fazenda no interior do distrito de Quatro Irmãos, Rio Grande do Sul"[31]. Representando um mito universal, ele preserva, na metade abaixo da cintura, a energia bestial típica de eqüinos saudáveis e, na metade acima, características humanas. O menino-cavalo usufrui tanto do campo quanto da companhia da sua família de colonos, que o protege e o esconde.

Quando Guedali cresce, a família se traslada da fazenda para uma casa na cidade. O campo, a partir de então, passa a ser um consolo mental para horas nostálgicas: "De manhã cedo Guedali chega à estância. Avista um cavalo pastando. Dá-lhe saudade da fazenda, uma vontade imensa de galopar" (p. 230).

A presença do campo, nesse romance, seja como berço de Guedali, seja como uma "estância da fronteira" (p. 122), é de duração relativamente curta (doze anos na ICA, três anos na estância, segundo os cabeçários explícitos no "Sumário"), mas tal brevidade é compensada pela influência que a natureza exerce nas mentes dos personagens mitológicos. Guedali e sua mulher-centaura, apesar de se terem distanciado de seu lugar de origem, passam a maior parte de suas vidas adultas em busca de uma liberdade apreendida nas coxilhas. Desenraizados do mundo campestre, o casal de centauros envolve-se em situações convencionais: inconformado com seu *status quo*, Guedali procura um meio de subsistência, emulando as resoluções feitas por seus antepassados humanos. Ambiciosos por uma promoção social, ambos os

---

31. *O Centauro no Jardim*, Rio de Janeiro, Nova Fronteira, 1980, p. 17.

centauros desmitificam a roupagem romântica do telurismo, contradizem-se em seus ideais e acabam por abandonar o campo à procura do convívio social urbano. Estigmatizados por sua condição física, que os relega a um estrato minoritário, o objetivo de vida para o casal passa a ser a assimilação ao grupo majoritário; sempre iludidos pelos benefícios que lhes trariam a desejada identidade com o resto da população, submetem-se a operações plásticas para chegarem à conclusão de que, apesar das aparências de "normalidade", continuam eqüinos, dentro de suas botas ortopédicas.

Guedali pode ser visto como a metaforização do judeu na Diáspora, à procura de uma identidade ou de uma harmonia entre suas possibilidades situacionais. Suas várias identidades atestam para os múltiplos recursos usados na procura de uma coerência no processo de auto-identificação. Não lhe foi bastante ser considerado um homem igual aos demais, uma vez operadas suas pernas; não foi suficiente, tampouco, amar e ser amado, casar e constituir família, integrar sua mulher não-judia na família, sair-se bem nos negócios, e assim por diante, sempre de acordo com a cartilha social. Mais importante do que esses fatos básicos para os seres humanos convencionais, no entanto, foi a busca de si mesmo, passível de ser interpretada, no romance, por suas corridas entre São Paulo e o Marrocos, entre a fidelidade no casal e a prática do adultério, entre os filhos e negócios. A corrida encetada nos campos de Quatro Irmãos nunca teria fim para Guedali, parecendo relacionar-se à angústia originada em sua identidade problemática e à procura de uma conciliação entre ela e a sociedade circundante. Assimilação como uma hipotética solução para essa conjuntura é um forte sopro nessa história, em que predomina o tema da identidade judaica, não por acaso alegorizado numa figura mitológica de reconhecimento universal.

Como Scliar, Adão Voloch se voltou literariamente aos campos sulinos. Como o centauro, seus personagens também procuraram várias formas de harmonização com o meio ambiente.

Adão Voloch

Adão Voloch nasceu em 9 de março de 1914 em Filipson, uma das fazendas subsidiadas pela ICA. Faleceu a 21 de fevereiro de 1991, no Rio de Janeiro. Sua carreira literária teve duração breve, pois praticamente se iniciou quando ele fez setenta anos. Sua contribuição às letras brasileiras judaicas consta de seis livros, entre os quais a trilogia *O Colono Judeu-Açu, Um Gaúcho a Pé* e *Os Horizontes do Sol*[32]. O

---

32. Além da trilogia devidamente anotada mais adiante, os demais livros de Adão Voloch, publicados em vida, foram: *Ben Ami: Um Homem Louco Pintor, Uma Biografia do Pintor Ben Ami* (1988); *Sob a Chuva Nasceu Nucleary* (1989); *Os Desgarrados de Nonoai* (1989).

primeiro deles discorre sobre os tempos pioneiros vividos por uma família imigrante nas fazendas da ICA. Os dois últimos referem-se a várias fases da vida daquela família, transcorridas em âmbito urbano.

Em *O Colono Judeu-Açu*, a Colônia Quatro Irmãos é vista como uma estufa onde o anarquista Natálio tentou fazer vingar suas idéias de justiça social, absorvidas por seu filho, que tentará aplicá-las no decorrer de *Um Gaúcho a Pé*, a narrativa do rapaz de vinte anos que saiu da fazenda para explorar o país; deslocando-se dessa seqüência cronológica, *Os Horizontes do Sol* revolve a experiência européia de judeus, como seus pais, antes de imigrarem para o Brasil, em contraste com suas experiências em terras brasileiras. As três narrativas referem-se a aspectos da vida pessoal do autor, seguindo um roteiro determinado por momentos de significados político, social e histórico.

Quando Voloch tinha dez anos, mudou-se, com a família, de Filipson para a cidade de Cruz Alta, onde o menino fez seus estudos primários. Seus pais abriram aí uma pequena padaria conjugada a uma quitanda, onde vendiam pão feito por eles e produtos agrícolas comprados dos camponeses da região. Seu pai, sempre inquieto, decidiu abandonar o negócio e voltar a trabalhar diretamente com a terra, levando mulher e filhos para a Colônia Quatro Irmãos. Foi aí que Voloch passou o final da sua infância e a adolescência. Descrições de suas descobertas na fazenda e nas matas circundantes e das atividades típicas da área, com os gaúchos em constante contato com os judeus, encontram-se registradas nos seus três primeiros romances. Essa trilogia abarca o mundo rural e o mundo urbano (examinado no Capítulo 3 deste livro).

Em 1934, Adão Voloch abandonou a fazenda, seguindo o modelo de Ben Ami, o irmão mais velho, e o de tantos outros rapazes antes dele. O jovem Adão se transferiu para Porto Alegre, onde experimentou uma vida totalmente diferente daquela vivida até então. Dali em diante, ele passou a fazer qualquer tipo de trabalho que se apresentasse, conquanto pudesse angariar um meio de sustentar-se: trabalhador braçal, marceneiro e vendedor ambulante. Era também um autodidata que satisfazia sua grande curiosidade intelectual por meio de uma variedade de leituras:

> Eu lia muito, lia coisas sérias, o que significava falta de orientação cultural, de dosar a leitura para que o jovem assimilasse a leitura. Eu me empanturrava de clássicos, mitologia, filosofia e vivência social[33].

Além das leituras, Voloch vai procurar respostas para sua busca e intensidade existenciais em pessoas, acreditando que conviver com elas

---

33. Adão Voloch, "Prefácio", *Os Desgarrados de Nonoai*, Rio de Janeiro, Revista da Cidade Gráfica e Editora, 1989, sem numeração de página.

superava qualquer outra forma de conhecimento, como declara no Prefácio a *Os Desgarrados de Nonoai*:

> Acima de tudo é a vivência. Foi aí que passei a prestar atenção à vida dos caboclos, o jeito dos índios, as diversas formações de colonos alemães, italianos e judeus e também ao trabalho agrícola.

Voloch foi um apaixonado comunista e vigoroso defensor da ideologia por toda sua vida. Fundou células partidárias, organizou manifestações de oposição à ordem vigente e semeou, pela escrita e de viva voz, a promoção de práticas marxistas. Seu fervor ideológico atravessaria problemas da organização, mesmo aqueles que levaram o Partido Comunista Brasileiro a se dividir em outro, o Partido Comunista do Brasil, medida que não contou com seu apoio. Desiludido com companheiros em quem já não reconhecia fraternidade nem os mesmos ideais, Voloch acabou por afastar-se fisicamente de muitas atividades políticas. Nos últimos anos de sua vida, acompanhava de longe o partido do qual era membro desde 1944 e pelo qual sofrera prisão, perseguições e extrema pobreza.

Com pouco mais de vinte anos, descontente com as poucas oportunidades de trabalho oferecidas no sul do país, ele viajou para o Rio de Janeiro. Depois de tentar diversas atividades que o sustentassem em suas necessidades básicas, mudou-se para a cidade de Campos, no interior do Estado, aos 24 anos de idade. Ali se casou com uma moça da sociedade local e se estabeleceu como vendedor de máquinas agrícolas.

Em entrevista que me concedeu em 1988, Adão Voloch disse que a família da sua mulher "era conservadora, de valores tradicionais, e ficou muito assustada ao descobrir que eu tinha amigos e era ativo entre os comunistas da cidade"[34]. Separou-se da sua primeira esposa, com quem tivera um filho, e ingressou na política eleitoral. Em 1949, foi eleito suplente de vereador para o Conselho Municipal da cidade de Campos. No encontro mencionado acima, Adão me confiou que, na ocasião do nascimento do menino, ele optou por dar-lhe o sobrenome da família da mãe, receoso de que o nazismo entrasse no Brasil e identificasse seu filho como judeu, pelo sobrenome[35].

---

34. Essa entrevista teve lugar em sua residência, no bairro de Copacabana, Rio de Janeiro, no dia 14 de maio de 1988. Adão Voloch discorreu sobre sua vida pessoal, e muito do que me contou naquele dia encontra-se registrado na sua trilogia. Verbalmente, enfatizou certas passagens mais do que outras, mas a essência das suas declarações estava já publicada nos três romances. Declarou-me com insistência que a descrição da sua vida, como se estende pela trilogia, é quase isenta de interferência ficcional.

35. O segundo filho de Adão Voloch, Dr. José Felipe Voloch (professor de matemática, University of Texas, Austin) forneceu-me alguns dos dados biográficos do seu pai, aqui expostos. A explicação sobre o sobrenome do seu meio-irmão também me foi dada na mesma ocasião, reiterando a explicação do pai, na entrevista a mim concedida alguns anos antes.

Iniciando sua vida como trabalhador do campo e depois de ter conhecido também a pobreza como operário urbano, Adão Voloch chegou a uma situação relativamente confortável ao atingir a faixa etária entre os cinqüenta e sessenta anos. Casou-se outra vez e teve outro filho. Nos seus últimos anos, era proprietário, em sociedade com a esposa, de uma loja de *souvenirs* para turistas, em ambicionado local atrás do Copacabana Palace Hotel, no Rio de Janeiro. Ao falecer, deixou dois filhos casados, Márcio Viveiros e José Felipe Voloch, a enteada Elisa, três netos e Dona Riva Wacks Voloch, sua viúva.

Adão Voloch impregnou-se de idéias revolucionárias praticamente ainda no útero materno. Era filho do casal Natan Voloch e Tânia Fidelman, bessarabianos. Seu pai, que já tinha família em Londres (mulher e quatro filhas), emigrou da Inglaterra e aportou na Argentina, onde conheceu Tânia, com quem chegou ao Brasil. Natan era um homem de fortes opiniões e atitudes políticas, ativista nas lides anárquico-socialistas, uma combinação que o levou, mais tarde, a professar-se anarquista-sindicalista. Conforme lembranças de seu filho Adão, na entrevista mencionada, o velho Voloch tinha várias dimensões: taciturno e distante da família, era sujeito a fases emocionais que iam desde estar absolutamente recolhido em si mesmo até abrir-se socialmente em expansões de alegria; conhecia bem o Talmud e as leis mosaicas e se preocupava com a questão judaica no mundo. No entanto, não se encontraria, em todas as colônias da ICA, maior rebelde quanto aos valores tradicionais judaicos e desafiador da ordem estabelecida, social e política. Iconoclasta, além de criar porcos no seu lote na colônia, tanto ele quanto toda a sua família comiam da sua carne e não guardavam o sábado como dia de descanso, entre outras irreverências religiosas e culturais.

Em *O Colono Judeu-Açu*, predominam a figura do pai e, em menor escala, a mãe, cruzando-se as biografias dos Voloch (do autor) com a família ficcional do romance. A personalidade do pai de família no romance não seria muito diferente da maneira de ser do pai do autor: "O colono Natálio é judeu, porém é ateu, anarquista ou filósofo, talvez complicado da cabeça de tanta leitura. É sábado, não é? Não importa" (p. 27). O memorialista também explica as dimensões da alienação paterna da comunidade para onde trouxera sua família: "O colono judeu tem pouca convivência com os imigrantes [...] não freqüenta a Sinagoga [...] e vai poucas vezes aos escritórios da Administração" (p. 29). A atitude de desafio a costumes e práticas valeu, ao velho Voloch, a antipatia da comunidade e um isolamento cujos resultados recairiam psicologicamente em seus filhos, principalmente em Ben Ami, conforme a biografia que seu irmão lhe dedicou.

Não só por suas atividades políticas, mas também por suas tendências literárias, Voloch aproximou-se eticamente do pai, como confessa no "Prefácio" a *Os Desgarrados de Nonoai*: "Faltava cumprir com uma cláusula do legado cultural do meu pai. Escrevi todas aquelas obras, sempre lembrando tudo o que meu pai dizia". Tanto para ele quanto para seu pai, uma nova ordem universal ideal se daria pelo caminho da anarquia, identificada por um governo comunitário adverso a um poder central, uma organização social onde não houvesse propriedade privada, que fosse guiada por respeito mútuo e pelo cultivo da bondade recíproca, acreditando-se ser esta uma propensão natural da humanidade.

Os romances da trilogia registram passagens das problemáticas relações de seu pai ao opor-se a alguns colonos e aos administradores da ICA. O antagonismo de Natálio-Natan dá vazão a teorizações sobre comunismo, anarquismo, sindicalismo e sionismo, emprestando ao texto um teor de compêndio que tende a embargar o fluxo da narrativa. Uma inclinação similar de Adão pelo jogo político extravasa-se em outros romances, provocando desvios na consistência literária do relato e emprestando-lhe um caráter panfletário.

Tendo como fundo as grandes transformações do país na primeira metade do século XX, como a Revolução de 1930, a gestão de Getúlio Vargas e a mudança constitucional, o narrador denuncia o isolamento da ICA e dos colonos diante desses eventos, como decorrentes da atitude superprotetora da administração da colônia. Pai e filho conjecturavam que a ICA mantinha os colonos isolados, aparentemente com o intuito de protegê-los de problemas e distúrbios civis. No entanto, argumentava Natálio, essa atitude lhes roubava a oportunidade de acesso às mudanças que ocorriam no regime político brasileiro, retirando-os do fluir natural da sociedade circundante. Entre os objetivos de Natálio, mais tarde seguidos por seu filho, estava não só participar da evolução política do Brasil como também contribuir para um congraçamento nacional em que não se distinguisse o índio do caboclo e do judeu.

Apesar de se iniciar na ficção quase ao final da sua vida, Voloch já tinha colaborado com poemas, reportagens e artigos, desde a juventude, para jornais de circulação numerosa como *A Tribuna Popular*, do Rio de Janeiro, e para panfletos do Partido Comunista. Ao atingir setenta anos, tornou pública sua inclinação pela escrita memorialista com laivos literários, pondo-se a rever seus escritos acumulados e a escrever mais. Nessas alturas, sua vista já estava bastante deficiente e passou a depender de secretárias que datilografavam o que ele lhes ditava. Com uma memória relativamente clara, no entanto, ele conseguiu reunir, num período de cinco anos (1984-1989), material suficiente para publicar seis livros.

Entre os tópicos mais desenvolvidos na obra de Adão Voloch, como publicadas até hoje, ressaltam-se a divulgação de sua ideologia, a exposição de um processo de aclimatação como sofrido pelos Litvinoff, uma família de judeus imigrantes, e um enfoque nas etapas do seu crescimento no campo e na cidade. Outro ponto comum à sua obra é o trânsito de personagens entre um romance e outro, característico de escritas geminadas. Voloch os apresenta de perspectivas distintas, de acordo com a obra na qual se inserem, com exceção do personagem Vint. Sem nunca aparecer em forma física, esse personagem faz-se presente nas duas primeiras obras. Seu significativo nome – *vint* quer dizer "vento", em ídiche – reivindica sua qualidade de estar em todas partes, anunciando-se através de mensageiros e dando ordens por código, como uma espécie de vento disseminador do pólen político. Como se fosse o superego do narrador, Vint terá papel de grande importância na disseminação do socialismo entre os operários companheiros de Arturo, em *Um Gaúcho a Pé*.

Por uma técnica narrativa comum aos romances, o narrador se coloca diante dos fatos acontecidos do prisma da sua própria contemporaneidade, posicionando-os tanto como reminiscências quanto como criações semificcionais emergentes à medida que se estabelece o enunciado. Ao longo das suas atividades políticas junto a um partido considerado ilegal e subversivo, Adão Voloch procurou preservar suas raízes como ele as entendia, através de uma reiterada identificação textual como judeu e de uma conciliação dos valores judaicos com os princípios agnósticos de uma filosofia anarquista.

De uma perspectiva estética, sua obra oferece muitas oportunidades para revisões. Talvez por causa da sua deficiência de visão e sistema de ditado em que seus livros foram compostos, encontram-se rupturas na linha estilística da escrita, confusão de nomes de personagens, falhas na coerência narrativa, além de irregularidades gramaticais[36].

O Colono Judeu-Açu (1984)

Nessa primeira narrativa a expor o caráter semibiográfico da escrita de Voloch, algumas figuras do mundo tangível são revestidas por nomes que variam pouco dos reais: Natan, seu pai, torna-se "seu Natálio", e D. Tânia, a mãe, é identificada como D. Tanha (no romance seguinte ela reaparecerá como D. Teresa)[37]. Os irmãos Berta, Flora e Israel ("apelidado de Cuca", p. 13) prevalecem com seus nomes reais, enquanto o próprio narrador e o irmão Ben Ami ficam ocultos por termos generalizados como "o filho maior" (p. 23) e "o filho menor" (p. 29). Transpassando pelo romance sem nomear-se, Adão possivel-

---

36. Embora se faça necessária uma revisão em profundidade para uma possível reedição de suas obras (todas apresentam problemas que variam de indecisões de estilo a deslizes gramaticais e irregularidades gráficas), a espontaneidade do seu modo de escrever deveria permanecer inalterada.

37. Adão Voloch, *"O Colono Judeu-Açu", Romance da Colônia Quatro Irmãos - Rio Grande do Sul*, São Paulo, Novos Rumos, sem data, aparentemente publicado em 1984.

mente queria estabelecer um distanciamento psicológico em relação à matéria narrada. Em outros trabalhos, o autor fará uso de duas identidades ficcionais, a de "Arturo Litvinoff" em *Um Gaúcho a Pé* e a de "Ugo" na biografia de seu irmão Ben Ami.

Dentro do mecanismo da consolidação imigratória na fazenda Quatro Irmãos, o narrador focaliza hábitos de sua família, flagrantes da preservação do judaísmo através de celebrações cíclicas e atividades dos demais colonos. Acompanha também a evolução da fazenda, gradualmente abandonada por seus habitantes, primeiro pelos jovens, em seguida pela geração que a inaugurou.

O qualificativo composto no título – judeu-açu – é um cognome dado ao pai do narrador, por um dos moradores das vizinhanças de Quatro Irmãos. A ligação das duas palavras, a portuguesa "judeu" e a tupi "açu" (grande), é inovação semântica que se traduz como "judeugrande", uma espécie de título honorífico outorgado ao personagem Natálio por um índio mestiço. Tal "cerimônia", que prescindiu de solenidade maior, foi uma troca de sentimentos de alta consideração, ocorrida durante o final de um diálogo em português, espanhol e tupi:

> Na mangueira, encontram-se **seu** Afonso e **seu** Natálio.
> – "Bom dia, dormiu bem?"
> – "O cavalo está selado" – o caboclo espera que o colono termine a ordenha – "estamos conversados, não é?"
> – "Tudo **arreglado**, amigo Afonso. Muito obrigado."
> – "Obrigado a você, judeu-açu!"
> – Vosmecê que é guarani-judeu. **Adiós**." (p. 84, aspas e palavras em negrito no original).

O processo de aclimatação, aceitação e reciprocidade entre os guaranis e os judeus, como idealizado por Natálio e legado a seu filho Adão, é reiterado com a sentença comparativa ao final do romance: "A cara do colono judeu-açu parecia a de um índio guacho" (p. 168). Tal caracterização, que guarda um caráter igualitário, teve sua própria evolução dentro do romance. Começou com um qualificativo dado por alguém em hora de despedida: "Então... um abraço, *judeu caboclo*!" (grifo meu, p. 20). Para os ouvidos de Natálio, sonhador de um conglomerado igualitário, onde identidades étnicas se fundissem num todo, ser identificado como judeu, caboclo e, em seguida, como índio, era o coroamento espiritual de uma existência:

> O filho tocava a manivela enquanto **seu** Natálio acertava o fio da ferramenta. Pela primeira vez, ele espiou o rosto do pai e pareceu-lhe que somente agora o conhecia. Sua testa alta, alargada pelos calvice [*sic*], a face curtida de sóis e chuvas, o nariz aquilino, judaico, a boca fina recoberta pelo bigode, parecia-se com o **seu** Afonso, como irmãos. *O velho era um índio guarani-judeu*. Esse pensamento fê-lo sorrir para o pai (grifo meu, p. 159).

A narrativa explora intensamente a dimensão assimilatória de Natálio. Paradoxalmente, a estrutura da história mostra esse personagem como o mais isolado, estranho e distante membro da família. Distanciamento será a tônica motivadora de todas suas ações, com a exceção de jamais se ter afastado de seus ideais. Natálio abandonou sua primeira família na Inglaterra, indo para a Argentina, onde se juntou a Tanha e com ela entrou no Brasil. Embebidos nos mesmos ideais anarquistas e socialistas, ele é visto, através da narrativa, como resolutamente fiel a eles, enquanto começa a distanciar-se de Tanha. Essa é focalizada como mulher realista, dona de uma visão que mescla paixão e desilusão pelo futuro das suas idéias progressistas enquanto apanhada numa rede de fatalidades.

Enquanto Natálio é personagem enrodilhado em si mesmo, dispensando a ajuda dos demais judeus e juntando-se aos caboclos e índios, Tanha é percebida como mulher maltratada pelo companheiro, mas que jamais se afastaria dele; de jovem prática e estóica, ela passaria a fixar-se numa atitude de angústia e rebeldia pela estagnação social e intelectual a que se viu forçada e de depressão pela morte de uma filha (Berta). Enquanto Natálio representa o idealista imerso nos seus sonhos e por eles chegando a morrer, Tanha simboliza a pessoa que sabe da fragilidade das quimeras. No entanto, ambos, marido e mulher, são retratados como lutadores que colocavam seus ideais acima do seu bem-estar pessoal.

As ambições assimilatórias de Natálio e sua tentativa de integrar-se ao meio ambiente constituem o cerne ideológico da narrativa. Em longas discussões com alguns membros da colônia e da sua diretoria, o bessarabiano anarquista se mostra irredutível na sua missão: "A principal questão é a colonização e a brasilidade. Deixemos de lado o nosso passado e nossa herança cultural" (p. 48). Do seu ponto de vista, as colônias da ICA eram aglomerações artificiais, criadas no campo como extensões das *schtetl* e dos guetos europeus. Sua intenção era abrir ideal e literalmente o cercado das fazendas, para que a comunidade camponesa judaica tomasse contato direto com a evolução política do país, sofrendo ou reverberando suas derrotas e vitórias e com elas se identificando.

Suas falas resvalavam em algaravia, seja por sua própria deficiência oratória, seja por assim serem expostas através da memória esmaecida do autor, faltando coerência em muitas passagens. No entanto, por se repetirem ao longo do romance, os fragmentos discursivos de Natálio são passíveis de coadunar-se em um sistema de pensamento. Um dos assuntos reiterados era a tenacidade de Natálio e sua mulher em se manterem fiéis ao judaísmo, da maneira como o interpretavam, ao mesmo tempo que se mostravam firmes na sua postura ideológica:

> O casamento com *goim*? O *Bar-Mitzvá* ou *mohol* ou o Jejum de *Yon Kipur*, ou o trabalho aos sábados e a criação de porcos? Não são questões válidas para nós. [...]

MEMÓRIAS DO ESPAÇO RURAL 73

Nossos filhos falam e escrevem em ídiche, são circuncizados [...] Entrem, vejam nossa biblioteca. Tem literatura ídiche, européia, também russa, francesa, inglesa [...] Podem encontrar uma bíblia, mas não há *zidur* nem *mezuzá* nas portas (p. 50).

Quando não discursava (em geral para ouvidos moucos) sobre suas ambições assimilatórias, o solitário Natálio não se eximia de dar o exemplo de integração, aproximando-se dos vizinhos do lado de fora do cercado:

> O judeu e o guarani consolidavam uma amizade na base da colaboração e do trato correto de todos os assuntos. Seu Natálio queria detê-lo para palestrarem, pois pouca gente aparecia com quem ele pudesse manter conversa sobre a agricultura e a vida campestre. Principalmente, o judeu gostava de ouvir o caboclo falar das memórias de seu avós tupis (p. 105).

Contrastando com a solidão desse personagem, o autor expõe, com a habilidade descritiva de um jornalista, as atividades dos demais colonos na Fazenda. Preocupado em informar, Voloch registra várias celebrações, como os dois tipos de casamentos ocorridos na fazenda, um no ritual sefardita oriental (p. 71) e outro, asquenasita (p. 130). Nessa mesma pauta didática, o enunciado registra a aculturação dos imigrantes, "o povo velho também mudou, as roupas já são outras e a fala não é somente o ídiche. Fala-se também em português" (p. 41). Acompanha o abandono da colônia, primeiro sentido na própria casa: "Depois que os filhos mais velhos se foram, o velho colono não sabe cuidar mais do colmeal nem do pomar" (p. 56); a partida da irmã Flora, que foi trabalhar num hospital, e as preferências pouco produtivas do irmão Cuca, que "não gosta muito da enxada nem do colmeal ou da agricultura. Prefere ensilhar a égua baia e cavalgar pelos campos" (p. 56).

Voloch equilibra uma atmofera intimista, perceptível nos diálogos entre Natálio e os índios e gaúchos, e entre os ensinamentos que os filhos destes últimos passam aos filhos dos colonos judeus. Ao intercâmbio de instruções sobre coisas do campo encadeavam-se confissões pessoais, como no capítulo "Um Pouco de História da Aldeia Guarani e seus Descendentes" (pp. 81-82). Esse interlúdio empresta uma dimensão pluralística ao romance, pois alternam-se as vozes enunciadoras do narrador com a de um índio, que conta a história do seu povo (que será tema do romance-ensaio *Os Desgarrados de Nonoai*).

Entre essas expansões textuais, salienta-se o episódio sobre a descoberta de um descendente de marranos. A revelação resulta de um encontro entre Natálio e o caboclo Gumercindo, que lhe mostra um pequeno estojo. Este tinha chegado às suas mãos de parte do seu bisavô e abrigava uma miniatura dos rolos sagrados contendo cinco letras hebraicas, formando a palavra "Gabriel", versão em hebraico de "Gumercindo". Quando se descobrem as raízes judaicas do caboclo, o texto também redescobre o judaísmo de Natálio:

Torcendo devagar e com muito cuidado os suportes alongados dos rolos, um deles cedeu, como se fosse um parafuso. Estava oxidado. O outro foi retirado com maior resistência, e saiu com uma cápsula de pergaminho enrolado, amarelecido e mofado. Ao tentar, delicadamente, desenrolar o pequenino documento, ele se pegava nas margens. Depois de vagaroso lidar com unhas e canivete, o judeu aplainou sobre a mesa um retângulo de pele, certamente de ovelha, onde se viam as letras hebraicas *gimel*, *beis*, *reich*, *alef* e *lamet*.
[...] – Está aqui tudo que lhe posso explicar. Feche de novo o estojo. É ouro e o senhor saberá fazer disto o que lhe aprouver. Eu guardarei o segredo, se me pedir, porém, não se envergonhe de ser descendente de judeus! (p. 78).

O romance reflete, em seu todo, um jogo de aproximações e de distanciamentos. As aproximações envolvem um reencontro com raízes, como o ocorrido com Gumercindo, o apego ideológico de Natálio, a preservação do judaísmo em meio ao isolamento campestre e a relação do narrador com suas lembranças. As separações são igualmente expressivas: Natálio distancia-se da família, e dele se separam seus dois filhos mais velhos; irremediável afastamento do convívio familiar foi a morte da filha Berta; o rompimento do velho Natálio com a terra, ao deixar a Colônia Quatro Irmãos, rompendo a cerca que o mantinha isolado do resto do país. Essa seqüência de distanciamentos tem continuidade com o filho, que vai abandonar fisicamente os pagos sulinos para percorrer as terras brasileiras que seu pai tanto quis conhecer. Do equilíbrio entre encontros e afastamentos, faz-se o romance sobre Natálio, o judeu-açu, o primeiro e único a quem se outorgou tão alto grau de honraria nacional.

O teor político da trilogia de Voloch, apesar da sua tardia produção literária, empresta, à sua integração nos quadros literários brasileiro-judaicos, características inéditas. As imagens reveladas pelo escritor em idade madura são nimbadas por um idealismo político não visível na escrita dos demais escritores em relação à mesma área geográfica.

3. Memórias do Espaço Urbano

Os judeus vivem e crescem sob o signo da memória.
(Jews live and grow under the sign of memory)

ELIE WIESEL,
From the Kingdom of Memory, Reminiscences *(1990)*

Nas memórias escritas sobre o espaço urbano brasileiro habitado por imigrantes judeus, predominam as referências sobre atividades inaugurais da formação do *bairro*, dentro dos limites de uma cidade. Esses primeiros momentos se caracterizaram pela organização de instituições destinadas a assegurar a herança cultural e a continuidade ritualística judaica. As primeiras etapas de uma estruturação comunitária costumavam envolver oferta voluntária de uma sala para orações, geralmente em casa de correligionário; outras prioridades das comunidades nascentes era começar uma escola, estabelecer uma caixa de apoio econômico aos correligionários e designar um terreno para o estabelecimento de um cemitério. Estas e demais circunstâncias inaugurais de algumas comunidades judaicas brasileiras, a partir das primeiras décadas do século XX, fazem parte das elaborações ficcional e não-ficcional de pessoas que as testemunharam ou delas tiveram conhecimento.

Um "espaço judaico" começou a emergir espontaneamente, em algumas cidades brasileiras, antes da Primeira Guerra Mundial, com judeus vindos, principalmente, da Romênia, Bessarábia, Polônia, Lituânia e Rússia. Um teto e uma ocupação eram os objetivos imediatos dos que desciam pelas pranchas dos transatlânticos, ansiosos por lançar-se em roteiros de terra firme. Desde o início do processo de seu envolvimento com a cidade, os tipos de casas onde viveram, o bairro onde se agruparam e a forma de trabalho em que se engajaram refletem, em suas memórias, as diversas etapas do seu novo itinerário. Essas seriam vividas pela maioria dos imigrantes judeus que continuavam a fluir para as cidades brasileiras em formação, entre as duas guerras mundiais.

MORADIA E TRABALHO

Ao chegarem, os imigrantes eram, freqüentemente, recolhidos em casa de algum parente ou conterrâneo que os tivesse precedido na imigração. Quando não, albergues simples os acomodavam por um intervalo de tempo. Ao alcançarem independência dos seus primeiros hospedeiros, geralmente passavam a morar numa pensão. Sendo solteiros ou tendo vindo desacompanhados da família, o que era comum, ali alugavam um aposento. Aqueles que eram casados conseguiam enviar "cartas de chamada", trazendo junto a si, gradativamente, os filhos mais velhos, a esposa, sendo o caso, acompanhada dos filhos menores e algum parente. Daqui, todos se empenhavam em tentar resgatar outros parentes do perene estado de pobreza e da hostilidade antijudaica que grassava na Europa.

Passados alguns anos, ao fazerem um pé-de-meia, os estrangeiros sem habilidades vocacionais específicas, que formavam a maior parte dos contingentes imigratórios, alugavam uma loja ou armazém, geralmente em sociedade, passando a morar em cômodos acoplados aos fundos do espaço comercial. Aí vendiam desde quinquilharias de bazar a ferramentas, louça, roupas e móveis. Ao saírem ou entrarem das moradias, seus habitantes tinham de atravessar a área das transações comerciais, estivesse o comércio aberto ou cerrado.

Uma das variantes desse tipo de residência, localizada atrás da loja ou do armazém, era determinada por um caminho entre casa e rua, um estreito corredor que se estendia ao longo da área comercial. Aos fundos, aglutinavam-se cozinha e cômodos, tendo tabiques como paredes divisoras e, em algum lugar do quintal, uma latrina e um arranjo de baldes e tinas para o banho. Essa "planta" era similar a um traçado utilizado em habitações de milhares de outros imigrantes, de todas as nacionalidades, aportados nas cidades brasileiras no princípio do século XX.

Ao alcançarem certo nível de renda, os imigrantes passavam a residir em casas de aluguel, geralmente enfileiradas numa "vila", de fachadas iguais e separadas por uma parede interna de tijolo. Chegando a uma situação econômica mais avançada, os imigrantes veteranos alugavam sobrados. Depois de alguns anos de trabalho e rígidas economias, esta última variante habitacional indicaria o grau de prosperidade dos estrangeiros. Geralmente, o sobrado localizava-se na parte de cima de um ponto comercial, com a entrada independente da loja, que se dava por uma escada lateral que unia a rua ao primeiro andar. Não era necessário que a família gerenciasse a loja de baixo para morar no sobrado, mas ter uma residência em ponto visivelmente comercial fazia parte do "morar bem".

Outros tipos de sobrado, como casas de dois andares, com sala, banheiro e cozinha na parte de baixo e dois dormitórios em cima, assim como residências e apartamentos em padrões modernos iriam ser alcançados muito mais tarde na história dos imigrantes e sua descendência, já constituída no Brasil. Pode-se conjecturar que grande número de famílias judias que desembarcaram a partir de 1915 até cerca de 1940, ao iniciarem sua trajetória urbana, moraram, por um certo número de anos, num dos tipos de casa acima mencionados, conforme descrições encontradas em seus depoimentos e escrita.

Os estágios de avanços sociais dos imigrantes se expressavam, igualmente, pelo tipo de trabalho a que os homens, principalmente, se dedicavam. Sem terem muitas opções, como primeiro ofício, em regra geral, ocupavam-se da venda de mercadorias de porta em porta, percorrendo, a pé, certos bairros da cidade onde moravam. Depois de palmilharem quilômetros de ruas e outras vias, vendendo uma mercadoria para uma freguesia sem acesso a lojas, eles chegavam, com sorte, ao conforto de passarem a se deslocar em "charretes", veículos de duas rodas, de tração animal.

Puxados a cavalo, sentados em almofadões ou em pilhas de jornais, os comerciantes ambulantes refaziam os caminhos antes feitos a pé. Orgulhosamente, transportavam, a si e a seus sortimentos, sobre rodas revestidas de metal, que seriam, mais tarde, substituídas por pneus de borracha. À noite, guardavam o animal e a carroceria em alguma chácara, no perímetro urbano. Eram freqüentes as situações em que, não podendo adquirir um cavalo, os comerciantes o alugavam por algumas horas[1].

PERFIL DOS PRIMEIROS MORADORES DO "BAIRRO JUDEU"

Os judeus se espalhariam por diversos bairros de uma determinada cidade, mas aquele em que mais se agrupavam passaria a ser conhecido como "bairro judeu". Quanto à história de sua formação e aspectos da convivência judaica, os bairros mais lembrados por alguns de seus ex-moradores, na escrita, são o Bom Retiro, em São Paulo; o Bom Fim, em Porto Alegre; a Praça Onze, no Rio de Janeiro, um em Florianópolis e outro em Curitiba. A formação dos "bairros judeus" começa-

---

1. Na cidade de São Paulo, as charretes eram, geralmente, do tipo cabriolé, puxadas por um só cavalo. Os comerciantes que as utilizavam competiam pela mesma freguesia, com mascates conterrâneos e de outras nacionalidades e religiões. (Lembro-me dos *klappers* e *klienteltchiques*, os vendedores ambulantes ensopados de suor ou encharcados de chuva, aboletados em suas viaturas de tração animal, quando não a pé, pelas ruas do Tatuapé, em São Paulo, onde residi.)

va com a tendência dos imigrantes em escolher, como vizinhos, pessoas com quem tinham afinidades regionais e culturais, no caudal diversificado da imigração israelita. De forma aparentemente espontânea, as seleções faziam-se de várias maneiras: aqueles que se comunicavam em ídiche reuniam-se de acordo com seu sotaque, sendo os principais o lituano, o polonês e o romeno; outros quesitos que estimulavam famílias a se estabelecerem num mesmo setor da cidade eram experiências em comum, como a travessia marítima, recordações da mesma região natal, parentescos e amizades recentes.

O ídiche, mesmo sendo o meio de comunicação coloquial para grande proporção dos judeus deslocados para o Brasil, não era falado por todos os que provinham da Europa. Os húngaros e os alemães e, também, os poloneses já relativamente assimilados à cultura polonesa, não o falavam necessariamente, preferindo comunicar-se no idioma nacional dos seus países de origem. Estabelecia-se uma distinção tácita entre os que falavam o ídiche e os que não o falavam, o que também articulava as escolhas de vizinhanças e bairros. Embora a maior parte dos imigrantes fosse proveniente de aldeias, havia um número razoável entre eles que tinha morado em capitais ou em grandes cidades, como Cracóvia, Vilna, Kiev e Odessa.

As diferenças regionais entre os imigrantes eram geralmente cultivadas com um sentido de humor, relevado sobretudo em disputas pueris. Comentavam, por exemplo, que um judeu *litvak* (lituano, em ídiche) fosse mais inteligente do que um *galitzianer* (da região da Galícia, na Polônia); este, por sua vez, seria o mais esperto e astuto de todos, e assim por diante. Expressiva parcela das ondas imigratórias vinha impregnada de misticismo, superstições e fidelidade aos rituais religiosos; outros chegavam suficientemente politizados, principalmente na linha esquerdista do pensamento político. Entre os religiosos, muitos abandonariam algumas práticas, como a obediência a regras alimentares, para adotarem um *modus vivendi* mais adequado aos recursos encontrados no Brasil.

A diversidade regional, política e cultural dos imigrantes judeus era reconhecida apenas no seu próprio meio, pois eles eram vistos, geralmente, como um bloco monolítico constituído de estrangeiros. Eram chamados "russos" ou "turcos" pela parte da população brasileira com a qual mantinham contatos nas suas vendas ambulantes, como notam alguns memorialistas.

FORMAS DE REGISTROS MNEMÔNICOS

Os relatos dos memorialistas revelam lembranças pessoais, histórias de formação de organizações religiosas e culturais nas suas cidades e comentários sobre seus contatos com os demais cidadãos. Tais eventos são expressos por três tipos de elaboração escrita: *crônica*, *depoimento* e *ficção*. Seções homônimas deste capítulo examinam cada um desses três módulos em que se registra a memória urbana brasileira judaica.

Para efeito deste trabalho, considerem-se *crônicas* como, basicamente, registros de acontecimentos selecionados e datados, integrados em narrativas curtas; *depoimentos*, como testemunhos orais, antes de serem transpostos para a escrita; *ficção*, como trabalhos de construção livre, imaginativa, baseados em episódios que teriam ou não constituído parte da história brasileira judaica. Como há um trânsito cruzado de características entre esses módulos, a divisão observada acima deve ser encarada mais como uma tentativa de ordem didática do que propriamente uma categorização por gêneros.

As crônicas examinadas neste capítulo, pelas razões mencionadas, devem ser acatadas num sentido amplo, pois muitas incluem elementos pertinentes à imaginação ficcional. Elas ganham, portanto, duas referências: como resultantes de pesquisa de campo e de arquivo, revelam nomes de pessoas, locais e datas com apoio em cartas, fotos, diários e testemunhas; como contos, as crônicas mesclam esse registro com o vôo artístico, que se esquiva do rigor histórico e cria um mundo original, onde o que é relatado prescinde de apoio documental. Para estabelecer os limites entre crônica e conto, faz-se, muitas vezes, necessária a intervenção do escritor. Com o intuito de orientar a compreensão da sua escrita, o autor pode utilizar subtítulos como "conto", "crônica" e outros. Quando o autor não estabelece as diferenças entre o empírico e o imaginado, a decifração do teor da escrita fica sendo, em alguns textos, uma tarefa desafiadora para os leitores.

A *persona* narrativa é, geralmente, um imigrante intimamente ligado aos acontecimentos que principiavam a moldar a sua cidade. Suas reminiscências abrangem comparações entre as experiências brasileiras e a vivência européia, que alguns conheceram pessoalmente, outros, através de histórias da geração anterior. Em número maior do que os próprios imigrantes, seus descendentes também expressam experiências e valores, da perspectiva da primeira geração criada no Brasil. Esta é constituída por pessoas nascidas no país ou aqui desembarcadas, como crianças, por volta de 1930. Crescendo em íntima conexão com a geração dos pais, sua característica principal é a habilidade, revelada em suas lembranças, de viver, simultaneamente, em duas órbitas: a judaico-européia, transmitida pela geração que a precedeu, e a judaico-brasileira, no seu território de nascimento ou criação. Seus escritos descortinam uma *praxis* de tempo e lugar, revelando uma busca de equilíbrio entre duas culturas, uma multimilenar e a outra tão recente quanto a data de seu nascimento ou desembarque no Brasil.

CARACTERÍSTICAS DA MEMÓRIA URBANA

Psicologicamente, a geração dos que falavam português com sotaque seguiu um percurso inauguratório comum à maioria dos grupos de expatriados não-judeus. Seus textos revelam uma procura de estabilidade pessoal, preocupação com as incógnitas da terra, visualização de uma vida mais confortável e uma busca de caminhos que facilitassem comunicação com os habitantes do país. Por outro lado, nos textos da geração nascida ou criada desde a infância no Brasil transparece um cadinho de atividades percebidas como uma mescla do legado dos pais com as experiências pessoais dos escritores.

Nem sempre os episódios expostos pelos memorialistas movem-se em ordem cronológica. O registro de datas facilita a localização temporal da narrativa, mas são comuns falhas na sua seqüência, com retornos e avanços típicos do vagar da memória. Outra das características da escrita memorialista é a sua decentralização. A narrativa se irradia de vários ângulos, com dados pessoais referentes a nascimentos, celebrações de vida e circunstâncias relativas à morte, numa variedade de localizações geográficas. A esta variante acrescenta-se uma constante referência à consciência de ser judeu, em qualquer das suas modalidades religiosa ou cultural.

Enquanto essas características podem ser encontradas na maior parte das memórias escritas, os textos se distinguem entre si por atributos específicos. Um deles é de ordem explicitamente pessoal, como o temperamento do escritor. Dependendo da sua atitude, as lembranças podem emergir revestidas por um sentido de humor ou marcantes por sua ausência; podem expressar-se por uma modulação saudosista ou por um simples registro que mal as resgata do olvido total; como denúncias sociais ou como amenas referências à convivência em sociedade; como uma espécie de desafogo ou como um legado às gerações vindouras; como um arquivo coletivo de um passado comum ou mero depósito de experiências individuais, alienadas da coletividade.

Embora neste texto crítico os narradores sejam apreciados como "escritores", a maior parte deles não se identifica com essa qualificação no sentido convencional da palavra. Passando ao largo de artifícios estéticos e outras elaborações afins, parte dos memorialistas propicia uma leitura direta de sua escrita. As intenções textuais parecem emergir com o fim de informar sobre o passado de judeus estrangeiros e seus descendentes brasileiros e sobre a formação do embrião do que hoje constitui a comunidade brasileira judaica.

Crônicas

Dos seis escritores examinados nesta seção, apenas Haim Grünspun e Samuel Malamud são europeus. Criados no Brasil desde a infância, suas experiências foram, em certas circunstâncias, semelhantes a dos quatro outros memorialistas aqui nascidos: Moysés Eizirik, Moysés Paciornik, Jacques Schweidson e Eliezer Levin.

MOYSÉS EIZIRIK, *Aspectos da Vida Judaica no Rio Grande do Sul* (1984) e *Imigrantes Judeus – Relatos, Crônicas e Perfis* (1986)

Moysés Eizirik, nascido em Porto Alegre, de pais imigrantes (o pai era russo e sua mãe era da Bessarábia), é formado em medicina[2]. As obras acima indicadas foram publicadas num período de dois anos, constituindo expressivo testemunho do copioso material genealógico e histórico da região sulina brasileira[3].

Seus dois livros a respeito da comunidade judaica no Rio Grande do Sul, focalizando principalmente a formação dos aglomerados urbanos, percorrem um caminho que vai do relato oral ao registro de documentação escrita. Já tendo começado a *contar*, entre amigos e parentes, vários episódios ocorridos com ele e com membros da comunidade, o passo seguinte de Eizirik foi *escrevê-los*, movido por argumentos tradicionais, como o contido na pergunta de um filho: "Por que não escreves sobre isto? Assim como eu, muitos da minha geração e os nossos filhos não ficarão sabendo. Tens que escrever para que estes fatos fiquem registrados" ("Introdução", p. 11). A escrita é paralela a um conjunto iconográfico, formado de fotos de pessoas, tanto em situações informais quanto cerimoniosas, além de reproduções de documentos, atas e quadros de diretórios de diversas instituições.

Eizirik discorre sobre os eventos que tiveram lugar na Península Ibérica durante o período da Inquisição, antes de ingressar na história da comunidade gaúcha judaica propriamente. Na sua discussão da história contemporânea dos judeus no Brasil, quando factível, o narrador apóia-se em documentos escritos e depoimentos orais. Entrevistas com antigos moradores das colônias Quatro Irmãos e Filipson são completadas por breves descrições das cidades para onde os ex-habitantes das fazendas da ICA se dirigiram, como Erechim, Passo Fundo, Santa Maria, Uruguaiana, Pelotas, Bagé, Rio Grande, Cruz Alta, entre outras de igual relevo para os memorialistas da região gauchesca. Com

---

2. É interessante o número de médicos dedicados a escrever suas memórias e ficção; entre eles, são examinados ao longo deste livro: Moysés Eizirik, Sara Riwka Erlich, Haim Grünspun, Moysés Paciornik, Samuel Reibscheid e Moacyr Scliar.

3. Moysés Eizirik, *Aspectos da Vida Judaica no Rio Grande do Sul,* Caxias do Sul / Porto Alegre, Editora da Universidade de Caxias do Sul / Escola Superior de Teologia São Lourenço de Brindes, 1984; *Imigrantes Judeus, Relatos, Crônicas e Perfis.* Caxias do Sul / Porto Alegre, Editora da Universidade de Caxias do Sul / Escola Superior de Teologia S. J. Lourenço de Brindes, 1986 (referidos no texto como *Aspectos da Vida Judaica* e *Imigrantes Judeus,* respectivamente).

exceção de dois capítulos, "As Colônias de Quatro Irmãos" e "A Colônia de Filipson", os restantes referem-se a atividades urbanas dos ex-colonos daquelas fazendas.

Os dois livros do autor sobre o estabelecimento judaico no Sul distinguem-se por seus estilos e diferenças de gêneros. Em *Aspectos da Vida Judaica*, algumas dessas diferenças são indicadas em parênteses, como parte dos títulos (aqui transcritas em colchetes). Esses esclarecimentos são importantes na medida em que situam o texto de acordo com as fontes do registro: *crônica* é a narrativa das lembranças pessoais do escritor, confessando ter-se baseado em "tudo o que consigo recordar da mais remota infância" ("Centro Israelita [Crônica]", p. 43); *histórico* é a narrativa baseada na memória registrada e datada, como atas e outros documentos, dentre os quais alguns reproduzidos por fotos e listas de fundadores e participantes: "Para a apresentação deste trabalho, fizemos uma pesquisa no livro de Atas, no período de 1917 a 1957" ("Centro Israelita [Histórico]", p. 48); *entrevistas* são depoimentos de imigrantes, recolhidos pelo autor entre moradores das primeiras fazendas, que se trasladaram para as cidades vizinhas; foram entrevistadas sessenta pessoas, quase todas septuagenárias, com exceção de duas, com as idades de 58 e 60 anos, respectivamente, em 1984, ao tempo das entrevistas.

Em *Imigrantes Judeus*, os *relatos* referem-se a episódios das histórias judaica mundial e riograndense; *crônicas* dizem respeito a alguns monumentos do patrimônio arquitetônico de Porto Alegre e a pessoas não-judias, de influência positiva na vida do escritor; *perfis* fornecem informações sobre as vidas de alguns imigrantes, contadas por eles ou recompostas pelo autor.

Eizirik faz convergir para seus livros, relativamente curtos, um acervo histórico que, além de resgatar conteúdos de alguns arquivos públicos, retém a originalidade de depoimentos recolhidos à viva voz de imigrantes e de seus descendentes. Essa última parte faz de seu trabalho uma fonte de informações para a história do estabelecimento judaico no sul do país.

Certas passagens lembradas por Eizirik são encontradas na narrativa semificcional de Adão Voloch, principalmente em *Um Gaúcho a Pé*. Os pontos de coincidências entre as lembranças de Voloch e as referências de Eizirik dizem respeito à fundação de uma sociedade de beneficência, à encenação de peças teatrais e ao desenvolvimento urbano que começou a atrair os filhos dos imigrantes para fora das colônias. Enquanto Voloch, como ficcionista-memorialista, não se preocupava com a exatidão cronológica ou histórica, o trabalho de Eizirik se distingue pela precisão de datas, nomes, cronologia e sumário dos eventos. Outros autores que expressam informações similares às de Eizirik são Frida Alexandr, Guilherme Soibelmann e Jacques Schweidson. Complementando-se uns aos outros, suas narrativas incluem a precisão da história com a variedade imaginativa dos indivíduos que a recordam.

MOYSÉS PACIORNIK, *Brincando de Contar Histórias* (1973)

Obstetra e pesquisador em medicina, Moysés Paciornik relata aspectos da formação da comunidade judaica de Curitiba, Paraná, com historietas bem-humoradas e extrovertidas[4]. Nascido e criado nessa cidade, como brasileiro e filho de imigrantes russos judeus, participou do período incipiente da organização da comunidade judaica na sua cidade natal.

As primeiras dezessete narrativas encontram-se reunidas sob o título "No meu Tempo Era Assim..." e as restantes 32 estão agrupadas com o nome da capa: "Brincando de Contar Histórias". Na primeira parte, os relatos se referem sobretudo aos anos formativos da comunidade, enquanto na segunda incluem-se, além de tópicos desenvolvidos nas primeiras narrativas, lembranças da vida do autor como adolescente, adulto e em idade mais madura.

Pelas duas partes alinham-se histórias que retrocedem a 1913, quando recém se desenhava uma idéia de vizinhança judaica na cidade, com projetos de construção de sinagoga, escola, clube e cemitério, prolongando-se pela década de 60, com lembranças de viagens e de alguns episódios domésticos. O autor se estende ao ano 2008, quando suas reminiscências serão complementadas por hipotéticas recordações já não pertencentes a ele, mas sim a um bisneto, que estaria lendo as histórias reunidas na obra em apreço (p. 210).

As crônicas de Paciornik espelham observações suas e de outros em relação ao início do processo de aculturação dos imigrantes e de seus primeiros descendentes. Propiciando amplo espaço aos fatos que afetaram a sociedade judaica, em Curitiba, a partir da primeira década do século XX, as narrativas focalizam os *griner* (europeus judeus recém-chegados) em suas tentativas de estabelecer-se comercialmente, constituir família e de armar uma conjuntura social para a preservação de seus valores culturais e religiosos. Paciornik reserva menor espaço a si mesmo, e quando se apresenta como protagonista de alguns episódios, estes são recordados em ocorrências com outros participantes;

---

4. Moysés Paciornik, *Brincando de Contar Histórias,* Curitiba, ed. do Autor, 1973. Sua bibliografia médica inclui: *O Parto de Cócoras: Aprenda a Nascer com os Índios* (1979, reedições: *Aprenda a Viver com os Índios, Ginástica Índia Brasileira,* 1986, e *Aprenda a Viver com os Índios: O Parto de Cócoras, Desempenho Sexual, Ginástica Índia, Comer e Descomer,* 1987); *Erros Médicos* (Primeiro Prêmio no Concurso de Livros Inéditos da Sociedade Brasileira de Médicos Escritores, março 1982, duas tiragens, 1982); *Conflitos Psicossociais de um Consultório Médico* (1986); *Mafiosos de Branco* (1991).

daí o aspecto extrovertido de muitas das suas narrativas. A este, acrescenta-se uma intenção lúdica, risonha, inferida do gerúndio "brincando", no título de seu livro de memórias. Sua escrita emerge com bom humor e intuição histórica, expondo o lado risível de momentos considerados graves no passado e registrando nomes, datas e fatos verificáveis, alguns dos quais endossados por testemunhas oculares. Os capítulos são curtos e independentes, mesclados à galhofa e veneração a certos fatos e pessoas. O autor facilita a disseminação de extenso vocabulário em ídiche (ainda que de uso quase exclusivamente coloquial), complementado por um "Glossário", ao fim da edição.

Apesar de serem projetadas como brincadeiras, as lembranças expostas conjugam valor de arquivo social e fonte de informações históricas. Literariamente, enquadram-se a uma estrutura consistente com a organização de crônicas e, como tais, foram publicadas em revista ligada a uma associação judaica esportivo-cultural.

Termos e conceitos incluídos nos relatos dos memorialistas rurais ganham uma conotação distinta nessa obra, explicitamente citadina. A expressão "colônia", por exemplo, que para os memorialistas das terras da ICA significa "fazenda", para Paciornik indica "comunidade judaica", como nesta observação: "Naquele tempo, a colônia era toda uma família só" (p. 13).

Em vez da esparsa população rural, as lembranças do narrador evolvem em meio à densidade da coabitação urbana judaica, quando toda a "colônia" se mobilizava, atenuando a sensação de abandono que incomodou os memorialistas gaúchos do campo. Apesar das diferenças entre as experiências campestres e as urbanas, um ponto comum a ambas foi o intenso cultivo de *idishkeit* – palavra *porte-manteau* que engloba tudo o que é judaico, transmitido pela língua ídiche. A força da judeidade transplantada da Europa é perceptível, nos caminhos mnemônicos de Paciornik e de quase todos os narradores, como uma ferramenta do velho mundo que foi, pouco a pouco, ajustando-se e calibrando-se com a brasilidade local[5].

Em artigo que trata de um "abrasileiramento" da tradição "idichista", Robert Di Antonio comenta que

hoje em dia o público leitor brasileiro está reconhecendo uma ficção, uma expressão de um segmento da vida brasileira que reflete a essência da cultura ídiche, uma cultura cujas raízes estão profundamente inseridas nas mitologias, no folclore, e nas atitudes do *alter-haim,* a velha pátria[6].

Essa observação ajusta-se ao presente registro de uma literatura brasileira judaica emergente, pois abarca tanto as dimensões ances-

---

5. No "Glossário" da obra, a palavra *idishkeit* é apresentada como "tradição".
6. Robert DiAntonio, "The Brazilianization of the Yiddishkeit Tradition", *Latin American Review*, vol. XVII, jul.-dez. 1989, 34, pp. 40-51.

trais judaicas quanto suas novas facetas, resultantes de uma imbricação das primeiras com a cultura brasileira. Paciornik movimenta esses aspectos da presença judaica no Brasil, revolvendo o *idishkeit* e expondo a combinatória cultural brasileiro-judaica.

Um exemplo da última encontra-se na crônica "O Acidente", sobre uns meninos que se adentram pela mata à procura de guabiroba, uma fruta silvestre. O autor se esmera em transmitir a reverência dos garotos pela fruta e pela paisagem, numa escrita de traços cromáticos regionais:

> As margens do Rio Barigui, naquele tempo, absolutamente cobertas de espessa mata [...]. De longe em longe, uma casa de colono [...] Adiante das Mercês, pegando pela esquerda, numa estradinha secundária, uns dois quilômetros dentro do mato, há uma guabirobeira que é uma especialidade. Dá guabiroba de umbigo (pp. 150-151).

A prática de futebol entre os jovens é outro sinal da aculturação em marcha. O jogo é motivo para um contraste generacional, enfatizado pelo memorialista pela intercalação de palavras em ídiche, em obediência à fidelidade do seu flagrante:

> Antigamente, não havia pelada, era só futebol. E futebol entre os *idn* não tinha cartaz.
> – Futebol? *Vus*, futebol? *Schkutizien*! (moleques). *Leidi-guelers*! (desocupados). Mãe nenhuma admitia que suas *kinder* (crianças) se metessem em futebol. Mas, quem é que resistia? Quem disse que perdíamos um treino? Nenhum de nós era grande coisa, mas força, vontade e convencimento não faltavam (p. 228)[7].

O período de formação da comunidade curitibana judaica também se caracteriza por seus vendedores ambulantes e pequenos comerciantes. Quase todos os imigrantes em Curitiba constituíam a classe de "intermediários", um estrato ocupacional que poderia ser patenteado por judeus nas suas vivências mundiais. Seus elementos universais foram examinados por Walter P. Zenner, que comentou ser esta categoria

> típica da maior parte de judeus na Diáspora: ocupam-se de comércio [...] são auto-suficientes ou empregados por outros dentro de seu círculo [...]. Estas características se encontram na maioria das comunidades judaicas desde o período do começo do islamismo até o presente[8].

Os judeus de Curitiba seriam igualmente afetados pelas modulações da economia: "Por volta de 1917, a primeira grande crise do Paraná

---

7. Palavras não esclarecidas nos parênteses textuais encontram-se no" Glossário": *idn* – judeus. *Vus* é uma pergunta retórica que pode ser traduzida como "o quê?"
8. Walter P. Zenner, "The Jewish Diaspora and the Middleman Adaptation", *in* Étan Levine (org.), *Diaspora, Exile and the Jewish Condition*, Nova York, Jason Aronson, 1983, p. 147.

espanta a maioria dos *klientelchikes* que por aqui havia" (p. 121)[9]. Para muitos, a salvação financeira foi a introdução do crediário, sistema de compra de uma ou várias mercadorias ao mesmo tempo, através de pagamentos parciais. Esse método de venda e pagamento foi, praticamente, iniciado no Brasil pelos mascates, para quem o autor resgata o privilégio inaugural: "Antigamente, não era tão bonito, não era crediário, era prestação mesmo. E é nela que repousam as melhores recordações da nossa gente" (p. 115).

Uma característica enfática das recordações do curitibano Paciornik é sua tonalidade de transmissão oral. Dirigindo-se a um público que ele torna quase visível, com uma voz narradora em grau de proximidade intimista, o escritor revive o papel do "contador de histórias", figura presente em aldeias e cidadezinhas pelo mundo afora. Esta função era, em geral, uma responsabilidade assumida pela pessoa mais idosa da comunidade, que reunia as crianças do lugar, para transmitir-lhes a história de gerações passadas. Coerente com esta tradição, Paciornik acumula as funções de portador e transmissor de informações, como um elo a mais numa corrente de narradores: "Donde é que eu sei? Contaram-me, ora, contaram-me... Uma porção destas histórias. Eu me lembro mais de uma" (p. 38).

Empregando artifícios típicos da narrativa oral, ele apóia-se em perguntas retóricas para dar continuidade à descrição de lembranças, como em "Histórias de Matzes": "Mas, como era antigamente? – perguntarão vocês. Pois eu vou lhes contar" (p. 40). Em outras situações em que imita o relato oral, o narrador anuncia o retorno ao assunto depois de um desvio para outro tema: "Mas, como estava contando, veio o progresso" (p. 42), e datas são registradas de maneira aproximada: "Nos primeiros tempos, lá por 1918" (p. 40), "Isto é lá por 1935" (p. 69), "Isto foi há muito tempo. A colônia israelita do Paraná era bem pequena, poucas famílias" (p. 191).

Suas recordações transcendem os limites pessoais e atingem órbitas sociais, por uma linguagem fluente, quase corriqueira e atenta a coordenadas tradicionais da arte de narrar. Por sua habilidade como "contador de histórias" e verbalizador do passado, Paciornik é o porta-voz, numa escrita eivada de coloratura da tradição oral, de momentos básicos da vida judaica curitibana.

JACQUES SCHWEIDSON, *Saga Judaica na Ilha do Desterro* (1989)

Jacques Schweidson conheceu as duas faces da experiência do imigrante no Brasil: a rural e a urbana. Cada uma dessas dimensões é

---

9. *Klientelchikes*, segundo o "Glossário", significa "vendedor a prestação". Palavra ídiche, grafada de muitas maneiras.

recordada e descrita em distintos livros de memórias: em *Judeus de Bombachas e Chimarrão* (cf. Capítulo 2), ele se refere a suas memórias do campo; em *Saga Judaica na Ilha do Desterro*, Schweidson recorda sua vida na cidade de Florianópolis, depois de ter saído da colônia Filipson[10].

A metodologia seguida pela exposição dos acontecimentos em sua vida é explicada pelo memorialista: "Pretendendo fragmentar épocas e ocorrências, afastando-me completamente à ordem cronológica, deparará o leitor com acontecimentos esparsos, portanto nem sempre numa conexão perfeita" (p. 183). Apesar do esclarecimento, o autor seguiu uma certa ordem progressiva, complementada por uma lista de nomes de indivíduos e famílias com quem esteve em contato no princípio de sua experiência em Florianópolis. Acompanhando seu guia cronológico, o narrador relata eventos a respeito de suas experiências como vendedor ambulante, pequeno comerciante, namorador de mocinhas comerciárias, organizador de vendas e redes de vendedores e incentivador à chegada de familiares e conhecidos à cidade.

Quase toda sua família imediata (descrita por sua irmã, Frida Alexandr, em *Filipson* e por ele no seu livro anterior), atraída por seu sucesso, convergiu para a cidade de Florianópolis e o mesmo fez a parentela, composta de irmãos e cunhados. O grupo viria a constituir o núcleo formador da coletividade judaica em Florianópolis, representado principalmente por indivíduos ou famílias como os Zveibil, Goldstein, Lerner, Yankilevitch, Waissman, Weinstein, Docker, Blum, Nicolaiewsky, Goldfarb e Wladimirski (pp. 126-127).

Criado no Rio Grande do Sul, assim que chegou à faixa mediana da adolescência, Schweidson abandonou a colônia onde nascera para tentar atingir melhor padrão de vida numa vila adjacente à fazenda. Ao perceber que a cidadezinha tinha um horizonte estreito para seus planos, dirigiu-se a Florianópolis, antiga Ilha da Nossa Senhora do Desterro, nome que o autor preservou, em parte, no título de suas memórias. Ali ele foi recebido por uma irmã casada e sua família. Entrava-se pela segunda década do século XX e o precoce rapazinho Schweidson, com dezesseis anos, vinha para trabalhar no estabelecimento comercial do seu cunhado Leão, com quem, a seu convite, abriria uma loja em sociedade.

Logo verificou-se que o expansivo Jacques tinha projetos que o reservado Leão não conseguia acompanhar. Os cunhados se separaram e o jovem camponês de Filipson decidiu levar avante seus projetos de abrir, sozinho, um caminho no comércio local. Seu individualismo, respeitado componente de sucesso no sistema capitalista, foi aberta-

---

10. Jacques Schweidson, *Saga Judaica na Ilha do Desterro*, Rio de Janeiro, José Olympio, 1989.

mente declarado na ocasião: "Quero vencer lutando, mesmo que duramente, mas quero vencer sozinho" (p. 24).

Instintivamente, Schweidson foi o precursor, na região, do que veio a ser conhecido, mais tarde, como "pesquisa de mercado". As primeiras páginas da narrativa descrevem suas excursões pelo labirinto urbano, que ele decifrou em questão de dias. Visitou lojas e conversou com lojistas, principalmente no comércio de fazendas, que era seu interesse imediato. Sua memória descritiva preserva a dinâmica das suas peregrinações pela cidade, onde estabeleceu sua casa e de onde retirou sua primeira subsistência.

A investigação mnemônica de Schweidson é complexa. Embora ele faça alusão, no título, à sua origem ("saga judaica"), seu caminho foi desbravado de maneira pessoal, para o que pouco concorreu sua etnia. Sua inequívoca personalidade de homem de iniciativas e negócios permeia *Saga Judaica na Ilha do Desterro*. Entre seus dotes natos, conta-se um instinto comercial agudo, graças ao qual chegou a construir um pequeno império financeiro e a estender suas influências econômica e social no estado de Santa Catarina. Suas memórias estendem-se por pormenores de uma vida dedicada ao comércio desde a idade de dezesseis anos e ao cultivo de amizades de influência nas esferas política e social; também expõe seu gosto por atos solenes, inauguratórios e comemorativos, sua inclinação por viagens, seu êxito em investimentos imobiliários e seus gestos eloqüentes em relação à filantropia. Seu livro pode ser encarado como um típico *success story*, história de empreendimentos bem-sucedidos e também uma vitrine onde se expõem seus êxitos na tradição do *self-made man*, indivíduo "que se fez sozinho".

O ângulo judaico que se abre na autobiografia faz constante menção a suas atividades como "cultor da história judaica" (p. 126), envolvimento com a tradição religiosa familiar e também à posição, alcançada em etapa mais avançada de sua experiência urbana, de líder, provedor e benemérito da comunidade judia local. Na dinâmica de suas recordações, salientam-se atos relacionados com o judaísmo nos quais o memorialista teve participação direta, como fundação de sinagoga, escolas e outros estabelecimentos coletivos; anota, também, seu ingresso na Maçonaria em companhia de outros judeus da cidade. Relata sua convivência e sobrevivência por surtos nazistas, transplantados para o Brasil por alemães e outros simpatizantes do nacional-socialismo, principalmente na cidade de Blumenau (pp. 205-206), cujo fundador, segundo suas pesquisas, seria possivelmente de origem judaica (p. 204).

Paralelamente, a organização da obra ganha em potencial histórico sobre alguns aspectos do crescimento de Florianópolis. No seu tempo, a cidade ainda não se tinha alçado como centro agrícola-industrial, como é hoje conhecida. Com as lembranças do seu envolvimento com a pré-história da cidade, Schweidson aviva imagens das primeiras décadas do século. Lembra o costume de os homens reunir-se ao fim da tarde para jogar bilhar, os passeios de casais pelas praças e largos, a formalidade da vestimenta dos freqüentadores do cinema local, os meios de locomoção e comunicação e a paulatina modernização das vias públicas.

Também no campo da história amadora, o memorialista traz à tona outros dados que poderiam ser de interesse para a história judaica do país. Baseando-se em depoimentos de amigos e outros, incursiona pela genealogia de brasileiros que seriam descendentes de cristãos-novos, como as famílias Luz, Souza, Mourão (p. 124) e os "Carneiros da Cunha, os Livramentos, o Prof. Mâncio Costa, os Camisãos, os Generais José e Paulo Vieira da Rosa, os Carreirãos, os Paivas" (p. 139).

Schweidson também registra dois episódios de interesse à história do judaísmo no Brasil, acontecidos antes de sua chegada à cidade. O primeiro ocorreu em fins do século XIX e esteve ligado a dois partidos, o Cristão e o Judeu, cognomes de duas bandas políticas, uma, conservadora e a outra, liberal. O incidente foi, aparentemente, de grande impacto para o memorialista, que dedicou os quatro últimos capítulos de sua narrativa à descrição das divergências entre os grupos citados, registrando, principalmente, os insultos anti-semitas. O outro incidente foi criado por rivalidades entre jesuítas e maçons, quarenta anos antes do fim do Império, que parece ter despertado a pacata província de Santa Catarina.

A linguagem de Jacques Schweidson, neste livro, ecoa a retórica usada no anterior, *Judeus de Bombachas e Chimarrão*. Enquanto, naquele, o autor fez cuidadosa seleção de termos típicos da oratória, em *Saga Judaica na Ilha do Desterrro*, sem deixar de lado o uso de hipérboles verbais, expressa-se por uma linguagem própria de correspondência de tabelionato, como em "excelentíssima Dona Olívia, sua digníssima esposa" (p. 28) "entendi de bom aviso" (p. 109), "imerecidos galardões" (p. 165) e "criatura de excelsas virtudes e digna companheira de tão notável personalidade" (p. 194). A forma conservadora de comunicação parece indicar um desejo de emulação de algum *status* clássico, talvez uma aspiração subconsciente de alguma hipotética nobreza estilística. Sua obra é de uma correção gramatical notável.

HAIM GRÜNSPUN, *Anatomia de um Bairro: O BEXIGA* (1979)

Nascido na Romênia, Haim Grünspun chegou ao Brasil em 1932, trazido por seus pais quando acabava de completar cinco anos de idade. Imigrante e filho de imigrantes, ele cresceu entre dois mundos, o europeu, transportado por sua família e demais expatriados de várias nacionalidades, e o mundo brasileiro, onde ele se criou e formou-se em medicina.

Como se indica pelo título, a obra refere-se ao Bexiga, bairro localizado em São Paulo. As memórias do autor projetam-se como uma coletânea de observações sobre sua gradual imersão na cultura brasileira e na babel de imigrantes, do ponto de vista de um menino judeu crescendo no Brasil.

Médico com prática em psiquiatria de adolescentes, Haim Grünspun transferiu, metaforicamente, para seu livro de memórias, um campo típico da medicina, o estudo da anatomia[11]. Seu procedimento é um minucioso dissecamento da diversidade encontrada entre imigrantes e seus descendentes, circunscrito ao período entre 1933 e 1941, dos seus seis aos catorze anos de idade. Em linguagem coloquial, alternada com idioma cultivado, o médico-escritor examina quadros coletivos e perfis individuais, esquadrinhando o bairro pelas ruas, vielas, quadras e pelos becos, sobradões, fundos de quintal, pátios e cortiços. Das suas memórias emergem uma algaravia de línguas e uma colmeia humana que se fazia com "pedra, ferro, tijolo e madeira unindo as pessoas com as ruas" (p. 26).

O escritor relata como trabalhou para o sustento da família no comércio itinerante de roupas, ora ao lado do pai, ora substituindo-o, enquanto prosseguia nos seus estudos. Nas caminhadas de vendas e cobranças, teve oportunidade de transitar por um bairro que, em termos de pluralismo étnico, era um dos mais ricos da cidade de São Paulo. Na condição de jovem vendedor ambulante (*klinteltchique*, como essa ocupação é indicada por ele, em ídiche), o memorialista conviveu e participou da vida pública da área, que também abarcava o bairro da Bela Vista. Enquanto esse último nome parece referir-se ao panorama que se via do alto do espigão ao longo do vale do Anhangabaú, "Bexiga" provém do apelido de um de seus primeiros moradores[12]. Nada distinguia um bairro do outro, a não ser a diferença dos nomes; sua população era igualmente constituída de imigrantes, a maior parte deles italianos, com uma mínima fração judaica:

> Na verdade, no Bexiga mesmo, moravam só quatro famílias de judeus e dois irmãos [...]. Outra família de judeus tinha uma loja de móveis [...] e uma quarta era dona de uma colchoaria (p. 83).

---

11. Haim Grünspun, *Anatomia de um Bairro: O BEXIGA*, São Paulo, Cultura, 1979. Outras obras do mesmo autor: *Trem para o Hospício* (1980), *Meu Pai me Matou, Memórias da Década de 50* (1987). (O escritor tem artigos e livros nos campos da psiquiatria e educação.)

12. "[...] a existência do nome Bexiga relacionado a um espaço geográfico é do período entre 1789 e 1792. Em 1819, a chácara pertencia a Antônio Bexiga. [...] Se a denominação de Bexiga para designar local geográfico surge no final do século XVIII, foi em decorrência do nome da própria chácara e, possivelmente, o proprietário recebeu esta alcunha por ter sido vítima da varíola" (Célia Toledo Lucena, *Bairro do Bexiga, A Sobrevivência Cultural,* São Paulo, Brasiliense, 1984, pp. 20-21).

Na anatomia do Bexiga, duas etapas da vida do escritor são lembradas: primeiro, como morador do bairro, participante das brincadeiras de rua e aluno da escola primária; desta fase, sua memória reconstrói cenas de lavagem de roupa por mulheres, inundações do vale, feiras, o cinema local, uma gafieira. Na outra etapa, a família está morando em outro local e ele regressa ao bairro em substituição ao pai, nas ocasiões em que este se adoentava. Sua volta como mascate lhe possibilitou penetrar pelas entranhas daquele organismo composto de uma variedade de pessoas: "Foi assim que conheci os segredos do bairro. Batendo nas portas, tomando cafezinho, conversando com gente grande de todos os tipos" (p. 20). Como "o Bexiga vivia locupletado" (p. 123), as famílias conviviam quase como se não houvesse paredes entre suas casas. Isso favoreceu o aparente funcionamento de um fervilhante laboratório de interação social, que o autor trouxe às suas lembranças escritas.

A identidade individual judaica ficou reduzida, aos olhos públicos, à figura do "judeu da 'Rópa Velha'" (p. 86), mas as identidades do pai e do narrador foram confundidas, no olhar do Bexiga, com a de todos os outros que vendiam mercadorias no bairro. Enquanto o pai era conhecido como o "turco da prestação do Bexiga" (p. 18), o menino era "o filho do turco da prestação" (p. 20); mais tarde, aparecendo sem o pai, ficou sendo o "russo da prestação" (p. 72). Grünspun tece considerações sobre a hierarquia desses apelidos:

> Turco significou em primeiro lugar o sírio ou libanês que na época já tinha feito sua ascensão. Agora o turco significava o prestamista que comprava por atacado nas manufaturas então estabelecidas em São Paulo e, com grandes pacotes nas costas, oferecia mercadoria à prestação de porta em porta (p. 18).

O pluralismo étnico do bairro impregnou as lembranças do escritor, levando seu livro a situar-se além dos limites de uma representação literária judaica. Reflete, sobretudo, uma coletividade multifacetada que já fora previamente examinada por outros interessados na imigração, como tópico literário ficcional. Quando do aparecimento da obra de Grünspun (1979), o bairro do Bexiga já tinha sido literariamente tombado havia mais de cinqüenta anos, na obra *Brás, Bexiga e Barra Funda* (1927), de Antônio de Alcântara Machado.

Esse jornalista paulistano foi um dos escritores modernistas mais inclinados a cantar a cidade de São Paulo, não tanto por suas glórias incipientes no campo fabril e nas conquistas da modernização, mas por seu conglomerado de imigrantes, que constituíam a parcela humana que trabalhava para o erguimento e proeminência da cidade.

Luís Toledo Machado observa como a imigração penetrou pela literatura de ficção:

> Tematicamente a imigração se insere como algo novo na ficção brasileira e constitui inegável conquista do Modernismo. A característica predominante da paulistanidade

da obra de Antônio de Alcântara Machado encontra aqui plena justificativa. Dentre os autores que descreveram o fenômeno, através da arte narrativa, foi o nosso autor que soube com maior propriedade documentar o drama da imigração. [...] Com efeito, sua posição em *Brás, Bexiga e Barra Funda* é a de um observador colocado "fora" do espetáculo [...][13].

Os dois autores, Alcântara Machado e Grünspun, coincidentes por seus interesses pelo mesmo núcleo residencial de imigrantes, encontram-se, obviamente, distanciados no tempo, na perspectiva espacial e no uso que fizeram da linguagem. As diferenças em relação ao distanciamento temporal e lingüístico entre os dois dispensam uma análise mais prolongada (Alcântara Machado, o modernista; Grünspun, isento de modismos literários), mas a perspectiva espacial que ambos tiveram do mesmo fenômeno pede um exame mais minucioso. As últimas linhas do comentário crítico citado, "sua posição é a de um observador colocado '*fora*' do espetáculo" (grifo meu), indicam a área diferencial mais importante entre Machado e Grünspun. Enquanto Machado, com os méritos da sua iniciativa e originalidade temática, foi um observador posicionado do lado de fora da humanidade imigrante, Grünspun viveu a experiência de expatriado como parte dela na sua existência diária, testemunhando os fatos sobre os quais escreveu. Além de seus propósitos literários distintos (Alcântara Machado era escritor e jornalista, Grünspun fez-se narrador depois de estabelecer-se como médico), a questão mais óbvia entre esses dois autores repousa na autenticidade da sua escrita. Alcântara Machado, como observador de fora, criou um mundo ficcional cuja legitimidade se baseia na sua percepção artística e intenção documental; Grünspun, como participante do movimento que descreve, cria um mundo do qual ele faz parte como testemunha integrada e ocular. Ao escrever sobre o Bexiga, Alcântara Machado escreve sobre os outros; ao escrever sobre os italianos e judeus do Bexiga, Haim escreve sobre ele mesmo. Essas duas perspectivas se complementam, apesar dos cinqüenta anos de separação temporal, ideológica e artística entre os escritores. Alcântara Machado, imbuído do fervor modernista, retirou os imigrantes italianos de São Paulo do anonimato e elevou o bairro a monumento histórico, ainda hoje preservado por estratagemas publicitários[14]. Grünspun, envolto em emoções saudosistas, concentrou-se no espaço social e na

---

13. Luís Toledo Machado, *Antônio de Alcântara Machado e o Modernismo*, São Paulo, José Olympio, 1970, pp. 62-63.
14. O bairro do Bexiga foi transformado, pela argúcia comercial, em fonte de lucros, tornando-se pontilhado de "restaurantes típicos" da cozinha italiana, como atração local e turística. Num arremedo do que um dia existiu realmente, suas ruas se encontram "enfeitadas" com varais artificiais, estendidos do alto de postes, ligando calçadas opostas, onde se vêem roupas masculinas e femininas, penduradas "para secar", diuturnamente.

variedade cultural de um bairro onde ambas as nacionalidades e etnias – a italiana e a judia – se encontraram interdependentes e, ao mesmo tempo, autônomas.

ELIEZER LEVIN, *Crônicas de Meu Bairro* (1987) e *Nossas Outras Vidas* (1989)

Eliezer Levin, engenheiro de profissão, é ficcionista e cronista, com colaborações para a imprensa judaica de São Paulo. Filho de professores contratados pela ICA (o pai era de Jerusalém e a mãe, da Lituânia), Eliezer nasceu na Colônia Barão Hirsch em 22 de outubro de 1930. À idade de cinco anos, acompanhou a mudança da sua família para São Paulo, onde se criou, estudou, casou-se e se estabeleceu.

Sua colaboração literária compõe-se, principalmente, de comentários relativos a situações empíricas. A parcela imaginativa, em alguns casos, apresenta-se mais como arremate ao dado real do que como uma criatividade independente do mundo tangencial. Dada a maleabilidade da escrita de Levin, justifica-se a localização das duas obras, acima indicadas, nesta parte em que se examinam crônicas, porque nesse formato estão seus comentários sobre situações que o precederam ou que foram contemporâneas suas. Em *Crônicas de Meu Bairro* e *Nossas Outras Vidas*, prevalece o cronista e retrai-se o ficcionista, pela predominância do elemento empírico e evasão do componente ficcional. Em *Bom Retiro, Sessão Corrida: Que me Dizes, Avozinho?* e *Adeus, Iossl*, examinados em outra parte deste capítulo, predomina o componente ficcional, embora às narrativas concorram também lembranças de índole pessoal.

Crônicas de Meu Bairro (1987)

Eliezer Levin entrelaça memórias e observações contemporâneas sobre o bairro paulistano do Bom Retiro, daí o título explícito do seu livro[15]. Ao tempo em que o narrador era um de seus moradores, ali se concentrava densa população de judeus imigrantes asquenasitas e suas famílias. Seus comentários derivam daquele período e também de época posterior, pois ele retornaria ao núcleo germinador das suas crônicas: "Passando um dia desses pelo Bom Retiro, ocorreu-me dar uma parada *no meu velho território*" (grifo meu, p. 9).

Crônicas de Meu Bairro constitui-se de narrativas que guardam semelhanças a contos, por sua estrutura convencional, com um come-

---

15. Eliezer Levin, *Crônicas de Meu Bairro,* São Paulo, Perspectiva, 1987.

ço, meio e fim. Previamente publicadas na imprensa semanal judaica paulistana, grande número delas concentra-se no *modus vivendi* da gente do Bom Retiro a partir da década de 1940, de uma perspectiva assentada mais de quarenta anos depois. Algumas das crônicas extrapolam os perímetros espacial e temporal do bairro, estendendo-se a assuntos mais próximos do momento em que foram escritas. Os personagens são judeus oriundos de diversas regiões da Europa, vinculados por muitos traços em comum. Entre estes salientam-se seus esforços de adaptação na nova terra, suas tradições religiosas e a língua ídiche como veículo de comunicação oral e escrita.

A dinâmica dos imigrantes, nas historietas de Levin, caracteriza-se por uma procura de certos efeitos cômicos e pela relevância dada a alguns aspectos do folclore judaico no ambiente de um "bairro judeu".

A comicidade é inserida pelo autor entre pessoas e em jogos situacionais e, como toda matéria de tramitação cômica, a graça depende tanto de uma percepção generalizada do que vem a ser material humorístico como também de uma conotação espacial e temporal para sua compreensão. O cômico, segundo observação direta e sucinta, é "qualquer coisa que nos faça rir"[16]. Nesse sentido, a escrita de Levin sugere comicidade, principalmente por situações que se resolvem de maneira surpreendente, resultando num efeito que pode instigar o riso. Outros valores na conceituação do cômico baseiam-se no nível pessoal de senso de humor dos leitores. Dependendo do indivíduo, as histórias de Levin podem resultar (ou não) em efeito jocoso. No entanto, carregam em si uma intenção cômica, seja pelas atividades de alguns personagens, seja, em última instância, por um pronunciamento final, irônico, sarcástico ou mordaz, do autor.

O humor comunicado às atividades e intercâmbios sociais dos imigrantes de Levin apóia-se em várias situações: em atitudes inadvertidas dos personagens que as praticam, em confusões originadas na comunicação oral entre eles e em quadros individuais diretamente ridicularizados pelo narrador. O autor também adapta lendas folclóricas do acervo universal judaico a circunstâncias ocorridas no bairro, salientando seu potencial humorístico. O mesmo ele faz com provérbios em ídiche, traduzidos e intercalados como hipoteticamente ouvidos numa área conhecida, em ídiche, como *plétzle* (pracinha, em português). Esse é um espaço localizado numa convergência de certas ruas do Bom Retiro, onde alguns judeus, no mínimo sexagenários, reúnem-se para conversas sobre os mais diversos tópicos: falam do passado, lembram seus primeiros momentos como imigrantes, passam informações sobre filhos e netos, criticam ou elogiam os governos de Israel, o local, estadual, nacional e o norte-americano, divulgam rumores de inte-

---

16. Marcella Tarozzi Goldsmith, *Nonrepresentational Forms of the Comic, Humor, Irony, and Jokes,* Nova York, Peter Lang, 1991, p. 11.

resse passageiro, registram efemérides familiares, e assim por diante. Esse mundo ofereceu razoável material para as colunas literárias do cronista.

Na tentativa de estabelecer uma categorização do humor textual de Levin, examinam-se dois conceitos comumente associados a escritores de origem israelita. Um é o do *humorista judeu* e outro é *humor judaico*. Basicamente, o humorista judeu deixa-se identificar por sua identidade e preferência por material compreensível por judeus. A categorização de humor judaico, no entanto, é relativamente mais complexa.

Para a compreensão dos seus traços fundamentais, adapta-se uma classificação de narrativa judaica, sugerida por Henry Eilbirt. Substituindo-se o termo "narrativas", como aparece no texto original, por "piadas", na minha tradução seguinte, tem-se uma classificação adaptável para nossa compreensão de *humor judaico*:

> Grande número entre as assim chamadas piadas [narrativas] judaicas dependem inteiramente do narrador. Elas se tornam "judaicas" se o contador da piada insistir em fazer com que elas assim sejam! [...]. Algumas são mais genuínas se provêm de experiência ou vida judaica; piadas que incluem estereótipos criados sobre judeus podem ser consideradas judaicas; e, finalmente, são piadas judaicas se dependem, para a sua compreensão, de uma língua judaica, principalmente o ídiche[17].

Seguindo esse roteiro, as crônicas de Levin com intenções jocosas podem ser consideradas judaicas à medida que o narrador quis que assim fossem, fazendo-as interpretadas por judeus, relatando-as no espaço de uma atmosfera cultural judaica ou incluindo termos em ídiche (explicados num "Glossário", ao fim do livro).

A sinagoga é um dos ambientes focalizados na configuração de comicidade, onde ocorrem situações diferentes com distintos personagens: em "A Invasão Amarela" (p. 13), o protagonista é um *shames* (guardião da sinagoga); em "Motque, o *Eitze-gueber*" ("o que dá conselhos", p. 43), o assunto é a idiossincrasia de um de seus freqüentadores e, em "Humor Negro" (p. 126), um velhinho espanta os rezadores do recinto com um forte odor trazido da rua, na sola do seu sapato.

Outro elemento de relevo na escrita humorística de Levin é a mulher judia. A dimensão escolhida pelo escritor para retratar a mulher como personagem é a ridicularização de suas atividades em quase todas as histórias em que surge. As mulheres passam a ser tópicos risíveis por uma ou mais atitudes estereotípicas que as ultrapassam como indivíduos e as reciclam como personagens-clichês. Tal é a situação de "Dona Ruchl", que irrompe por cinco narrativas com espalhafato, insensatez e ignorância, atributos a ela dispensados copiosamente pelo narrador, reforçando o lugar-comum universal da mulher gorda, deso-

---

17. Henry Eilbirt, *What is a Jewish Joke? An Excursion into Jewish Humor*, Nova Jersey, Jason Aronson, 1991, pp. 17 e 241.

rientada e ignorante[18]. Sua construção é caricaturesca, mas falha pelo contraste entre a ignorância que lhe é impingida pela voz narrativa e a depurada linguagem usada pela mulher (que chega a aplicar corretamente tempos verbais complexos, como o futuro do subjuntivo):

> Os *meshugoim* dos meus filhos me disseram que teremos de fazer "baldeação" num lugarzinho chamado, chamado... [Londres] [...] não se esqueça de me avisar quando pousarmos nesse *shtetl*, sim? (p. 24).

Na mesma linha de banalidades coladas à personagem feminina situa-se outra Raquel, esta presente em três historietas: na primeira, "Jogo de Cartas" (p. 84), o autor lhe atribui características de superficialidade e alheamento em relação tanto a problemas domésticos quanto a tópicos de relevância política e social. Reforçando a projeção derrisória, a mulher aparece ainda como notável tagarela em "Motque, o *Eitze-gueber*" (p. 23) e "Condomínio do Bom Retiro" (p. 129), a quem um dos personagens acrescenta epítetos pejorativos em ídiche, com explicações parentéticas oferecidas pelo autor, como *tzudreit* (biruta) e *meshiguene* (louca).

Por esse perfil dos personagens, percebe-se uma separação de perspectivas sobre os homens e as mulheres que habitam as narrativas. Enquanto os primeiros são delineados, em sua maior parte, como portadores de conselhos, expressando opiniões ou divulgando idéias sobre vários assuntos, mesmo quando o fazem de modo a expor o veio trocista do narrador, as mulheres são vistas quase exclusivamente por suas veleidades, como pessoas indecisas e vazias de maior interesse do que ganhar uma partida de baralho, expressivas em sua ignorância e dominadas por medos infundados.

Estereótipos de judeus são incorporados a histórias como se estas se tivessem passado no Bom Retiro. Entram nessa categoria diálogos que aparentam ter sido amealhados pelas ruas do bairro, como uma conversa ouvida na Rua da Graça, uma das suas vias centrais. O onomástico da rua coloca a dúvida se a via-palco da conversação foi escolhida pela ambigüidade de seu nome – "graça" como gracejo ou como dom divino. De qualquer modo, é o âmbito para onde o narrador transferiu piadas de percurso universal[19]. Levin também se utiliza de

---

18. As cinco narrativas nas quais ela aparece são: "Dona Ruchl, do Bom Retiro a Israel, com Amor", "Ainda Dona Ruchl", "Dona Ruchl passa por Londres", "Ainda voando com Dona Ruchl" e "Último Capítulo de Dona Ruchl".

19. De acordo com registros, o nome "Graça" foi dado a esta rua "porque – supõe velho cronista – teria pertencido a um tal José Alves da Graça parte da nesga de terra onde foi ela aberta. O certo é que no seu histórico oficial, constante da nomenclatura das ruas se lê o seguinte: 'Nome tradicional oficializado pelo Ato n. 972, de 1916' " (Gabriel Marques, "O Tradicional Bairro do Bom Retiro, Vida e Glória das Ruas e Praças de São Paulo", *Folha da Noite,* 7 nov. 1957).

seus personagens como veículos de preservação e divulgação de charadas, muitas do acervo universal judaico, como a do arenque verde pendurado ("Charadas de Faivl, o Vendedor de Giletes", pp. 37-38)[20].

No conjunto dessas historietas, encontra-se material indicativo do potencial literário do autor, mas seu mérito maior reside na retratação do bairro do Bom Retiro – cujos elementos formadores emergem pelas linhas ziguezagueantes de humor.

Nossas Outras Vidas, a coletânea de narrativas que se seguiu, é o segundo livro de crônicas publicado por Levin entre dois romances ficcionais.

Nossas Outras Vidas (1989)

Suas 37 histórias concentram-se em certas etapas da vida do narrador e das pessoas que viveram próximas a ele. No entrelaçamento eu-e-outros, a apresentação se faz da perspectiva de quatro fases: como menino pobre, depois como estudante curioso, em seguida como jovem ambicioso e, finalmente, como adulto em vias de realização profissional[21]. Desse trilho autobiográfico ele descreve êxitos comerciais, viagens, férias requintadas, períodos de lazer com família e amigos e comentários sobre assuntos de interesse momentâneo. No nível da percepção subjetiva, o autor recorda e revela etapas de transição da sociedade judaica de São Paulo. O elemento humorístico se faz presente também nessa obra.

Muitas das histórias relativas à sua infância são veladas pelas sombras da Segunda Guerra Mundial. As crônicas sobre a fase juvenil refletem um período da história paulistana contemporânea quando a classe média brasileira principiava a estabelecer-se em quadros profissionais e a cultivar valores capitalistas. A metamorfose social da cidade acompanha o crescimento do narrador, que se espelha em crônicas como "Estamos nos Mudando" (p. 15), relativa a uma mudança de residência da família; "L'uomo finito" (p. 39), que diz respeito às primeiras descobertas literárias do escritor; "O Cacho de Bananas" (p. 51), um relato de suas rebeldias adolescentes; "Doce Pássaro da Juventude" (p. 109), que marca a despedida do autor da sua fase de aprendizado para ingressar na etapa da maturidade.

---

20. A história do arenque verde é sobejamente conhecida como mais uma dos "sábios" de Chelm. Esses personagens são reconhecidos por sua incrível ingenuidade (ou ignorância?) e também como atilados inventores de charadas. Algumas das suas tiradas têm recebido várias versões, através do tempo e dos locais onde judeus moraram (ver "The Wise Men of Chelm," *in* William Novak e Moshe Waldok (coordenação e comentários), *The Big Book of Jewish Humor*, Nova York, Harper & Row, 1981, pp. 22-27; a charada do arenque encontra-se à p. 24).

21. *Nossas Outras Vidas,* São Paulo, Perspectiva, 1989.

Quanto ao teor humorístico desse livro, Levin incorpora uma ironia depreciativa de indivíduos. Essa é a arma nem sempre inofensiva com que muitos judeus se comprazem em medir e julgar o próximo, como em "Jardim Zoológico" (p. 23). Nessa crônica, Levin retrata, por um episódio cômico, sua introdução à expressividade da língua ídiche no campo dos epítetos: na esfera familiar, acostumou-se a identificar certas pessoas com certos animais, seja por suas similaridades físicas, seja pela percepção de outros atributos. Assim, ele se dirigiu a uma visita chamando-a de *beheime* (animal, em ídiche, que se traduziria por "bobalhão" ou, em linguagem menos apurada, "besta"), ignorando que era um apelido que seus pais tinham dado ao homem que os visitava, sem conhecimento do apelidado. Levin expande seu campo de observações para outras latitudes que não as puramente judaicas, incluindo tópicos relacionados a seu cotidiano de homem profissional citadino, como refletidos em "Chuva e Sol, Casamento de Espanhol" (p.79).

Em relação às primeiras crônicas do autor, a linguagem desse livro encontra-se mais aprimorada, de acordo com a norma culta da língua portuguesa e com um trabalho artesanal mais elaborado. Sendo Levin o único cronista da vida judaica no bairro do Bom Retiro, suas histórias podem servir como fonte de informações, dentro de suas modulações pessoais, para uma reconstrução imaginária do cotidiano dos seus contemporâneos.

SAMUEL MALAMUD, *Escalas no Tempo* (1986) e *Recordando a Praça Onze* (1988)

Nascido na Rússia, Samuel Malamud imigrou para o Brasil com seus pais em 1923, aos quinze anos de idade. Quase em seguida ao desembarque, radicou-se no Rio de Janeiro, onde sua vida pessoal e profissional desenvolveu-se a par com o crescimento da comunidade judaica. Ambos os livros indicados acima registram sua própria história e a dos israelitas na cidade do Rio de Janeiro: o primeiro inclui aspectos da sua vida antes da imigração, o segundo tem início com o estabelecimento dos primeiros judeus nas vizinhanças da Praça Onze de Junho, mais conhecida como "Praça Onze". A edição em português do segundo livro foi precedida por uma publicação em ídiche, contendo trabalhos ficcionais e poéticos do autor não incluídos na publicação em língua portuguesa.

Escalas no Tempo

Esse livro divide-se em duas partes: a que se refere à vida européia do narrador (entre os capítulos "Medo no Dniéster" e "Esperança pelo Atlântico") e a relativa às suas primeiras experiências brasileiras (dois capítulos, "Emoção na Baía da Guanabara" e "Adulto no Rio de

Janeiro"). Uma página avulsa constitui o capítulo "Moguilev Podolski"; o diversificado acervo registrado pelo advogado-escritor inclui "Canções Judaicas", fotos de "Cédulas Russas" e um "Glossário"[22].

Malamud celebra o mundo judaico do Leste europeu, descrevendo partes de seus costumes e certas atividades da cidade onde nasceu. Ele se refere, com minúcias, à indumentária e a hábitos caseiros, como praticados por membros de sua família:

> Típico judeu da Europa Oriental, meu avô usava barba e trajava-se à moda ortodoxa, isto é, com um longo cafetã. Minha avó Malka era uma boa dona-de-casa. Sempre ajudada por minha mãe, cuidava da casa e da cozinha. Cuidar de uma cozinha judaica dentro dos preceitos religiosos não era nada fácil (p. 22).

O narrador projeta a rotina dos habitantes da sua cidade, salpicando a visão do universo europeu judaico com uma seleção descritiva de situações e circunstâncias comunitárias. Suas observações focalizam desde hábitos religiosos ("Costumava sempre ir com meu pai à sinagoga", p. 27), às constantes mudanças políticas ("Moguilev teve cinqüenta e dois governos", p. 29), a rituais regionais típicos:

> Enquanto era servido o lauto jantar, acontecia a tradicional cerimônia que hoje não mais existe. Um improvisador (*badkhan*, em hebraico), cantador folclórico semelhante ao repentista nordestino, em forma meio humorística, anunciava os presentes recebidos pela noiva e mencionava os respectivos presenteadores (p. 46).

Ainda na Europa, uma variedade de problemas, entre políticos, econômicos e raciais, forçou a família a transladar-se da Ucrânia para a Romênia; deste país provêm grande número de lembranças de experiências com o anti-semitismo, o que forçou a família a emigrar. A viagem marítima para o Brasil emerge na escrita de Malamud como símbolo profético da transição entre a Europa e a monumental incógnita que era o Novo Mundo. Através de um estilo que lembra a variedade memorialista da crônica, Malamud retrata quadros típicos de viajantes expatriados e desavorados:

> Devido ao problema de idioma, a nossa comunicação a bordo se limitava aos passageiros judeus, na sua absoluta maioria imigrantes e que constituíam um alto

---

22. Samuel Malamud, *Escalas no Tempo* (Prefácio de Pedro Bloch), Rio de Janeiro, Record, 1986; *Recordando a Praça Onze* (Prefácio de Elias Lipiner), São Paulo, Kosmos, 1988. São também do autor: *Do Arquivo e da Memória – Fatos, Personagens e Reflexões sobre o Sionismo Brasileiro e Mundial* (1983) e *Documentário – Contribuição à Memória da Comunidade Judaica Brasileira* (1994). De particular interesse é a segunda parte de *Do Arquivo e da Memória – Fatos, Personagens e Reflexões sobre o Sionismo Brasileiro e Mundial*, intitulada "A Difusão da Idéia – Contribuição à História do Sionismo no Brasil", na qual um de seus comentários pode servir de advertência: "É de lamentar que os ativistas veteranos que lançaram as bases do movimento sionista no Brasil não tivessem deixado registrados os seus depoimentos a respeito daquele primeiro período" (p. 23).

percentual na terceira classe. Com o decorrer dos dias, o ambiente ia se tornando mais íntimo, e as conversas entre os adultos passaram a ser de reminiscências ou sobre as perspectivas de cada um no novo e desconhecido mundo (p. 95).

Percorrendo um itinerário típico de recém-chegado, a família Malamud começou a tatear o desconhecido. Do porto de desembarque, todos foram para Ouro Fino, em Minas Gerais, ao encontro da hospitalidade de amigos de Moguilev. Porém, como a Guanabara já tinha conquistado a imaginação dos recém-chegados, retornaram à então capital do país depois de um mês no interior. No Rio de Janeiro, Samuel cresceu, estudou, trabalhou, casou-se, formou-se em direito, constituiu família, praticou advocacia e passou a ser reconhecido como um dos líderes da comunidade judaica; nunca se mudaria de lá.

A segunda parte da obra descreve as atividades do narrador na cidade onde se radicou desde a juventude. Ele expõe o início e desenvolvimento de seu entrosamento com várias personalidades, entre brasileiros e europeus, judeus e cristãos. Sua técnica narrativa, enquanto se adere à precisão de horários e datas, cria também uma espécie de diário de bordo em que se registram interseções, associações e contrastes entre o presente e o passado:

> As seis da manhã, o navio recebeu permissão para entrar nas águas da baía [...] o calendário marcava o dia 15 de novembro de 1923 [...] Lembrava-me daquela madrugada da noite de dezembro de 1920 em que atravessamos a pé o rio Dniéster congelado fugindo da minha cidade natal, Moguilev. Que diferença! (p. 103).

Gradualmente, Malamud se vê envolvido pelo processo de aculturação ao meio ambiente. Ele o identifica por uma mudança nos seus hábitos ("tornei-me fã do Carnaval", p. 113), ao mesmo tempo que persiste em manter-se ativo nas esferas judaicas, aderindo ao clube juvenil Kadima ("fundado em 1923", p. 59). Sua contribuição ao grêmio abarcou publicações em ídiche e eventos teatrais, como a apresentação de uma revista musical, "tendo como tema a vida comunitária judaica no Rio" (p. 124). Essa parte da obra de Malamud pode ser lida como repositório de marcos importantes para o desenvolvimento da comunidade israelita do Rio de Janeiro, que terá continuidade em seu próximo livro de recordações iconográficas:

Recordando a Praça Onze

A respeito dos imigrantes e sua predileção pela Praça Onze, Henrique Veltman observou:

> Os que chegaram a partir de 1903, preferiram a Praça Onze, onde os aluguéis eram mais baratos. As famílias foram se transferindo e se instalando em casas de vila e em sobrados da Praça Onze. Em 1910, a Praça Onze, no quadrilátero formado pelas

ruas de Santana, Júlio do Carmo, Marquês de Sapucaí e Visconde de Itaúna, já apresentava as características de bairro judeu, do quase "ghetto" do Rio de Janeiro[23].

Com exceção de três páginas, nas quais Malamud tece algumas considerações sobre esse bairro, o livro é um álbum de fotografias que reproduzem os momentos mais importantes da vida comunitária judaica do Rio de Janeiro. O narrador se serve da memória registrada em arquivos particulares e da imprensa, acrescentando resumido texto às legendas das fotos. Estas identificam atos de fundação de organizações, lançamento de pedras fundamentais de edifícios, bibliotecas, sinagogas e sociedades beneficentes. Essa obra é um arquivo impresso da historiografia carioca judaica, na qual ele incorpora lembranças pessoais mais a memória cristalizada por membros da comunidade, na imprensa e em instituições particulares.

Recordando a Praça Onze caracteriza-se pelo distanciamento profissional que o autor estabelece entre o texto e sua pessoa, exercitando a habilidade de manter-se objetivo em relação aos atos narrados e à farta documentação inédita que acompanha a escrita. Ao retratar a vida da comunidade judaica carioca, o autor se espelha dentro dessa sociedade, o que impõe à narrativa a veracidade de uma testemunha ocular.

DEPOIMENTOS

Como indicado no capítulo anterior, depoimentos são testemunhos que objetivam reiterar a identidade de um povo que almeja tanto sua preservação quanto um reconhecimento coletivo dessa identidade. Ambos os ideais, interligados pela memória, intentam transferir, para as gerações futuras, um organismo espiritual e cultural sobre o qual, idealmente, essas gerações seguirão praticando sua hereditariedade.

Testemunhos orais têm sido, em geral, obtidos por entrevistas orientadas por profissionais de formação universitária, que dirigem perguntas a determinadas pessoas, os informantes. Publicam-se as respostas, que vão perfazer o que convencionalmente se conhece como "depoimentos", "testemunhos", "entrevistas" e "narrativas orais." Outros testemunhos se encontram dispersos por revistas e jornais da imprensa judaica brasileira, alguns como resultantes de entrevistas jornalísticas, outros, como autobiografias sumárias.

O surgimento de depoimentos é relativamente recente na comunidade judaica brasileira. Até meados da década de 1980, eram quase inexistentes os testemunhos, então identificados como "documentos orais".

---

23. Henrique Bernardo Veltman, "Crônica do Judaísmo Carioca", *Comentário*, Rio de Janeiro, Ano XIII, n. 49, 1º trimestre, 1972, pp. 51-58.

Uma pesquisa efetuada na América do Sul, pela Divisão de História Oral da Universidade Hebraica de Jerusalém, ao final da década de 60, registra apenas seis entrevistas com judeus no Brasil, e ainda assim com pessoas ligadas a atividades religiosas e administrativas[24].

Em constraste, a partir de 1985, expandiu-se o número de publicações de entrevistas com pessoas além dos círculos de líderes comunitários. Uma dessas publicações, como se indica por seu título, trata de depoimentos colhidos no Rio de Janeiro:

Heranças e Lembranças, Imigrantes Judeus do Rio de Janeiro (1991)

Nessa obra, os objetivos de preservação das memórias e transmissão de um legado espiritual revelam-se por diversos instrumentos: com um álbum de fotografias ilustrativas de passagens lembradas pelos depoentes, com uma iconografia de objetos ritualísticos judaicos e por artigos acadêmicos introdutórios[25]. As "narrativas orais" se encontram divididas em três blocos: "Origem" reúne depoimentos sobre as origens européias e levantinas dos depoentes; "Trajetória" é uma coleção de descrições das dificuldades enfrentadas pelos depoentes ao fugirem de certas regiões da Europa em vésperas da invasão nazista e de países muçulmanos hostis aos judeus; "Chegada" refere-se a narrações sobre o momento do encontro dos imigrantes com a região do Brasil a que se destinavam. Os depoentes deram entrada no país entre 1920 e 1950.

Na composição gráfica da obra, os depoimentos estão dispostos dois a dois por página, prosseguindo lado a lado nas páginas seguintes. Essa disposição das entrevistas sugere um sentido de simultaneidade temporal das experiências narradas, apesar de os espaços em que ocorreram serem geográfica e culturalmente diferentes.

É visível a preocupação dos depoentes em descrever as condições em que viveram na Europa e em alguns países levantinos. Muitos dos narradores descrevem, com pormenores, suas experiências como presos em campos de concentração, na Alemanha e na Polônia; outros falam de seus problemas em países como o Líbano, a Síria e o Egito. Outros, ainda, lembram mais seus primeiros contatos no Brasil, no Rio de Janeiro e em outras regiões onde moraram antes de se mudarem para a cidade que era, então, a capital do país.

24. *Oral Documents from Latin America*, Jerusalém, The Hebrew University of Jerusalem (The Institute of Contemporary Jewry/Latin American/Oral History Division), 1987, pp. 66-67. As seis entrevistas, coordenadas por Miriam Mundsztuk e datadas de 1969, referem-se a Paulo Gershman (Porto Alegre), Zvi Iotam e Israel [Skolnikov] Shekel (local não especificado), Enrique Lemle [Rio de Janeiro], Dov Zamir e Moshé Zingerevicz (São Paulo).

25. Susane Worcman (dir. geral), *Heranças e Lembranças, Imigrantes Judeus no Rio de Janeiro*, Rio de Janeiro, ARI-CIEC-MIS, 1991.

Os noventa depoimentos em *Heranças e Lembranças*, inseridos em edição luxuosa, efetuada com apoio de várias organizações judaicas e não-judaicas, constituem um trabalho precedido, de alguns anos, por pesquisas conduzidas por Egon e Frieda Wolff. Com substancial número de entrevistas com judeus residentes no Rio de Janeiro, mas não exclusivamente, os Wolff publicaram, entre outros, *Depoimentos: Um Perfil da Coletividade Judaica Brasileira*[26].

Outros Depoimentos

Na esfera brasileira judaica, têm surgido formas de depoimentos que prescindem de entrevistadores, como declarações feitas espontaneamente, não necessariamente vinculadas à história do arraigamento judaico no Brasil, mesmo que seus autores sejam judeus. Nesse caso, inserem-se as biografias *Uma Vida em Seis Tempos* (1976), de Leôncio Basbaum, e *Minha Razão de Viver, Memórias de um Repórter* (1988), de Samuel Wainer. Ambas intercalam a presença judaica no Brasil, personificada nos narradores e seus antecedentes, em meio a quadros de amplo relevo social e político, de impacto e reconhecimento nacionais.

Um breve depoimento sobre as origens judaicas de Basbaum insere-se no seu livro *Uma Vida em Seis Tempos*[27]. O autor nasceu no Recife, em Pernambuco; médico de profissão, Basbaum dedicou, como confessa, "mais da metade da minha vida, em pensamento e ação", ao Partido Comunista do Brasil. Membro embora da que viria a se tornar a poderosa família Basbaum, fundadora de importante cadeia de lojas, Leôncio,

em 1937, preferiu abandonar a empresa dizendo que suas atividades políticas poderiam prejudicá-la. [...] Amigo íntimo de Astrogildo Pereira, o então secretário geral do partido, Leôncio (autor de "História Sincera da República") se tornou um dos mais destacados intelectuais do país. Quando morreu, em 1967, havia se desligado do PCB, mas não renunciara a suas convicções[28].

Autor de doze obras analíticas da história brasileira e de temas ligados ao comunismo, reservou algumas páginas de seu último livro (publicação *post-mortem*) à descrição de alguns hábitos ritualísticos judaicos domésticos, trazidos pelos pais imigrantes:

---

26. Egon & Frieda Wolff, *Depoimentos: Um Perfil da Coletividade Judaica Brasileira – Recordações Gravadas em Setenta Entrevistas* (1988). Também de autoria dos mesmos autores, sobre o Rio de Janeiro: *Guia Histórico-Sentimental Judaico Carioca*. (Em português e inglês) (1987).
27. Leôncio Basbaum, *Uma Vida em Seis Tempos: Memórias,* 2ª. ed. revista, São Paulo, Alfa-Omega, 1978 (1ª. ed., 1976).
28. "A Família Basbaum, Unida na Lobrás", *Negócios em Exame*, Rio de Janeiro, nº. 214, 19 nov. 1980, p. 36.

Meus pais eram da cidade de Kishinev [...] Até aos dez anos, mais ou menos, a língua falada dentro de casa era o ídiche [...] [meu pai] gostava de nos contar histórias da Bíblia [...] metade em português, metade em ídiche. Nos dias de festa religiosa, nos levava ao *chill* [*sic*] (sinagoga), para aprender a ser judeu. Minha mãe mantinha a casa tão arrumada e limpa que ninguém acreditava ali habitassem crianças possuídas do demônio. [...] *die kinder* [as crianças] sujavam sem piedade (pp. 21-22).

Como ele, Samuel Wainer menciona sua filiação judaica em livro autobiográfico, na obra *Minha Razão de Viver*[29]. Referindo-se quase exclusivamente à sua participação no mundo político e na empresa jornalística brasileira, Wainer intercala passagens da história da sua família, informando sobre um passado comum aos imigrantes. No entanto, seu estilo identifica-se mais à crônica do que ao depoimento, dado o afastamento emocional da voz narradora, que se refere à mãe como "dona Dora" e ao pai, "Jaime Wainer":

A família Wainer imigrara para o Brasil no começo do século, a chamado de um irmão da minha mãe [...] Mudaram de país, de vida e de nome. [...] Dona Dora não tinha tempo de ficar triste. Mãe de nove filhos, comandava uma casa que funcionava como uma espécie de ponto de encontro de imigrantes. Judeus recém-chegados ao Brasil sabiam que na casa de dona Dora, onde só se falava o iídiche [*sic*], sempre seria possível encontrar uma cama vaga, além do esplêndido pão preto servido com queijo do Bom Retiro. Muitas vezes eu e meus irmãos fomos retirados de nossas camas para abrir espaços a imigrantes que acabavam de chegar. Dona Dora tinha uma acentuada vocação para a liderança, e fez das casas onde morou a família Wainer lugares alegres, movimentados, marcados pelo riso das crianças, pela música, pela dança. Eram lugares também marcados pelo sotaque dos imigrantes conversando em iídiche, ou pelos lamentos dos judeus saudosos da terra que ficara longe [...] Meu pai morreu em julho de 1958 [...] Taciturno, deslocado no ambiente em que vivia, desgostoso com a vida de mascate, Jaime Wainer sempre esteve distante dos filhos [...]. No quarto, ficava fazendo suas contas de comerciante sem sucesso, murmurando coisas em iídiche [...] (pp. 40-42).

É notável, pelos depoimentos publicados sobre as experiências dos israelitas nas cidades brasileiras, alguns dos quais aqui examinados, o choque cultural sofrido pelos judeus aportados ao Brasil a partir de 1920. Suas experiências foram bastante distintas das vividas pelos imigrantes destinados aos campos, em parte pela distância de tempo mas, especialmente, pelas diferenças de objetivos. Os judeus que se destinavam às cidades tinham, pelo menos, o privilégio ou a ilusão de poder moldar seus destinos. Independentes de contratos com agências, os imigrantes urbanos buscavam o apoio de parente ou conterrâneo que os tivesse precedido no país; com ele, entravam pelas ruas da cidade melhor preparados para vivê-la e nela sobreviver; de outro modo, abriam seus caminhos como bem lhes fosse possível.

29. Samuel Wainer, *Minha Razão de Viver, Memórias de um Repórter* (Prefácio de Jorge Amado), Rio de Janeiro, Record, 1987. (Agradeço ao Professor Pedro Ernesto Mariano de Azevedo [Rio de Janeiro] a indicação dessa obra.)

Tendo o desconhecimento do idioma nacional como um obstáculo para o conhecimento da terra, este foi aos poucos sendo superado com a imersão total na rua brasileira. E, como em qualquer metodologia de aprendizado de língua estrangeira, esta também não chegou a eliminar o sotaque da língua original. Daí a chamada "geração do sotaque", que foi a semente e o canteiro de onde resultou, ao se aproximar o final do século XX, uma comunidade que, conforme descrição jornalística apropriada, "cada vez se integra na vida da cidade, atuando em praticamente todos os campos, sem perder com isso as suas raízes"[30].

FICÇÃO

A Casa e a Rua

Casa e rua são os eixos vitais na constituição do bairro e da cidade, como aparecem nos textos dos memorialistas judeus. Enquanto a casa assume, na memória ficcionalizada, uma energia centrípeta, para onde convergem lembranças suaves e tortuosas, a rua se revela força centrífuga, de compleição dispersa e fragmentada por ansiedades e competições.

Quatro escritores representam a transmutação ficcional da história dos judeus em bairros, cada um deles com características específicas. Aspectos da convivência do imigrante, nos espaços da casa e da rua, emergem como autobiografia ficcionalizada nas lembranças de Marcos Iolovitch e Adão Voloch, do Rio Grande do Sul, e de Eliezer Levin, em São Paulo; como recriação surrealista, o bairro adquire coreografia fantástica na narrativa do gaúcho Moacyr Scliar.

Sobre as diferenças de posicionamento do indivíduo nas esferas da casa e da rua, o sociólogo Roberto Da Matta observa que

na rua, tenho que pensar em estratégias radicalmente diversas. Se minha visão do Brasil a partir da casa é que a "nossa sociedade é uma grande família", com um lugar para todos, na esfera da rua minha visão de Brasil é muito diferente. Aqui eu estou em "plena luta" e a vida é um combate entre estranhos[31].

Num sentido lato, a visão do sociólogo aplica-se também ao campo visual e existencial dos imigrantes e, mais próximo ao objetivo deste trabalho, dos expatriados judeus.

Enquanto em casa, começando pelo uso do ídiche e continuando pela prática religiosa ritual e culinária, eles conseguiam preservar os

---

30. "Judeus em São Paulo, Lições da Convivência", *Veja*, ano 22, 37, set. 1989, p. 3.
31. Roberto Da Matta, *A Casa e a Rua – Espaço, Cidadania, Mulher e Morte no Brasil,* São Paulo, Brasiliense, 1985, p. 78.

costumes trazidos dos seus países, na rua, as convenções e relações com os demais lhes resultavam em desafios imperiosos, contínuos e fatigantes. Os dois pólos – casa e rua – estão intrinsecamente ligados à evolução psicológica e social dos imigrantes nas cidades onde passaram a viver.

A casa significa conexão com o familiar, o conhecido; a rua é o duelo com o incógnito. Ao referir-se às suas moradias, os escritores as descrevem pelo número de divisões internas, por seus móveis e, principalmente, por seu conteúdo humano e pela convivência que lhes proporcionaram.

A rede de ruas de que se compõe o bairro emerge na escrita judaica urbana como símbolo de um mundo caleidoscópico. Para Marcos Iolovitch, este se poderia representar por uma montanha íngreme, difícil de ser galgada; para Moacyr Scliar, um cenário para as mais intrincadas interações surrealistas; para Adão Voloch, um desafio social a ser vencido e, para Eliezer Levin, um espetáculo exótico. Esses quatro narradores representam o acervo mnemônico ficcional sobre a casa e a rua, o bairro e a cidade.

A ordem de apresentação de trabalhos selecionados, neste capítulo, segue uma seqüência geográfica. Como o que sucede com as memórias ficcionalizadas do mundo rural, o pólo germinador da ficção urbana localiza-se, também, no Rio Grande do Sul, de onde se espraia para outras regiões do país.

MARCOS IOLOVITCH, *Numa Clara Manhã de Abril* (1940)

Escrito na primeira pessoa, esse romance tanto pode ser a autobiografia do autor quanto a biografia generalizada de outros tantos imigrantes, como ele diz ter sido[32]. É o primeiro trabalho ficcional sobre imigrantes judeus em áreas urbanas, a ser publicado em português. Ser ou não ser verídico ao pé da letra ou da memória não é o elemento de maior importância a ser examinado nessa obra. Dado importante em *Numa Clara Manhã de Abril* é o seu trajeto mnemônico, que resgata versões originais das vidas de imigrantes judeus no sul do Brasil. Estas se sobrepõem e, ao mesmo tempo, divergem dos itinerários comuns a muitos dos que foram atraídos pelas fazendas da ICA e delas saíram para as cidades vizinhas.

Por um lado, indicando que a narrativa possa ser fiel a uma realidade empírica, Iolovitch dedica a obra a um irmão, David, e, com esse mesmo nome, mas sem o "d" final, emerge, no texto, um personagem

---

32. Marcos Iolovitch, *Numa Clara Manhã de Abril, Romance,* Porto Alegre, Ofic. da Livraria do Globo, 1940. Edição revista (atualização léxica) com prefácio de Moacyr Scliar, Porto Alegre, Editora Movimento/Instituto Cultural Judaico Marc Chagall, 1987. (As citações textuais correspondem à edição de 1987.)

chamado Davi, como um dos irmãos do protagonista; por outro lado, a única vez em que o próprio narrador se identifica por um nome, ele é chamado de Paulo, e não Marcos, possível indicação de que o autor quis dar ao discurso uma configuração ficcional distanciada da sua vivência pessoal (p. 67).

Por comparações, a trajetória descrita por Iolovitch – desde a fazenda em que morou por algum tempo até a primeira parte de sua vida adulta, na cidade – parece fiel ao conjunto imigratório em determinado espaço de tempo e lugar no panorama brasileiro. Entretanto, não há meios de averiguar sua veracidade como documento autobiográfico, embora seja evidente que o autor quis dar à narrativa um molde memorialista, ao se descrever "Espichando, agora, a memória para trás a fim de rever o mundo da minha infância..." (p. 50). Nela, expõe um roteiro de sofrimento pessoal a cada etapa do seu crescimento, com ênfase na fase vivida nos perímetros de Porto Alegre e Santa Maria.

Uma metáfora oportuna, do escritor naturalizado norte-americano Abraham Cahan, descreve o deslocamento dos imigrantes do continente europeu para as Américas como "um segundo nascimento" ("like a second birth", em *A Ascensão de David Levinsky* [*The Rise of David Levinsky*, 1917])[33]. Semelhante ao tropo empregado por Cahan, a separação sofrida pela família de Iolovitch, ao deslocar-se da Rússia para o Brasil, também se expressa, alegoricamente, como doloroso trabalho de parto. Inicia-se pela representação do ambiente uterino e do líquido amniótico na descrição da experiência flutuante que foi a travessia do oceano Atlântico: "Trinta e dois dias de viagem marítima, no fundo fétido e sombrio dum navio de carga, não se apagam facilmente do espírito" (p. 13); esse período é seguido por um "segundo nascimento", já na fazenda da ICA (identificada uma única vez como sendo a de "Quatro Irmãos", p. 40), que valeu como um violento tapa dado no rosto da família, como o brutal choque que atinge os recém-nascidos:

> Passamos na colônia três anos de grandes privações. De duras experiências. De tentativas e fracassos. E fomos vencidos na luta contra a terra, da qual, cada um de nós, recebeu seu batismo de sangue (p. 22).

Gestação, nascimento e batismo são as três seqüências metafóricas ilustrativas da percepção do memorialista do que foi o "segundo nascimento" mencionado por Cahan. No caso de Iolovitch, aquelas três fases foram o embrião de outras decepções e desenganos.

---

33. Abraham Cahan (1860-1951), escritor judeu de origem lituana, emigrou para Nova York aos 22 anos de idade, onde viveu o resto da sua vida. Consagrado redator-chefe do jornal *Jewish Daily Forward* durante cinqüenta anos, seu romance *The Rise of David Levinsky* tem sido foco de intensa discussão acadêmica, por seu teor pró-assimilatório, segundo alguns críticos.

A primeira decepção teve lugar, para os "nascituros" – o narrador e sua família –, logo que se viram na região de Erebango, na mata indômita do sul gaúcho. Nada os tinha preparado para o que vieram a experimentar, desde a falta de apoio logístico nas terras em que teriam de trabalhar às mortes de filhos ainda em idade infantil, por doenças ou acidentes, seguidas de várias experiências infelizes nas cidades vizinhas. O pior dessa caminhada pontilhada de desilusões acumulou-se no setor urbano, onde sofreram falta de teto e comida e conheceram o terror da violência física no âmbito da própria família.

"E, então, papai começou a beber" (p. 26). Na literatura judaica encontram-se poucas referências ao alcoolismo como fonte de violência doméstica[34]. Na literatura brasileira judaica, são quase inexistentes descrições de agressividade física devida à embriaguez, entre membros da mesma família nuclear. Essa obra de Iolovitch abre caminho para exceções[35]. A ele se deve o rompimento, em âmbito nacional, de uma idéia universal, relativa à harmonia caseira nos lares judeus. Com as cenas de bebedeira do pai, com os rogos da mãe e dos irmãos, seguidos de descrições de empurrões, gritarias e o terror das crianças, Iolovitch descortina uma face da vida doméstica judaica pouco visível na ficção.

Na perspectiva desenganada de Iolovitch, outros cenários são abertos, como o da convivência entre judeus e não-judeus, onde o escritor desfaz a idéia de harmoniosa convivência entre eles. Alvo de ofensas ocorridas durante o período de seu crescimento, elas são distinguidas em três níveis: como violência física, assalto verbal e rejeição de sentimentos. A primeira delas remete a uma violenta reação de um menino ao ser informado da identidade do narrador:

> De repente veio parar diante de mim um rapaz mal encarado, perguntando, com insolência, como me chamava. Dei-lhe meu nome. – Judeu, não é?
> Confirmei, com um meneio de cabeça.
> E, como resposta, ele me desferiu duas violentas bofetadas no rosto, seguindo, calmamente, seu caminho (p. 34).

A segunda cena refere-se a perseguições na rua:

---

34. Entre judeus, "embriaguês é vista como uma ofensa contra o homem e Deus, não por sua inerente fealdade, mas por ser sintoma de uma grave falta de caráter – a ausência de autocontrole. [...] Beber não é proibido – mas o estado de embriaguês é absolutamente condenado" (Rabino Morris N. Kertzer, "Are Jews Forbidden to Drink Hard Liquor?", in *What is a Jew?*, 4ª. ed., Nova York, Macmillan, 1978, p. 39).

35. Mais de trinta anos depois do aparecimento desse romance, Moacyr Scliar, em *A Guerra no Bom Fim* (1972), registra uma cena de violência doméstica, sendo a bebida provável causa imediata: "Uma noite, Samuel voltou para casa mais angustiado do que nunca, e completamente bêbado. [...] Shendl fugiu, correndo pela casa. Samuel a perseguia, virando móveis e quebrando louças, surrando-a sem cessar com o corpo da gata" (pp. 63 e 68).

– Oh judeus! – Fingíamos não ouvir. [...] Indignados com nossa indiferença, nos apupavam, mimoseando-nos com palavras ofensivas. Depois, passavam do insulto à agressão física, atirando-nos pedras (p. 50).

A terceira consiste numa traumática rejeição de seu amor juvenil:

> Era filha de uma família alemã [...] o primeiro fogo amoroso no meu coração de guri [...] eu tinha por ela uma verdadeira adoração. [...] seus pais, que eram protestantes, não queriam a continuação da nossa amizade. – Por quê? – indaguei, logo. – Porque teus pais são judeus. – A resposta me causou um profundo abalo moral. Fiquei como que atordoado. Senti o sangue paralisar-se-me nas veias. Quis falar, mostrar-lhe a injustiça da prevenção racial. [...] Fitei-a, longamente [...] como quem contempla um lindo brinquedo que se quebra bruscamente. Ela percebeu a impressão dolorosa que me causaram suas palavras. Apertou-me, penalizada, a mão e saiu (pp. 56-57).

As experiências lembradas pelo narrador precipitam-se numa esteira de tristezas, sofrimentos morais e lutas contra obstáculos que pareciam intransponíveis. Nessa paisagem negativa, as dificuldades eram mais sentidas nas tentativas de obter situação empregatícia e para prosseguir com seus estudos. A atmosfera da narrativa torna-se tensa e pesada, sendo raras vezes interceptada por recordações amenas. O diminuto número dessas exceções facilita sua enumeração, que se fazem notar na atmosfera de leveza matinal do título "numa clara manhã de abril"; na evocação de uma "imagem saudosa de dois velhinhos" (p. 51); nas passagens descritivas do cultivo de uma longa amizade com um rapaz, o Walter; na "veneração" com que o narrador revive "a saudosa figura do meu ex-professor, o primeiro amigo que me estimulou a tirar preparatórios" (p. 67); no relacionamento com duas moças, em etapas separadas da sua vida, e na lembrança de conversas que tiveram lugar numa efêmera agremiação que se reunia em sua casa, a que ele e colegas deram o nome de "Clube Autodidático" (p. 102).

Outra exceção a notar-se na longa lista de queixas são as finas observações irônicas do narrador, algumas beirando um bom humor paradoxal:

> Fui recebido em casa com grandes manifestações de alegria quando voltei do hospital.
> Acostumado a ver os meus, sempre taciturnos, desejei, mais tarde, adoecer novamente, para lhes poder proporcionar, outra vez, igual contentamento. Quisera, mesmo, ardentemente, para que estivessem sempre alegres, estar em perpétua convalescença. Infelizmente, fiquei restabelecido. E eles recuperaram a tristeza habitual (p. 34).

Sua orientação filosófica começou a formular-se logo depois de ter completado o curso ginasial. Fez-se um pessimista ao estilo Schopenhauer, incorporando as teorias mais populares do pensador para poder proteger-se das injustiças sociais – e talvez de seu próprio temperamento deprimido. Os pensamentos do filósofo, como interpretados por Iolovitch, emergem por todas as etapas atravessadas pelo narrador em sua incipiente percepção do mundo; o pessimismo fez com que ele se estagnasse nas infelicidades de imigrante frustrado, deslocado e inserido em miséria material, até o fim do romance. A seleção de memórias encadeadas a negativismo e autopiedade é pontilhada de metáforas e alusões dramáticas, como "o pão amargo da nossa triste existência" (p. 55), "Nunca ouvi minha mãe cantar. Andava sempre triste, desanimada, a queixar-se da sorte e a suspirar pelos cantos" (p. 66), "a partir de então, senti nascer no meu espírito a tragédia da existência" (p. 90).

No "Prefácio" à segunda edição da obra, Moacyr Scliar observa que existem

> textos cuja importância é, por alguma obscura razão, subestimada dentro de uma literatura. *Numa Clara Manhã de Abril* está neste caso. Não tanto por seu valor literário; que é apreciável, mas que não se traduz em inovação formal ou arroubos de imaginação. Mas como valor documental, seu valor é inestimável.

O "apreciável" na valorização dessas memórias pode ligar-se à técnica de manipular o peso do passado dentro de uma certa coerência narrativa e controle de tempo. No entanto, apesar de ter preservado uma certa ordem cronológica no desenvolver das suas evocações, o autor também deixou-se levar pela correnteza das lembranças, antecipando e misturando fatos, como a descrição de sua formatura em direito antes de referir-se à etapa de ginasiano ou bruscamente saltando de ambientes, como sucedeu com a descrição da mudança de sua família para Porto Alegre.

O romance encara, em termos dos expatriados, os primeiros contatos de homens jovens com o mundo urbano e suas distrações, opressões e indiferenças. Nesse teor, pode-se aproximar a obra de Iolovitch à *Casa de Pensão* de Aluízio Azevedo (1831-1852), quanto à temática do jovem migrante e deslocado, diante de suas descobertas negativas da humanidade metropolitana. Ambos os escritores trabalharam com esferas em que promiscuidade, relações sociais ambíguas, pessimismo e predeterminação ocuparam amplos espaços nos destinos dos personagens.

Como descrita em *Numa Clara Manhã de Abril*, a pobreza tem presença excruciante nas vidas dos imigrantes judeus, sobretudo dos que estiveram ligados aos rigores de experiências proletárias. Nesse sentido também, Marcos Iolovitch ocupa um lugar pioneiro em lides literárias relacionadas aos imigrantes e seus sentimentos de mal-estar nas esferas urbanas.

Moacyr Scliar, *A Guerra no Bom Fim* (1972)

Scliar, figura exponencial da literatura brasileira contemporânea, elevou o bairro do Bom Fim, em Porto Alegre, ao grau de constelação maior no planetário da ficção brasileira judaica. Sua extensa bibliografia, substancialmente de caráter urbano, encontra, nesse bairro, a seiva germinativa dos seus cenários e população ficcionais.

A Guerra no Bom Fim é o seu primeiro romance; publicado como "novela", estréia o bairro judeu de Porto Alegre na literatura de ficção no Brasil[36]. É uma narrativa complexa, onde acontecem coisas verossímeis e outras tantas incríveis e espantosas. De forma coerente com esse jogo de real e irreal, o protagonista Joel vive em dois mundos: no tangencial e rotineiro da cidade, das vizinhanças e do exterior, e no extra-real e intangível universo de malabarismos surrealistas, enovelados na sua imaginação.

No plano descritivo do real, o escritor exorbita as dimensões do núcleo judaico da cidade, adequando seus limites às suas intenções literárias: "Consideremos o Bom Fim um país – um pequeno país, não um bairro em Porto Alegre" (p. 7). Gilda S. Szklo observa que

se o Bom Fim assume, no espaço da novela, a dimensão de um país imaginário, ele é, por outro lado, o bairro judeu da década de 40, tão real quanto seus personagens de carne e osso, com seus tipos tradicionais, comerciantes, artesãos, mulheres e crianças, desenhados de forma caricatural e expressionista[37].

O cruzamento entre o surreal e o real é o principal componente da novela, cravada de situações burlescas (diante das quais os personagens "rolavam de rir"), vincada por uma voz narrativa irônica ("Um dentista culto explica ser o camelo um autêntico navio do deserto") e soerguida pelas aparições de Nathan, o irmão prematuramente morto, voando chagallianamente sobre telhados e pelas nuvens, às vezes tocando violino.

A argamassa literária de Moacyr Scliar, nesse livro, é constituída de um material atuante, movido por habitantes do bairro e situações ocorridas fora do Brasil, principalmente em Israel, e uma matéria esotérica, composta pelas alucinações do protagonista, que incluem guerras, figuras históricas (Hitler, no Bom Fim), lendas folclóricas (Rosa, a moça com dentes na vagina) e transferências de dados humanos a animais, como Malke Tube, a égua leal; Maktub, o camelo que, um dia, "fora jovem e garboso"; Melâmpio, o cachorro anti-semita; Lisl, a gata de feições chagallianas e Mendl, o rato suicida.

À sombra da Segunda Guerra Mundial, do regime nazista e suas repercussões no Brasil e à crua luz do governo Getúlio Vargas, Joel vê firmar-se seu nome como salvador da pátria, na "batalha do Bom Fim" (p. 62). Este foi o primeiro dos muitos combates que chefiaria pela

---

36. Moacyr Scliar, *A Guerra no Bom Fim,* Rio de Janeiro, Expressão e Cultura, 1972.
37. Gilda Salem Szklo, *O Bom Fim do Shtetl: Moacyr Scliar*, São Paulo, Perspectiva, 1990, p. 75.

imaginação, que se alimentava de leituras em quadrinhos e de filmes de aventuras, vistos nos cinemas locais.

No plano da elaboração do surreal, o escritor explora construções audaciosas e hiperbólicas, principalmente no que diz respeito a tópicos bélicos. Das cinco guerras incluídas no texto, duas referem-se, respectivamente, à Segunda Guerra Mundial e a dos Seis Dias, em Israel; outras duas são imaginadas, a do Bom Fim e a do Morro da Velha e, a última, a da Coronária, é de caráter alegórico. A guerra do Bom Fim é um combate dividido em etapas e áreas geográficas diferentes, com o primeiro confronto tendo lugar no Bom Fim: "O ataque veio de surpresa. Quando a turma viu, os tanques vinham subindo a Rua Fernandes Vieira [...] Enfrentaram os alemães no terreno baldio ao lado da garagem" (p. 41). O segundo ocorreu num balneário a alguns quilômetros de Porto Alegre[38]:

> Os nazistas atacaram o Capão da Canoa numa noite escura de janeiro de 1944. Chegaram em submarinos que ficaram ao largo enquanto eles avançavam para a costa em botes de borracha [...] Todos dormiam; menos Joel que, na porta do quarto, urinava na areia, olhando o mar. Foi então que viu as lanternas piscando de acordo com o código Morse [...] Falava-se num plano nazista de dominar Capão da Canoa e de lá invadir o Bom Fim através de um túnel secreto [...] (p. 58).

De seu posto de vanguarda, o autopromovido Capitão Joel recruta aliados entre heróis da cultura universal popular, como o Homem de Borracha, o Sombra e o Zorro; figuras bíblicas, como Sansão e Josué; míticas, como o Golem, criação de um rabino da antiga Tchecoeslováquia, no século XVI, e heróis do esporte, como o boxeador Benny Leonard. Além destes, incentiva os moradores locais, cognominados "pêlos-duros", a entrarem também na luta contra os alemães, que estavam prontos para o bote, "rasteando na areia, os capacetes descidos sobre os olhos perversos, saliva peçonhenta escorrendo pelos caninos" (p. 60).

Por outro lado, o mundo empírico é percebido por notícias e descrições de duas guerras verdadeiras (a Segunda Mundial e a dos Seis Dias), por planos topográficos gaúchos e israelenses e por personagens extraídos do cenário judaico do bairro. Estes são o vendedor ambulante na sua charrete puxada por um cavalo; a avó que conta histórias da Rússia e tem visões de justiça social; meninos jogando futebol; rapazes iniciando-se no sexo; mulatas sedutoras; nazistas anônimos; velhos proseando pelas esquinas; moradores do morro e membros de sinagogas, casa funerária e do Círculo Israelita. Além destes, outros marcos do conjunto empírico urbano são as vias públicas de

---

38. Agradeço à família Oliven a oportunidade de visitar Capão da Canoa, no Rio Grande do Sul, no verão brasileiro de 1986, onde vi o "campo de batalha" do Joel e seus regimentos.

Porto Alegre, nomeadas ao longo dos percursos dos personagens, como um embasamento referencial à narrativa:

> O casal Schmidt morava na Rua Fernandes Vieira, quase na esquina com a Avenida Independência (p. 22); Desgostoso com a morte de "Lisl", o rato "Mendl" resolveu abandonar a casa. Desceu a Fernandes Vieira, atravessou a Oswaldo Aranha e chegou até a metade do parque da Redenção (p. 68); Sai de casa correndo, pula para o *Karmann Ghia*, desce a Felipe Camarão, dobra à direita na Oswaldo Aranha, sobe a Protásio Alves, passa por Três Figueiras (p. 106).

A rua e a casa, no Bom Fim, são os dois pólos que disputam a comunidade judaica, constituída de pais, mães e crianças, operários, vendedores ambulantes, estudantes e jovens profissionais, entre os quais se sobressai Joel, "baixo, ruivo e sardento" (p. 17), que, um dia, seria o Rei Salomão, Capitão e dentista. Os elementos magnéticos da casa compõem-se da mãe e sua cozinha; ambas exercem um papel de aglutinação, que a rua tende a dispersar, como na descrição que o narrador salpica com ironia:

> Cabeças de mães emergiam das janelas, chamando os filhos para comer. Elas tinham feito um *borscht* muito bom, *kneidlech* com bastante *schmaltz*, excelente comida iídiche, única capaz de evitar a desnutrição que ameaçava os filhos do Bom Fim (p. 9).

Além da casa e da rua como referências, há um calendário misto que orienta a vida do bairro, marcando os dias tradicionais judaicos e as celebrações cristãs:

> O verão chegava e com ele *Chanuka*, a Festa das Luzes, Joel e Nathan acenderam velinhas, lembrando os Macabeus. Depois viria o *Pessach* e eles comeriam pão ázimo, recordando a saída do Egito; e depois a Sexta-Feira da Paixão. E por fim o Sábado de Aleluia, dia em que até as pedras da Rua Fernandes Vieira estavam cheias de ódio contra os judeus [...] os *goim* [não-judeus, em ídiche] caçavam os judeus por todo o Bom Fim. No dia seguinte estariam reconciliados e jogariam futebol no campo da Avenida Cauduro, mas no Sábado de Aleluia era preciso surrar pelo menos um judeu (p. 49).

Contudo, o poder da rua sobre os habitantes do bairro parece superior à atração da casa, da comida e da sinagoga. A rua se espraia como um amplo espaço onde as crianças brincam e brigam e os mais velhos se sentam em cadeiras "nas calçadas ainda quentes" (p. 54). Pelas ruas, todos enfrentam, ocasionalmente, ataques anti-semitas e por elas passam os meninos a caminho da escola, adultos a seus locais de trabalho, enquanto outros as palmilham à procura de fregueses para suas mercadorias. Finalmente, a rua é o condutor principal para as muitas projeções alucinatórias do protagonista: "Uma tarde Joel vai caminhando pela Avenida Oswaldo Aranha quando o vê – Hitler. [...] Lentamente ele volta a cabeça e olha para Joel. Durante um minuto encaram-se"

(p. 72); mais adiante no tempo, no mesmo espaço a céu aberto, a miragem repete-se: "Joel, finalmente, tem alta e sai para a rua. É um dia de primavera e ele caminha sem destino pelas ruas do Bom Fim. [...] É então que vê Hitler pela segunda vez; está na parada do bonde" (p. 73).

Nos contrastes e na interação entre esses dois mundos – o concreto e o alterado – residem as afinidades e as diferenças entre essa obra e as demais, dos demais autores, também dedicadas a bairros e suas comunidades judaicas. As similaridades concentram-se nas seções em que o mundo empírico se assemelha – pelas descrições – aos dados concretos emergentes nas histórias narradas por outros ficcionistas e alguns cronistas. Um deles serve de pouso para a perspectiva ficcional de Scliar, que cita as primeiras linhas do romance *Numa Clara Manhã de Abril*, de Iolovitch (p. 11), antes de desfiar a linhagem de Joel: a família do seu avô Leão tinha abandonado a colônia Filipson para tentar vida nova em Porto Alegre; na cidade, seu filho Samuel torna-se vendedor ambulante, encarapitando-se na charrete puxada pela égua "Malke Tube"; a genealogia do velho Leão prossegue com o casamento de Samuel com Schendl e o nascimento dos filhos, sendo um deles Joel.

As várias dimensões de Joel – judeu, esquerdista, dentista, alucinado, amante, indiferente, deprimido, generoso, saudosista, esperançoso, valente, covarde – são habilidosamente diferenciadas. No entanto, todos os Joéis, embora diferentes por ações e pensamentos, vinculam-se e são um só homem, concentrado em si, ambivalente, arredio e, ao mesmo tempo, atraído a contatos pessoais e sociais. Nenhuma das suas facetas se destrói para que surja outra, todas convivem na mesma pessoa.

Nesse sentido, Joel é uma alegoria do seu bairro, pois assim pode ser visto o núcleo judaico do Bom Fim ou assim podem ser todos os aglomerados urbanos judaicos, na Diáspora. Neles, a força dos elementos extrínsecos ao judaísmo operam suas atrações, o antagonismo antijudaico externo convive com movimentos pró-sionismo e anti-sionismo, nos próprios círculos judaicos. Como sua alegoria, Joel e suas contradições acumulam-se e convivem em relações de opostos: o valente capitão atira-se em defesa do seu povo, mas afasta-se das leis tradicionais ao distanciar-se da moça judia que a comunidade lhe destina; com o Rei Salomão como arquétipo, junta-se a uma Rainha de Sabá do Morro da Velha; luta pela justiça social no Brasil, entrega-se a um socialismo juvenil, proclama-se sionista e respeita as grandes datas religiosas e populares da sua comunidade; desafiando a *praxis* judaica, permanece solteiro e celebra o amor livre de compromissos. Finalmente, Joel envelhece e, depois das grandes batalhas, a última será contra uma coronária entupida. Entre tantos périplos e emaranhados, o lugar escolhido para seu retorno à vida é o bairro que o vira crescer.

Na sua verdade e alucinações, Joel jamais fora diferente do Bom Fim pois, como ele, o multifacético e modernizado "bairro judeu" está transformado pelo crescimento urbano e só pode ser encontrado, agora, na memória ou na ficção dos que lá viveram um dia.

A narrativa de Scliar se oferece a leituras mais diversificadas do que a diacrônico-simbólica aqui apresentada. O próprio escritor está incorporado a seu texto, seja por ele ter sido também uma criatura do bairro ("a família Scliar, de ascendência russo-judaica, morava no Bom Fim"), seja por ter sido criado com histórias, que transparecem nos relatos encalacrados no romance ("minha mãe ... uma grande contadora de histórias")[39], seja porque, esparsas no corpo de *Guerra no Bom Fim*, ele deixa pegadas verbais de alguns de seus futuros livros (os grifos são meus):

> O homem ainda tem em suas veias a excitação da batalha. [...] Depois tomba numa macega, exausto. Adormece e sonha com *centauros*. [...] No Bom Fim a égua envelhece [...] Mas seus olhos não perderam o antigo brilho; e à noite sonha com *centauros* (pp. 12-13). Estaria instalado nos altos do Serafim, de onde os jogadores e contrabandistas seriam expulsos, como *os vendilhões do Templo* (p. 28) [e] Quando sua mãe morreu, Abu Shihab conseguiu voltar ao acampamento de refugiados para ver o pai [...] foi então que decidiu agir por sua própria conta. "Serei *um exército de um homem só*" – murmurou (p. 139).

Na obras que incorporam os termos grifados, o escritor dará seqüência e ampliará o tratamento de tópicos judaicos.

ADÃO VOLOCH, *Um Gaúcho a Pé* (1987) e *Os Horizontes do Sol* (1987)

Um Gaúcho a Pé

Segundo livro da trilogia constituída por *O Colono Judeu-Açu* e *Os Horizontes do Sol*, esse é também de caráter semificcional e biográfico. Refere-se ao período da vida de Adão Voloch depois de seu afastamento da Colônia Quatro Irmãos, quando incursionou sozinho, jovem e inexperiente, pelos círculos urbanos do sul do Brasil, antes de estabelecer-se em Campos, no Rio de Janeiro[40]. Nessa cidade, negociou com máquinas agrícolas e ingressou, como militante, nas fileiras do Partido Comunista e no Sindicato dos Trabalhadores das Usinas de Açúcar.

39. "Entrevista", *Autores Gaúchos: Moacyr Scliar,* Porto Alegre, Instituto Nacional do Livro, 1985, p. 4.
40. Adão Voloch, *Um Gaúcho a Pé,* Rio de Janeiro, Novos Rumos, 1987. (O presente exame do romance incorpora algumas passagens de um trabalho publicado anteriormente; ver Regina Igel, "Surcos Literarios e Ideológicos en la Trilogía Novelística de Adão Voloch: 'El Colono Judeo-Açu', 'Los Horizontes del Sol' y 'Un Gaucho de a Pie' ", *El Imaginario en la Literatura de América Latina, Visión y Realidad,* Buenos Aires, Grupo Editorial Shalom, 1990.)

Em *Um Gaúcho a Pé*, o segundo filho do casal Natálio-Tanha emerge como Arturo Litvinoff, ternamente apelidado *Natalnhik* ("filho de Natálio", em ídiche). O título da obra indicaria o estado de espírito do personagem, que "estava inseguro, como um gaúcho perdido no campo, sem cavalo. Arturo era um gaúcho a pé" (p. 125). O rapaz atravessa, no romance, a faixa etária durante a qual constrói sua conscientização política e sofre por seus envolvimentos sentimentais; é durante esse lapso de tempo que firma sua atuação social como um gaúcho sem a sua montada, tradicionalmente um apoio estratégico e psicológico para os cavaleiros do sul do Brasil.

Na imagem do gaúcho andarilho está o núcleo desse romance épico, cujo cenário principal se compõe das cidades incipientes do país. Contra esse pano de fundo, desenvolvem-se as vicissitudes de um ex-lavrador que se identifica, entre outras formas, como "camponês judeu", engajado a uma ideologia política igualitária (p. 47).

A sucessão de frustrações pessoais e contínuas experiências como vítima de perseguição política intercalam-se com suas reflexões perante a sociedade circundante. Impulsivo e intenso, Arturo revela um espírito romântico e desafiador às ameaças persecutórias do seu tempo. Quixotesco às vezes, outras vezes realista, persevera nos esforços para conseguir uma mudança do seu meio social, composto de operários fabris e camponeses deslocados como ele.

Como em *O Colono Judeu-Açu*, projetam-se nesse romance as influências ideológicas e de comportamento de seu pai Natálio. Visto que ele já era falecido, sua ausência é substituída por uma atuação espiritual, recuperada através da memória:

> Lembrou-se do pai, um homem com idéias socialistas que falava da luta pelo bem estar coletivo, pela liberdade e pela justiça. Ainda trazia bem vivas suas palavras em favor de uma Revolução verdadeira, capaz de acabar com a exploração do homem pelo homem. Diante de tantas contradições, entre os pensamentos do "seu" Natálio e o momento que vivenciava, a realidade soou falsa a Arturo (p. 112).

Em relação ao judaísmo, o personagem mostra ambigüidade por toda a narrativa, ora rebelando-se contra as atitudes da burguesia judaica em ascensão, ora retrocedendo a suas origens espirituais em busca de socorro para seus problemas emocionais. O escritor desfia as hesitações pendulares sofridas por Arturo por panegíricos generalizantes como:

> As histórias de seu povo o encantavam e ficou fascinado quando entendeu que o judeu, apesar de longe de sua pátria, é sempre judeu. É como um caracol, aonde vai, carrega a Pátria consigo (p. 98) [...] Quer pelo caráter, pelo intelecto ou pela cultura, o judeu é universalista e também alinhavado no tecido social onde se localiza. O judeu gosta de ler, de freqüentar espetáculos teatrais. E mesmo discriminados, reprimidos, lutam por essas reivindicações: a liberdade cultural e religiosa (p. 100).

A estas, contrapõem-se reflexões mais íntimas:

Ao sair do quartel, pensei em reorganizar minha vida. Me veio à mente a vontade antiga de me ligar à classe operária, ao seu idealismo e, principalmente, resolver um entrave maior: o de ser judeu. Não que captei anti-semitismo nunca, nem na cadeia. Mas queria ser caboclo, gaúcho e livre da tribo. [...] o que quero é ter personalidade baseada numa ideologia (p. 132).

Aprisionado pouco tempo depois de ter saído do convívio familiar, o narrador registra como foi resgatado da prisão por interferência de Érico Veríssimo, o afamado escritor gaúcho (pp. 91-92). A inclusão do romancista e de episódios de domínio público, como os movimentos que mantiveram Getúlio Vargas no poder ditatorial e os avanços e retiradas que preencheram a Revolução de 1930, afetam as atividades do protagonista e trazem ao romance uma configuração de *roman à clef*, de crônica e diário.

O processo de aculturação de Arturo é um legado paterno e segue um roteiro de marchas e contramarchas na sua identidade pessoal. Se, de um lado, procura auxílio de judeus ao entrar pelas incógnitas de uma cidade desconhecida, aceitando a intervenção da comunidade em seus problemas com a polícia, de outro lado, exclui seus correligionários como seus pares ao declarar que seus "verdadeiros patrícios" são "os brasileiros, os caboclos, os gaúchos, os camponeses" (p. 47). Esse tipo de ambivalência, experimentada já pelo pai Natálio quando se inclinava a ser "judeu-guarani", reflete-se no filho, que acaba por escolher a conciliatória identidade de "caboclo judeu" (p. 79), entre outras similares, como "moço caboclo, caipira, judeu" (p. 88). Localizando-se entre uma cultura milenar judaica e a mestiçagem entre indígenas e brasileiros brancos, Arturo procura uma identidade isenta de fronteiras. No entanto, continua emaranhado em paradoxos, ao identificar Natálio, sem maiores explicações, como "ateu e talmudista" (p. 24).

Transformado em vendedor ambulante, Natalnhik se dá conta de que o conhecimento adquirido no campo não se aplica à cidade, onde as pessoas são diferentes e "desiguais" (p. 28). Na cidade, ele tem de aprender a esconder seus pensamentos, a fingir e a falar por código. Ao ser denunciado em Cruz Alta como portador, no jargão policial, "de propaganda bolchevista" (p. 85), ele verifica que "com apenas dezessete anos, ingenuamente acreditava nas teorias, mas prática mesmo não tinha nenhuma" (p. 87). Recebe incentivos para suas rebeldias de parte de um misterioso Vint, o mesmo personagem invisível de *O Colono Judeu-Açu*, cujo nome significa "vento", em ídiche. Seu papel, como o nome indicaria, era o de disseminar idéias, uma prática metaforização do vento ao espalhar pólen e sementes que vingariam nos quadrantes por onde soprasse.

O desenvolvimento da personalidade de Arturo é seguido passo a passo pelo narrador. O protagonista é acompanhado desde que se viu sozinho e hesitante do lado de fora das porteiras da fazenda da ICA até seu casamento e sua integração na cidade de Campos. Depois desse evento, surge um novo Arturo, dono de si mesmo, um líder reconhecido no Partido Comunista Brasileiro e orgulhoso pai de um menino. Em contrapeso, sua vida conjugal se vê prejudicada por sua devoção ilimitada aos seus projetos ideológicos e políticos. Quando sua esposa lhe grita, como insulto, a palavra "judeu" (grafada em letras garrafais, p. 215), ele escolhe a separação como solução viável para poder prosseguir com suas atividades em liberdade. Era o período getulista e ele é então condenado, várias vezes, à prisão, por suas atividades como comunista. O fim da narrativa vai encontrar Arturo liderando uma revolta, na penitenciária. Com exceção desse período final, indicando sua firmeza intelectual, moral e ideológica, que cobre breve área do romance, o Arturo do "seu" Natálio mostra-se uma pessoa confusa e hesitante entre judaísmo e comunismo, entre família e liberdade. Nenhum dos sonhos dos Litvinoff se realizou. Tanto na primeira quanto na segunda geração desses idealistas do Rio Grande do Sul, os resultados dos seus ideais foram negativos. Arturo, como intérprete de Voloch, coloca a questão judaica em termos discutíveis, enquanto se lança às águas revoltas do comunismo. Pousando em certos preceitos judaicos como um pássaro apressado que toca o ramo de uma árvore, antes de voltar a voar, até o fim da narrativa ele volta a lançar-se às ondas comunistas, repetindo o processo de retorno e abandono, que parece prosseguir *ad infinitum*.

Os Horizontes do Sol (1987)

Embora seja o terceiro volume da trilogia, *Os Horizontes do Sol* deveria figurar como o primeiro. Dividido em duas partes, a primeira consiste na narrativa de episódios que antecederam o nascimento de Natálio (Naftali) Voloch (na vida real, o pai de Adão Voloch). Nessa obra, as atividades de Naftali desenvolvem-se em áreas urbanas, incluindo seu itinerário pela Europa e pela América do Sul antes e depois de sua prolongada estada na fazenda Quatro Irmãos, como descrita em *O Colono Judeu-Açu*. A segunda parte traz de volta Arturo (nesse livro, grafado *Arthuro*), dez anos depois de liderar uma revolta numa penitenciária onde se encontrava preso. Ao retomar sua saga, Voloch focaliza, cronologicamente, eventos subseqüentes à cena do motim na penitenciária, ao final de *Um Gaúcho a Pé*[41].

A narrativa de *Os Horizontes do Sol* retrocede até encontrar um Iossef Voloch, casado com uma mulher da família Litvinoff de Kiev, na Rússia. Ecoando uma seqüência bíblica, é descrita sua ascendência: Iossef e sua mulher tiveram um único filho, Nehemias, que se casou com Ester-Léia, que com ela teve três filhos e uma filha. Um dos três

---

41. Adão Voloch, *Os Horizontes do Sol,* Rio de Janeiro, Novos Rumos, 1987.

filhos era Naftali Voloch, cujo nome passou a Natan e que, na obra semificcional de seu filho Adão, passou a ser Natálio Litvinoff[42].

O esmiuçamento da vida de Naftali o expõe, antes de ser chamado Natálio, como alvo de um casamento pré-arranjado entre seus pais e uma das filhas de um Rapaport, "grande comerciante" (p. 15). Esse homem se estabelece, com todo o seu clã, incluindo filha e genro, em Londres, em princípios do século XX. De acordo com o estipulado entre este e seus pais, Naftali fica sendo beneficiário da generosidade do rico sogro pois, sendo jovem e sem profissão, não teria de trabalhar por sete anos. Procriar seria seu único dever. Depois de cumpri-lo por quatro vezes, tendo gerado quatro filhas, e ainda faltando um ano para terminar o período de bem-aventurança, Naftali abandona a família e atravessa o Atlântico em direção à Argentina. De lá segue para o Brasil, passa pelo Chile, volta à Argentina para, enfim, definir-se pelo Brasil, na colônia Quatro Irmãos, o lugar onde permanece por mais tempo entre inúmeros locais de pouso e trabalho. Essa é a história do pai do escritor.

Adão Voloch acompanha a vida de seu personagem principal com a tenacidade de um biógrafo escrupuloso pela veracidade dos fatos. Ele observa como Natálio, desde sua fuga da Inglaterra, leva uma vida diversificada, na qual se capacita como marceneiro, camponês, pequeno comerciante, padeiro, vendedor de frutas, mascate, empregado de comércio, administrador de pequena empresa, novamente camponês e, por fim, empregado de uma agência. Ao longo dessas mudanças, sempre acompanhado por Tânia, que o seguiria por toda parte desde o início de sua vida sul-americana, ele se mantém fiel aos dogmas comunistas, a verdadeira paixão de sua vida. A companheira e os filhos ocupariam espaço mínimo entre suas preocupações, como já tinha acontecido com a mulher com quem se casara na Inglaterra e as quatro filhas que teve com ela.

O breve esquema acima é uma tentativa de simplificação da trajetória inicial de Natálio, cujo percurso está entrelaçado com a história dos judeus da Rússia, das honrosas atividades de sua família na Polônia, dos seus primeiros contatos com os socialistas na cidade de Liverpool e com a história das colônias da ICA. Liverpool foi importante na sua vida porque nessa cidade ele aperfeiçoou suas habilidades de marceneiro e entrou em contato com o operariado local, principiando aí sua admiração por teorias revolucionárias. Foi também naquela cidade

42. Na entrevista que tive com Adão Voloch, em 1986, ele explicou que escolheu o sobrenome da bisavó para o relato semificcional sobre sua família em substituição ao do seu pai (e seu) em homenagem àquela "ilustre família" da sua antepassada. Nessa mesma entrevista, Voloch enfatizou o caráter semibiográfico de seus três romances, salientando, na conversa, as personalidades do seu pai e do seu irmão (cuja biografia é romantizada em *Ben Ami um Homem Louco Pintor*).

portuária que se refugiou da esposa e de sua família, antes da fuga definitiva para a América do Sul.

O texto de Adão Voloch sobre tais passagens da vida de Naftali é perifrástico e confuso, mantendo-se como um desafio de leitura até a altura do Capítulo 7, quando as nebulosas conjunções de áreas geográficas e múltiplos personagens vão dando espaço a uma narrativa mais selecionada. A partir de então, ele prossegue no mesmo estilo característico dos romances anteriores, com uma alta dosagem de informações biográficas e mínima inclusão ficcional. Como os demais da trilogia, esse relato espraia-se por uma atmosfera de luta de classes, alimentada ora por Natálio, ora por Arturo, ambos determinados a disseminar teorias marxistas entre camponeses e operários.

O eixo narrativo do romance se desloca entre o campo e a cidade (ou vila), mas o roteiro urbano de Natálio sobrepuja, em questão de vivência, suas experiências campestres. Como no volume *O Colono Judeu-Açu* (examinado no Capítulo 2), Natálio é a figura predominante nessa escrita, principalmente na primeira parte. Mas, enquanto naquele romance o protagonista é visto no seu afã de aproximar-se, mesclar-se e identificar-se com a população rural, neste ele é examinado pelo lado interno, emocionalmente isolado das circunstâncias ao seu redor.

O escritor explora a vida urbana judaica como cenário ao traçar um perfil de Natálio, enfatizando o processo de absorção da sociedade local pelo seu convoluto sistema psicológico, emocional e reflexivo. O mesmo instrumental onisciente utilizado ao registrar os itinerários de Natálio é aplicado pelo autor ao captar certas perturbações do protagonista:

> Largou a mulher apavorado diante do quarto parto, que ela anunciara, e agora também tinha anseios de escapar de Tânia, que ia ter mais um filho. Não era bem o crescimento da família que o amofinava; era a responsabilidade que caía sobre seus ombros com peso tormentoso. Enquanto o que desejava mesmo era ser livre e só, com seus livros e hora de conversas, e trabalho (p. 46).

Natálio, taciturno e nervoso, vive em constante ansiedade. Mal percebendo que seus ideais políticos e arroubos pessoais sobre anarquismo e outras forças sociais não vingavam entre seus compatriotas nem entre os brasileiros, o protagonista não esmorece em tentar disseminar suas idéias. O narrador o retrata em seus recolhimentos e expansões, expondo seus discursos panfletários e revelando-o contra uma cidade que se desenvolve em direção oposta aos seus anseios:

> Natálio se esquivava a conceder familiaridades. [...] Tendia para a solidão. [...] Com maior freqüência [...] saía para as reuniões no sindicato, onde encontrava os amigos: espanhóis, italianos, israelitas e *criollos* que formavam, em volta da grande mesa, a assembléia dos marceneiros. [...] Natálio percebeu todo o conflito que, na prática, era

a imensa luta de classes que desembocava no objetivo lógico: as conquistas da sociedade comunista derrotando o capitalismo. [...] A gota que fez transbordar o copo foi quando o patrão o chamou para ordenar que doravante os operários deveriam ser revistados, na saída. Ele não iria fazer isso. Pediu a conta (pp. 60-64).

Na cidade, ele tem ocasião de se colocar entre seus colegas e seu patrão pelas "justas reivindicações dos empregados: era o excesso de carga horária, a falta de um local apropriado para o almoço, a latrina insuficiente e, principalmente, o salário" (p. 63). A maior ambição do europeu anarquista era naturalizar-se brasileiro, para poder escolher seus dirigentes e ter uma atuação política direta. A seu tempo, chega a adquirir a cidadania brasileira (talvez o único dos seus sonhos a se realizar) e a estimular os demais imigrantes para que também o façam.

O texto de Voloch não é dos mais esclarecedores sobre a cronologia das mudanças de Natálio, entre campo e cidade. Vale saber que Natálio é visto pelo escritor como portador de uma idéia fixa, que tentava empregar suas teorias por onde passasse e que seu carisma, se tivesse algum, era mínimo. Ele é exposto como homem psicologicamente alienado, insensível aos sentimentos dos que lhe estavam próximos, ao mesmo tempo que pretendia transformar a sensibilidade de toda uma sociedade. Entre ligações com o judaísmo e desprezo pelas coisas judaicas se ergue delicada fronteira, pois ao mesmo tempo que se deixa depender de seus correligionários judeus (emprego na cidade, trabalho no campo), Natálio exibe uma decisiva rebeldia aos rituais da religião:

> Tânia deu à luz mais um varão e no dia em que deveria haver a circuncisão, ele pôs toda a família na carreta com junta de bois e mudou-se para seu *rancho*, frustrando a festa do Bris-mila [cerimônia de circuncisão, em hebraico] (p. 68).

Além de desafiar os costumes religiosos, ele também afronta costumes civis:

> Ele se fizera cidadão, mas não se preocupou em registrar as crianças (p. 69).

Emigração para a Rússia foi outro dos seus sonhos não realizados. Os vilarejos do sul do Brasil seriam os lugares onde as atividades de Natálio e os seus se desenvolveriam pelos anos que lhe restavam. Na Vila Quatro Irmãos, ele passa a morar como vendedor ambulante de frutas, depois de sair da colônia da ICA. Esse período da vida do casal Natálio-Tânia dá ensejo a que o narrador exponha certas atividades culturais do incipiente conglomerado judaico naquele vilarejo: a fundação de um teatro em ídiche, onde foi encenado "o drama em quatro atos *O Idiota*, peça de tema judaico, romântica e trágica", em que "Tânia fazia o papel de dama" e todos "tiveram um sucesso estrondoso"

(p. 91). Ao teatro "vieram o prefeito e sua família, diversos médicos e funcionários de repartições, gerentes de bancos e até militares" (p. 91), para quem "foi uma grande novidade o teatro israelita, mesmo falado em ídiche. Para muitos bastavam os cenários e a movimentação no palco de artistas improvisados, mas que arrancaram palmas da platéia repleta" (p. 91)[43].

O escritor dedica os últimos espaços do romance para descrever o envolvimento político de alguns judeus na cidade e conflitos de teor anti-semita. Um deles acontece num cabaré onde se reúnem amigos com as mesmas ideologias progressistas. Esse momento não só enquadra uma situação violenta, como também indica um traço ambíguo do percurso literário de Voloch, como a suspensão do desenvolvimento de um incidente, sem lhe dar seqüência. A cena em questão passa-se num salão de danças, quando alguém reclama que quer outro tipo de música: "*La Comparsita*! [*sic*] Isto que estão tocando é música para *judeu*" (p. 95). Segue-se troca de insultos e tiros para o ar. O relato interrompe-se ao fim de duas sentenças: "Maurício, imediatamente, puxou sua arma e apontou para o valentão, gritando: – Fique calado, ou atiro" (p. 95). A narrativa termina. A retomada do romance focalizará eventos que ocorreram dez anos depois da cena no cabaré. Jamais se saberá se foi intenção do autor suspender a narrativa naquele momento dramático ou se ela foi abandonada para um dia ser retomada. Na segunda parte de *Os Horizontes do Sol*, o estilo de Voloch volta-se a uma configuração cênica, uma espécie de encenação teatral, onde o tempo se conta por uma observação: "Arthuro demorara dez anos para reaparecer" (p. 104). Tânia, sentada num banco de praça, é focalizada descansando de seu trabalho de cobradora de dívidas, enquanto Natálio reaparece como atendente numa agência de empregos. É domingo, ambos estão envoltos em seus próprios pensamentos, o palco do romance permanece silencioso e a cena, muda.

O artifício empregado para o registro do tempo passado é uma incursão na memória de Natálio. Por essa tática os leitores são informados dos acontecimentos que preencheram dez anos das vidas dos personagens:

> Já não era um profeta, era um velho empregado de uma agência. Tânia, cobradora de uma Associação, e Flora, balconista de loja de meias. Essa era a família; os outros filhos nada tinham a ver com a situação: estavam distantes e deles nada recebia, quase nada lhes dera (p. 101).

A auto-reflexão de Tânia informa sobre suas tangentes filosóficas:

---

43. Essa encenação está registrada no depoimento de um ex-morador da colônia: "Havia também um grupo de teatro. Em 1934 foi apresentada a peça Der Idiot de Dostoiewski" (em Moysés Eizirik, *Aspectos da Vida Judaica no Rio Grande do Sul*, Caxias do Sul / Porto Alegre, Universidade de Caxias do Sul / Escola Superior de Teologia São Lourenço de Brindes, 1984, p. 23).

Olhar para trás; desenrolar o novelo da existência até chegar ao início. Uma demorada viagem ao passado era como aumentar a nostalgia. Pouca coisa alegre e boa; havia mais amargor, sofrimento e escassa felicidade (p. 99).

O cenário se completa com os ecos do fim da Segunda Guerra Mundial, a celebração do "Dia D" (p. 105) e celebrações por parte dos habitantes da cidade.

Arturo, mais velho e casado, passa a ser o personagem mais importante nesse segmento do romance, repetindo algumas, se não quase todas, atitudes observadas no pai. Natálio era seu modelo ideológico e, igualmente, seu protótipo social: "Também deixou de ir ao cinema com a mulher. Lembrava-se das reclamações da mãe e do silêncio prolongado do pai Natálio" (p. 110). Como herdeiro do credo paterno, defronta-se com antagonistas e reafirma sua identidade:

> Quer dizer algo ao integralista? – Nada de especial. Se ele quiser entrar para o partido, vai aprender a verdade. Não tenho por que mentir: sou neto de judeus, mas nem todos os judeus são capitalistas; há judeus religiosos e ateus. Nem todos os brasileiros são católicos, compreendeu? (p. 111).

O salto temporal que Voloch acoplou à história de Arturo se completa com uma súbita mudança estilística na sua escrita. Ao acompanhar os últimos momentos de Natálio, o escritor exercita sua imaginação em direção a abstrações mitológicas e as faz convergir na figura do pai como velho camponês, às portas da morte. Ao seu redor, o escritor enxerta uma plêiade invisível de figuras alegóricas, que trazem à vida tribulada de Natálio uma espécie de fim apoteótico:

> Juntos, estavam no umbral do mundo o Labor, o Saber e a Sucessão. [...] O Labor estava suado, Saber tinha um livro, Sucessão dançava. [...] Natálio era *três*: o trio era Natálio (p. 115).

Abandonando a alegoria, o narrador delega a um personagem o ato de contar a morte do protagonista central:

> Quando Tânia contou ao filho como foram os últimos momentos e últimas palavras de Natálio, e como o achara caído nos degraus da casa com um traço de sangue no canto da boca, ela não chorou, nem disse mais nada.
> – Fui obrigada a sepultá-lo no ritual judaico. Flora assim o quis. Para mim, pouco significou.

O sentimento de perda seria completo na segunda parte de *Os Horizontes do Sol* não fora pelos sucessos de Arturo, que se torna um dos líderes do Partido Comunista Brasileiro, chegando a representá-lo no exterior. A narrativa o acompanha à Europa como "Ugo", seu nome de guerra, e o encontra de volta ao Brasil, onde se perde incógnito pela multidão.

A história dos Litvinoff é uma história de solitários. Natálio, além de legar a Arturo o ardor geracional pela causa socialista, que reconhece que "devia ao pai o que conseguira saber" (p. 118), igualmente lhe deixara como herança seus conflitos que se rebatiam em sua solidão interior:

> Arthuro também se perdeu no labirinto das divagações. Será que também, através do sangue herdado, era influenciado por meditações religiosas, metafísicas? (p. 118)

A confluência de sentimentos que cada indivíduo carrega dentro de si não perturba a mensagem ou uma esperança de que o mundo ainda possa alcançar os benefícios que os Litvinoff intuíam existir no regime anarquista ou no socialista. Tal intuição passa a ser a certeza que vai alimentar, para sempre, Ugo-Arturo, que se confunde e se identifica com Arthuro-Adão Voloch.

ELIEZER LEVIN, *Bom Retiro* (1972) e *Sessão Corrida: Que me Dizes, Avozinho?* (1982)

Bom Retiro

Essa é a primeira obra de Levin como elaboração ficcional sobre sua vida e a de seus correligionários. Quase todos seus 43 capítulos, independentes entre si, são narrativas de índole autobiográfica abarcando principalmente o perímetro do bairro cujo nome se empresta ao título do livro[44]. Incluindo a oralidade como um dos componentes de sua técnica narrativa, Eliezer é, acima de tudo, um narrador de coisas observadas. Ourivesaria estilística e outras convenções da escrita ficcional seriam espaçadamente inseridas nesse e nos demais livros que viria a publicar nos dez anos que se seguiram.

As historietas recriadas pela memória do narrador ocupam um período de cinco anos, iniciando-se quando ele tinha oito e terminando com a celebração de seu *Bar-Mitzva* (reconhecimento religioso da

---

44. Eliezer Levin, *Bom Retiro*, São Paulo, Martins, 1972. O crescimento do Bom Retiro tem seu registro histórico: "Não, ainda não era bairro aquela vasta extensão de terras de ótima situação topográfica, lá pelos recuados anos de mil oitocentos e poucos. Não era bairro, embora o local fosse aprazível, pois que, a rigor, só uma rua havia, e essa de mau alinhamento e péssimo estado de conservação. O bairro era o da Luz, que se espraiava até os contrafortes da Cantareira. Mas com o seu prolongamento até a estação da Luz e o das ruas Helvetia e Nothmann para além dos trilhos da Estrada de Ferro Santos a Jundiaí, a zona ganhou novas características e surgiu então o bairro, que tomou para si o nome da rua – Bom Retiro – e esta recebeu nova denominação – rua José Paulino". (Gabriel Marques, "O Tradicional Bairro do Bom Retiro, Vida e Glória das Ruas e Praças de São Paulo", *Folha da Noite,* 7 nov. 1957). Ver também Henrique Veltman, "O Bom Retiro", *A História dos Judeus em São Paulo*.(Prefácio de Arnaldo Niskier), São Paulo, Prefeitura do Município de São Paulo / Vale Refeição, 1994, pp. 63-66. Agradeço a Bluma Fleks a indicação desse livro.

maioridade do judeu, celebrada aos treze anos de idade). Suas reminiscências e comentários referem-se principalmente aos habitantes do Bom Retiro, bairro que foi residencial para grande parte da comunidade judaica em São Paulo e também centro comercial e manufatureiro.

O escritor mantém, na maioria de suas histórias, um delicado equilíbrio entre a veracidade e o imaginado, ao expor um esboço autobiográfico seguido de percepções adquiridas em fase adulta. Assim tem início a primeira das narrativas, que indica um padrão a ser seguido pelas demais:

> Quando mudamos para o Bom Retiro, por volta de 1938, eu tinha oito anos e não supunha que existisse qualquer motivo especial para morarmos nesse bairro. [...] Não sei, em verdade, quando é que fui compreender que a mudança ocorrera apenas para que pudéssemos ficar perto da escola e da sinagoga, e sobretudo por ser o bairro dos judeus (p. 3). [...] Nosso pequeno mundo resumia-se no Bom Retiro. O que estivesse fora ficava tão distante como a Lua. Não tínhamos queixas a fazer, os problemas dos adultos não entendíamos e pouco nos afligiam. Contemplávamos a vida correr sem sobressaltos nem surpresas (p. 157).

O menino guia o adulto narrador e através da sensibilidade infantil, certas facetas da vida no primeiro bairro judeu de São Paulo são narradas. A técnica de justaposição e um jogo de contrastes entre as notícias dos avanços nazistas na Europa e as trivialidades diárias na urbe paulistana e na sua concha judaica espelham o que constituía a sua realidade entre 1938 e 1943. O memorialista adulto insere recortes de noticiários jornalísticos e informes sobre filmes americanos entre os episódios lembrados, contrastando as notícias da Segunda Guerra com programas de entretenimento local, principalmente os oferecidos por filmes norte-americanos.

Alguns aspectos salientados nesse romance são: a demarcação do tempo (1938-1943), explícitas atmosfera e identidade judaicas do escritor, seu sentido de humor e o estilo de oralidade da maioria das narrativas. Sua escrita guarda uma "densa atmosfera de memorial", como observa Ricardo Ramos na sua apresentação (impressa na orelha do livro).

Muitas das suas descrições são vincadas por uma coloração de bom humor. Esses traços são perceptíveis, por exemplo, na descrição do primo Faivel, que os vem visitar dos confins de Quatro Irmãos, do Rio Grande do Sul. Tinha o cacoete de enfiar o polegar pelo nariz, em público, e quando sai a um encontro pré-arranjado com uma moça, é sonoramente aconselhado a vigiar e controlar esse gesto com o risco de perder a namorada em potencial (Capítulo 24).

Além de seguir uma linearidade simples, como na história sobre seu embaraço num encontro com o matador de galinhas (Capítulo 30), Levin também inclui o fantástico na sua escrita. Este é elaborado sobre um retrato do avô: o menino percebe que sua barba, antes negra, com o passar do tempo vai adquirindo alguns fios brancos até que, passados muitos anos, ela se torna, na foto, completamente branca (Capítulo 41).

Mantendo um equilíbrio entre o verismo preconizado por registros de sua meninice e o imaginário preenchido pelo adulto memorialista, Eliezer consegue reviver um mundo absorvido pelo tempo, mas recuperado, ainda que esmaecido, por alguns aspectos. Estes, que informam sobre a índole histórica do memorialista e a substância judaica das suas memórias, vão ter seqüência no decorrer da carreira literária do escritor.

Sessão Corrida: Que me Dizes, Avozinho?

Dez anos depois da publicação de *Bom Retiro*, emerge o segundo livro de ficção de Levin[45]. Narrado em primeira pessoa, para ele convergem dados reais e ficcionais que se combinam na elaboração de três espaços sociais: a casa ou o espaço doméstico, a sinagoga ou o espaço religioso e a rua ou o espaço público. Pelos domínios dessas áreas, afloram traços autobiográficos do escritor, que examina comoções domésticas, aspectos da convivência ritual no templo judeu e da interação cultural fora dos ambientes da família e da sinagoga.

Essas três áreas, atravessadas pelo protagonista em determinado momento da sua vida, foram cronologicamente marcadas pelas notícias sobre a Segunda Guerra Mundial na imprensa e por cartas de parentes. Ao longo do discurso, intercala-se uma contínua indagação, "E agora, avozinho?", repetida seis vezes no decorrer da narrativa, cada uma delas em capítulo individual, encabeçando textos calcados em passagens consagradas pela história do judaísmo. A posição da questão reiterativa dá ensejo a uma alegorização da perenidade dos ensinamentos judaicos em contraste com a efemeridade da vida trivial do narrador e dos demais personagens.

Num plano pessoal, o protagonista nunca é tratado ou chamado por seu nome, identificando-se por "menino" e "garoto" quando se referiam a ele, ou "eu" quando se refere a si próprio. A omissão da identidade onomástica do protagonista pode ser uma mensagem de generalização de seus esforços na descoberta do mundo, passíveis de ser interpretados como sendo comuns aos filhos dos imigrantes que, como ele, cresceram e se criaram em território quase desconhecido pelos pais.

A ausência de nome contrapõe-se a um onomástico carregado de intenções simbólicas: Arele, nome do amigo do protagonista, que o acompanha pela maior parte do romance, é um diminutivo, em ídiche, de "Arão". Como se sabe, Arão foi irmão de Moisés, que, por ser tar-

---

45. Eliezer Levin, *Sessão Corrida: Que me Dizes, Avozinho?*, São Paulo, Perspectiva, 1982. (No texto, o título é abreviado para *Sessão Corrida*.)

tamudo, servia-se de Arão como seu porta-voz. Similarmente, nas histórias de Levin em *Sessão Corrida*, Arele é o "outro", que vem contrapor e, paradoxicamente, complementar ações e atitudes do protagonista anônimo. A estratégia ficcional decentraliza a ação principal, oferecendo uma bifurcação entre o "eu" do protagonista, que se esforça em pôr-se em dia com os ensinamentos da casa e da sinagoga, e o "outro", Arale, que os transgride, ainda que em grau mínimo, desafiando os modelos familiares e religiosos.

O domínio social da casa é o espaço vital na formação judaica do protagonista. O pai, que "Gostaria de fazer de mim um bom judeu que amasse a sabedoria e a verdade que emanam da *Torá*" (p. 26), o obriga a estudar o Pentateuco. Mostrando os esforços paternos em moldar o filho conforme sua imagem de bom judeu, o discurso narrativo expõe a responsabilidade generacional pelo legado cultural dos antepassados e indica os veios do mundo circundante:

– Ó menino, que livro é este? – pergunta-me meu pai.
– É de latim, tenho provinhas.
– Ah, latim!
Abre-se num largo sorriso (p. 7).

Na sinagoga, o segundo domínio onde se molda sua formação, o menino é exposto a duas de suas dimensões, a religiosa e a secular. Pela primeira, ele se reintegra ao fluxo das celebrações ritualísticas, com os dias consagrados a datas milenares e as horas certas para orações diárias e semanais. Pela segunda, ele ganha uma visão do mundo através de parábolas, lendas e comentários que se propõem como ensinamentos externos às passagens consideradas sagradas: "Outro dia, [...] se travou na sinagoga uma longa discussão sobre as coisas que iam no mundo" (p. 69).

Além das discussões sobre temas seculares, membros da sinagoga também se encontravam para ouvir histórias, contadas por um de seus rabinos, em tom informal e não isento de dramaticidade. Ao inserir outras narrativas dentro da sua, a voz principal suspende-se para ceder espaço ao chefe espiritual da sinagoga que, como contador de casos, reproduz uma das fontes lendárias do legado oral folclórico e histórico dos judeus. Dois contos e uma fábula são incluídos pela voz do rabino, um de caráter fantástico, como a história de diabos (Capítulo 30), e outro de caráter moralista, como a lenda do cofre e da avareza (Capítulo 37); a fábula, também de índole fantástica, se relaciona ao tema da avareza.

O terceiro domínio visto na narrativa é a rua, espaço público. Mais do que as vias para pedestres e trânsito, a rua engloba tudo o que está fora dos controles doméstico e religioso. É o mundo onde a nova geração vai aprender o que não se ensina nas esferas da casa ou do templo.

Longe do trabalho de moldagem do pai e das histórias moralísticas do rabino, o menino descobre outras perspectivas para entender a interação social. Ao lado de uma inquietação e insatisfação de ordem pessoal, próprias da sua passagem juvenil, alinha-se uma gama de preocupações e curiosidades, como seu crescente interesse pela erótica e pelo amor, além de uma preocupação pelos estudos, pela sorte dos familiares e pelos variados graus de intensidade que penetram por sua vida.

A variedade das atividades que cercavam o narrador ecoam no antepenúltimo capítulo, onde, em técnica de colagem, as múltiplas vozes que se fizeram ouvir no decorrer da narrativa reaparecem: os pais, tios, o rabino e Arele intercalam seus dizeres com a percepção de sons musicais de uma estação de rádio. As frases selecionadas para representar cada um desses personagens variam entre o pessimismo ("Que mundo o nosso, governado pelos demônios!"), a desolação ("Somos todos órfãos") e a incerteza ("Fomos eleitos para quê? Me responda isso"). No entanto, parecem estar isentas de derrotismo, ao ecoarem: "Minha opinião? Nenhum judeu vive sem milagres".

Em *Sessão Corrida: Que me Dizes, Avozinho?*, a dicotomia do título se coaduna com o cerne do romance, no qual se contrapõem o passado, configurado no vocábulo "avozinho", e o fluxo de ocorrências contemporâneas à adolescência do narrador, similares a uma sessão contínua (programa de filmes apresentados em seqüência num cinema). O romance de Levin transita pelo eito da tradição e da contemporaneidade, ao explorar a via de suas identidades superpostas.

As obras aqui indicadas referem-se a facetas da comunidade judaica na convivência urbana brasileira. As narrativas informam como foi ou terá sido a vida judaica diária em algumas das cidades brasileiras em desenvolvimento e o processo judaico de vincar uma identidade milenar replantada no Novo Mundo. Uma função complementar estaria reservada aos glossários que, incluídos em muitos dos trabalhos, atestam, informalmente, que os textos se dirigem a um público constituído por judeus e não-judeus, não inteiramente conhecedores da variedade cultural do *idishkeit* no Brasil.

4. Aculturação e Assimilação

> *O corpo de Adão foi formado da terra da Babilônia, sua cabeça foi criada da Terra de Israel e seus membros foram trazidos das outras terras do mundo*[1].

Estrangeiros vivendo fora das terras em que nasceram, cresceram ou moraram durante partes de suas vidas são expostos a um processo de aculturação ou acomodação ao novo meio ambiente. Como experiência comum à maior parte da comunidade judaica laica, o tópico da aculturação permeia textos memorialistas e ficcionais de escritores brasileiros judeus; como impacto na sociedade dominante, é fenômeno igualmente examinado e pesquisado por não-judeus, resultante em ensaios, registros de reminiscências e ficção.

Considerando-se *cultura* como "o modo de vida de um povo, representado pela soma de um comportamento adquirido, atitudes e objetos materiais"[2], perceba-se *aculturação* como a "modificação de uma cultura através de contato com uma ou mais culturas e a aquisição ou troca de traços culturais"[3].

É importante ressaltar a diferença entre *aculturação* e *assimilação*, neste contexto. Pelo processo de aculturação, um modo de vida tende a ser modificado através de adaptações, geralmente da minoria à maioria; pela assimilação, o legado cultural minoritário tende a ser anulado pela submersão ao meio ambiente. Quando se trata de uma

---

1. *Histórias do Povo da Bíblia – Relatos do Talmud e do Midrasch,* São Paulo, Perspectiva, 1967, p. 60.
2. Edward T. Hall, *The Silent Language,* Nova York, Doubleday, 1959, pp. 43-44.
3. George A. & Achilles A. Theodorson, "Acculturation", *Modern Dictionary of Sociology,* Nova York, Barnes & Noble Books, 1979, p. 3.

minoria étnica, religiosa ou social, convivendo no mesmo perímetro geográfico com uma sociedade majoritária e politicamente dominante, o "modo de vida de um povo" pode passar por uma das condições de aculturação ou assimilação, ou por ambas.

James A. Banks ilustra um processo de aculturação em prática, com o seguinte quadro:

> Quando um anglo-saxão, branco e protestante come *chow mein* e um chinês-americano [americano descendente de chineses] vai ver uma peça de Shakespeare, podemos dizer que nisto ocorre *aculturação*, porque dois grupos étnicos diferentes estão trocando elementos e complexidades culturais. Embora a troca de traços culturais se distribua amplamente em nossa sociedade [o autor refere-se à sua sociedade, a norte-americana], nós freqüentemente pensamos nos traços culturais que as minorias étnicas absorvem do grupo étnico dominante, mas ficamos sabendo muito pouco sobre os traços culturais que grupos dominantes absorvem das minorias étnicas[4].

Aculturação, como sugerido acima, dá-se como resultado de um processo de "aquisição e troca" de elementos culturais recíprocos, preservando-se as personalidades próprias, embora modificadas, de cada uma das partes envolvidas. Enquanto pela troca e aquisição de características de duas ou mais sociedades se define uma convivência relativamente harmoniosa e reciprocamente tolerável, na assimilação a sociedade dominante tende a dissolver o legado cultural de um povo, substituindo os traços definidores daquele por seus próprios elementos tipificadores. Com relação à sensibilidade judaica entre essas duas forças, observa-se que

assimilação é um processo pelo qual o indivíduo ou grupo perde sua identidade ao entroncar-se com outro grupo. Aplica-se a uma variedade de fenômenos, principiando pelo inevitável processo de aculturação (a adoção da fala ou do modo de vestir dominantes) ao completo abandono de todos os laços e identidade judaicos (quase no limiar da conversão)[5].

Sociedades intolerantes, principalmente nos países eslavos, isolaram os judeus que, condenados à marginalização, viram-se na posição de mais se unirem para a preservação da sua crença e dos modos de expressá-la. A construção de muros divisórios, imposta pela sociedade majoritária, ao redor dos judeus concentrados em sua religião materializava, de forma categórica, o isolamento dos israelitas em guetos ou bairros emparedados. Durante a experiência judaica desse modo de vida, as questões de aculturação ou assimilação não tinham, praticamente, razão de existir, pois tanto os judeus eram impedidos de se

---

4. James A. Banks, *Teaching Strategies for Ethnic Studies*, 2. ed., Boston, Allyn & Bacon, 1979, p. 66.
5. Cecil Roth (org.), *The Concise Jewish Encyclopedia*, Nova York, The New American Library, 1980, p. 50.

misturarem com a sociedade dominante quanto esta mesma não mostrava interesse em se aproximar dos judeus. Tal situação teve início com a Primeira Diáspora, ocorrida no século VI antes da Era Comum. Desde então, com poucos intervalos, a história judaica se tem equilibrado entre episódios de intolerância que variam de maus tratos a perseguições, de decretos e éditos limitando suas atividades a hecatombes sanguinárias e mortais.

Depois da Revolução Francesa, da Declaração dos Direitos do Homem, em agosto de 1789, e da influência de Napoleão Bonaparte, os habitantes dos guetos europeus foram parcialmente liberados de algumas das restrições tradicionais. Essa fase de concessões legais, resultante de mudanças socioeconômicas e culturais em vários países da Europa, é conhecida como "emancipação". Ainda por volta de 1783, portanto, anterior e, depois, paralelamente ao período inspirado nas reformas napoleônicas, um movimento se tinha formado e crescido na própria comunidade judaica, o chamado "iluminismo" (*Hascalá*, em hebraico), por influência do Iluminismo europeu. Sem negligenciar inteiramente suas prioridades religiosas e culturais, os mentores da *Hascalá* procuraram arejar os guetos com as brisas intelectuais do mundo funcional não-judeu. O impacto dos dois movimentos, emancipação e iluminismo, foi extraordinário na vida judaica européia, apesar das resistências internas, lideradas por conservadores, assustados com as mudanças que ocorriam em seu meio. Aqueles que foram atraídos a uma participação mais efetiva nas esferas do conhecimento secular optaram por aproveitar as oportunidades renovadoras que afetaram a todos, judeus e não-judeus.

Quanto ao que se passou depois da liberação dos quarteirões emparedados, Henrique Rattner comenta que

o problema de ajustamento e integração na sociedade adotiva tornou-se muito mais complexo e difícil para os judeus, após a derrubada, real ou simbólica, dos muros do *gueto*. Enquanto sua vida estava adstrita ao gueto, o judeu, conhecendo as barreiras intransponíveis que o separavam do mundo de fora, não tentava e tampouco desejava a integração na sociedade ampla. Mas, derrubados os muros e permitido o acesso à sociedade dos *gentios*, abriram-se os caminhos à ascensão social dos judeus dentro da sociedade adotiva, através da competição e da acomodação[6].

Uma vez ultrapassados os muros e as cancelas, com os benefícios da aculturação veio também a ameaçadora perspectiva da assimilação. Na ênfase assimilatória, dissolvem-se e desaparecem os traços culturais distintivos, individuais e coletivos, do grupo minoritário na comunidade majoritária. Portanto, sua história não deixa traços, apenas filamentos que pouco iluminam a passagem dos elementos dissolvidos

6. Henrique Rattner, "Imigração e Aculturação", *in Tradição e Mudança (A Comunidade Judaica em São Paulo),* São Paulo, Ática, 1977, p. 107.

na correnteza maior. A assimilação na sociedade dominante, como decisão pessoal, é rejeitada pela vasta maioria dos judeus e, quando compulsória em níveis individual e coletivo, é igualmente combatida. A comunidade judaica, ao contrário, aceita a inclusão de membro do grupo dominante, ainda que os judeus, seculares ou religiosos, caracterizem-se por não serem proselitistas.

Como os textos a ser examinados mais adiante focalizam os encaixes, pessoais e comunitários, reais e ilusórios, entre as culturas brasileira e judaica, faz-se necessário centralizar um conceito para ambas as culturas. A conceitualização sugerida por Alfredo Bosi, apropriada à cultura brasileira, poderia aplicar-se também para a cultura judaica, cujo perfil é, igualmente, "plural, mas não caótico"[7]. Bosi esclarece que

não existe uma cultura brasileira homogênea, matriz dos nossos comportamentos e dos nossos discursos. Ao contrário: a admissão do seu caráter plural é um passo decisivo para compreendê-la como um "efeito de sentido", resultado de um processo de múltiplas interações e oposições no tempo e no espaço [...] Há também imbricações de velhas culturas [...] E há outros casamentos, mais recentes, de culturas migrantes, quer externas (italiana, alemã, síria, judaica, japonesa...), quer internas (nordestina, paulista, gaúcha...), que penetraram fundo em nosso cotidiano material e moral (pp. 7-8).

Guardadas as devidas proporções, a cultura judaica, mantendo homogeneidade religiosa (mas diversidade ritualística), também se faz com "imbricações de velhas culturas" e uniões de "culturas migrantes". Estes são fenômenos com os quais a comunidade judaica se tem familiarizado ao longo dos séculos pelo mundo afora. Costumes característicos de países e regiões onde os israelitas se instalaram, principalmente na Europa, nos países da África do Norte, nos Bálcãs e nas Américas, filtraram-se em muitos de seus hábitos diários, na música, nas artes e no seu pensamento. A culinária judaica "típica", por exemplo, resulta de adaptações de pratos poloneses, alemães, russos, entre outros europeus, e mais os de origem árabe ou balcânica, desde que aceitos pelos regulamentos religiosos. Os judeus também adaptam ritmos musicais, superstições e crenças populares das áreas onde vivam. O patrimônio cultural judaico se deixa enriquecer pelo processo de aculturação, desde que não se obscureça a especificidade do judaísmo. De outro lado, o patrimônio da comunidade majoritária também se tem ampliado com a contribuição judaica, em sociedades abertas e porosas a culturas distintas das suas.

Exemplo contemporâneo de contaminações culturais mútuas é a obra do pintor Marc Chagall (1887-1985), russo, judeu, que esteve radicado na França. Sua obra pictórica emoldura reflexos de seu con-

---

7. Alfredo Bosi (org.), "Plural, mas Não Caótico", *in Cultura Brasileira, Temas e Situações*, São Paulo, Ática, 1987, p. 7.

vívio com pintores expressionistas e surrealistas em que também se expõem influências da mística judaica na sua formação e espírito, como aparecem nas configurações simbólicas e realistas dos sonhos e pesadelos de seus quadros. Não obstante seu afastamento da religião judaica organizada, Chagall trabalhou com elementos com os quais ele se familiarizou enquanto parte da comunidade russa judaica. A obra chagalliana, que não se limita à pintura, explorando, também, a arte cenográfica, a indumentária e outras formas de expressão artística, exemplifica um trabalho resultante de aculturação, na imbricação de pensamentos e valores estéticos com suas raízes e espiritualidade judaicas. Uma de suas biografias o apresenta como

um produto das escolas modernistas francesas. Mas no conteúdo místico e associativo, nos pensamentos que sua obra encarna e traz aos olhos do homem moderno como uma lenda folclórica, Chagall é obviamente um judeu da terra dos judeus da Europa Oriental[8].

Enquanto a comunidade judaica cultural, religiosa e secular, insiste em evitar a assimilação de seus membros na correnteza majoritária, a aculturação, pelo contrário, é uma realidade vivida pela grande maioria dos judeus fora de Israel. Uma ilustração extrema desse processo dá-se na sociedade norte-americana, em que uma mudança de termos, "americanização" substituindo "aculturação", tem o mesmo efeito e significado, especificamente em relação ao modo de viver nos Estados Unidos. Nesse país, certa proporção de judeus entrega-se ao processo de alisar diferenças culturais e praticar sua religião através da emulação de alguns gestos e certos rituais de religiões não-judaicas predominantes (como a prática de música de órgão numa sinagoga). Com isso, tenciona-se atrair e reter judeus na sua própria religião, que passa a ser mais "parecida" com a da maioria. Sobre esse assunto, um rabino comenta que "esforços em reformular as práticas ritualísticas e as leis judaicas se têm concentrado em revelar um novo sistema de expressão religiosa que faça sentido aos judeus americanos"[9]. No Brasil, o processo de aculturação inclui a adaptação aos modos de vida do país, contando-se, entre outras inúmeras atividades seculares, a integração a festas populares de origem não-religiosa (como um baile de Carnaval), adesão a movimentos nacionais ("mutirões"), participação em cultos ecumênicos e celebração de datas civis. De outro lado, exclui a prática de religião que não seja a mosaica, desaprova reverência a amuletos de

---

8. H. H. Ben-Sasson, "Tendências Dinâmicas no Pensamento e Sociedade Judaicos Modernos", *Vida e Valores do Povo Judeu* (Coletânea), São Paulo, UNESCO/Perspectiva, 1972, p. 373.

9. Solomon Poll, "The Persistence of Tradition: Orthodoxy in America", *in* Peter I. Rose (org.), *The Ghetto and Beyond, Essays on Jewish Life in America*, Nova York, Random House, 1969, p. 118.

origem não-judaica, uso de objetos ligados ao paganismo e decoração doméstica com símbolos de outras religiões e seitas, entre outros atos considerados tradicionalmente dissociados do judaísmo.

No país, o tema de aculturação, que explora o veio de aquisições e trocas culturais entre a minoria judaica e a maioria não-judaica, tem sido foco de interesse de brasileiros judeus e não-judeus, com predominância dos primeiros sobre os segundos. Parece natural que isso se dê, visto o impacto da aculturação ser mais visível e sentido na comunidade minoritária, enquanto adaptações necessárias ou efetuadas pela sociedade circundante são menores. Alguns trabalhos representando os dois lados das aquisições e trocas culturais foram selecionados para este estudo. Estes indicam uma variedade de elementos entrelaçados nas duas culturas, de duas perspectivas, a não-judaica e a judaica, principiando com a entrada dos portugueses no Brasil até os dias atuais[10].

PONTOS DE VISTA NÃO-JUDAICOS

Apesar da diferença numérica entre escritores não-judeus e judeus que escreveram sobre o tema da aculturação, salientam-se os textos de três autores, que discorrem sobre "aquisições" e "trocas" do ponto de vista não-judaico: Luís da Câmara Cascudo, Clemente Segundo Filho e Paulo Jacob.

LUÍS DA CÂMARA CASCUDO, "Motivos Israelitas na Tradição Brasileira"

Esse artigo do reconhecido folclorista é resultado de pesquisas, de campo e de biblioteca, sobre influências judaicas na cultura brasileira, especialmente nas regiões Norte e Nordeste[11]. Câmara Cascudo revela com esse ensaio, publicado na década de 1960, um interesse acadêmico pelas pegadas israelitas na cultura brasileira. Estas são analisadas do ponto de vista de sua razão histórica, começando pelo exame de advertências impostas pela Inquisição portuguesa e sua extensão em território brasileiro. A fim de instruir a população na identificação "de apostasia do converso, reincidente nas práticas judaicas", os

---

10. De interesse para o tópico, mas não limitado a este, ver Egon & Frieda Wolff, *Judeus e Judaísmo Vistos por Não-Israelitas,* Rio de Janeiro, 1991 [publicado após o falecimento de Egon Wolff].
11. Luís da Câmara Cascudo, "Motivos Israelitas", *in Mouros, Franceses e Judeus,* São Paulo, Perspectiva, 1984, pp. 93-115; essa publicação é uma reedição, corrigida e aumentada, de "Motivos Israelitas na Tradição Brasileira", *Comentário,* Rio de Janeiro, Instituto Brasileiro Judaico de Cultura e Divulgação, ano VII, vol. 7, n. 1 (25), 1º trimestre, 1966, pp. 15-32.

inquisidores se deram ao trabalho de descrever os "usos-e-costumes judaicos na quotidianidade brasileira, os essenciais e característicos, capitulados no *Monitório do Inquisidor Geral*" (p. 96). Câmara Cascudo indica como alguns desses mesmos hábitos passaram, como legado cultural, a fazer parte do acervo do povo, que os transmitia sem conhecimento de suas origens. Uma crença popular sugere que sangue animal derramado deve ser coberto com terra pois, do contrário, "chama quantidade maior" (p. 99).

O mesmo sucedeu com o costume de retirar adornos e objetos da roupa de defuntos, como botões de metal, antes de enterrá-lo envolto numa mortalha ou lençol, como é costume entre judeus.

O folclorista informa que essa tradição era ainda vigente em tempos modernos, lembrando que "o sábio Oswaldo Cruz, falecido em 1917, amortalhou-se desta forma" (p. 100).

Outros costumes incorporados à vida brasileira ao longo dos dois últimos séculos são examinados por Câmara Cascudo em áreas geográficas distintas. Como havia "um incessante desembarque de israelitas na imensidão nacional" (p. 109), suas influências encontram-se espraiadas por todo o país. Ele as faz notar no Nordeste, citando o hábito (hoje abandonado) de o povo não comer da carne de animal morto encontrado ao acaso (preceito seguido pelos judeus, de acordo com o *Deuteronômio*, 14, 21).

Alguns dos costumes adquiridos encontram-se desaparecidos neste limiar do século XXI, mas perduraram por longo período de tempo, levando-se em conta sua data de entrada: "Os motivos israelitas, fundamentais, circulando na cultura popular brasileira, datam do século XVI. Quando o brasileiro nascia..." (p. 115).

Outros estudos sobre o legado judaico no interior do Brasil reiteram alguns dos hábitos descritos acima, além de outros, como observados por Veríssimo de Melo:

A contribuição esparsa de judeus portugueses – Marranos – vem sendo apontada [...] em vários pontos do estado [Rio Grande do Norte]: o costume de lavar o cadáver, envolvê-lo num lençol (depois transformado em mortalha); a casa fechada durante oito dias, após a morte de algum familiar; colocar, em sinal de respeito, uma pedra sobre os olhos do cadáver, etc. – são traços indicativos da presença judia no passado[12].

Esse passado, como indica Câmara Cascudo, iniciado na ocasião da entrada dos portugueses no Brasil, dá mostras de ser ainda mais antigo. Atesta essa longevidade a voz popular emitida na literatura de cordel, como nas seguintes estrofes do folheto *O Pássaro Encantado da Gruta de Ubajara*, de Abraão Batista:

---

12. Veríssimo de Melo, "Componentes Culturais do Folclore", in *Folclore Brasileiro: Rio Grande do Norte,* Rio de Janeiro, MEC / FUNARTE, 1977, p. 11.

[...] vou começar a etapa
por um filho de judeu
Mustafá era um rapaz
muito bom, muito bonito
nascido no Ceará,
era forte como um granito
tinha um coração de ouro,
majestoso era o seu grito.
[...]
agora, caro leitor,
escute de antemão,
o que foi o grande reino
que existiu no sertão
numa época antes de Cristo
nos tempos de Salomão[13].

CLEMENTE SEGUNDO PINHO, "Reflexos do Mundo Judaico na Vida de um Menino Brasileiro"

Esse artigo de Segundo Pinho, filólogo e professor universitário ao tempo da sua publicação, é uma contribuição memorialista sobre passagens da vida do autor. Salientando seus contatos com indivíduos e famílias judias em Franca, cidade interiorana paulista, o texto informa sobre a dimensão de reciprocidade no processo de aculturação[14].

O artigo reúne recordações de judeus que marcaram a vida do autor (Sr. Jacob, D. Olga, "os jovens Brickmann"), comentários sobre o impacto da presença de israelitas na cidade, comparações entre lugares comuns e a averiguação pessoal e ocular de personalidades judias da cidade.

Da sua memória emergem momentos de epifania, pela qual se revela a essência da aculturação recíproca, quando o autor (ainda menino) sente a precisão em entender uma cultura alheia à sua (grafia e grifos nos trechos citados reproduzem a forma original): "Cedo compreendi que a *nossa verdade* não liqüidava a *verdade do sr. Jacob*. Podíamos ser amigos. O sr. Jacob era amigo de meu pai. Seus filhos seriam meus amigos, e *as verdades conviveriam*, sem radicalismos, sem agressões, sem mortes. Eis as sucessivas descobertas" (p. 310).

As lembranças do escritor envolvem a histórica Revolução Constitucionalista (1932). A instabilidade do período lhe dá oportunidade de verificar como o estrangeiro compartilha dos fluxos políticos,

13. Abraão Batista, *O Pássaro Encantado da Gruta de Ubajara*, 2. ed., Ceará, Juazeiro do Norte, 1975, pp. 6 e 11. Reimpresso *in* Abraão Batista (ed.), *Literatura de Cordel, Antologia*, vol. 2, 2. ed., São Paulo, Global, 1976, pp. 13-37.

14. Clemente Segundo Pinho, "Reflexos do Mundo Judaico na Vida de um Menino Brasileiro", *Comentário,* Rio de Janeiro, Instituto Brasileiro Judaico de Cultura e Divulgação, ano IX, vol. 10, n. 4 (36), 4º trimestre, 1968, pp. 305-312.

econômicos e sociais do país. O momento é de provação para os paulistas e, aos olhos do menino observador, serve também como uma forma habilidosa de medir o grau de aculturação do sr. Jacob:

> Quando as tropas ditatoriais (1932) invadiram a Franca, fizeram uma espetacular demonstração de força. Conquanto não provocassem ostensivamente a assustada população, era a *derrota*. O sr. Jacob, como qualquer homem integrado nos ideais constitucionalistas, amargou a circunstância. Vi-o com lágrimas nos olhos, trocando com os vizinhos as saudações costumeiras. Não se fechara aos valores da terra. Um crivo de inteligência permitiria seu ajustamento, sem irredutibilidade fanática, sem impermeabilidades etnocêntricas, sem se caracterizar como acomodatício fácil ou fruidor irresponsável das benesses, desvinculado da comunhão cívica. Conseguiu resguardar a essência de sua cultura religiosa, transmitindo o precioso legado aos seus descendentes, num exemplo até para a comunidade, que o acolhera (p. 310).

Entre as lembranças dos episódios que o levaram a descartar os moldes pré-fabricados sobre os judeus, o autor "adquire" o conhecimento da diversidade fisionômica do judeu:

> Era a visita dum rabino ou dum judeu ortodoxo. Passeando pela cidade, chamava a atenção. Murmura-se: *"Esse, sim, tem cara de judeu!"* Durante anos de minha infância e adolescência, desfilaram pelas ruas de Franca, atraídos pela comunidade local, por interesses, amizades, comunhão religiosa, judeus pobres, paupérrimos, ricos e milionários, louros, morenos, baixos, gordos, altos, magros, simpáticos e antipáticos, extrovertidos ou inibidos, calmos e sonolentos ou excitados e falastrões, inspirando confiança e admiração, ou remota prevenção, mas nunca repulsa pré-concebida. Passei a adolescência a discutir com amigos e colegas, disposto a quebrar modelos forjados por experiências limitadas e a ressaltar a variedade enciclopédica dos tipos e situações. Para a maioria condicionada pela propaganda e arraigados preconceitos, sem nariz adunco, longas barbas, não havia judeus [...] (p. 306)
>
> Fui, pouco a pouco, descobrindo a verdadeira feição de meus amigos judeus, mas ao mesmo tempo descristalizando mitos, que se me inculcavam. O primeiro a desfazer-se foi o do *judeu errante*. Imaginava-o surgir a qualquer momento pelas ruas da Franca. Viria cansado, velhíssimo, barbudíssimo, arcado sob maldições e arrastando imensas chinelas rotas, de casacão negro surrado, o nariz em gancho continuaria a longa curvatura dorsal. Eu não lhe teria medo. Dar-lhe-ia de beber [...] talvez um fortificante. Chamaria meu pai. Pediria para que lhe oferecesse um emprego, radicando-o na Franca. Ali não sofreria vexames, teria amigos e correligionários. Os judeus, entretanto, que nos apareciam, eram, em vastas proporções, rubicundos, bem dispostos e sedentários (p. 309).

O memorialista também se coloca na situação do estrangeiro, tentando imaginar como, na equação de trocas culturais, certos hábitos brasileiros atingiam a vida dos imigrantes. Por exemplo, a cena de "malhação do Judas", herança de uma tradição ibérica trazida pelos colonizadores, reverbera em observações sobre o ato em si e o possível impacto que teria nos judeus da sua cidade:

> A festa do Cristo Ressuscitado, a vitória do bem, da luz e do amor, se transformava, por artes mágicas, no festival do sadismo. Aprendíamos com os maiores, triste

herança de avoengos, a descarregar sobre o homem-objeto, a represada sanha do irracional coletivo. Naquele momento o mundo assistia impassível e até sorridente à maré montante do antisemitismo, que se preparava tecnológica e filosoficamente para efetivar, com requinte, o genocídio de milhões de judeus. [...] O que diria o sr. Jacob, d. Olga, se vissem os meninos e os marmanjos malhando o *judas*? Durante uma semana desapareci envergonhado (p. 309).

O ingresso dos judeus em Franca abriu, para o narrador, um horizonte até então remoto ou dele completamente desconhecido. Não permanecendo imune às permutas sociais, lembra sua adesão simbólica, embora efêmera, à religião do outro:

Quantas vezes, vindos do Rio, os jovens Brickmann, nessas ocasiões [das grandes festas religiosas], inundavam o quarteirão com melodias românticas. As crianças da comunidade, em trajes festivos, punham algaravia de passarada na rua. Todo clã comungava uma álacre emoção visceral de livre exercício de seus ritos. Apesar da curiosidade censurada por meu pai, entrava eu e saía, de solidéu à cabeça, à maneira judaica, daquela casa *em dia de sol maior*. Vinha saboreando amostras da culinária exótica, nimbado de um outro mundo, embalado pelas canções melancólicas dos homens maduros, por suas narrativas nostálgicas. Raiava um Novo Ano Judeu (p. 311).

Pela memória do escritor, percebe-se que o intercâmbio cultural-religioso era reconhecido por ele com naturalidade. A articulista Fany Cohn expande a informação de cunho pessoal de Segundo Pinho:

A casa dos Brickmann, que nessas ocasiões funcionava também como sinagoga, tendo um móvel apropriado para guardar a Torá que o casal ganhara por ocasião de seu casamento, acolhia todos. Era lá igualmente que se preparava as *matzot de Pessach*, trabalho em que todos participavam com sua quota: um cuidava da lenha, outro do forno, a tia Léa Pecker, mesmo depois de cega, incumbia-se de sovar a massa, e assim por diante.
A estas festividades compareciam, dando um cunho altamente ecumênico, o então bispo de Riberão Preto, dom Alberto Gonçalves, o ministro protestante, o pároco da Igreja Católica, e ainda o chefe espírita.
O inverso também sucedia. Os membros da comunidade israelita compareciam habitualmente às festividades cristãs e era comum ouvir-se Emília Brickmann cantando na igreja ao som do órgão tocado por Maurício Sobolh ou Maurício Brickmann. [...] O entrosamento da comunidade na vida brasileira foi tranqüilo e frutífero, fato que se pode constatar pela atuação dos filhos destes primeiros imigrantes. Exemplos há inúmeros, entre eles os de Maurício, filho de Sara e Isaac Sobolh, que infelizmente morreu jovem aos 23 anos, cursando o 6º ano de medicina da Faculdade do Rio de Janeiro. Rapaz de talento, foi o primeiro francano a estudar folclore musical indígena, sendo também compositor e músico, além de tocar diversos instrumentos[15].

Culinária, música e literatura oral são as três fortalezas culturais desveladas por Segundo Pinho no seu artigo de lembranças sobre a comunidade judaica de Franca. Elas podem ser encontradas em qual-

15. Fany Cohn, "Franca, um *Schtetl* no Interior de São Paulo", *Shalom*, São Paulo, ano XVII, n. 210, mai. 1983, p. 18.

quer grupo minoritário, mas no caso especificamente judaico, a religião é a quarta força mantenedora da sua integridade como povo. Comida, canções, narrativas e prática religiosa têm sido parte do estaqueamento judaico popular no Brasil e em outras terras por onde os judeus passaram ou se estabeleceram.

Os elementos descritos acima, além de outros mais, vão permear a história de uma família judia no Amazonas, retratada por Paulo Jacob, que transcreveu ficcionalmente certas tradições judaicas inseridas no meio amazônico.

PAULO JACOB, *Um Pedaço de Lua Caía na Mata* (1990)

Esse romance de Paulo Jacob, escritor não-judeu, ressalta a família sefardita Farah, constituída por Salomão e Sara e seus filhos Jacó e Raquel, em suas moções de acomodação em Parintins, no Amazonas[16]. Esse minúsculo bloco judaico, distante de seus correligionários e isolado de incentivos à preservação da cultura de seus predecessores, confronta-se com um meio ambiente com a dupla e paradoxal potencialidade tanto de conservar sua tradição quanto de dissipá-la. A tarefa do pai e chefe da família é manter sua família protegida da segunda possibilidade. Paulo Jacob centraliza seu interesse em Salomão e em sua perseverante posição de defensor de sua tradição sob pressões religiosas e tradicionais locais. Homem simples, consciente de uma missão, esse personagem representa o judeu aculturado e, ao mesmo tempo, extremado opositor da assimilação e do conseqüente desaparecimento da sua religião.

A adaptação de Salomão à cidade é evidente na sua participação em atividades comerciais, festivas e populares, nas preocupações coletivas com a política local e na sua agitação bisbilhoteira com rumores banais típicos. Como cidadão de Parintins, ele não se distinguia dos demais mas, como judeu vigilante da sua herança milenar, protegia-se, a si e a seus filhos, na leitura das antigüidades bíblicas, nas celebrações das grandes datas religiosas e culturais e no respeito pelas leis estabelecidas por seus antecedentes.

A história dos Farah, em Parintins, é narrada em 46 capítulos, cada um deles encabeçado por um título em hebraico, alusivo a alguma

---

16. Paulo Jacob, *Um Pedaço de Lua Caía na Mata,* Rio de Janeiro, Nórdica, 1990. Agradeço a Käthe Windmüller a indicação desse romance. Entre as demais obras do autor contam-se: *Chuva Branca* (1968); *Dos Ditos Passados nos Acercados do Cassiana – Saga Amazônica* (1969); *Chãos de Maiconã* (1974); *Vila Rica das Queimadas* (1976); *Estirão do Mundo* (1979); *A Noite Cobria o Rio Caminhando* (1983); *Dicionário da Língua Popular da Amazônia* (1985); *A Gaiola Tirante Rumo do Rio da Borracha* (1987); *O Coração da Mata, dos Rios, dos Igarapés e dos Igapós Morrendo* (1991).

ocasião importante do calendário religioso judaico e a ciclos vitais, além de datas marcadas por constrição ou júbilos coletivos, como *Ióm Kipur* (Capítulo 1), *Bar-Mitzvah* (Capítulo 2), *Tishá Beav* (Capítulo 32), *Halom Tob* (Capítulo 46) etc. Estes e demais nomes estrangeiros são devidamente explicitados no "Glossário", incluído ao final do livro[17].

Paulo Jacob, conhecedor erudito das tradições judaicas e regionais, expõe, nesse romance, a confluência das culturas amazônica e israelita, ambas antigas, firmes e resistentes.

A narrativa central concentra-se na perseverança do patriarca Salomão Farah em manter sua religião viva, em resposta aos desafios do meio ambiente. Esse intuito era parte da herança paterna, iniciada quando o pai impediu-o de levar adiante seu amor pela índia Janoca[18]. Por sua vez, o próprio Salomão passou a cuidar de que a geração seguinte permanecesse religiosamente intacta, lutando contra as correntes assimilatórias que ameaçavam levar seus filhos. Jacó, vítima de perseguições anti-semitas na escola e na rua, mostrava-se ansioso por se assimilar e, assim, passar a ser tratado como todo o mundo; Raquel, por inércia, também se dispunha a abandonar suas tradições, tencionando casar-se com Quiqui, um rapaz não-judeu.

Historietas se desenvolvem ao redor de problemas pertinentes à vida na selva (picadas de cobras, ataques de animais, enchentes) e enrodilhamentos de cidade pequena (arbitrariedade de delegado, exploração de padre, engodo de político). O desenvolvido grau de conhecimento prático do escritor sobre o emaranhado amazônico mostra-se similar à sua erudição em assuntos religiosos judaicos. Ele faz de cada capítulo um pretexto para a exposição dos preceitos mosaicos e costumes da terra, ambos entrelaçados em situações expressivas de paralelismos culturais, como no Capítulo 13 (não por coincidência, chamado *Kemlá* [amuleto]). Neste, num estilo compacto, de frases curtas, indicam-se as crenças judaicas e os costumes da terra ao redor do nascimento de Raquel, o crescimento da menina sob a vigilância do pai, os desafios exteriores aos ensinamentos israelitas e, finalmente, as frustrações do patriarca, sofridas em seu papel de judeu que teve de assumir uma missão:

---

17. Segundo o "Glossário", "*Ióm Kipur* – Dia da expiação. Dia do perdão. É o mais importante dia santificado dos judeus; *Bar Mitzvah* – Homem do dever. Maioridade do judeu. Emancipação religiosa que ocorre aos treze anos de idade; *Tishá Beav* – O nono dia do mês de av. O dia das lamentações. Rememoração da destruição dos dois templos de Jerusalém; *Halom tob* – sonho feliz."

18. Entre as obras contemporâneas sobre o tema de amores dificultados por diferenças culturais e preconceitos raciais, os romances seguintes são representantes do tópico em relação a diversas comunidades no Brasil: alemã, *Um Rio Imita o Reno*, de Vianna Moog (1939); japonesa, *(Sayonará) E já que assim Deve Ser...*, de Cecília Murayama (1988); polonesa, *Danuta*, de Rodolfo Lima Martensen (1988).

ACULTURAÇÃO E ASSIMILAÇÃO

Sara quase foi falecida. Foi ao fato do nascimento de Raquel. Atrás da cama um *kemlá*, puçanga de afastar malefício. Amuleto igual mão, com o nome dos anjos. Galhos de arruda, dentes de alho. Afuguentar o mau-olhado, os maus espíritos. Lilit, o pior de todos. Espírito de mulher, comandando outros mais ruins. Que finalmente correu tudo bem. Raquel nasceu bonita, robusta, branca. Pesou cinco quilos. Dona Veríssima tratou da partejação. Mulher prendada nesses cuidares de parto. E nem bem cresceu direito, já querendo namorar. Disso contou o Jauaperi. Índio da fiança da família. Raquel de mãos dadas com o Quiqui. Curuminzinha ainda, querendo namorar. Sendo do caso casar, vem os aborrecimentos religiosos. Filhos a favor do pai, outros ao religioso da mãe. Aquele maior questiúme familiar. Enfraquecer a raça, a união, a força religiosa. Sustentação da unidade do povo de Deus disperso no mundo. Muito nova para namorar. E depois o Quiqui não tem onde cair morto. Funcionário dos Correios, ganha aquela miserinha de mil réis. Sara precisa aconselhar filha a largar desse namoro. Coisa de criança, amizade passageira. Quem sabe lá! Qualquer homem feito se prende a uma cunhantã de beira do rio. Talvez novidade de namorar com católico. Bem se viu o acontecido com a Janoca. Hoje viver de saudade, lembrados, bons tempos do regatão. Os cabelos soltos, o vento assanhando. Os olhos rasgados, a boca miúda. O andar calmoso, igual a garça atocaiando peixe. Um dia se foi, sumiu no mundo. A noite cobria o regatão. Um pedaço de lua caía na mata (p. 44).

Além de expor a saga do patriarca, talhada em modelo regional e telúrico, na sua loja ou no barco – o *Jerusalém* –, Paulo Jacob também alude a outras vidas judaicas das vizinhanças, como a de Abrão e sua família, que acabam mudando-se para Belém. O fulcro da narrativa, no entanto, como se estivesse num laboratório experimental, é a tensão entre a família de Salomão e os incentivos exteriores. Da proveta literária de Paulo Jacob se examinam, em lâminas narrativas, o grau de resistência de herança hebraica no isolamento do ambiente silvícola.

A célula familiar de Salomão, no coração do mundo amazônico, lembra o famoso encontro entre os rios Negro e Solimões, cujas águas correm paralelamente e sem mesclar-se por muitas léguas. Na escrita, as duas culturas têm contato direto e contínuo, andam lado a lado, tocam-se, reconhecem-se, convivem, sem se desfazer e sem dissolver-se uma na outra. É evidente a fenomenal energia do meio ambiente amazônico estirando-se para açambarcar os Farah e, de outro lado, a oposição de Salomão, um homem que, vitorioso como defensor da sua cultura e religião, acaba falido financeiramente, derrotado e amargurado, física e psicologicamente.

A perspectiva desse escritor não-judeu segue, em suas grandes pinceladas, a preocupação expressa dos israelitas pela conservação do conjunto cultural judaico quando exposto a forças não-judaicas. A conclusão factível do teatro experimental-realista em que Paulo Jacob põe em cena a família Farah do Amazonas releva-se por duas dimensões: pela primeira, percebe-se como a selva, acolhendo e alimentando os que a procuram, mal se deixa arranhar pela presença de humanos (não-predatórios), sejam eles caboclos, índios ou judeus; pela segunda, revela-se como Salomão teve de pagar alto preço, em termos de sacrifícios, pessoais e familiares, para que sua crença milenar e seu modo de viver permanecessem incólumes às contínuas pressões das forças culturais ambientais. Enquanto isso sucedia, ele se adaptava, quando sua religião não entrava em jogo, ao universo amazônico, embrenhando-se pelas matas, singrando suas águas, nas suas disputas diárias pelos últimos rumores ou nos duelos verbais com o padre da paróquia local, que contava com seu apoio para a próxima quermesse ou o erguimento de mais uma parede na sua igreja.

PONTOS DE VISTA JUDAICOS

O tópico da aculturação se encontra distribuído por quase todos os trabalhos ficcionais e semificcionais de autoria de judeus, alguns examinados nos demais capítulos deste livro, por prismas distintos. Este exame focaliza trabalhos ficcionais em que situações referentes à aculturação e assimilação, na escrita, sejam predominantes em relação a outras. Esses temas são expostos em romances e contos de Moacyr Scliar e Alberto Dines, ambos reconhecidos, respectivamente, por suas extensas obras de caráter ficcional e histórico-ficcional. De menor reconhecimento público, referindo o mesmo tema, mencionam-se Abrahão Iovchelovitch, Janette Fishenfeld, Sara Riwka Erlich, Leão Pacífico Esaguy e Isaac Schachnik.

Abrahão Iovchelovitch, *O Sacrifício do Médico* (1958)

Como já observado em outras partes deste estudo, no Rio Grande do Sul concentram-se as fontes originárias da literatura brasileira judaica. A primeira manifestação literária sobre a preocupação comunitária com sua identidade religiosa e cultural também provém das terras gaúchas. O tópico é um dos focos de interesse no único livro de Abrahão Iovchelovitch, *O Sacrifício do Médico*[19]. O tema central do romance, narrado na terceira pessoa, é a história de amor entre dois jovens judeus, um, Eliezer Levin, estudante de medicina, e Regina, uma moça que ele conheceu durante "suas férias de fim de ano" (p. 15).

Parte da narrativa é ocupada por observações sobre o namoro, uma contínua leitura de apaixonadas cartas entre os dois e descrições de fases da vida do protagonista. Em estilo tardiamente romântico e quase piegas, a história dos jovens e da carreira profissional do médico cede espaço a digressões sobre a contribuição dos judeus para a cultura universal ("Os Israelitas na História do Progresso", p. 49) e transcrições de diálogos entre o protagonista e um advogado não-judeu.

---

19. Abrahão Iovchelovitch, *O Sacrifício do Médico*, Porto Alegre, Oficinas Gráficas da Imprensa Oficial, 1958.

Entre os diversos aspectos de judaísmo examinados pelo estudante de medicina e seu companheiro de dialética, salienta-se o problema da assimilação, exposto no capítulo "As Razões por que Dificilmente se Realizam Matrimônios de Israelitas com Pessoas de Outras Religiões" (p. 55). Para explicar sua aversão ao assimilacionismo, Eliezer expressa seus argumentos sem ambigüidades, começando por desfiar motivações de caráter histórico e ingressando por razões de fundo psicológico e pessoal. Na tradição do uso de diálogos com pretexto didático, Eliezer começa a discorrer sobre o assunto, quando instigado por uma pergunta; no caso, seu interlocutor é um advogado intrigado a respeito dos judeus:

– Realmente, disse o bacharel, [...] pretendo fazer-lhe várias perguntas a respeito de diversos assuntos, porém, peço que não julgue seja indiscrição. É apenas curiosidade.
– Se estiver em meu alcance, responderei com prazer. Pode iniciar, disse Eliezer.
– Uma das coisas mais interessantes, para mim, é saber por que os israelitas geralmente não se casam com pessoas de outras nacionalidades?
– É um assunto delicado para analisar; em todo caso tentarei responder à sua pergunta.
Como é que quer que da noite para o dia rompamos ou abandonemos as nossas tradições, nossa religião, os nossos costumes e nossa bíblia, nós que herdamos isso dos nossos antepassados, tradições que vêm de milênios [...] O senhor acha fácil romper os laços que nos ligam às nossas tradições, através de quase mil anos de existência? Os nossos costumes correm nas nossas veias, misturados com a massa do sangue. E é, realmente, muito difícil romper esses laços, e aquêle que os rompe, cria, sem dúvida alguma, um conflito íntimo com sua própria consciência, porque vai contrariar e romper com aquilo que já vem através de milhares de gerações. Este cria um problema pessoal muito grande, e na maioria das vezes se arrepende, porque não dá certo. E para que criarmos problemas adjacentes, perfeitamente indispensáveis, já que a vida em si está cheia deles e não raras vêzes insolúveis? [...] Se os israelitas começassem a se misturar com outros povos dentro de poucos anos seriam absorvidos e desapareceriam completamente como povo. E o senhor acha que está certo isso? Observe, pondere e reflita mais sobre este ponto (pp. 56-57).

A argumentação de Eliezer, respaldada pela memória coletiva de uma comunidade pequena e pela rarefeita aceitação da conversão, salienta o casamento misto (entre judeus e não-judeus) como um prefácio à assimilação. Apelando ao raciocínio do seu interlocutor, o rapaz enfatiza o preço emocional da renúncia a um compromisso matrimonial com alguém não pertencente à comunidade judaica:

Já pensou, doutor, no grande sacrifício que a moça ou o moço israelita faz, se ele ou ela renuncia ao seu grande amor? O senhor sabe que o supremo desejo, na vida de todos nós, é encontrar e conseguir uma companheira para suavizar nossa vida neste vale de lágrimas. E tenha certeza disso, doutor, se a gente renuncia ao máximo [...] não se fará isto por mero capricho (p. 57).

O tema do casamento entre judeus e gentios é dos mais delicados e sérios nas considerações sobre o futuro do judaísmo na Diáspora. O trabalho ficcional desse escritor pode ser considerado uma amostra de preocupações perenes e também das tentativas pessoais e comunitárias do seu tempo de resolvê-las.

Rosa R. Krausz, no início da década de 1980, realizou uma pesquisa entre casais endogâmicos judeus e não-endogâmicos, em São Paulo. Entre os últimos, em que um dos cônjuges é identificado como cristão, ela observou e distinguiu três possíveis categorias de casamento: pela primeira, o enlace se identifica como judaico desde que o cônjuge não-judeu se converta ao judaísmo; pela segunda categoria, dá-se o contrário, o casamento é considerado cristão quando o cônjuge judeu abandona o judaísmo e se converte formalmente ao cristianismo; e à terceira categoria pertence o "casamento misto", no qual nenhum dos cônjuges se converte à religião do outro[20]. Entre as conclusões de Krausz, ressalta a de que "a freqüência de casamentos não-endogâmicos tende a ser mais alta entre brasileiros judeus com grau universitário" (p. 229), uma observação que expõe, subliminarmente, as mudanças de atitude da população judaica, se comparada aos esforços empreendidos por Eliezer de *O Sacrifício do Médico*, ao final da década de 1950.

Poucos anos passados depois do livro de Iovchelovitch, o tópico emerge em crônicas e contos de Janette Fishenfeld, no Rio de Janeiro. Neles, a escritora salienta as diferenças de geração quanto à aceitação de matrimônios com pessoas não-judias e, mesmo em casamentos realizados dentro do judaísmo, a indiferença dos pais pela educação judaica dos filhos.

JANETTE FISHENFELD, "Imagens no meu Espelho" (crônicas) (1965)

Nascida no Rio de Janeiro em 1927, de pais judeus, ele bessarabiano, ela brasileira, Janette Fishenfeld formou-se em ciências naturais pela então Faculdade Nacional de Filosofia. Canalizou seus recursos de mulher inteligente, sensível e instruída para causas sionistas, como voluntária para a WIZO (organização filantrópica) e colaboradora de *Aonde Vamos?* e *Menorah*, revistas cariocas judaicas. Faleceu com pouco mais de sessenta anos, deixando marido e duas filhas.

Seus artigos para a imprensa transcrevem cenas da vida diária, imaginária ou real, de judeus seus contemporâneos. Na sua página "Imagens no meu Espelho", na revista *Aonde Vamos?*, a cronista abordou a questão em diversas crônicas, das quais sobressaem-se três, "Uma Estória que se Repete", "Casamentos Mistos" e "Amigos". As duas primeiras aludem à questão do enlace com pessoa não-judia e a última, a

---

20. Rosa R. Krausz, "Some Aspects of Intermarriage in the Jewish Community of São Paulo, Brazil", *American Jewish Archives,* Cincinnati, Hebrew Union College, vol. XXXIV, n. 2, nov. 1982, p. 216.

atitudes pessoais de afastamento do judaísmo. Em todos os casos, a cronista faz notar a interrupção da sucessão cultural judaica[21].

Publicada em meio à década de 1960, a primeira crônica transcreve as reações de uma família judia ao saber que o filho, para se casar com uma moça católica, tomara a decisão de se converter ao catolicismo. A história reflete o estado de espírito da família judaica, que recém se iniciava nos impactos da deserção filial da comunidade:

> O pai, quando soube, teve reação violenta, que o levou ao primeiro enfarte; meses depois do casamento, veio a falecer. A mãe acabou por acomodar-se à nova situação; viu com amargura a nora crismar e batizar as duas crianças que vieram, com a aprovação do marido.

A cronista arremata a narrativa com um flagrante irônico:

> Ouço agora que o casal se desquita, ao fim de alguns anos de união que parecia tranqüila. Comenta uma das amigas íntimas da moça, sem saber que conheço o caso:
> – "Casamento com judeu não dá certo..." Feitas as contas, o saldo é, como sempre negativo.

Na mesma página publica-se "Casamentos Mistos", onde a cronista analisa uma divulgação surgida na ocasião, de que "a Igreja Católica aceita publicamente o fato de que 'há uma oposição a que seus fiéis casem com pessoas de outra fé' ". A escritora baseia-se nessa notícia para afirmar que o receio de assimilação é recíproco, pois coexiste com judeus e não-judeus. Ela pondera sobre o "pronunciamento papal sobre casamentos mistos" pelo qual "o Papa autorizará o casamento entre católicos e não-católicos desde que os cônjuges respeitem as respectivas religiões". Com base nessa declaração, Janette procura desarticular a voz popular de que apenas os judeus preferem evitar o casamento misto. Seu posicionamento na questão se faz transparente: "Vem portanto o pronunciamento papal livrar os judeus de mais uma acusação: de que o casamento misto é evitado unilateralmente".

Fishenfeld é perseverante e metódica na defesa do patrimônio judaico pela entrega generacional sucessiva. Para ilustrar seu ponto de vista, utiliza com freqüência a forma dinâmica do diálogo. Em "Amigos", ela transcreve troca de idéias com um casal de amigos, de visita a sua casa. Ressalta os caminhos "alternativos" tomados pelo casal, observando mudança na atitude dos visitantes, quando a mulher revela como ambos planejavam criar seus filhos:

---

21. Janette Fishenfeld, "Uma Estória que se Repete" e "Casamentos Mistos", 4 nov. 1965; "Amigos", 30 dez. 1965, crônicas publicadas na seção, assinada pela autora, "Imagens no meu Espelho", do periódico *Aonde Vamos?*, Rio de Janeiro. (Cópias das crônicas me foram cedidos pela autora, durante entrevista em abril de 1985, em sua residência, no Rio de Janeiro.)

Olha, – argumenta nossa amiga – chegamos à conclusão de que escola judaica não vale a pena. Somos conscientemente ateus, não permitiremos que ensinem a nossos filhos coisas em que não acreditamos. [...] Somos decididamente incréus.

Ao que a cronista retruca:

Foi-lhes dado ao menos o direito de opção. Mas para seus filhos não haverá alternativa; simplesmente ignorarão o patrimônio perdido. Não crê que mereçam uma oportunidade de decidirem por si mesmos a esse respeito?

Ao receber a resposta de que "há sempre um avô alerta, para reabrir a encruzilhada...", o diálogo se suspende pela introspecção da autora: " 'Até quando?' – penso, angustiada".

Essas passagens demonstram a intenção anti-assimilatória da cronista. Mais ainda: pelas entrelinhas, ela salienta que, sendo parte de uma comunidade, de um grupo religioso ou culturalmente congênito, os judeus não deveriam transgredir tradições, orientação religiosa, restrições e tabus comuns à comunidade. Sua mensagem se faz clara e decisiva quando, ao finalizar "Amigos", registra-se o hiato entre ela e seus hóspedes: "A conversa segue outro rumo, marcamos encontros, visitas, voltamos a recordar pessoas e acontecimentos de um passado comum... e, contudo, já não falamos a mesma linguagem".

De 1958, quando se publicou *O Sacrifício do Médico,* contendo o diálogo entre o judeu e o advogado, a meados da década de 1960, com as crônicas de Fishenfeld, até princípios da década de 1980, quando Rosa Krausz publica os resultados de suas pesquisas, a questão assimilatória permanece, praticamente, a mesma, "uma estória que se repete", no dizer de Janette Fishenfeld.

No entanto, a partir de meados da década de 1970, alguns escritores novos começavam a observar a mesma situação por ângulos diferentes. Por um lado, Moacyr Scliar chega a velar sua possível censura às circunstâncias, por meio de humor, ironia, uso de arquétipos e outros tropos, como o faz nas duas novelas a serem examinadas adiante. Por outro lado, narrativas passam a expor escavações no passado histórico, projeções no futuro e conciliações ecumênicas, como fazem Alberto Dines e outros escritores, em suas narrativas curtas e contos.

MOACYR SCLIAR, *Os Deuses de Raquel* (1975) e *O Centauro no Jardim* (1980)

A obra do prolífico e internacionalmente reconhecido Moacyr Scliar revela a sensibilidade do escritor atenta a duas das sereias mais sibilantes aos ouvidos dos judeus: a aculturação e a assimilação. A primeira delas emerge na ficção de Scliar por sua dimensão de inevitabilidade para aqueles que ingressam, adaptam-se e participam do destino da sociedade em que vivem; a segunda ganha relevo na sua escrita como um fenômeno a ser temido pelos vigilantes da cultura e da religião, visto suas conseqüências determinarem o desaparecimento da cultura minoritária dentro da majoritária.

Ambos os temas encontram-se esparsos por toda sua obra ficcional, desde o primeiro romance, *Guerra no Bom Fim*. O protagonista Joel sente-se à vontade em meio a pessoas socialmente mais modestas do que ele e culturalmente diferentes; também no campo amoroso, ele se entende melhor com uma moça alheia à sua cultura do que com Raquel, amiga de infância e parte da mesma comunidade (ela, por sua vez, desiste de esperar por ele e casa-se com um beduíno, em Israel, um homem completamente estranho à cultura brasileiro-judaica). Enquanto Raquel se estabelece longe do seu ambiente cultural, Joel volta, pelo menos fisicamente, a viver no Bom Fim. Ao escolher o bairro da sua infância, Joel parece indicar uma intenção de permanecer culturalmente judeu, apesar das transformações pelas quais ele passou.

Aculturação está associada, em última análise, à identidade cultural. Enquanto o Joel e a Raquel do primeiro livro de Scliar apenas esboçam um trajeto assimilatório, futuros personagens desenvolvidos pelo escritor vão ter essa intenção mais nitidamente focalizada. O desconforto social sentido por algumas pessoas e sua ansiedade em deixar de ser alvo de discriminações, causada pela herança cultural judaica, são os pontos centrais em *Os Deuses de Raquel* e *O Centauro no Jardim*. Em ambos os romances, os personagens mostram-se decididamente inclinados a cruzar os limites entre a sua cultura e a circundante, entregando-se voluntariamente ao processo de assimilação. No primeiro deles, quando a protagonista aceita a prática de costumes proibidos pela religião judaica (adoração de ícones cristãos), e, no segundo, quando Guedali casa-se com uma "centaura" não-judia, percebem-se duas manifestações de aculturação e assimilação, entrelaçadas, superpostas e quase inseparáveis.

Os Deuses de Raquel (1978)

Na história de Raquel, o processo de assimilação se expressa paulatinamente, começando pela geração que a antecedeu: seus pais, Ferenc e Maria, judeus da Hungria, imigram para o sul do Brasil[22]. Na sua terra, Ferenc era um cultivado latinista. Sua devoção por uma língua que representa, mais do que qualquer outra, a liturgia católica, seria a cabeça da ponte por onde vai guiar os caminhos da filha[23]. Efetivamen-

22. Moacyr Scliar, *Os Deuses de Raquel*, 2. ed., Porto Alegre, L&PM, 1978.
23. Essa comparação é relativista e tem razão direta com o texto de Scliar. Lembremos que antigos professores da Universidade de Harvard, além de latim, também ensinavam hebraico e eram considerados hebraístas, mas nem por isto poderiam ser qualificados como "cristãos aculturados ao judaísmo" (cf. Max I. Dimont, *The Jews in America*, Nova York, Simon & Schuster, 1978, p. 32).

te, pela mão do pai, a menina é matriculada num colégio de freiras, onde vê, pela primeira vez, uma imagem da Virgem que "contempla Raquel com seus grandes olhos escuros. Que linda, murmura a menina, fascinada" (p. 26). Lá ela aprende latim e a rezar.

Esse personagem reflete experiências do próprio Scliar em determinada fase da sua vida, como ele conta, em entrevista:

> Fiz o ginásio num colégio religioso, católico. Experiência dolorosa. No sistema de competição então adotado eu me destacava; e toda a agressividade de meus colegas adolescentes manifestava-se sob a forma de um virulento anti-semitismo. O pior de tudo era a sensação de, como judeu, estar condenado a arder por toda a eternidade no inferno [...] Converti-me, secretamente, ao cristianismo e criei uma liturgia própria, com orações compostas por mim mesmo[24].

Essas e outras experiências de sedução juvenil pela assimilação refletem-se em episódios sobre a protagonista de *Os Deuses de Raquel*: ao receber uma imagem da Virgem Maria como prêmio, uma colega tenta fazer com que Raquel o devolva por ser judia, gritando "malvada, guria ruim, pagã!" (p. 35). A experiência sobre o medo do inferno também é transposta para Raquel:

> eu vou para o inferno, Irmã Teresa, porque sou judia, meus pais são judeus, eu não vou me converter, minha mãe morreria de desgosto, eu gosto da minha mãe. Gritando: então tenho de arder no inferno porque gosto da minha mãe? (p. 37).

Como resolução ao problema,

> Raquel, ameaçada pelo inferno, toma uma decisão: converter-se ao cristianismo. Mas não publicamente. Não – este prazer ela não dará à Irmã Teresa, e além disso, quer poupar à mãe o desgosto (p. 40).

Tanto na vida pessoal do escritor, quanto na vida ficcional de Raquel, a aculturação foi superada, pelo menos em parte do tempo, pela assimilação. Como o seu criador, o personagem adere à prática religiosa da maioria, camuflando-a pela criação de "uma liturgia própria", pois Raquel

> murmura a prece feita por ela mesma, a oração-senha: "Virgem Maria, aqui estou / abre a porta, eu quero entrar. / Tudo que é meu eu te dou, / mas deixa-me, por favor, te abraçar" (p. 41).

A história da menina-moça percorre caminhos desnorteados e contraditórios[25]. De um lado, ela pratica a idolatria, mas proíbe que uma colega, sefardita, faça o mesmo. Ainda confusa, Raquel se envolve em

---

24. Entrevista a Edla van Steen, *Viver & Escrever*, vol I, Porto Alegre, L&PM, 1981, pp. 173-174.
25. O comportamento de Raquel é classificado como "esquizóide" e ela é chamada de "neurótica" por Nelson Vieira, em "Judaic Fiction in Brazil: To Be and Not to Be Jewish", *Latin American Literary Review,* jul.-dez. 1986, pp. 39- 40.

meandros masturbatórios transpostos em elevações místicas, ou, pelo contrário, são suas flutuações mentais pelo imaginado reino do céu que a levam a apaziguar seus instintos sexuais. O período se encerra com Raquel deixando a escola, que acaba consumida por um incêndio.

Uma das presenças mais relevantes no decorrer da vida de Raquel é Miguel, agregado à família, misterioso judeu esquecido do mundo. Ele se dedica à loja de ferragens do húngaro (depois dirigida por Raquel) e, além desse encargo, trabalha na construção do "Templo", uma sinagoga no alto de uma colina. Miguel também exerce papel de eco do narrador onisciente, o que o coloca na vantajosa situação de tudo saber e estar em todas as partes onde Raquel se encontre. A constante rejeição da moça aos pedidos do construtor para que visite a sinagoga não o demove de sua auto-imposta missão de trazê-la de volta ao cultivo do judaísmo. Distante e esotérico, ele vai encontrar-se o bastante próximo da situação alienada da moça para sentir-se dono do seu destino e interromper para sempre os "dias de Raquel" e os "deuses de Raquel". O lento e decisivo afastamento da moça do meio judaico, iniciado por seu pai, é brutalmente cortado por Miguel, que o interrompe de forma inequívoca, ao findar-se o romance e a história de Raquel.

Também relevante para a sua situação esgarçada entre duas culturas é o fato de Raquel ter sempre morado no Partenon, um bairro cujo nome e significado não devem passar despercebidos. Pelas raízes históricas do onomástico, nele se representaria, metaforicamente, o período helenista da história judaica (século IV antes da Era Comum). A ocasião é marcada pelo número de judeus que, fascinados pela civilização grega, aderiram aos seus muitos templos e deuses, afastando-se de sua crença num único Deus. O Partenon gaúcho foi o "templo" de Raquel, o berço de seus esforços em assimilar-se e enfronhar-se pelos territórios que não fossem nem o gueto que seu pai temia nem o mundo tacanho e materialista das suas acrobacias automobilísticas. No entanto, Miguel, revertendo a consagração do arcanjo homônimo pela Igreja Católica de defensor do Cristianismo, tentou redimir Raquel com a construção de um templo judeu, convidando-a com insistência a ver a obra em progresso; suspeitando das intenções do homem em enredá-la com a religião, Raquel jamais o visitou; de outro lado, o templo nunca foi inaugurado. Também identificado como aquele que anunciou, à Virgem Maria, sua morte, o arcanjo se representará em Miguel, que se fará o instrumento funcional do destino final da moça[26].

Metaforização e alegorias, dois artifícios literários trabalhados por Scliar em *Os Deuses de Raquel*, vão permear a arquitetura de *O Centauro no Jardim*. Em ambos os romances, prevalecem insinuações

---

26. James Hall, "Michael", *Dictionary of Subjects & Symbols in Art,* Nova York, Harber & Row, 1979.

e sugestões baseadas em arquétipos, que o autor reformula num contexto social contemporâneo brasileiro.

O Centauro no Jardim (1980)

Cinco anos mais tarde e depois de ter escrito quatro livros, Moacyr Scliar publica *O Centauro no Jardim*, retornando, com esse romance, a reunir os temas de aculturação e assimilação no seu enredo ficcional. Novamente confundidas e entrelaçadas, as ansiedades com a identidade cultural orientam os atos de duas pessoas, um judeu e uma mulher não-judia, ambos marcados pela configuração esdrúxula de serem meio-gente e meio-cavalo.

A narrativa trafega pelos escaninhos psicológicos percorridos pelo protagonista na sua procura pela assimilação. Nascido numa fazenda da ICA, a história de Guedali, o centauro judeu, desenvolve-se a partir do berço, prosseguindo por aventuras que ele enumera: "numa pequena fazenda no interior de Quatro Irmãos, num circo, numa estância da fronteira, numa clínica do Marrocos" (p. 122). O meio ambiente brasileiro, suas lendas e culinária, onde sua família esculpe uma vivência judaica, marca sua infância:

> Num livro sobre as lendas do Sul, Débora me ensina a ler. Aprendo com enorme facilidade; Negrinho do Pastoreio e Salamanca do Jarau já não me são estranhos, fazem parte do meu quotidiano (p. 37);
> Minha mãe acende as velas, meu pai faz a bênção do vinho e assim celebramos a chegada do Shabat. [...] As estações se sucedem; são anos bons, segundo meu pai [...] Aprendo com ele as fases da lua e também canções em iídiche. [...] Tomamos chá com bolachas, muitas vezes há pipoca, pinhão quente, batata-doce assada (p. 42).
> Meu irmão prepara um arroz de carreteiro (p. 49).

A essa fase na vida do centauro, seguem suas tentativas de desfazer-se da sua anomalia e passar a ser igual ao resto da humanidade. O protótipo alegórico amplia-se para incluir Tita, a mulher-centaura que, como Guedali, também quer livrar-se das partes eqüinas do seu corpo.

Quanto à ansiedade em querer ser como os demais, o romance abre-se à questão da localização do judeu na Diáspora, que se convencionou chamar "condição judaica". Não é verbete de dicionário, nem tem representação num foro; entretanto, os que tratam dessa questão incluem, como dado explícito ou subtextual, referências ao enquadramento do judeu no mundo não-judeu. Sobre esse assunto, Moacyr Scliar contribui com um comentário breve e claro, numa entrevista (grifo no original):

> A condição judaica. Você não se livra dela. Começa que está estampada na carne: a marca da circuncisão. Somos *diferentes*. Nem melhores, nem piores: diferentes[27].

27. Entrevista a Edla van Steen, *op. cit.*, p. 174.

O cerne de *O Centauro no Jardim* é a conscientização da diferença, sofrida pelo casal. Eles se dividem entre seu desajustamento na sociedade humana e a procura de uma solução para essa situação. Marginalizados, inconformados, revoltados e obsessivos, Guedali e Tita simbolizam a insatisfação que as pessoas podem ser levadas a sentir com sua identidade. Para Guedali e a "mulher", a incômoda situação é resolvida por uma operação cirúrgica que vai eliminar as patas eqüinas, os cascos e o couro cavalar dos dois. Sua condição fundamental é transformada em outra: em troca dos galopes da liberdade, os passos miúdos da mediocridade.

Depois de efetuarem a troca de patas por pernas, os ex-centauros casam-se, têm filhos, reúnem-se com a família e embalam-se na sensação de que, a partir de então, a felicidade estará a seu alcance. Para eles, o bem-estar social foi finalmente alcançado, condicionado ao abandono de seus traços característicos e identificadores. No entanto, apesar de poderem passar despercebidos – assimilados –, por dentro de suas botas permaneciam os resquícios de sua condição anômala.

A representação alegórica no romance é reconhecida pelo próprio Scliar, em entrevista que me concedeu em Porto Alegre. À minha pergunta: "O Centauro – me ocorre que o livro pode trazer à lembrança o símbolo do 'judeu helênico', para quem a assimilação foi uma grande tentação; você concordaria com esta idéia?", o escritor respondeu: "Sim, o Centauro pode ser visto como símbolo do judeu que quer se assimilar [...]"[28].

ALBERTO DINES, "Posso?" (1972)

Alberto Dines nasceu no Rio de Janeiro, a 19 de fevereiro de 1932, filho de imigrantes judeus provenientes da Ucrânia. Jornalista, contista, biógrafo e roteirista de cinema, ele iniciou seus estudos na sua cidade natal; ali, foi membro fundador do Dror, uma organização juvenil de orientação sionista-socialista, que teria influência na formação judaica secular do escritor. Seu entusiasmo pela atitude antiburguesa do movimento esquerdista levou-o a abandonar os estudos convencionais ainda em fase juvenil. Pouco mais tarde, desiludido pela imposição de anonimato e impersonalização, típico das sociedades esquerdistas da sua época, abandonou as atividades da organização. Daí datam suas primeiras contribuições ao cinema, auxiliando equipes profissionais

---

28. Entrevista realizada nos estúdios da TV Piratini, em Porto Alegre, em 1985. A versão original está em vídeo; a pergunta e o fragmento da resposta, transcritos no texto, fazem parte da entrevista, publicada em inglês: Regina Igel, "Jewish Component in Brazilian Literature: Moacyr Scliar", *Folio, Essays on Foreign Languages and Literatures, Latin American Jewish Writers*, org. por Judith M. Schneider, Nova York, State University of New York, n. 17, set. 1987, pp. 111-118.

em filmagens e produzindo documentários curtos, antes de iniciar-se na crítica cinematográfica.

Inaugurou seu trabalho jornalístico com resenhas de filmes para o *Jornal Israelita*, seguido pela revista *A Cena Muda*. Aos vinte anos de idade, obteve o registro de jornalista e, desde então, seu roteiro profissional desenvolveu-se por muitas editoras, revistas e jornais. Foi redator principal das revistas mais lidas do país a seu tempo; chefiou o *Jornal do Brasil* por doze anos e também lecionou na Escola de Jornalismo da Universidade Católica do Rio de Janeiro. Com a chegada da ditadura e não muito bem visto pelos militares no poder, lhe foi facilitado um convite para os Estados Unidos. Naquele país, contratado pela Columbia University, deu cursos na sua Escola de Jornalismo e Assuntos Internacionais e conferências em outras universidades, no decorrer do ano letivo 1974-1975. De volta ao Brasil, o jornalista continuou trabalhando na chefia de uma editora paulista até 1988, quando viajou para Lisboa, estimulado por uma bolsa de pesquisa e estudos. Em Portugal, passou alguns anos investigando a Inquisição Portuguesa no Brasil e a vida de Antônio José da Silva, o Judeu.

Ao longo de sua intensa atividade jornalística, fez pesquisas no campo da história e produziu muitos trabalhos de ficção. Seu primeiro livro de contos, *Posso?* (1972), indica seu interesse pela interação entre comunidades diferentes, que prosseguiu com a biografia *Morte no Paraíso, A Tragédia de Stefan Zweig* (1981). Em ambas as obras ressalta-se a figura do judeu num meio ambiente estranho a seus hábitos. No conto, ocorre a idealização de uma convergência cultural, onde as pessoas fazem, de suas diferenças, uma ponte ou pontes de comunicação. Na biografia do intelectual judeu, Dines não pode deixar de registrar a realidade insofismável da morte de um homem que, aparentemente, se sentiu estranho numa órbita diferente e distante dos seus círculos costumeiros.

Outro trabalho de Dines foi a trajetória histórico-biográfica da família Abravanel, sefardita de raízes universais. O autor acompanhou sete séculos de Abravanéis, afunilando sua história até atingir a pessoa de Sílvio Santos, nome artístico do proprietário e popular animador de um canal de televisão no Brasil, cujo sobrenome é Abravanel. A obra, a primeira a concentrar-se nos judeus sefarditas como tópico de pesquisa no Brasil, é caminho informativo para historiadores e demais interessados naquele período da história ibérica.

O jornalista concedeu-me uma entrevista, quando tive oportunidade de lhe pedir que falasse sobre seu judaísmo. Disse-me ele que sua condição judaica estava arraigada no seu ser pensante e emotivo; também observou que sua identidade judaica não dependia dos rituais religiosos, mas sim do respeito ao significado das datas consagradas pela cultura judaica. Mais ainda, nas suas inúmeras viagens a Israel, seu contato com o judaísmo foi revisto sob vários ângulos, enfatizando sua posição sionista e, ao mesmo tempo, de defensor da aculturação, isto é, do processo de trocas de conhecimento e traços culturais entre judeus e não-judeus[29].

O conto "Posso?" é uma narrativa curta (nove parágrafos e breve diálogo), que exemplifica um aspecto do processo de aculturação. Esse momento é marcado pela brevidade de um eufórico congraçamento e intercâmbio de distintos sinais culturais e rituais, entre duas das maiores religiões do mundo, o catolicismo e o judaísmo[30]. Os acontecimentos narrados em primeira pessoa são vivenciados num plano real (a súbita visita de um judeu a uma igreja, na noite de Natal) e transportados a um plano ideal (a troca efusiva, entre o judeu-narrador e os cristãos, de votos pertinentes à grande data cristã.)

Uma vez estabelecido o ponto de referência – o dado concreto de um viajante judeu encontrar-se em Roma, numa noite de Natal –, a história penetra por uma atmosfera surrealista, onde se cruzam e se fundem as identidades essenciais do cristianismo e do judaísmo. No mundo tangencial, as bases diferenciadoras das duas religiões começam a dissipar-se quando o narrador consegue desvencilhar-se de suas inibições interiores (expressas por termos como "dividido" e "temo") e de opressões exteriores (a lembrança do estigma "Judas"):

A porta da igreja abre e fecha, a todo instante, e eu abro e fecho com ela, dividido. Lá de dentro escapam calores, mas Judas tem me impedido de entrar. [...] Quero entrar, mas não me atrevo, temo. [...] Judas não me tem deixado entrar com naturalidade em igrejas. Judas ou o que inventaram sobre ele (p. 125).

No limiar do que seria, muito em breve, sua imersão num remoinho de aculturação, ainda que somente idealizado, o narrador registra os elementos diferenciadores entre ele e as normas da igreja: "Não me persigno, não me ajoelho, não rezo, não canto, penso até em preces minhas" (p. 126). Dessa plataforma realista ele se lança ao plano sonhado, ao mundo intangível que leva o conto a ingressar na atmosfera visionária do surrealismo:

[...] o coro de crianças começa a cantar uma música que reconheço. [...] É hebraico. [...] Reconheço-a plenamente: *Eveinu sholem aleichem* [...] Posso? Nem penso. Começo a cantar. Surpresa: ninguém se surpreende do meu lado e cantam também. Em hebraico. Numa igreja. Em Roma. Na noite de Natal. [...] Abracei a primeira italiana de chale preto na cabeça e gritei para ela: *auguri!* Ela se deixa abraçar, põe a mão no meu

29. Entrevista concedida na redação da Editora Abril, em São Paulo, mar. 1985.
30. Alberto Dines, "Posso?", in *Posso?*, Rio de Janeiro / Brasília, Sabiá / MEC, 1972. Outras obras do autor: *Vinte Histórias Curtas* (em colaboração, 1960); *E por que Não Eu?...* (1979); *Morte no Paraíso, A Tragédia de Stefan Zweig* (1981); *Papel do Jornal* (1986); *O Baú de Abravanel, Uma Crônica de Sete Séculos até Sílvio Santos* (1990); *Vínculos do Fogo – Antônio José da Silva, o Judeu e Outras Histórias da Inquisição em Portugal e no Brasil* (1992).

rosto e me diz esfuziante: *mazal-tov!*, boa-sorte. Em hebraico, numa igreja, no Natal, em Roma. [...] Não entendo, não resisto, solto-me. Estou pondo minhas mãos em todos, espalhando meus votos, meus abraços e todos, em volta, não resistem também e respondem ao meu *buon Natale* com gritos mais altos de *Shaná tová*, feliz ano novo, *Chag Sameach*, boas festas. [...] Soam, enfim, as trombetas amigas e todas as portas do mundo, rangendo e gemendo, se abrem. E no meio daquela festa de afetos, não fico parado. Entendo. Sei que posso (p. 127).

A idealização dos acontecimentos que poderiam ter tido lugar na igreja entre o visitante e seus companheiros de missa, depois de explorar âmbitos surrealistas, finda-se com termos do mundo racional e tangível: "entendo" e "sei que posso". Pelas marchas e contramarchas do narrador, focaliza-se a possível confraternização entre um judeu e devotos cristãos. Esta foi iniciada por uma aculturação idealizada, que seria o intercâmbio espontâneo e recíproco de bons desejos em tempo de celebração milenar.

A solução encontrada por Dines para a troca de sinais identificadores culturais é anômala, expondo uma faceta da possível solidariedade judaico-cristã por sinais acumulados numa atmosfera suprareal. Nela, meninos cantores entoam melodias em hebraico, num ambiente em que essa língua passa a ser, de modo bizarro, praticada com desenvoltura e conhecimento, ao lado do vernáculo italiano. O latim, veículo tradicional da vinculação da Igreja com seus seguidores, prima por sua ausência. Estaria aí uma insinuação de que hábitos podem ser mudados, acoplando-se a isso as relações judaico-cristãs. Nesse teor, a tradição de antagonismos seria substituída por novas práticas, onde, jubilosamente, a compreensão mútua e a confraternização se estenderiam ao nível da razão, "Entendo", e da abertura ideológica, "Sei que posso".

O impacto simbiótico da narrativa fragmenta-se pela concepção idealista da harmonia religiosa-cultural que, embora acessível, não seria provável nos moldes tradicionais de uma Missa do Galo. Permanece, portanto, a suspensão do gesto definitivo, melhor ilustrada pelo autor no final de outro conto, no mesmo livro, que, se encaixado a "Posso?", condiziria com a situação imaginada na atmosfera da igreja: "Curioso, há dias assim: as coisas ocorrem em dois planos distintos. Por isso, tudo é mais nítido. E mais difícil" ("Opções", pp. 9-15). O encontro entre os planos da realidade e da fantasia, do tangível e do supra-real poderia ser indicação de novos caminhos na procura do entendimento recíproco e de aculturação mútua entre judeus e cristãos (católicos). A história se suspende no limiar de uma decisão.

SARA RIWKA ERLICH, *No Tempo das Acácias* (1978)

Filha de imigrantes judeus poloneses, a escritora nasceu no Recife, onde se criou, estudou e se formou em psiquiatria infantil pela Faculdade de Medicina da Universidade Federal de Pernambuco (1958). É autora de inúmeros artigos na sua área de especialização; parte de sua criatividade é dedicada a registrar, em crônicas e contos, suas experiências como membro da primeira geração descendente de imigrantes, nascida no Brasil. Seus trabalhos revelam, em tratamento de primeira pessoa e em atmosfera de confidência e evocações, as confluências entre as tradições pernambucana e judaica[31].

No Tempo das Acácias tem a peculiaridade de ser obra com duas versões, uma em português e outra em inglês. Depois da publicação brasileira, a versão norte-americana ganhou dois capítulos e transcrição de pautas musicais e letras de canções brasileiras, judaicas européias e israelenses. Como este estudo abrange apenas obras publicadas em português, o foco do presente exame é a primeira versão do livro, que reflete um entrosamento multicultural em termos práticos, reais, vividos e atuantes, como narrados pela autora.

O livro de Sara Riwka revela os elementos de trocas e aquisições lembrados como ingredientes fundamentais nas permutas culturais. Por ser filha de imigrantes, que conservavam alguns de seus hábitos europeus em conexão com a prática do judaísmo, Sara Riwka esteve, desde o começo da sua vida, imersa em duas culturas, a dos seus pais e a pernambucana. Aos resultados dos intercâmbios entre esses dois mundos, o europeu judaico herdado e o brasileiro, Sara Riwka juntou um terceiro componente, representado por suas experiências em Israel, armazenadas numa aculturação tríplice.

A primeira parte da sua acomodação intercultural corresponde à infância. Desse período provêm as lembranças em que se mesclam e, ao mesmo tempo, permanecem nitidamente distintas, as duas metades da sua formação psicológica e espiritual. Em *No Tempo das Acácias*, Sara Riwka identifica, como parte de seus pólos formadores, a religião popular católica, a culinária pernambucana e judaica e a música brasileira e ídiche:

> A rua da Glória. O colégio hebreu-brasileiro [...] O Convento da Glória... O clube dos Lenhadores [...] Todos os anos, a Festa de Santa Cruz, com a sua atmosfera e musicalidade própria. A montanha russa, o carrossel, os barquinhos, a roda-gigante, as barraquinhas de prendas, o algodão doce, o alfininho, a pipoca quentinha, a tapioca tão branquinha, feita na hora, as grandes bolas transparentes e coloridas dançando ao vento, fugindo de nossas mãos... A Igreja, toda iluminada e perfumada. Tradições cuja beleza e misticismo envolviam a menina e se entrelaçavam nos seus sentimentos e nas suas evocações, com os profundos cânticos, antigos como o tempo, que ecoavam na

---

31. Sara Riwka Erlich, *No Tempo das Acácias,* Rio de Janeiro, Civilização Brasileira, 1978 (versão norte-americana: *The Time of the Acacias, On the Way to Schechinah,* Nova York, 1983). Outras publicações da autora: *Histórias que Precisavam Ser Contadas... (1959-1963),* s.d. (versão norte-americana: *Stories That Had to Be Told,* Nova York, 1981); *Uma Introdução ao Estudo da Psicanálise e do Pensar* (1985); *Relatos Psicanalíticos* (1991).

velha Sinagoga da rua Leão Coroado [...] nos dias de festas judaicas religiosas e históricas (p. 47).

O samovar grande e amarelo, polido e brilhante, do bisavô e que "esquentava sozinho". O samovar no quintal, no chão, o querosene, o carvão em brasa, a água, o chá preto [...] E o arenque em fatias, a batata, o pão preto e a manteiga feita de gordura de galinha derretida [...] ao lado do feijão com arroz, da carne de xarque e do bacalhau, do cuscus com leite de coco, da tapioca, angu [...] O *borsht*, *tsimes* de cenoura, o patê de fígado [...] *kreplach*, pepino em conserva, *blints* de queijo, o "glorioso" *guefilte fish*, *kuguel* e a "abençoada" feijoada, a sopa de feijão, a carne-de-sol, a macacheira, a farofa matuta, o picadinho de carne com verdura, lombo assado (o de porco era "proibido") [...] (pp. 47-48).

A travessia transatlântica da geração dos seus pais é um fato marcante na vida da família. Suas ponderações indicam uma segunda etapa no seu processo de acomodação cultural quando a autora, já adulta, lança um olhar para trás. Sara Riwka interpreta seu momento presente tanto por símbolos concretos, como panelas e comida, como pela abstração da música. Na confluência de herança e novas aquisições, ela registra as adições culturais como matriz de uma vida reconstruída em termos brasileiros e judaicos:

Às panelas de cobre que atravessaram o oceano, somavam-se então panelas novas, de alumínio, geradoras de outros tipos de energia e de alimento. E na cozinha, as melancólicas, ternas e milenares canções folclóricas e religiosas idish, hebraicas e polonesas, intercalavam-se ao samba, ao frevo, a canções que falavam quase sempre de um grande amor inconfessado, não-correspondido ou não compreendido e perdido (pp. 60-61).

Sua escrita é quase toda constituída por frases suspensas, como para refletir um itinerário perdido em reminiscências. Distingue-se dos demais textos referentes ao processo de aculturação por seu cunho subjetivo e por nitidamente indicar as duas tradições que, no seu espírito, emergem congênitas – apesar dos milênios que separam "a música de Havdalá e o Frevo Vassourinha" (p. 52), "A menina e seus dois Anos Novos [...] O do tempo de Rosh-Ha-Schaná e de depois do Natal [...]" (p. 54).

Como médica psiquiatra, Sara Riwka continua mantendo o equilíbrio entre os dois legados, evocando suas raízes judaicas em alguns casos da rotina profissional. No texto "Madam Non, Mademoiselle..." (p. 39), de onde foram extraídas as citações acima, a autora se refere a uma mulher, Juliette, residente num orfanato durante toda sua vida. Entre a escritora e a órfã se estabelece um relacionamento médico/paciente que resulta com Juliette provocando, indiretamente, com suas atitudes esquizofrênicas, o deslocamento da médica da sua rotina científica para escaninhos do seu passado brasileiro-judaico. A fase final da vida da paciente seria apenas uma anotação na tabela psiquiátrica da doutora, se não introduzisse nela seu próprio legado cultural. Ela estabelece, na prática médica, as transparências culturais que fazem com que se veja, como ela vê, uma história contendo outra:

A proximidade da morte de Juliette (e o milagre de sua sobrevivência?) me fazia pensar, cada vez mais, na sua alma jovem adolescente, eternamente enamorada. Qual seria o cenário adequado àquela morte que seria a realidade única e maior, dentro de uma vida toda entregue ao ilusório e ao mágico?
Talvez *son père*, o pai de Juliette, pudesse fazer como o Rabi Levi Itzhak, quando lhe morreu o filho. Acompanhava o esquife dançando, e alguns dos *hassidim* [religiosos] não puderam conter-se de expressar a sua estranheza e perplexidade.
"Uma alma pura – disse o Rabi – foi-me entregue e é uma alma pura que eu devolvo..." (p. 55).

A terceira fase do processo de aculturação trazido à escrita de Sara Riwka está ligada à sua experiência em Israel. Nesse período, deu-se o contrário das duas fases anteriores, quando o mundo europeu judaico foi importado e incorporado à vivência pernambucana. O inverso dessa direção foi a viajante brasileira ter levado consigo, para Israel, o rincão onde nascera; dessa forma, o Nordeste mais o Recife, geograficamente distantes, enroscam-se no seu mundo pessoal, espaçoso e multicultural e se confundem com a paisagem israelense:

Nordeste brasileiro e Israel. Não o Israel turístico, que busca desesperadamente e com coragem sempre ocultar a sua dor e cujos gritos não podem poluir as luxuosas cadeias de hotéis e seus programas audiovisuais coloridos, alegres, cheios de vibração e ritmo (p. 72).
Percorrendo as tuas ruas, Jerusalém, atravessando os teus portões, sentia e compreendia melhor o Recife sobre o qual já te havia escrito antes. Recife e lembrança viva do companheiro, das pessoas caras, amigas, tão longe e tão perto. Mais que em Tel Aviv, apesar do sol e das praias, era em ti, Jerusalém, que a integração se fazia, completa, harmônica (p. 77).

A aliança tríplice – Europa, Recife, Jerusalém – como modalidade de envolvimento é uma situação da qual ela não pretende se desfazer: "Não nos despedimos, pois sabíamos que estaríamos juntos para sempre, eu, tu, Recife, Jerusalém" (p. 84). Seu livro desenha um círculo invisível, de retorno a Israel, onde tudo foi gerado antes da Europa e o Brasil, sendo então revisitado pela pernambucana judia.
A via de aculturação para Sara Riwka, aparente nos textos selecionados acima, apresenta um conteúdo ecumênico, pelo qual crenças de ambas as religiões, a judaica e a cristã, participam do seu mundo espiritual com energia similar. Como depoimento-poesia, suas lembranças podem servir de registro antropológico num universo de muitos hemisférios. As regiões em que se dividem o mundo, em termos de religião e cultura, não fazem sentido para a memorialista, que vê estas divisões como artifícios entre áreas de tradições diferentes. Nas entrelinhas dos seus registros, a autora inclui idéias igualitárias, focalizando uma Jerusalém isenta de conflitos e atritos, ao evocar "tuas ruas e habituais caminhantes, judeus, árabes, cristãos, muçulmanos" (p. 84).
O trabalho de Sara Riwka não tem paralelo, ainda, na literatura brasileira. Seus textos propõem, por vezes de forma direta, outras, por

sugestões, uma compreensão universal e um englobamento fraterno das diferenças culturais e religiosas. Ela própria emerge como exemplo passível de ser imitado, ao incluir, no seu mundo viável, a coexistência de três culturas – a européia, a brasileira e a israelense – e de duas religiões – a judaica e a cristã – num único caudal de vivências e recordações.

Isaac Schachnik, *Pessach Bossa-Nova* (1986)

Ainda no Recife, ocorre outra dimensão de aculturação. Registra-se sob forma de poema bem-humorado, *Pessach Bossa-Nova*, de Isaac Schachnik. O autor lembra a celebração do *Pessach*, a travessia de quarenta anos, feita pelos judeus sob o comando de Moisés, ao fugirem da escravidão egípcia para a Terra Prometida. Como o poema faz referências precisas à Páscoa judaica, eis uma breve revisão de seus momentos principais. A data é festejada por oito dias, e a véspera do primeiro dia é celebrada com uma ceia. Essa primeira ceia é muito especial no conjunto de festividades judaicas: entre aqueles que seguem as regras, ela é precedida por uma pormenorizada limpeza da casa, seguida pela mudança de louças e talheres e culminando no jantar feito segundo uma "ordem" (*Seder*, em hebraico) de distintas manifestações voluntárias dos participantes da mesa: orações, leituras de passagens evocatórias do período da travessia e canções nas quais se celebra a liberdade humana, representada pela liberação dos judeus da escravidão egípcia. É hábito que as pessoas se inclinem em suas cadeiras em vez de ficarem eretas, a fim de lembrar, uma vez mais, que essa noite se distingue das outras. Alimentos simbólicos têm o mesmo desígnio do modo reclinado de sentar-se, isto é, lembrar que essa ceia é diferente das demais. Esse é o tema de quatro perguntas, em geral proferidas por uma criança, simbolizando o aprendiz, repetidas pelos séculos, sobre as características da celebração: 1. por que não se come pão nem nenhum tipo de comida que fermente ou cresça, 2. por que se experimentam verduras amargas, 3. por que os participantes se sentam de modo diferente e 4. por que se mergulham certas ervas duas vezes num condimento salgado. As quatro perguntas se resumem em: "Por que esta noite é diferente das outras?"

O poema de Schachnik coloca o ceremonial do *Pessach* dentro de uma moldura contemporânea, inspirada numa notícia de jornal. Depois da sua introdução, confluem aos versos a perspicácia do morador das favelas, o ritmo binário da musicalidade dos morros, a integração africana na cultura brasileira e a graciosidade da originalidade de uma situação milenar:

> Um líder da comunidade do Rio de Janeiro informou que nas favelas daquela cidade existiriam mais de 7.000 judeus. O Autor imaginou a cena de um *seder* de

pessach num barraco, com um malandro formulando ao seu modo as *fir cashes* (*Quatro perguntas*, em ídiche).

> Escuta aqui, meu fela,
> vai querer explicar pro papai na clareza
> por que é que hoje tu vai manjar de chinela?
> E prá quê esses bando de gente na mesa,
> esses pano bordado, essas taça, essas vela,
> esses come, esses bebe, esses ar de nobreza,
> essas fala enrolada, essas grande panela,
> as bolacha quadrada e essa baita limpeza?
> Esses verde amargoso e esses tal tijolinho,
> esses povo adernado nos banco fofinho,
> esses copo aloprado pejado de vinho?
>
> Saravá! Que que ai?
> Expliica, meu pai![32]

O processo de aculturação, pelas permutas em que incorre, não facilita a total integração de uma comunidade na outra. Pelo contrário, incentiva uma abertura para a compreensão mútua sem o preço da imersão e conseqüente desaparecimento de uma identidade. Embora não seja regra geral, uma comunidade israelita, estabelecida em regiões afastadas das grandes aglomerações judaicas, está propensa a dissipar-se na sociedade circundante. (Por exemplo, o isolamento dos *falashas*, os judeus assim chamados pelos etíopes que os mantinham isolados da sua sociedade, não resultou em seu desaparecimento; ao contrário, mantiveram-se nas suas tradições até alcançaram Israel, onde se desfizeram do pejorativo.)

No Brasil, a região amazônica sempre guardou o misterioso halo típico da cultura da selva. Entre Manaus e Belém se estabeleceu uma produtiva comunidade sefardita que ainda se mantém bastante fiel ao judaísmo, apesar do crescente êxodo de sua juventude para as cidades grandes ou do grande número de casamentos com pessoas de outras religiões. Os Azulay, Bentes, Benzecry, Levi, entre demais famílias, agora morando no Rio de Janeiro, em São Paulo e outras cidades, são descendentes dos primeiros sefarditas na região norte do país. O romance de Paulo Jacob, *Um Pedaço de Lua Caía na Mata*, comentado, neste capítulo, desvenda a luta de um judeu para preservar seu patrimônio cultural intacto.

À mesma região amazônica pertence o escritor Leão Pacífico Esaguy, autor contemporâneo de contos regionais, reunidos principalmente em *Contos Amazonenses*, de onde se extrai "Satã, o Felino Maldito". Neste, o autor emerge como personagem judeu, aculturado e

---

32. Isaac Schachnik, *Judaísmo em Prosa e Verso* (Introdução do Rabino H. I. Sobel), Recife, apoio Banco Safra e Colégio Israelita Moisés Chvartz, 1986, p. 92.

quase assimilado, até que, num repente, suas origens explodem num momento definitivo na sua vida.

LEÃO PACÍFICO ESAGUY, "Satã, o Felino Maldito" (1981)

Leão Pacífico Esaguy nasceu em Itacoatiara, no estado do Amazonas, em 1918. Segundo ele, seu nascimento deu-se numa época que os judeus trabalhavam principalmente no comércio do regateio, com a venda e troca de castanhas, peles e pedras preciosas[33].

Suas origens são comuns à maioria dos sefarditas que vivem nas grandes e pequenas cidades da região amazônica, provindos de Portugal ou do Marrocos[34]. Seu pai nasceu em Cabo Verde e sua mãe, em Tânger. O pai foi criado em Portugal e veio para o Brasil com a idade de onze anos. Realizado financeiramente com o comércio de castanhas e borracha, foi para Lisboa, onde perdeu sua pequena fortuna, com a mudança da moeda corrente, um dos efeitos da Primeira Guerra Mundial. Sua mãe faleceu em 1927, seu pai, em 1969, ambos em Portugal.

Filho de português, criado como brasileiro, casado com brasileira e herdeiro de um legado tingido pelos traumáticos eventos da Inquisição, Leão Pacífico preservou suas origens judaicas nos nomes dos filhos (Moisés, Isaac, Sulamita, Marcos e Rute), revelando-as também em alguns de seus textos literários.

"Satã, o Felino Maldito", mais longo do que um conto e mais curto do que um romance, revela aspectos da aculturação de um judeu num meio ambiente com a força da selva amazônica; a narrativa também descobre seu extenso conhecimento da floresta e a forte influência do judaísmo na sua formação espiritual[35].

O conto é a história da perseguição a uma onça ferida, que tinha matado várias pessoas num povoado no interior do Amazonas. O narrador empreende a grande caçada, em companhia de outro caçador que, como ele, se sentia na obrigação de livrar o povoado do animal.

---

33. "Regateiros" eram homens dedicados ao comércio da "borracha, castanha, couros silvestres e mais mercadorias da terra para as vender aos exportadores em Manaus", Leão Pacífico Esaguy, "A Cobrança", *Jornal Português de Economia e Finanças,* Lisboa, ano XXIX, n. 443, dez. 1983, p. 80. (As informações textuais me foram dadas pelo próprio escritor, em entrevista telefônica, na cidade de São Paulo, em 1986.)

34. Segundo Samuel Benchimol, o fluxo de judeus originários de Tetuan e Tânger superava, em número, os provenientes de outros lugares do Marrocos (Samuel Benchimol, "Judeus no Ciclo da Borracha," Manaus, 1994 [Comunicação apresentada durante o Primeiro Encontro Brasileiro de Estudos Judaicos, Universidade do Estado do Rio de Janeiro, 24-26 out. 1994]).

35. Leão Pacífico Esaguy, *Contos Amazonenses*. Edição do Autor, São Paulo, 1981.

A primeira menção à identidade judaica do protagonista-narrador emerge de modo peculiar. Quando ambos se vêem diante do "tigre do Amazonas", o companheiro lhe grita: "Vá em frente homem! Satã está ali mesmo! Vá em frente seu judeu desgraçado!" A esta incitação à coragem, apesar da particularidade do vocativo – "judeu desgraçado" –, o autor, única autoridade sobre seu texto, não oferece comentário algum para a aparente hostilidade da voz imperiosa. Como registrados, o nome ("judeu") e seu modificativo ("desgraçado") ganham foros de locução interjetiva que, no mínimo, estabelece uma dúbia identidade do protagonista.

Mais adiante, o elemento que vem determinar sua filiação ao judaísmo emerge na evocação hebraica "Shemá Israel", dita pelo protagonista em português: "Escuta Israel, o Eterno nosso Deus, o Eterno é um. Bendito seja para sempre o nome do teu reino glorioso" (p. 38). Em continuidade a essa invocação espiritual, geralmente emitida em momentos de grande tensão ou perigo, o narrador se descreve: "Dentro de mim processou-se, instantaneamente, uma revolução. Um calor imenso subiu-me pelo peito, um sentimento de coragem e arrogância dominava-me todo e, decidido, temerário, coloquei-me de joelhos, arma em punho" (p. 38).

Essa passagem expõe um apelo que seria natural, diante de um perigo de vida, para um judeu tradicionalmente religioso. No entanto, nada recorda, antes da invocação, tal aspecto na personalidade do narrador. A repentina oração em seus lábios e a confiança nela depositada indicariam o resultado de reflexos acumulados por gerações. Nesse momento revela-se seu judaísmo latente em meio à sua aculturação, manifesto em momento de extremo congraçamento místico.

A oração é seguida de tensos movimentos de confronto entre o judeu e a onça, que culminam na morte desta, por um tiro da espingarda do caçador. O fecho da aventura se dá em espírito devocional: "Insensivelmente, o pensamento se ergueu para o alto, e eu murmurei num solilóquio: '– O Senhor escutou a minha súplica [...] Obrigado, meu Deus!' " (p. 40).

O momento de reconhecimento com o judaísmo de seus antepassados ("Escuta Israel") é estendido a uma conciliação universal, abrangente de todo o ambiente amazônico:

A Deus, que abeberou o meu espírito de tanta sede de beleza e harmonia, que como cibo da minha mente me deu o pasto imenso da majestosa mataria amazônica e que embalou toda a minha estrutura sentimental, desde a minha infância, ao cantochão melodioso e grave das águas cantantes dos igarapés, que formou minha personalidade sob o influxo da majestática grandeza do ambiente dela, que me fez um homem simplório, despretencioso e sentimental, a Deus graças (p. 43).

A linguagem no conto ecoa a narratividade de um "causo", história que se conta entre amigos. No entanto, sobreleva-se de um relato banal de caçada ao abranger elementos de uma religião minoritária no Brasil e uma efervescência espiritual que a extravasa. Em "Satã, o Felino Maldito" encontram-se, ao mesmo tempo camuflados e descobertos, os elementos de trocas e aquisições que caracterizam o intercâmbio aculturador pelo qual pode passar uma pessoa ou um grupo.

No caso da assimilação, entretanto, é naturalmente impossível encontrar seus traços numa literatura tipificada. A natureza da assimilação inclui a extinção de uma tipificação literária. Havendo assimilação do judaísmo a correntes alheias ao monoteísmo e estranhas à sua história de sobrevivência milenar, não se teria idéia dos resultados do jogo de reciprocidades, aparentes nos textos acima vistos.

A respeito, Egon e Frieda Wolff, em *Os Judeus no Brasil Imperial*[36], anotam diversas atividades de judeus, no Rio de Janeiro, durante o período indicado no título, nas áreas de ensino, comércio, transporte, imprensa e jurisprudência, entre outras. A densidade rarefeita da população brasileira ao tempo do Império parece ter criado uma atmosfera propícia a uma absorção dos judeus minoritários pela população dominante, incluindo submissão ao catolicismo. Como resultado, entre os ingleses, alemães e franceses judeus, que foram ativos durante os dois Impérios, são raros, ou quase nenhum, os descendentes daquelas famílias que mantiveram seu judaísmo até os dias atuais[37].

Este exame das representações literárias do processo de aculturação de judeus no Brasil não se completa, apenas se interrompe. Mais do que qualquer outro processo entre os aqui examinados, a prática da aculturação é dinâmica e mutável. Da geração do sotaque, após seu inexorável desaparecimento, restará um legado espiritual que deixará ao futuro a hipótese de mantê-lo ou dissipá-lo.

---

36. Egon & Frieda Wolff, *Os Judeus no Brasil Imperial,* São Paulo, Universidade de São Paulo / Centro de Estudos Judaicos, 1975.

37. O trabalho catalogador dos Wolff prosseguiu em *Participação e Contribuição de Judeus ao Desenvolvimento do Brasil,* Rio de Janeiro, Edição dos Autores / Guanabara Koogan, 1985.

5. Marginalidade e Sionismo

> *Você só é porque eu sou,*
> *porque se eu não fosse,*
> *não refletiria no meu olhar baço*
> *na imagem distorcida,*
> *mulher, homem.*
>
> DÉCIO BAR, "Egomesmismo",
> *Antologia dos Novíssimos,* São
> Paulo, s.d.

Este capítulo focaliza reverberações de sentimentos de marginalidade e reflexos do movimento sionista na escrita brasileira, a partir de 1948, data de publicação de *No Exílio*, de Elisa Lispector. Até agora não se tem conhecimento de obra brasileira judaica, anterior a esta, que trate desses tópicos. Esse romance projeta-se como marco inaugural de três dimensões: registra uma conscientização literária do processo de marginalidade, como sentido por suas vítimas; abarca anti-semitismo, como sofrido por suas presas; e guarda um relacionamento visceral com os primeiros momentos da concretização do ideal sionista.

MARGINALIDADE E ANTI-SEMITISMO

O fenômeno da marginalidade pode ter várias interpretações, entre as quais: é marginal aquele que não está conforme com o sistema social do local onde vive ou que age contra suas leis; o marginal é o que está à beira de alguma coisa que lhe parece maior ou mais forte do que ele, desafiando-o na intenção de aderir ou integrar-se ao que essa coisa representa, por impedimentos de ordem pessoal ou coletiva; pode sentir-se marginal o estrangeiro que não se adapta, ainda está em processo de ajustamento a uma sociedade ou se vê distanciado dela por mecanismos específicos.

Anti-semitismo é o invólucro geral em que se reconhece o mecanismo da marginalidade contra os judeus. O termo, atribuído a um certo Wilhelm Marr, data de 1879; do seu sentido original, indicando sentimentos imbuídos de ódio contra judeus, o nome passou a representar qualquer movimento antagônico aos israelitas, incluindo os anteriores à sua cunhagem[1].

Não se pretende fazer aqui um estudo em profundidade sobre o anti-semitismo nem de suas muitas ramificações através dos tempos. Um ensaio sobre esse fenômeno e seus efeitos na comunidade judaica e na sociedade que a abriga teria de focalizar os setores que mais o incitaram, como o religioso, histórico, psicológico e ideológico. Y. S. Klein faz um levantamento sumário dos desencontros entre estas fontes que, no entanto, desaguam num mesmo leito anti-semita:

> Algumas nações desprezavam os judeus por um determinado motivo, enquanto que outras, talvez em períodos históricos distintos, ligavam seu ódio aos judeus por motivos totalmente opostos aos primeiros. Algumas pessoas diziam que os judeus viviam na miséria, abaixo do nível da população, portanto, eram párias sociais. Outros mostravam que a fortuna dos judeus era causa suficiente para ressentimentos. Para alguns povos da Idade Média, a proteção pessoal que alguns reis e príncipes deram aos judeus era ampla razão para que esses fossem odiados; para outros, a acusação de traição de um judeu contra o rei e o estado era suficiente para usar o judeu como alvo de ataques, como se deu por ocasião do caso Dreyfus. Em tempos recentes, judeus têm sido molestados ora por serem capitalistas (como é voz corrente no Leste), ora por serem socialistas (voz corrente no Ocidente). Inferioridades de tipo racial e religioso têm sido citadas por algumas pessoas como razão para se desprezar o judeu. Na verdade, se procurarmos pelo denominador comum para as inúmeras variedades de anti-semitismo, só se encontra um: *ódio ao judeu!*[2]

O tradicional termo "anti-semita" tem sido substituído por expressões como "antijudaísmo" e "anti-sionismo". Enquanto "anti-semitismo" e "antijudaísmo" indicam ojeriza pelos judeus em geral, os anti-sionistas se revelam contrários àqueles que acreditam nos direitos de Israel como estado estabelecido legalmente[3]. Antes da fundação do Estado de Israel, em 1948, os judeus eram vistos como apátridas, embora cumprissem com os requisitos militares e civis dos países em que vivessem, como servir o exército e pagar impostos. Por causa do estereótipo do "judeu errante", passaram a ser alvo de pressões variáveis,

---

1. Cecil Roth, "Anti-semitism", *in The Concise Jewish Encyclopedia,* Nova York, The New American Library, 1980.
2. S. Y. Klein, "The Nature of Anti-semitism", *in The Jew in Exile,* Princeton, CIS Communications, 1986, p. 12.
3. Para as diferenças etimológicas, históricas e psicológicas entre esses termos, ver Gavin Langmuir, *Toward a Definition of Antisemitism,* California, University of California Press, 1990.

desde forçada alienação dos meios cultural e político com os quais coexistiam até a separação física da população com a qual esperavam conviver. As óbvias transgressões a seus direitos inalienáveis de seres humanos incluíam agressões físicas, violências psicológicas e destruições comunitárias. Os atos de violência que tiveram maior repercussão foram os *pogroms*, invasões programadas contra os judeus. Os massacres planejados envolviam a destruição de seus bens, desde a insignificância de pratos e panelas a livros e móveis, de casebres de aldeias a estabelecimentos comerciais em cidades grandes. Tais hostilidades perseguiram os judeus na Rússia e na Europa oriental e central, por quase todo o período da sua localização naquelas regiões; exceções a essas atribulações foram bastante espaçadas em tempo e lugar.

Dado o mal-estar endêmico, imposto a eles pela população não-judia, os israelitas minoritários, em quase todos os países em que se estabeleceram, seja em meio a cristãos europeus e russos ou árabes muçulmanos, tinham uma constante preocupação por sua sobrevivência física e espiritual.

As dispersões decorrentes das duas grandes Diásporas, a primeira em 586 antes da Era Comum, a segunda, no ano 70 da E.C., marcaram a consciência e o espírito coletivos judaicos pelos séculos afora. Espalhados pelo mundo, os descendentes da Judéia concentraram-se em manter seus valores culturais, éticos e religiosos, mantendo-se em contato espiritual com a terra de onde foram expulsos. Conforme a região em que se localizassem, viam-se forçados a estar alertas ao fato de que suas comunidades não tinham uma continuidade assegurada. Obrigados a sentir-se estranhos num país, mesmo que nele já estivessem residindo por muitas gerações, os judeus eram forçados a sentir a precariedade da vida no Exílio. O que os manteve aptos a enfrentar as agruras de sentir-se como hóspedes indesejáveis era o duplo pensamento de que Deus estava em todas as partes, portanto, onde quer que estivessem, e de que um dia retornariam a Israel, seu lugar de origem.

Paradoxalmente, enquanto dispersos, eles tentavam não se isolar do ambiente circundante, a não ser que fossem forçados a isso. Foram obrigados ao isolamento, por exemplo, quando certas cidades, na Europa, os encerraram em determinada área, a que se deu o nome de *gueto*. A cidade de Veneza consta como o centro urbano que teve a iniciativa de cercar seu contingente judaico, em meados do século XVI, um ato emulado por quase toda a Europa e em outros lugares, desde então. Testemunhos concretos de segregação foram o *Judenstadt*, o gueto de Praga; as *mellás*, no Marrocos; os *quartiers des Juifs*, na França; as *juderías*, na Espanha e as *judiarias*, em Portugal. Como é notório, esse esquema de separação atingiu trágicas dimensões durante o período do nazismo.

Na Rússia, o estabelecimento de um Território de Confinamento foi outro tipo de isolamento, imposto por Catarina, a Grande, em 1791. Embora os moradores do Território pudessem movimentar-se entre os vários povoados dentro dos seus limites, eles eram impedidos de ultrapassar suas fronteiras sem aprovação das autoridades. As exceções eram reservadas àqueles escolhidos para serem coletores de impostos (uma ocupação que atraiu o antagonismo dos demais súditos dos czares), os agregados nas fazendas dos nobres e os forçados a servir no exército – uma "carreira" de, no mínimo, vinte anos, na qual a prática de terrorismo anti-semita era comum. Quase toda a população russa judaica viveu dentro das restrições do Confinamento até 1917, quando foi oficialmente abolido pela revolução comunista. Esta foi apoiada e batalhada pela grande maioria dos judeus, com esperanças nas promessas de uma sociedade nova e igualitária.

Na Europa, o sentimento de não pertencer à população geral, como imposto por governantes e seus decretos, só chegou a ser amenizado, em parte, com os movimentos de Emancipação e Iluminismo. O primeiro foi politicamente influenciado pela Declaração dos Direitos do Homem, em 1789, na França, enquanto o segundo já começara a tomar corpo na própria comunidade judaica alemã em meados do século XVIII. As oportunidades de uma mudança social, complementadas pelo movimento reformista religioso interno, atraíram muitos israelitas para a modernização cultural européia. Passaram a ter possibilidades de escolha entre permanecer nos âmbitos tradicionais da religião ou guiar-se por novas modalidades da prática de judaísmo[4].

O momento se marcou por sua amplitude e repercussão e, como sucintamente descrito por Roy Rosenberg,

eliminou grande parte do hebraico a favor de idiomas nativos, promoveu a igualdade das mulheres na esfera religiosa, eliminou os modos de vestir especificamente "judaicos" nos cultos e em outras atividades e modificou as restrições alimentares da lei judaica[5].

Com a Emancipação, os judeus começavam a ser reconhecidos, pelos "esclarecidos" das esferas não-judaicas no século XVIII, como parte da população geral que se propunha a aceitá-los como cidadãos com alguns direitos, ainda que a estes, então, se chamassem "privilégios".

---

4. O movimento reformista religioso teve início entre os judeus alemães, no início do século XIX; seus principais seguidores se estabeleceram em Cincinnati, nos Estados Unidos, onde fundaram o seminário rabínico *Hebrew Union College*, em 1875. Atualmente, a religião judaica abriga, no mínimo, quatro troncos, geralmente reconhecidos como Ortodoxo, Conservador, Reformista e Reconstrucionista; são diferentes entre si quanto aos modos de preservação de datas religiosas e transmissão da tradição e cada um deles tem ramificações (ver Joseph L. Blau, *Modern Varieties of Judaism*, Nova York, Columbia University Press, 1966).

5. Roy A. Rosenberg, *Guia Conciso do Judaísmo, História, Prática e Fé*, tradução de Maria Clara De Biase W. Fernandes, Rio de Janeiro, Imago, 1992, p. 158.

Por volta de fins do século XIX, o anseio de voltar à terra do Monte Sião passou a ter uma configuração política organizada, com o surgimento, nas palavras de Rosenberg, de um "novo tipo de movimento, que visava ao reestabelecimento de uma nação judaica na terra de Israel" (p. 19). Esse movimento, que passou a ser conhecido como Sionismo, transformou-se numa alavanca ideológica que culminou com a fundação do Estado de Israel, reconhecido pela Organização das Nações Unidas, em 1948.

Com isso, tornou-se viável o retorno, para os que assim o desejassem, à sua terra ancestral. Nessa altura, o povo judeu já tinha passado por inúmeras tentativas de aniquilamento depois das duas marcantes Diásporas. Entre os mais tenebrosos projetos de isolamento e destruição do judaísmo, contam-se os massacres das Cruzadas, na Idade Média; a forçada assimilação, expulsão, autos-da-fé e dispersão dos sefarditas, componentes da "nação mosaica", na Península Ibérica, em 1492; os *pogroms* eslavos; as perseguições e restrições em quase todos os países regidos pela religião muçulmana; o esmagamento sumário da cultura judaica européia pelo nazismo, no século XX.

Desaparecidos os éditos antijudaicos, os guetos forçados e as proibições esdrúxulas que caracterizaram sua vida no Exílio, o estado atual da comunidade judaica na Diáspora continua se ressentindo de certa precariedade existencial. Atualizado por bombas-relógio e explosões assassinas, entre outros meios destrutivos, o ódio contra os judeus ainda é atuante em muitas regiões do mundo.

ANTI-SEMITISMO NO BRASIL

Mesmo que sentimentos antijudaicos não caracterizem a fibra nacional brasileira, o país tem abrigado manifestações adversas aos judeus, instigadas por obsessões religiosas, esquemas políticos e por outras causas, muitas de passagem efêmera.

Uma atitude de rejeição coletiva aos judeus ingressou no território brasileiro com o espírito da Inquisição portuguesa. As atividades persecutórias do Santo Ofício moldaram e estimularam sentimentos antijudaicos na população colonizada por Portugal, desde 1536, data da instalação da representação local da Inquisição. O amortecimento da perseguição inquisitorial não impediu que focos de expressões antijudaicas voltassem a aparecer pelo território nacional mesmo depois da sua suspensão. Em tempos atuais, conforme noticiário da imprensa, o anti-semitismo expressa-se em paredes e vias públicas, muros de escolas, creches, casas e sinagogas, através de desenhos de suásticas e palavrório torpe, além de atividades como incineração de símbolos judaicos, provocações e espancamentos de indivíduos[6].

6. Manchetes selecionadas da imprensa nacional: "Neonazistas Espancam 2 Garotos Judeus" (São Paulo, *Folha da Tarde*, 29 set. 1992); "Grupo de Neonazistas Pi-

Apesar dessas turbulências, o surgimento de iniciativas populares com o propósito de empurrar estrangeiros para as margens de atividades vitais do Brasil é relativamente pequeno, em número e em intensidade. Compare-se a atmosfera nacional a ocorrências arraigadas em preconceitos em outros países das Américas e se verá um Brasil paradisíaco em situações pertinentes ao respeito pelo forasteiro ou pelo judeu, por parte do povo anônimo[7]. Em contraste com tais países, a atmosfera popular brasileira em relação aos judeus tem sido vista como social e politicamente harmoniosa. Em regra geral, não se registram incompatibilidades de forma a gerar uma situação conflitiva entre brasileiros judeus e não-judeus. No período entre-guerras, Jacob Nachbin, jornalista judeu de origem polonesa, vivendo no Brasil, observou:

> É preciso acrescentar que os sentimentos delicados do brasileiro para com o estrangeiro ajudaram muito o imigrante judeu a se mesclar com as massas brasileiras com verdadeira fraternidade[8].

Há que atentar para as exceções a esse estado ideal de confraternização, ao longo da história brasileira. Estas são memoráveis pela Inquisição no Brasil colonial, pelas atitudes anti-semíticas durante o governo de Getúlio Vargas, pelo assalto do Estado militar de 1964 a universitários e profissionais liberais judeus (um estudo específico sobre a perseguição a estudantes, médicos, professores e jornalistas judeus ainda está para ser desenvolvido) e por esporádicos lança-chamas antagônicos aos israelitas, de modernas trincheiras literárias e jornalísticas.

A relativa ausência de uma xenofobia popular e agressiva, como vigente em alguns países vizinhos, dá ao Brasil, na perspectiva internacional, uma folha limpa de vandalismo coletivo. Mesmo porque seg-

---

cham Prédio da Sociedade Israelita" (Pelotas, *Diário Popular,* 20 set. 1992); "Polícia Neles" (São Paulo, *Veja,* 7 out. 1992); Malu Oliveira, "Cabeças Ocas" (São Paulo, *Isto É,* 7 out. 1992); Ana Beatriz Magno, "Carecas Apostam na Violência" (Brasília, *Jornal de Brasília,* 25 out. 1992); Paulo Mota, "Grupos Nordestinos Pregam Ódio a Sulistas, Judeus e Homossexuais" (São Paulo, *Folha de S. Paulo,* 18 dez. 1992). Durante sua gestão, o presidente Itamar Franco sancionou a Lei 8.882, que prevê pena de prisão de dois a cinco anos para os que "fabricam símbolos, ornamentos, distintivtos ou propaganda que utilize a cruz suástica, ou gamada, para fins de divulgação do nazismo" (noticiário de imprensa, 8 jun. 1994).

7. Nas Américas do Sul e Central, houve, pelo menos, quatro manifestações populares antijudaicas, neste século, algumas delas quase cópias-carbono dos *pogroms* europeus: marchas e agressões físicas públicas em Buenos Aires, em janeiro de 1919, na Cidade do México, em junho de 1931 e em Cuba, em janeiro de 1959. (Ver Haim Avni (org.), *Antisemitism under Democratic and Dictatorial Regimes: The Experience of Latin American Jewry,* Jerusalém, The Hebrew University of Jerusalem, 1986, pp. 11, 14, 17 e 31.) Bombardeamentos de edifícios e destruição de vidas (incluindo-se de não-judeus) têm pontilhado a história judaica argentina na década de 90.

8. Nachman Falbel, "Apêndice 6: 'A Moderna Comunidade Judaica no Brasil' ('Di Tzukunft', junho 1930)", *Jacob Nachbin,* São Paulo, Nobel, 1985, p. 256.

mentos da população brasileira reconhecem parte de suas raízes entre os cristãos-novos que, forçados pela Inquisição, estabeleceram uma progênie judaico-cristã.

Conscientização das raízes judaicas na formação do Brasil e seu impacto na descendência brasileira são enfatizados por observadores estrangeiros que tiveram convivência com brasileiros. Nesse sentido, insere-se o comentário do diplomata israelense Natanel Lorch:

> Em alguns países da América do Sul encontramos definitivamente um filo-semitismo. Isto é decididamente verdade em relação ao Brasil, onde famílias da classe diretiva orgulhosamente traçam sua ascendência judaica [...][9]

Outro diplomata de Israel refere-se ao respeito brasileiro pela diversidade étnica, os judeus incluídos:

> Seria importante notar uma exceção, que é o Brasil. Por causa das suas características pluralísticas, abarcando pessoas de todas as cores do arco-íris do branco ao negro, mais dezenas de seitas religiosas, a religião africana mais as minorias animistas que chegaram no século XIX e com todos se imiscuíram, Brasil se tornou uma multidão, misturada de milhões de pessoas. Entre todos estes também andam estranhas criaturas chamadas judeus. São respeitados e vivem em paz com a sociedade circundante assim como todos os demais tipos de seitas religiosas. No Brasil o fenômeno do anti-semitismo é praticamente negligenciável e praticamente não-existente, enquanto que em outros países da América Latina existe com certeza [...][10]

Uma terceira fonte de informação sobre a postura brasileira filo-semita provém de um brasileiro judeu, radicado em Israel. Explicando as caraterísticas do *kibutz* Bror Chail (leia-se *Bror Ráil*), releva as particularidades da população brasileira naquela fazenda coletiva e sua ligação com o país natal, em discurso pontilhado de emoções pessoais:

> Somos singulares, possuímos um caráter próprio e definido, pois que, sendo nossa população, em sua grande maioria, constituída de jovens judeus que vieram do Brasil – ao invés de termos encontrado no anti-semitismo um fator para nossa vinda a Israel – antes pelo contrário, nossa motivação é produto de uma vontade de não se alienar do processo de reconstrução do lar nacional judaico. Por isto nossos laços com o Brasil são sentimentais, são tecidos de saudade, do espírito de sua gente, de sua cultura e de seu folklore[11].

9. Natanel Lorch, em *Antisemitism under Democratic and Dictatorial Regimes: The Experience of Latin American Jewry*, op. cit., p. 39. Sobre o tópico raízes judaicas na sociedade brasileira, ver o romance *Por Livre e Espontânea Vontade*, de Hugo Schlesinger (Rio de Janeiro, Imago, 1992), que alude à descoberta de antepassados judeus por uma moça brasileira católica.
10. Hahan Olami, "Discussion" (transcrição de parte da discussão efetuada durante um "Study Circle on World Jewry"), in *Antisemitism under Democratic and Dictatorial Regimes: The experience of Latin American Jewry*, op. cit., p. 44.
11. Sem autor, "Broch-Chail: Um *Kibutz*, seus Vínculos, suas Aspirações", in Florinda Goldberg & Iosef Rozen (orgs.), *Los Latino-Americanos en Israel, Antología de una Aliá*, Buenos Aires, Editorial Contexto, 1988, p. 72 (citado de *Folheto Broch-Chail*, 1978).

Além dessas observações, outro elemento que vem corroborar a ausência de sentimentos anti-semitas de peso popular no Brasil é a escassez de registros de incidentes indicadores do fenômeno. Em duas obras de autores brasileiros dedicadas ao assunto do anti-semitismo universal um número mínimo de páginas foi dedicado ao Brasil, circunscrevendo o tema a incidentes ocorridos durante o período colonial[12].

Isso não quer dizer que o país tenha passado incólume por ocorrências antijudaicas por todos os anos durante e depois da colonização. Maria Luiza T. Carneiro, como Nelson Omegna, observa que foi no regime colonial, no exercício da Inquisição, que "os preconceitos antijudaicos tiveram o ensejo de florescer"[13]. A utópica preservação de uma pureza genealógica levou o Santo Ofício a incentivar denúncias contra os judeus que praticavam sua religião em segredo. No presente, como relíquia daquele período, a língua portuguesa ainda abriga o verbo "judiar" com o significado de "maltratar", reflexo da identificação de "judiar" com atos de perseguir, escorraçar e maltratar judeus, em tempos inquisitoriais[14]. Em artigo a respeito da freqüência de utilização desse vocábulo, Bella Herson comenta que "em nenhuma língua, fora do Português, existe o sinônimo de maltratar, judiar, ligado ao judaísmo"[15].

Outro vestígio de antijudaísmo trazido pelos colonizadores portugueses foram as festas do Sábado de Aleluia, com espancamento e queima da efígie de Judas. Essa celebração popular católica de fim de Quaresma começou a desaparecer como representação de ato antijudaico depois que instituições israelitas organizaram-se para protestar a renovação anual de tal atitude hostil à sua gente. Aos poucos, a celebração do Sábado de Aleluia transformou-se em válvula de escape para os sentimentos arrolhados do povo contra seus governantes. Os "judas" passaram a representar figuras do governo, ou outras eminências, julgadas responsáveis pela má administração dos bens públicos ou por outras razões similares[16].

---

12. Vamberto Morais, *Pequena História do Anti-semitismo,* São Paulo, Difusão Européia do Livro, 1971 (Prêmio José Veríssimo, Academia Brasileira de Letras, 1971), pp. 225-247; Padre Humberto Porto & Hugo Schlesinger, *Anatomia do Anti-Semitismo,* São Paulo, Loyola, 1975, pp. 148-149.

13. Maria Luiza Tucci Carneiro, *Preconceito Racial no Brasil-Colônia, Os Cristãos-Novos,* São Paulo, Brasiliense, 1983, p. 26.

14. Sobre vocabulário a respeito da marginalização dos judeus no mundo lusitano inquisitorial, ver Elias Lipiner, *Santa Inquisição: Terror e Linguagem,* Rio de Janeiro, Documentário, 1977.

15. Bella Herson, "Judiar: Malícia de Expressão, Brasileirismo ou Vício de Linguagem Portuguesa?", *D. O. Leitura,* São Paulo, 11 (33) jun. 1993, p. 7.

16. "A tradição, bem portuguesa, foi adotada no Brasil colonial e é coisa bem nossa. Teve momentos mais gloriosos em que a polícia permitia usar nomes de políticos, delegados ou ministros. [...] A rapaziada trata de remexer, com espírito e humor, muita vez expresso em palavrões e licenciosidade, a vida e o amargo da vida suburba-

O período monárquico, regido sucessivamente por dois Pedros, pai e filho, foi relativamente tolerante a estrangeiros, incluindo os israelitas. Logo após o final do Segundo Império, no entanto, começaram a manifestar-se atitudes xenófobas de parte dos republicanos, os novos governantes. Como observa Hélio Vianna, um ano depois da proclamação da República, em 1890, em atmosfera de aversão ao estrangeiro, decretou-se que "indígenas da Ásia e da África [...] não gozariam da liberdade de imigração concedida aos europeus"[17]. "Indígenas da Ásia" eram os japoneses e chineses, os da África eram os negros, e nenhum deles contribuiria, de acordo com a mentalidade predominante, para o patrimônio nacional.

Em qualquer movimento xenófobo, o anti-semitismo é um acompanhante natural, como grotesco mamulengo à espera de quem movimente seus barbantes. Ondas de anti-semitismo têm claramente despontado durante as erupções anti-estrangeiras na vida nacional. Uma vez lançadas, geralmente, as mesmas debilitam-se pela ausência de apoio genuinamente popular. Vamireh Chacon observa que "o racismo antisemita é produto alienígena, estranho à formação, às tradições, à cultura luso-brasileira. Foi exportado para aqui, mercê das injunções políticas internacionais"[18].

Transposto ou originado na terra, o anti-semitismo encontrou quem o incubasse e alimentasse em território nacional. Entre as duas guerras mundiais, os primeiros entusiastas nacionais do nazismo e do fascismo estimularam antagonismo antijudaico com propaganda estirada do ultramar. Seus adeptos brasileiros eram liderados por figuras-fantoches como Gustavo Barroso e Plínio Salgado, abrigados na indulgente incubadora propiciada por Getúlio Vargas. Títeres ou não de forças estrangeiras, esses homens e seus seguidores incutiram sentimentos preconceituosos, xenófobos e, principalmente, antijudaicos no Brasil[19].

Em 1933, Gustavo Barroso foi o apresentador de uma versão em português do panfleto *Os Protocolos dos Sábios de Sião*[20]. O apareci-

na" (João Antonio, *Malhação do Judas Carioca*, Rio de Janeiro, Civilização Brasileira, 1975, p. 113.

17. Hélio Vianna, "Imigração e Colonização na República", in *História do Brasil*, São Paulo, Melhoramentos, 1963, p. 274.

18. Vamireh Chacon, *O Antisemitismo no Brasil (Tentativa de Interpretação Sociológica)*, Recife, publicação do Clube Hebraico, 1955, p. 26. (Agradeço ao jornalista e escritor Cyl Gallindo, de Recife, a doação deste boletim e outros impressos relacionados a judeus em Pernambuco.)

19. Para um exame em profundidade do período, ver Maria Luiza Tucci Carneiro, *O Anti-Semitismo na Era Vargas, Fantasmas de uma Geração (1930-1945)*, São Paulo, Brasiliense, 1988: "O Discurso Anti-Semita: uma Representação Simbólica", pp. 418-458, e "Em Defesa dos Judeus: Silêncio e Denúncias Camufladas", pp. 459-472.

20. *Os Protocolos dos Sábios do Sião* são uma fraude literária que simula planos de derrubada de governos e posse de tesouros nacionais por judeus e reclama até a autoria judaica da Revolução Francesa. Foi composta como se tivesse sido escrita por

mento dessa publicação teve grande repercussão na sociedade brasileira e, obviamente, na comunidade judaica. Os judeus protestaram, e entre seus protestos, salienta-se um trabalho de Fernando Levisky, radicado no Rio de Janeiro, indicando Barroso como ignorante sobre judaísmo e incentivador de hostilidades antijudaicas. Levisky também revela conflitos existentes entre os próprios anti-semitas, provocados por suas ambições individuais:

> a actividade anti-semita do sr. Gustavo Barroso é conhecidíssima e o mesmo chega ao ponto de exigir o monopolio da industria, insurgindo-se contra os collegas ou concorrentes como o sr. Geraldo Rocha [...][21].

Se não fosse levado tão a sério pelos inimigos dos israelitas, o impresso *Os Protocolos*... seria uma boa fonte de humor, ainda que de mau gosto e mal colocado. Anatol Rosenfeld, ao demonstrar, uma por uma, as malignas associações aos judeus encontradas no panfleto, observa seu componente humorístico e a inviabilidade da autoria judaica de tal documento:

> Imagine-se uma assembléia de judeus sábios, congregando a nata do povo judeu, geralmente considerado como dotado de inteligência normal. Imagine-se a reação deste ilustre auditório ante a mixórdia de conceitos e concepções apresentados nos *Protocolos*, escrito evidentemente destinado a um tipo de leitor entre ingênuo, semi-alfabetizado, crédulo, fanático ou, pelo menos, desprovido de espírito crítico. Infalivelmente os delegados de Basiléia teriam a impressão de que o presidente do Congresso, após as árduas discussões do dia, desejava proporcionar-lhes, em sessões noturnas, um entretenimento um pouco estranho e de gosto um tanto rude, mas sem dúvida hilariante e extremamente cômico[22].

Durante a Segunda Guerra e o período que a precedeu, a Ação Integralista Brasileira (1934), por obras e manobras de Plínio Salgado,

---

judeus que conspirariam contra o imperador russo Nicolau II (1868-1918) e, por extensão, contra o poder constituído em outros países. Publicado pela primeira vez em russo, em 1905, sua escrita teria sido feita durante o Primeiro Congresso Sionista (1897), ocorrido em Basiléia, Suíça. O documento fraudulento foi estruturado de tal maneira que, em qualquer latitude e ordem cronológica em que seja lido, os judeus podem ser vistos como possíveis dominadores do mundo e com poderes extraordinários sobre os demais povos no planeta. Em sua defesa, os acusados alegam que, se os *Protocolos* retratassem, ainda que remotamente, o poder que lhes é atribuído, jamais teriam ocorrido *pogroms* nem tampouco o genocídio de seis milhões de correligionários. A divulgação dessa perniciosa fabricação antijudaica tem sido freqüente em português, seja por vias clandestinas e em papel ordinário, seja por vias oficiais, em edições luxuosas e com emblema diplomático, como a publicação custeada pela Embaixada do Irã, em Brasília (*Folha de S. Paulo*, 4 jul. 1987).

21. Fernando Levisky, "Os Protocolos dos Sábios de Sião", *in Israel no Brasil*, São Paulo, Edições e Publicações Brasil, 1936, p. 7.

22. Anatol Rosenfeld, *Mistificações Literárias: "Os Protocolos dos Sábios de Sião"*, São Paulo, Perspectiva, 1976, p. 44.

Gustavo Capanema, Miguel Reale e outros, infiltrou-se por certos ângulos da vida nacional a fim de erguer paredes separatistas entre brasileiros e estrangeiros. A suas atividades aderiram setores conservadores do país, representados por novos-ricos, elementos do clero e da intelectualidade regimentada, brasileiros da burguesia e até imigrantes bem-sucedidos. Todos foram atraídos pela possiblidade de uma mudança nacional com uma liderança que eliminasse o pluralismo partidário e por uma ordem e disciplina que possibilitassem o comando do governo por uma certa elite. Na projeção desse panorama para o futuro do país, a tônica era não deixar que judeus, entre outros imigrantes, ingressassem no Brasil. Em 1933, Getúlio Vargas expôs, sem rodeios, os motivos da sua política de portas-fechadas, revelando-se, de forma solene, a base preconceituosa da sua prática: "As restrições criadas ao desembarque de estrangeiros no território nacional refletem a necessidade de evitar a imigração em forma contrária aos nossos interesses de ordem econômica, étnica e política"[23].

Maria Luiza T. Carneiro apresenta um sumário do anti-semitismo no Brasil até o governo getulista, em que se reconhece uma trajetória de três fases: a primeira, referente ao período colonial, manifesta pela Inquisição, que continuaria perseguindo mesmo os ex-judeus, já convertidos ao cristianismo; a segunda fase se refere ao período da repercussão de teorias científicas que exaltavam a composição de raças puras, resultante, com "base étnica", no desprezo de judeus, negros, mulatos, orientais e outros "impuros"; a terceira etapa do itinerário racista culmina com a década e meia iniciada em 1930, quando Getúlio Vargas sobe ao poder; nessa última faixa temporal, "a idéia de 'judeu estrangeiro' transformou-se em temática constante na nossa literatura, correspondência diplomática e tradições populares"[24]. De forma aberta ou encoberta, as três fases contaram com o endosso de políticos, administradores e outras pessoas com autoridade pública[25].

O espírito exclusivista do Estado Novo prevaleceu, por leis e decretos, até o golpe que demoveu Getúlio Vargas do poder, em 1945. O fim da Segunda Guerra Mundial e a derrota militar do nazismo-fascismo levaram a nação a examinar, em parte, seus preconceitos, com a

---

23. *Apud* Hélio Vianna, *op. cit.*, p. 275.
24. Maria Luiza Tucci Carneiro, *O Anti-semitismo na Era Vargas (1930-1945)*, *op. cit.*, pp. 499-500.
25. Alberto Dines, revendo a tese de M. L. Tucci Carneiro, salienta que o título de sua obra refere-se à *era* de Getúlio Vargas como sendo anti-semita, e não ao ditador; Dines também ressalta que foi o próprio Vargas quem nomeou "pela primeira vez na história do Brasil um judeu assumido e convicto, Horácio Lafer, como Ministro de Estado [...] foi também o responsável, em última análise, pelo surgimento da *Última Hora*, autêntica revolução jornalística, instrumentada por outro judeu, Samuel Wainer, a quem dedicava um grande carinho" ("O Caso Oswaldo Aranha", *Shalom*, ano XXIII, n. 255, nov./dez. 1987, p. 9).

revisão dos termos das leis imigratórias e a decretação de leis antirracistas e antidiscriminatórias. Modificações foram impostas por exigências nacionais de mão-de-obra coincidentes com um gigantesco fluxo de imigrantes das mais diversas nacionalidades, que procuraram portos brasileiros como entradas para uma nova vida.

Nesse fim de século, aos cinqüenta anos da derrota do nazismo na Europa, o fantasma de Hitler ainda emerge, no Brasil, a alimentar ilusões de supremacia ariana. Diane Kuperman faz ampla investigação sobre o fenômeno antijudaico no mundo, salientando "Casos Brasileiros", em que documenta incidentes anti-semitas ocorridos no Brasil a partir de 1980[26]. A autora chama a atenção para publicações emergentes no sul do país, conjugadas a esforços de neo-hitleristas em manter uma representação editorial expressamente antijudaica. Kuperman denuncia os neonazistas como responsáveis por reedições de obras de Gustavo Barroso, publicações do panfleto *Os Protocolos dos Sábios de Sião* e por opiniões impressas em suas oficinas gráficas e na imprensa nacional, negando a existência do Holocausto. A pesquisadora questiona a permanência, a inflexibilidade e a vulgaridade das doutrinas racistas, transvestidas como atos de lealdade patriótica. O perfil das atividades anti-semitas, como expresso nesta obra, incentiva questões sobre a indulgência de leis que permitem a prática de crimes culturais como os cometidos pelos anti-semitas de fim de século no Brasil.

ASPECTOS DE ANTI-SEMITISMO NA LITERATURA BRASILEIRA

Estas reflexões críticas sobre anti-semitismo levam a uma consideração dos flagrantes anti-semitas na nossa paisagem literária. Seu número é pequeno e pouco convincente de que sejam fios de uma tessitura cultural antijudaica mas, assim mesmo, observam-se alguns escritores brasileiros contemporâneos não-judeus expondo ranços anti-semitas em seus textos. Estes manifestam-se através da criação de personagens judeus com personalidades mesquinhas e pela perpetuação, velada ou expressa, de lugares-comuns relativos à discriminação antijudaica. Também são utilizados recursos literários pelos quais os autores eximem-se de responsabilidade pelas expressões textuais, delegando a personagens falas acusatórias que permanecem sem contestação textual.

O conto "O Judeu que Tentou Salvar Hitler", repleto de insinuações antijudaicas, retrata Moisés, médico cardiologista, chamado a tratar

---

26. Diane Kuperman, *Anti-semitismo. Novas Facetas de uma Velha Questão*, Rio de Janeiro, Pontal Editora e Distribuidora, 1992, pp. 78 e ss.

de Hitler, com noventa anos e doente, que morre a caminho de Porto Alegre, quando transportado por uma organização de caça aos nazistas[27]. No romance *Stella Manhattan*, os lugares-comuns relativos aos judeus são estilizados por uma linguagem cultivada, laqueando as teorias econômicas e sociais de Karl Marx com um conceito enviesado de suas origens: por ser judeu ou ter vivido "dentro da raça" (não obstante judaísmo não ser uma raça), ele conheceria melhor a motivação para o estoque de capital:

> Marx pôde denunciar a acumulação capitalista porque ele compreendia de dentro da raça os mecanismos de uma razão econômica onde não existe lugar para a mais-valia, apenas para a sobrevivência de cada um e de todos, indistintamente.
> A usura é a forma como o corpo econômico ocioso do judeu foi se encaixando dentro do Ocidente. [...] Não é à toa que os judeus são também os mais hábeis em desenvolver a usura no Ocidente. Têm o *know-how* enquanto os outros apenas os imitam e muitas vezes se afundam nas ostentações do luxo[28].

MARGINALIDADE E ANTI-SEMITISMO NA LITERATURA BRASILEIRA JUDAICA

Como expressas pela escrita pertinente aqui se sugere uma classificação de três tipos de marginalidade. Estes são causados por elementos exteriores à comunidade, por coerções internas e por forças individuais. Revelando-se por expulsões, aversão comunitária e auto-aniquilamento, esses fenômenos são literariamente distinguidos por três modalidades, expostas a seguir:

A Modalidade Exterior

Neste contexto, refere-se à marginalidade instigada pela sociedade circundante não-judaica. Alguns de seus traços emergem nos contos "Shmil e a Política Internacional" e "Paixão em Xique-Xique", de Alberto Dines; em "O Judeu da Mansão Negra", de Rosane Chonchol; na peça teatral *Excluso*, de Ari Chen e no romance *No Exílio*, de Elisa Lispector.

A marginalidade provocada por elementos antijudaicos na Europa e em outras partes do mundo foi uma das motivações fundamentais do deslocamento de judeus para o Brasil e para outros países das Américas, entre as duas guerras mundiais. Ansiosos em experimentar a liberdade e dispostos ao trabalho, os estrangeiros de origem judaica

---

27. José Antônio Pinheiro Machado, "O Judeu que Tentou Salvar Hitler", in *Recuerdos do Futuro*, Porto Alegre, L & PM, 1984.
28. Silviano Santiago, *Stella Manhattan (Romance)*, Rio de Janeiro, Nova Fronteira, 1985, pp. 82-83.

aportaram no Brasil esperançosos de que o anti-semitismo tivesse ficado para trás. Muitas das suas expectativas foram realizadas, mas a ausência de antijudaísmo não foi uma delas.

Em pouco tempo, os imigrantes deram-se conta de celebrações como os Sábados de Aleluia, onde se malhava ou queimava um espantalho de nariz longo e orelhas largas, em meio a gritos de "morra o judeu!"; observaram procissões católicas onde padres proclamavam ao ar livre o que já diziam dos seus púlpitos, relembrando a figura de Judas Iscariotes, ignorando o pormenor de que Jesus também era judeu. Como alvo de troças e perseguições de crianças em idade escolar e também de adultos, os israelitas não tardaram em perceber que o anti-semitismo não era tão escancarado como na Europa, mas latente e pronto para manifestar-se em certas oportunidades.

ALBERTO DINES, "Schmil e a Política Internacional" e "Paixão em Xique-Xique"

No conto "Schmil e a Política Internacional" ocorrem duas situações em que um judeu é alvo de violência física, no Rio de Janeiro; em ambas as ocasiões, ele foi vítima de equívocos[29]. O anti-semitismo retratado por Dines apresenta-se mais como uma sugestão do que uma representação, de fato, de uma hostilidade inerente no povo. A mitigação da realidade não chega, no entanto, a dissolver a asfixia típica das circunstâncias.

Precedido por observações do contista sobre a vulnerabilidade dos judeus na sua dispersão mundial e a irritação que sua presença pode causar entre xenófobos, o relato sobre Schmil tem como cenário um "bairro sossegado cujo nome já é quase samba: Vila Isabel" (p. 14). As datas dos espancamentos públicos sofridos por Schmil, 1937 e 1942, inserem-se num contexto histórico preciso, quando ódios fomentados na Europa e durante a Segunda Guerra eram imitados e cultivados no Brasil. Por causa das características desse período, o autor oferece uma explicação parentética: "(Vão me desculpar os que têm horror a datas mas, nesta história, será preciso citar algumas)" (p. 15). Com sua aparência de "homem mais do que notado" e "estranho" (p. 15), Schmil representa o "outro", o desconhecido e misterioso, ao colocar-se em ambiente fora dos círculos de seus correligionários. Como se estivesse relatando um fato observado e revivido pela memória, o narrador registra o aparecimento do primeiro episódio humilhante para Schmil, quando este atraiu a atenção de

---

29. Alberto Dines (em colaboração com Esdras do Nascimento e Isaac Pitcher), *20 Histórias Curtas,* Rio de Janeiro, Antunes e Cia., 1960: "Schmil e a Política Internacional", pp. 13-18; "Paixão em Xique-Xique", pp. 20-28. (Notas biográficas sobre Dines encontram-se no Capítulo 4 deste livro.)

10 rapazotes [...] todos fardados de verde e eu logo percebi que se tratava do grupo da Juventude Integralista que se fundara em minha rua. Aos gritos de "gringo sujo", "mata", "esfola" o batalhãozinho das melhores famílias do bairro caiu em cima do velho desancando-lhe uma surra tremenda. Logo, soava um apito e, antes que algum dos passantes pudesse acudir os fascistazinhos afastaram-se numa corrida disciplinada (p. 15).

O segundo episódio ocorreu a 5 de agosto de 1942, data lembrada por Dines por ter sido o dia em que o Brasil "entrara em guerra com a Alemanha e a Itália" (p. 16). Em meio a uma pancadaria, Schmil é chamado de "italiano de uma figa", e o narrador, também personagem-menino, intervém para esclarecer: "Ele não é italiano! Ele é judeu!". Como resposta, lhe dizem: "Dá na mesma, garoto, é tudo gringo [...]" (p. 16).

No relato de Dines, o judeu não é identificado como tal, enquanto o classificam numa relação difusa de "gringo" que, num contexto pejorativo e racista, denuncia o estranho, o "outro". Nos dois infelizes encontros com integralistas e nacionalistas, o protagonista é objeto de uma fúria generalizada, aparentemente não dirigida contra ele como judeu, mas contra estrangeiros em geral. Entre "gringo sujo" e "italiano de uma figa", sua identidade judaica perde-se. Ironicamente, ele é salvo justamente por ser judeu e não italiano, nacionalidade que automaticamente era identificável como fascista, naquela fatídica data. Dines parece querer sugerir, com esta história, que o anti-semitismo brasileiro é mais uma cria de uma xenofobia limitada por eventos históricos do que uma criação exclusivamente antijudaica.

"Paixão em Xique-Xique" desenvolve-se numa situação diversa, em que sentimentos preconceituosos contra judeus já se encontravam arraigados, à espera de qualquer instigação. Esta emerge quando um vendedor judeu comete uma falha de comportamento. Localizando o relato no interior da Bahia, o autor faz notar a insensibilidade de Salomão, um mascate, ao se aventurar pelo sertão, numa Sexta-feira da Paixão. Vítima regular de sevícias racistas de Juvêncio, um bêbado de Xique-Xique, Salomão já se tinha acostumado às suas agressões físicas, precedidas, sempre, pela pergunta "– Diz de novo, judeu fio da mãe, quem matou Nosso Sinhô Jesus Cristo?" (p. 22). Naquela sexta-feira, porém, seu torturador não o largaria nem depois de ouvir sua resposta, assaltando-o fisicamente repetidas vezes.

Expondo um jogo de paralelos entre o sofrimento de Jesus e o do judeu sendo esmagado no chão seco de Xique-Xique, a narrativa é uma seqüência descritiva de uma luta desigual, em que a pergunta do agressor Juvêncio, "Diz de novo [...]", pressiona a vítima como a contagem de um a dez numa arena de boxeadores. Ao voltar a si da pancadaria, Salomão se vê rodeado por um público especial, "gente que voltara da missa", até que, com ele quase transformado em polpa, chega ao fim a sessão de sadismo.

O conto atinge um momento dramático quando, ao carrasco embriagado e cercado de conterrâneos, ocorre a grande revelação, ao descobrir e formular, ele mesmo, uma resposta para a sua charada: "– Foi eu [...] Foi eu que matou nosso sinhô Jesus Cristo. E o caboclo Juvêncio começou a chorar" (p. 27).

A epifania de Juvêncio, acompanhada por sua choradeira "temperada em álcool 90" (p. 22), não o redime da paixão a que submetera o judeu, seu contemporâneo, a quem deixou "esticado no pó" (p. 25) e sobre quem uma passante comenta: "– Credo, nem Cristo ficou tão sozinho..." (p. 25).

Como na história de Schmil, nesse conto Dines também isenta os brasileiros de uma responsabilidade antijudaica coletiva, dando, ao episódio, uma tonalidade individualista. Na história, o castigo recebido por Salomão não se relaciona diretamente ao seu delito de ter saído para vender num dia sagrado para a religião católica. Dines mostra que o motivo da pancadaria tem raízes mais profundas, em referência subtextual à culpa de um setor da Igreja Católica, na sua acusação de responsabilidade judaica na morte de Jesus e seus efeitos sobre aquele caboclo simples. No conto anterior, os integralistas e nacionalistas, como que obedecendo a ordens ultramarinas, mostram-se irremediavelmente canhestros em não conseguirem distinguir um judeu de outros "gringos". Eles também, segundo as circunstâncias expostas no conto, poderiam estar sendo manipulados por forças estranhas ao ambiente local.

Em ambas as cenas, os perpetradores dos ataques xenófobos são indivíduos com raiva dos estrangeiros, com a atenuante circunstancial de que, no primeiro caso, seu alvo não era propriamente o judeu; no segundo, embora este fosse especificamente visado, seu torturador, sob efeito da bebida, se moveria segundo ordens plantadas nele por gerações de antagonismo religioso. Em última análise, as duas situações, como as apresenta Dines, ilustram ocorrências isentas de responsabilidade coletiva genuína. A primeira resultante da gestação brasileira de inflamada oratória fascista e a segunda, movida pela morte de Jesus, uma ocorrência que se fez data religiosa há quase dois mil anos.

ROSANE CHONCHOL, "O Judeu da Mansão Negra"

Texto ilustrativo de separação imposta for forças exteriores a judeus, o conto constrói-se em dois planos: num, instala-se uma família judia, imersa em mistério; no outro, desenvolvem-se tenebrosas associações da imaginação coletiva em relação à família[30]. O conjunto desse cenário é filtrado através dos mitos criados pelo povo ao redor da casa:

---

30. Rosane Chonchol, "O Judeu da Mansão Negra", in *O Rabino e o Psicanalista*, Rio de Janeiro, Mórias Futuras Edições, s.d.

Todos tinham medo do Judeu. "Era um homem muito malvado". Vivia com a Judia, numa mansão negra, com ferozes cães judeus que a vigiavam. Só de passar perto da rua do Judeu todos tremiam. Nunca ninguém viu o casal. Só escutavam os latidos dos cães enfurecidos. Eles viraram lenda (p. 31).

Os seis parágrafos, que constituem a medida gráfica do minúsculo conto, refletem a dinâmica de elocubrações populares diante da passividade misteriosa de um casal de judeus e sua filha. O fabulário construído por "todo o povo do vilarejo" utiliza-se da invisibilidade do homem para projetá-lo como bicho-papão para as crianças, concentrando nele uma culpa que lhe era desconhecida [...] por qualquer motivo que fosse, diziam que era mau olhado do Judeu" (p. 32); também desconfiavam da dúbia habilidade que sua mulher tinha em cozinhar "só com os legumes de sua horta e as galinhas de seu galinheiro, que nunca ninguém viu" (p. 31).

A estrutura básica da marginalização do judeu se estabelece a partir da sua identificação, de parte da população, com "o outro", que não cabe nos moldes tradicionais da sua rotina. A alegorização de marginalidade atinge sua plenitude quando "o Judeu resolveu sair de casa e mandou um bilhete ao Prefeito avisando que ia buscar um médico na cidade vizinha" (p. 32). Por ser desconhecido, o imaginário fez dele o esquisito, intrigante, exótico ou bizarro de quem a população teria de ser protegida. Por isso, "o povo armou uma arquibancada na rua principal para ver o Judeu passar, cercada com arame farpado eletrificado, para proteger a platéia que pagou ingressos caríssimos à Prefeitura" (p. 32).

Os binóculos usados pelos espectadores à passagem do judeu mais evidenciam o distanciamento da multidão do seu objeto de escárnio. Apesar da distância, as lentes propiciam uma brecha do passado do judeu, pois "se via de longe os números inscritos no braço do amável senhor que acenava feliz" (p. 32). A narrativa mergulha o alheamento psicológico e físico do povo em carnavalização, ao se juntarem a indiferença popular pela experiência do judeu no regime nazista e o "caldo de tomates podres que caíam sobre a cabeça do velhinho" (p. 32).

A concisão de "O Judeu da Mansão Negra" sugere um ritmo pendular entre duas situações: a das circunstâncias do judeu e a da argamassa negativa engendrada sobre ele. O conto indica uma continuidade motora entre esses dois pólos, sem descanso para o judeu, sem pausa para seus fustigadores.

ARI CHEN, *Excluso*

O tópico da marginalidade por elementos não-judaicos é metaforicamente tratado na peça teatral *Excluso*, de Ari Chen[31].

31. Ari Chen, *Excluso, Drama em 2 Atos,* Rio de Janeiro, Letras e Artes, 1965.

O autor nasceu em Petrópolis, Rio de Janeiro, no dia 11 de julho de 1929, filho de imigrantes da Bessarábia. Seu nome original era Leão Rinque, que ele mudou para Ari (tradução de "leão", em hebraico) Chen, quando se transferiu para Israel, em 1952. Faleceu de ataque cardíaco, em Jerusalém, no dia 12 de julho de 1979.

No Rio de Janeiro, como estudante, filiou-se ao que era o Partido Comunista Brasileiro. Em 1948, dando continuidade a seus ideais socialistas, fez parte do *Hashomer Hatsair*, uma das organizações sionistas mundiais com extensão no Brasil. Mudando para Israel, estabeleceu-se na fazenda coletiva (*kibutz*) Negbah, situada perto da cidade de Ashkelon. Ali conheceu e casou-se com Sara, nascida no Iêmen; ambos fizeram parte do *kibutz* por sete anos, trabalhando na lavoura e participando da administração da fazenda. Ari também dava aulas de agricultura e o *kibutz* lhe proporcionou a oportunidade de aperfeiçoar-se em agronomia numa escola, em Rehovot. Ao lado dessas atividades, ele passou a escrever peças teatrais, primeiro em português, depois em hebraico, uma vocação iniciada no Brasil.

Suas três primeiras peças foram escritas para a rádio israelense. As demais, além de serem encenadas em Israel, foram-no também em palcos da Europa (Holanda, França, Inglaterra, Espanha e Turquia) e da América do Sul (Argentina, Brasil, Venezuela), em idiomas distintos, de acordo com os países.

Ele, sua esposa e o filho, nascido em 1956, moraram no Rio de Janeiro por quatro anos (1963-1967). Durante esse período, Ari e Sara lecionaram no Ginásio Max Nordau, em Copacabana: ele ensinou história judaica e ela, hebraico e Bíblia. Ambos também prepararam jovens para sua confirmação social-religiosa (*bar-mitzva* e *bat-mitzva*), ensinaram danças israelitas e Sara chegou a organizar um grupo de dançarinos que se apresentou em algumas escolas do Rio de Janeiro. Retornando a Israel, Ari e a família desligaram-se do *kibutz*; depois de formar-se pelo Colégio Terra Sancta em Jerusalém, ele passou a ensinar agronomia no Ginásio Rubin, nos arredores de Natanya[32].

Versátil, Chen escreveu dramas e comédias, abarcando uma variedade de tópicos: entre os primeiros, destacam-se, originalmente escritas em português, *O Julgamento*, sobre um judeu no Brasil, sobrevivente de Auschwitz, que um dia reconhece um oficial nazista que tinha sido seu algoz havia vinte anos; não conseguindo levá-lo à justiça, ele resolve aplicar seu próprio julgamento ao nazista; *Paula* tem um enre-

---

32. Agradeço aos professores Jacó Guinsburg (Universidade de São Paulo) e Bella Josef (Universidade Federal do Rio de Janeiro) pelas primeiras informações sobre Leão Rinque (Ari Chen). Meus agradecimentos se estendem a Yeruham Golan, Ignatio "Izar" Steinhardt e à Dona Sara Chen (Israel), que me forneceram, pessoalmente e através do professor Dov Noy, os dados fundamentais para o resumo biográfico no texto. O arquivo a que tive acesso, na residência da sua viúva, em Natanya, Israel, será oportunamente divulgado em futura publicação, dedicada ao dramaturgo e suas obras.

do localizado na região de Petrópolis, num hotel de veraneio e num sanatório (em tradução para o inglês, a peça tem o título *Man in the House*); *Os Cegos* trata de problemas inerentes aos deficientes visuais, com quem Ari Chen passava horas, fazendo-lhes perguntas ou observando sua forma de viver, quando morou no Rio de Janeiro com sua família (o Grupo Decisão, dessa cidade, fez uma leitura dramática pública dessa peça). Durante a estada no Rio de Janeiro, sua peça *O Sétimo Dia* (examinada em outra parte deste livro) foi escolhida para inaugurar o novo Teatro João Caetano, no Rio de Janeiro, em julho de 1967; *Excluso*, selecionada para representar o tema do marginalizado neste estudo, refere-se a um ator gago que se sente excluído do convívio social por sua deficiência vocal.

Entre peças de teor cômico, encontram-se *Playing Karin* ("Representando Karin", minha versão do título), uma comédia de confusões entre um solteirão e uma moça que ele contrata para fazer o papel de sua esposa; *Use Me*, encenada na Inglaterra com o título *A Game for Two Players*, que se refere a um casal convencional e um amante do marido, com as confusões típicas dos que escondem sua condição homossexual (na Espanha, a peça foi encenada com o título *Ellas los prefieren... un "poquito locas"*, e o autor escolheu o pseudônimo "Harry Caine" para sua apresentação). A maior parte dessas peças e de muitas outras do autor foram encenadas por diretores de alto gabarito profissional. Entre os diretores de suas peças levadas à cena em Israel contam-se o brasileiro Felipe (Szafran) Wagner e o israelense Shmuel Atzmon; no Rio de Janeiro, Rubem Rocha Filho.

Chen esteve muito interessado no trabalho do português Arturo Carlos de Barros Basto (1887-1961), fascinado pela missão que aquele homem se impôs de descobrir descendentes dos antigos marranos e orientá-los no seu retorno ao judaísmo prático. O dramaturgo esteve em Portugal, onde fez pesquisa de campo e gravou entrevistas com pessoas já integradas ou em processo de aprendizado da história e liturgia judaicas. Ao falecer, Chen estava em meio a planos para produzir um filme sobre a personalidade e a vida de Barros Basto, que morreu na miséria e quase cego.

Em princípios de 1979, depois de voltar de uma estada na Holanda, ele passou a ocupar o cargo de diretor da Organização Mundial de Imigrantes (*Olim Ivrit Haolam*, em hebraico). Logo em seguida morreria num hospital, uma noite depois da data do seu aniversário, entre as visitas de sua esposa e filho. Aos cinqüenta anos, tinha presenciado ou sido informado do sucesso de muitas de suas obras teatrais em palcos pelo mundo e o reconhecimento de gerações de estudantes de agronomia, de hebraico e de cultura judaica.

Talvez desconhecendo o legado do seu pioneirismo, Chen inaugurou um caminho novo ao incorporar temas da vivência brasileira em suas peças e promover a cultura brasileira em Israel e a israelense no

Brasil. Esta última atividade se representa pela tradução para o português de uma *Antologia da Literatura Hebraica Moderna* (1969).

Excluso

A crítica Stella Leonardos, ao examinar a peça *Excluso* ao tempo da sua publicação, chamou a atenção para seus traços inovadores, classificando-a de "anticonvencional, inconformista, na melhor linha de Adamov, Beckett, Brecht, as antipeças de Ionesco"[33]. De interesse central para este tópico é esta sua observação:

> Característica fundamental da peça é um EU órfão, perseguido, inaceito (e entra aqui o problema universal das minorias oprimidas por todos os quadrantes da terra) de toda criatura humana lutando, patética, por um sol, mínimo que seja, em seu instável lugar (p. 84).

Em *Excluso*, o personagem "Eu" é acomodado por Chen numa reestruturação cênica de *Hamlet*, de Shakespeare, montando um discurso novo sobre o tradicional. O então renovado e contemporâneo Eu-Hamlet, de Chen, é um homem gago, órfão, que trabalha numa loja. É dali despedido, namora Lila, vive na pensão de Zina e representa Hamlet num teatro local. No palco, tentando revelar a solidão dos seres que se sentem diferentes dos demais, a fala de Eu-Hamlet é interrompida por uma voz interna, em assomos de autovigilância. A representação textual da voz interferente se faz, no texto original, em negrito e em letras garrafais:

> Às vezes acontece que certos indivíduos têm um vício como parte da natureza, e porque nascem com ele – sem qualquer culpa ... *(Eu silencio. Que aconteceu? Que estou falando?)*
> ... pois ninguém pode escolher, quando nasce – ou porque desenvolvem a sua propensão, muita vez destruindo as estacadas e os fortes da razão, ou porque algum hábito ... *(hábito?)* ... deturpou neles a forma das boas maneiras – esses homens, repito, marcados pelo sinete ... *(sinete?)* ... desse hábito especial – dom da natureza ou signo da fortuna – verão as suas virtudes puras como a graça e infinitas como o permite a condição humana... *(Eu tento silenciar mas não consigo.)* ... ddd ....deturpadas, na opinião geral, por êsse único ddd .... defeito. UMA GOTA IMPURA PÕE A PERDER, COM SEU CONTÁGIO, TODA UMA SUBSTÂNCIA NOBRE (Primeiro Ato, pp. 64-65).

A trama de *Excluso* desenvolve-se letárgica e enigmaticamente, salientando-se, com clareza, o gago – personagem e ator – que representaria o judeu marginalizado, excluído (um dos "marcados pelo

---

33. Stella Leonardos, "ARI CHEN – *Excluso*", *Comentário,* Rio de Janeiro, Instituto Brasileiro-Judaico de Cultura e Divulgação, VII [7], 1º semestre, n. 1 [25], 1966), p. 85.

sinete") que se vê impossibilitado, pelos preconceitos vigentes ("na opinião geral"), de ser percebido como qualquer outro ser humano.

A angústia do personagem diante dos obstáculos à comunicação reflete-se, na leitura da peça, como um elo partido entre o Eu-Hamlet e o resto da humanidade. Ele é visto como um homem diferente e, por isso, estranho, não pertencente ao meio ambiente, como se evidencia nas perguntas do dono da loja, "Você não é estrangeiro, por acaso?" (p. 10), e da dona da pensão, "Você não é estrangeiro?" (p. 14). Gago, estrangeiro, excluso: são elementos que o projetam como distinto dos demais e, como conseqüência, condenado ao isolamento social.

Na peça de Chen, o príncipe da Dinamarca, de personalidade conflituosa, entre vingativo, lírico, introspectivo, impetuoso e racional, reflete-se no estado de espírito do personagem "Eu", cujos inimigos são "Todos", representados por um só personagem. O tema da exclusão individual é acoplado por Chen a uma solidão marcada pela tragédia de Hamlet, de reconhecimento universal. Da oposição entre "Eu" – sozinho, humilhado, enamorado por Lila – e "Todos", que o rejeita, vencem "Eu" e seu amor por Lila. A peça é uma colagem de situações simbólicas entre oprimidos e poderosos, "Eu" contra "Todos". Não há conciliação possível entre o ser considerado diferente e a convencionalidade da humanidade onde ele se insere. Sua mera presença é o sinete que o denuncia, o que o obriga a uma auto-rejeição entranhada ao seu medo de resgatar um território físico e espiritual em meio à uma sociedade que se nega a vê-lo além das suas "marcas".

ELISA LISPECTOR, *No Exílio*

Ao contrário da peça de Ari Chen, o romance *No Exílio* (1948), de Elisa Lispector, incluindo o mesmo tema do isolamento imposto pela sociedade circundante, é de comunicação direta, quase isenta de mensagens simbólicas[34]. Fincado na amplidão espacial Europa-Brasil, o relato abrange um arco de tempo que começa com o período que se seguiu à Revolução Comunista (1917), prossegue pela vigência da Segunda Guerra Mundial (1939-1945) e mergulha a outra ponta do arco na data da fundação do Estado de Israel (1948).

O tema mais importante dessa trama psicológico-histórico-social é a marginalização dos judeus nos países eslavos e seu impacto numa família de fugitivos. A palavra russa *bejentzy* (fugitivos) emerge com freqüência na narrativa, assim como outras, em ídiche, pertinentes aos percalços da fuga, incorporando um teor sombrio e assustadiço ao corpo descritivo do romance. Como quase todos os livros que incluem

---

34. Elisa Lispector, *No Exílio*, 2. ed. revista pela autora, Brasília, EBRASA, 1971.

vocábulos estrangeiros, este também oferece um "Glossário", com termos em ídiche, russo e hebraico.

Esse é o único trabalho ficcional de Elisa Lispector que faz referências às raízes judaicas da escritora, relatando suas experiências de judia dentro e fora do Brasil. Reconhecido como parcialmente auto-biográfico, o romance revela personagens que mal encobrem as identidades de membros da sua família: o nome de Lizza, a protagonista, é forma alterada de "Elisa"; Pinkhas é a versão ídiche de "Pedro", o nome verdadeiro do seu pai; suas duas irmãs, Clarice e Tânia, ganham, no romance, os nomes Ethel e Nina; Marim, como a mãe é chamada no relato, corresponde a Marieta, nome real da mãe de Elisa e Clarice Lispector.

A escritora esclarece, em entrevista que me concedeu:

> O *Exílio* tem muito de autobiográfico e de minha ligação com meus ancestrais. Ele representou, para mim, uma forma de liberação. Precisei expor as angústias, as tristezas, o terror de uma menina que viu os *pogroms*, os assaltos da multidão e a destruição sistemática de sua casa e as de outros judeus lá na Rússia. Aquela menina que não entendia nada daquilo ficou dentro de mim. A tristeza me acompanhou durante todo o fazer do livro, mas terminei-o num dia alegre para nós, quando foi aprovada pela ONU a criação de Israel[35].

Lizza é a filha mais velha de Pedro e Marim e, também, a voz reflexiva no romance. O relato é conduzido a partir do momento em que, já adulta, no Brasil, acaba de obter alta num sanatório e se encontra num trem a caminho de sua casa. Numa estação, Lizza ouve, de um jornaleiro altissonante, a notícia da fundação do Estado de Israel. Em estado de júbilo pelo acontecimento, ela recorre ao seu acervo de lembranças, desatrelando uma seqüência de acontecimentos passados com a família, na Rússia e no Brasil.

A conscientização de sua condição judaica, numa Rússia anti-semítica, é lembrada como a "primeira fonte de sua amargura", obrigando-a perceber-se excluída, desde que "o judeu é um ser à parte" (p. 128). Sua percepção é aguçada, principalmente, na escola:

> Todas as manhãs, antes das aulas, tinha lugar a cerimônia na sala de música. Vinha o *Pop* em vestes sacerdotais, a longa barba branca a iluminar-lhe o semblante, de crucifixo na mão. As crianças e adolescentes, de tranças louras ou trigueiras, de faces coradas, perfilavam-se serenamente e entoavam melodiosos cantos sacros, ao som do grande piano de cauda.
>
> Juntamente com outras companheiras de exclusão, ela ficava timidamente de lado, muito quieta, e muito triste (pp. 128-129).

Lispector acompanha os retirantes escorraçados, expondo os recursos psicológicos e espirituais dos adultos da família. Toda ela sofre pelo radical deslocamento que a leva para fora da Rússia e do conti-

---

35. *Apud* Regina Igel, "*O Tigre de Bengala*, os Pólos Invisíveis da Solidão Humana", *O Estado de S. Paulo*, 264, V, 7 jul. 1985, p. 7.

nente europeu. Conheceriam decepções pela falta de solidariedade entre os judeus (principalmente dos familiares no Brasil) e frustrações com os rumos a que foram forçados pelos não-judeus. Literalmente açoitados por camponeses russos e ucranianos e maltratados por citadinos, Pinkhas, sua mulher e filhas arrastam-se de um lugar a outro, antes de atingir um porto do nordeste brasileiro.

Orientados por familiares, instalam-se em Maceió, depois no Recife. A morte da mãe, a vida infeliz do pai, o crescimento das irmãs, as notícias sobre os guetos e campos de concentração na Europa são acontecimentos que atingem a sensibilidade de Lizza. No trem que a leva de um sanatório para um futuro incerto, Lizza retorna, mentalmente, à trajetória da mudança, iniciada no período entre sua infância e adolescência. A narradora ressalta aspectos do peripatético itinerário dos cinco personagens, marcado por rejeições:

> As hospedarias estavam repletas, e tôdas as ocupações possíveis e imagináveis já tinham sido exploradas pelos emigrante que os precederam. Por isso rejeitava-os cidade por cidade; Vartagén, Soroca, Kichinev (p. 81); nenhuma fábrica, construção alguma queria aceitá-lo. Só restava o biscate, mas não havia com que iniciá-lo, nem ninguém lhe daria crédito, que ali ele era um estrangeiro (p. 83).

Grande parte da narrativa é dedicada a discussões e exposições orais, principalmente pelo pai, relativas aos acontecimentos que precipitaram o fim da Segunda Guerra Mundial, aos problemas entre árabes e judeus na Palestina inglesa e aos vaivéns políticos que precederam o estabelecimento de Israel. O alinhamento de discursos guarda uma tonalidade didática que vem a prejudicar a intensidade dramática da história. Por outro lado, ao captar o isolamento do imigrante e a exclusão sentida pelo judeu, Lispector já projetava sua habilidade, mais tarde amplamente desenvolvida, em cultivar os tópicos da solidão e marginalidade como preferenciais na sua escrita. Esses dois elementos foram apreendidos por ela mesma, na sua atribulada vida de fugitiva, imigrante e judia.

Dos textos examinados, dois deles localizam-se no Brasil (Dines, Lispector), enquanto os demais podem ser articulados em qualquer lugar onde judeus se vejam forçados a abandonarem suas casas para não mais regressarem (Chonchol e Chen). Uma leitura global do tema de rejeição permite mostrar que as conseqüências de uma autoridade desenfreada, imposta ao destino de pessoas indefesas, corre o perigo de não se limitar apenas aos judeus e nem a uma só geografia. A literatura espelha esta verdade.

A Modalidade Comunitária

Essa modalidade refere-se a um distanciamento imposto pela comunidade judaica ao indivíduo judeu. Em casos de marginalidade imposta por membros de uma mesma família, há situações em que os rejeitados optam por dar continuidade à prática do judaísmo, embora afastados, como promulgado, do núcleo que forçou seu deslocamento. Alguns textos literários oferecem exemplos dessa atitude de desafio contra sentenças de ostracismo, quer sejam evidentes ou encobertas. Tais situações são perceptíveis no romance *No Exílio*, de Elisa Lispector, nos contos "Judith" e "O Profeta", de Samuel Rawet, e em *Adeus, Iossl*, de Eliezer Levin. Outras obras também incluem o tópico da separação imposta pelo núcleo comunitário judaico, especificamente por razões ligadas a um sentido coletivo de moral. Estas encontram-se enquadradas numa dimensão peculiar à história do lenocínio praticado por judeus na América do Sul, entre as quais se salientam (*o ciclo das águas*), de Moacyr Scliar, *A Última Polaca ou Sarah Pede: por Favor, Não Tragam Flores à minha Sepultura*, de Maurício E. Pernidji, *Jovens Polacas*, de Esther Largman, e o conto "Mi Nombre es Max!", de Samuel Reibscheid.

Um paradigma para a modalidade de rejeição forçada pela comunidade é a sentença judicial imposta a infratores do sistema legal. Tanto a comunidade judaica como a não-judaica tentam afastar criminosos do seu convívio, pela aplicação de leis civis, que tratam de estabelecer uma trégua na coabitação entre infratores e demais membros da comunidade, um período chamado de reabilitação, que mal encobre indiferença ou desprezo social.

Quando impostas pela própria comunidade judaica a um dos seus, o modelo é historicamente inaugurado em 1624, com Uriel da Costa (1585-1640). Nascido em Portugal e criado num ambiente jesuítico, Uriel mudou-se para Amsterdam já adulto, onde desafiou os rabinos e talmudistas ao rejeitar a Bíblia e idéias baseadas em etnocentrismo como forças moralizantes. Contra elas, ele relevou a razão como única orientação moral, através de uma perspectiva humanista, laica e racionalista[36]. Rejeitado pelas comunidades civil e rabínica holandesas por suas propostas, foi duas vezes expulso, em meio a demais castigos humilhantes. Finalmente, depois de ser submetido a 39 chicotadas, segundo um ritual de punição, ele se suicidou.

Anos mais tarde, em 1656, a comunidade religiosa de Amsterdam também excomungaria e expulsaria o livre-pensador e filósofo Baruch Spinoza (1632-1677), nascido na Holanda de pais portugueses judeus. Por defender igualmente a idéia da razão acima da inspiração divina da Bíblia e por sua recusa em acatar a autoridade rabínica quanto à existência de anjos e a imortalidade da alma, foi julgado herético e sobre ele se decretou um anátema religioso e expulsão da comunidade.

---

36. Joseph Levy & Yolande Cohen, *Itinéraires Sépharades, 1492-1992, Mutations d'une identité*, Paris, J. Grancher, 1992, p. 93.

Na hierarquia de castigos e sanções determinados pela comunidade a seus próprios membros, a excomunhão responde a delitos de gravidade ímpar, na perspectiva da ética e da religião judaicas. A comunidade julgadora atua como um júri e, às sentenças lavradas, os réus não têm outra solução a não ser obedecê-las. As condenações religiosas contra Uriel da Costa e Baruch Spinoza estabeleceram um precedente que seria repetido várias vezes no decorrer da história judaica mundial.

No mundo moderno, entre sanções parecidas àquelas ocorridas no século XVII, recordam-se atos de excomunhão, entre fins do século XIX até quase a metade do século XX, contra judeus envolvidos em lenocínio. Os mercadores de meretrício, os cáftens e seus associados, abjetos que fossem, pertenciam atavicamente à comunidade judaica. Considerados indignos da convivência em comum com os demais membros da comunidade, foram marginalizados da sociedade e tratados com asco. No entanto, o desprezo da comunidade, somado às leis civis, não impediram que a prostituição organizada, chefiada por judeus e alimentada, à força ou por espontânea vontade, por judias, operasse no Brasil, em conexão com a Argentina e o Uruguai, por quase setenta anos.

As duas variedades de distanciamento forçado em membros da comunidade – do grupo familiar e da população judaica geral – são reconhecidas nas obras analisadas a seguir.

ELISA LISPECTOR, *No Exílio*

O romance *No Exílio* volta a ser objeto de exame pois, além de expor um tipo de marginalidade incentivada pela comunidade não-judaica (examinada no tópico anterior), indica a questão em esfera mais restrita, no âmbito familiar. Como se notou, a protagonista Lizza foi marginalizada na Rússia por ser judia. O movimento de rejeição continuaria no Brasil, onde foi vitimizada por ser imigrante e, entre os parentes da mãe, maltratada por ser pobre. Quando a protagonista e sua família desembarcaram em Maceió, ninguém os esperava, embora tivessem contado com a presença de seus únicos parentes no país, uma irmã e o cunhado de Marim, imigrados havia tempo. Assim que se encontraram, no entanto, estabeleceu-se entre eles uma relação de estratos sociais: "Marim encolhendo-se. Nunca, até então, representara o papel de irmã pobre" (p. 96). Os tios apresentam a atitude ambígua dos que, ao mesmo tempo que acolhem, também rejeitam. Dora, como é chamada, no romance, a tia estabelecida no Nordeste, coloca-se no controle da separação, mostrando

às meninas o cômodo que lhes destinara. A empregada estava de folga por uns dias; e, ficando, elas não estorvariam. Apagou as luzes, fechou portas e janelas e retirou-se para os quartos da frente, onde ela, o marido e os filhos dormiam (p. 97).

Para Elisa Lispector, a solidão dos seus personagens é um dado real, representado por ausência, hermetismo, aridez, o nada estatístico: "mas Lizza fica só, nas tardes quentes e vazias. Em toda a rua, do princípio ao fim, não há uma só menina a quem se tivesse ligado" (p. 102). Reforçando a atmosfera de seu estado de isolamento, Lispector focaliza Lizza numa brincadeira, na qual a palavra "cadeado" atravessa sua representação significativa para abarcar o âmbito metafórico do seu encarceramento psicológico:

> Nos recreios, a sensação de mal-estar aumentava ainda mais.
> – Diga cadeado, diga. As crianças cercavam-na e a apoquentavam, com maldade.
> – Ca-de-a-do, repetia, pondo acento em cada sílaba, com medo de errar. A meninada ria, pulava em torno, uma puxando-lhe a saia, outra o cabelo mal tratado. [...] Então as crianças cansavam-se desse brinquedo e abandonavam-na no meio do pátio, como uma coisa inútil. Lizza ficava sozinha, a um canto [...] a alegria ruidosa das outras não a contagiava, mesmo quando se mostravam benévolas e condescendentes para com ela, a imigrante (pp. 102-103).

A narrativa recorda os solavancos da família, com seus percalços pela subsistência e a batalha da mãe pela sobrevivência. Falecendo esta, Lizza volta a ressentir-se de distanciamento, desta vez provocado pelas irmãs, que ficaram sob seus cuidados:

> Tida na obrigação de continuar a tradição judaica no lar, agora que a mãe era falecida, e participando dos problemas e ideais do pai, diferenciara-se até certo ponto das irmãs, que não se sentiam na obrigação de amar essa irmã tão mais velha e torturada, o que lhe causava desapontamento e mágoa (p. 146).

Dentre as formas de rejeição num ambiente familiar, Elisa Lispector ressalta as condições experimentadas por enjeitados em círculos dominados por parentes e amigos em potencial, como as que resultaram no afastamento psicológico manifesto entre Lizza e as irmãs, na frieza das colegas de escola e na solidão imposta pelos tios nos primeiros momentos da adaptação dos imigrantes na nova terra. Apesar do tom lamurioso, o relato envolve a heroína com uma suficiência estóica de sobrevivência, o que manteve tanto a escritora quanto a protagonista trafegando pela vida, nas suas trajetórias semelhantes.

SAMUEL RAWET, *Contos do Imigrante* ("O Profeta" e "Judith")

Samuel Rawet nasceu no dia 23 de julho de 1929, em Klimontov, Polônia; tinha sete anos de idade quando sua família se mudou para o Brasil, onde o futuro engenheiro e escritor se naturalizaria brasileiro. A primeira língua que aprendeu foi o ídiche, que seria utilizada na sua carreira literária, principalmente ao injetar um plasma irônico na escolha de nomes de alguns personagens.

Criou-se no Rio de Janeiro, entre os bairros de Leopoldina, Ramos e Olaria. Em 1953, formou-se na Escola Nacional de Engenharia, especializando-se em Cálculo de Concreto Armado. Mudou-se para Brasília, onde passou a trabalhar na construção da nova capital, como parte da equipe do engenheiro e poeta Joaquim Cardozo. Viajou pela Europa e esteve em Israel por um ano, colaborando com o arquiteto Oscar Niemeyer na construção da Universidade de Haifa. A maior parte da sua vida adulta, incluindo os últimos anos, foi passada em Brasília, como escritor, ensaísta e engenheiro da Secretaria de Viação e Obras do Distrito Federal.

Na década de 60, tornou-se conhecido não só por seu livro de contos focalizando imigrantes, mas pela universalidade da sua ficção. Nela desembocavam elegância sóbria de escrita, nítida preocupação pelo espírito humano, rascante crítica social e uma base filosófica que se desenvolvia ao longo da sua criação ficcional. Por volta de meados da década de 70, Rawet começou a viver, segundo testemunhas, de maneira excessivamente frugal, passando a evitar o convívio social e profissional, até que praticamente desapareceu dos círculos de amigos e colegas.

Foi encontrado morto na solidão do seu apartamento, sentado numa poltrona, cadáver de quatro dias, cercado de livros e papéis. A crônica policial registra "aneurisma cerebral" como causa da sua morte, ocorrida em Sobradinho, Goiás, no dia 25 de agosto de 1984.

Contos do Imigrante

Depois de um breve toque em criação teatral, vencendo concurso promovido por uma emissora de rádio, Rawet inaugurou sua carreira de ficcionista com *Contos do Imigrante* (1956), uma obra que inclui, entre outros, temas relacionados a experiências de imigrantes judeus no Brasil. Em seguida a esse volume, sua obra passou a abranger uma variedade de tópicos, além de escrever ensaios de ordem filosófica[37].

A personalidade convoluta do escritor, suas audaciosas declarações à imprensa e algumas das idéias expostas em artigos e ensaios o

---

37. Samuel Rawet, *Contos do Imigrante*, Rio de Janeiro, José Olympio, 1956, 1972. (As citações textuais são da edição de 1956.) Outras obras de Rawet (nos parênteses, datas de primeira e segunda edições): *Os Amantes* (teatro, s.d.), *Diálogo* (contos, 1963, 1976), *Abama* (novela, 1964), *Os Sete Sonhos* (contos, 1967, 1971), *O Terreno de uma Polegada Quadrada* (contos, 1969), *Consciência e Valor* (ensaio, 1970), *Homossexualismo / Sexualidade e Valor* (ensaio, 1970), *Alienação e Realidade* (ensaio, 1970), *Viagem de Ahasverus à Terra Alheia em Busca de um Passado que não Existe porque É Futuro que já Passou porque Sonhado* (novela, 1970), *Eu-Tu-Ele* (ensaio, 1971), *Angústia e Conhecimento* (ensaio, 1978), *Que os Mortos Enterrem seus Mortos* (contos, 1981).

consagram como uma espécie de *enfant terrible* da sua geração literária. Quando começou a eximir-se do contato com colegas e escritores, Rawet deixou-se ver como homem esquivo, irascível, isolado e automarginalizado, condições que se vão refletir na sua escrita do período. Seu profundo mergulho no espírito humano, sua tenebrosa intimidade com a angústia e, sobretudo, sua poderosa habilidade no uso da linguagem fazem dele uma figura emblemática na literatura brasileira.

O crítico Assis Brasil considera a primeira obra de Rawet uma baliza artística na história literária do país:

> A Nova Literatura tem como marco estético o ano de 1956, quando foram lançados: *Grande Sertão: Veredas*, de João Guimarães Rosa, *Contos do Imigrante*, de Samuel Rawet, e o movimento de Poesia Concreta. Uma pesquisa de formas e de linguagens nunca empreendida antes[38].

Outros o vêem como "precursor de Clarice Lispector, de Moacyr Scliar e de tantos outros que ainda virão" (Alberto Dines), assim como *Contos do Imigrante* é visto como "uma das primeiras, se não a primeira, obras da literatura judaica no Brasil" (Moacyr Scliar); quanto ao tópico do judaísmo, a Rawet se outorga a posição de ter sido "o primeiro a dar ao assunto a amplitude e o nível requeridos para integrá-lo nas letras nacionais" (Jacó Guinsburg)[39].

A estatura literária de Samuel Rawet o coloca em posição pioneira na nomenclatura ficcional judaica no Brasil, por seus propósitos, refinamento estético e persistência profissional[40]. Rawet assinala aspectos intimistas de personagens marginalizados por toda sua obra literária, independentes de suas raízes judaicas. Para este estudo, no entanto, foram selecionadas duas narrativas, nas quais ele expõe o papel da família judia no processo de marginalização de um de seus membros: "O Profeta", em que o protagonista é um velho judeu deslocado pela Segunda Guerra Mundial, e "Judith", que focaliza uma moça judia marginalizada pela família por se ter casado com não-judeu.

"O Profeta"

Esse conto envolve a breve passagem, no Brasil, de um sobrevivente da Segunda Guerra e seu reencontro com um irmão, estabelecido e com família, que tinha permanecido isento da experiência do

---

38. Assis Brasil, *Dicionário Prático de Literatura Brasileira*, Rio de Janeiro, Edições de Ouro, 1979, p. 288.

39. Em "Esquecido, Ensimesmado, Perdido", *Shalom*, ano XVIII, n. 224, set. 1984: Alberto Dines, "Inventor do Exílio", p. 4; Moacyr Scliar, "Samuel Rawet Foi uma Figura que Sempre me Perturbou", p. 6; Jacó Guinsburg, "Os Imigrantes", p. 8.

40. O gaúcho Marcos Iolovitch foi quem abriu a senda literária judaica no país, embora se tenha limitado à publicação de apenas um livro, *Numa Clara Manhã de Abril* (ver Capítulo 2). Portanto, o primeiro trabalho de Rawet foi precedido, de dezesseis

Holocausto, "a noite horrível" (p. 13). Entre os dois instalam-se contrastantes imagens de uma Europa semidestruída, lembradas pelo sobrevivente, e as hipérboles tropicais de uma atmosfera vivida por seus familiares, que lhe estenderam "mesa bem posta [...] finas almofadas e macias poltronas" (p. 11). Entretanto, sem dar importância ao conforto material, o estranho se encontra diante de um vazio que ele considera intransponível, um fosso repleto de experiências de guerra, desníveis sociais e diferenças de prática religiosa, além da distância generacional entre ele e os demais.

A presença do sobrevivente vem interromper a rotina urbana dos bem-sucedidos, moradores no Rio de Janeiro. Ele, com sua aparência enigmática, de barba, capote e solidéu e por falar sozinho em ídiche, que quase ninguém na casa entendia, era o "estranho". Por esse conjunto, ele passa a ser chamado "profeta" pelos galhofeiros da família. Ironicamente, o homem não guarda traço algum de profeta, vivendo o presente em orações, estigmatizado pelo passado e ancorando nebulosa esperança no futuro, idealizado nas crianças da família recém-conhecida.

O distanciamento entre ele e os outros, na mesma casa, é simétrico, pesos e medidas aferidos pelos termos "à margem" e "marginal", equilibrados dos dois lados: para ele, "Eram-lhe enfadonhos os jantares reunidos nos quais ficava *à margem*" (p. 13, grifo meu), enquanto os outros "Poucas vezes lhe ouviam a palavra, e não repararam que se ia colocando numa situação *marginal*" (p. 15, grifo meu). A marginalização do "profeta" implica uma rejeição que se estende além da sua patética figura: ao lhe darem as costas, as duas gerações, a contemporânea, representada pelo irmão, e a moderna, pelos filhos deste, afastam-se da sua história recente, a personificação de um jornal do Holocausto que a família não quer ler.

O conto se caracteriza por parcimônia verbal e descritiva. Descrições reduzem-se ao essencial para marcar um espaço como num cenário teatral; mínimas trocas verbais entre os personagens moldam a atmosfera de distanciamento recíproco. Depois de se ter borrifado em duas orlas marítimas, a européia e a brasileira, o judeu e sua carga de lembranças saem à procura de uma terceira margem, por ele idealizada, para onde "ia em busca da companhia de semelhantes" (p. 17), irmanados pelas experiências em comum. É perceptível a empatia do narrador pelo "profeta", que emerge como vítima, mas respeitando a si mesmo, por seu silêncio e por seu afastamento dos parentes, dois dos últimos recursos a que ele recorreu para manter sua dignidade[41].

anos, por um romance de autoria de outro imigrante, com a mesma ambição de captar a intimidade e problemas existenciais de deslocados sociais.

41. Ver Nelson H. Vieira, "Samuel Rawet, o Judeu Errante no Brasil: Desordem e Diferença", *in Ensayos sobre Judaísmo Latinoamericano*, Buenos Aires, Editorial Mila, 1990, pp. 425-440.

"Judith"

Nessa narrativa, Rawet enfatiza rejeições recíprocas, a primeira iniciada por Judith, ao casar-se fora dos círculos judaicos, afastando-se, pois, da tradição; a segunda, complementada por sua irmã, ao congelar a tentativa de retorno da moça, viúva precoce e com filho, ao seio familiar. Impossibilitada de voltar ao ambiente previamente abandonado, Judith, "que estava à margem" (p. 34), toma uma resolução que define seu obstinado reingresso na comunidade: "Amanhã levaria o filho à circuncisão" (p. 39).

Em vários aspectos, esses dois contos se assemelham quanto às reações dos personagens à marginalidade imposta na intimidade do parentesco judaico. Nas duas histórias, os enjeitados procuram refúgio com um membro da família, um irmão em "O Profeta" e uma irmã em "Judith"; em ambas as situações, eles se decepcionam com as diferenças entre suas expectativas e a realidade; rejeitados, buscam conforto em suas próprias reservas espirituais e preservam sua dignidade pelo silêncio; finalmente, os personagens nos dois contos, mesmo empurrados para as bordas do grupo familiar, como imunes à sentença imposta sobre eles, lutam por manter seus elos com o judaísmo, com o velho saindo à procura de seus "semelhantes" e a jovem mãe determinada a criar o filho à semelhança da sua tradição. Finalmente, em ambas as narrativas, percebe-se um quadro constrastante entre judeus escorraçados e pobres e os outros, ridiculamente entalados em seus bens materiais.

A sensibilidade de Rawet em relação ao judaísmo, como demonstrada nesses contos, nos quais o indivíduo insiste em manter-se judeu apesar dos obstáculos, não teria continuidade expressiva na sua escrita. Em fase posterior em sua carreira, Rawet vai concentrar-se nos aspectos ridículos da burguesia, um estrato social que ele identifica com judeus e não-judeus. No entanto, para efeito cômico, vai decalcar nomes em ídiche para alguns personagens, fazendo deles alvo de desprezo e irrisão. Essa fase da vida do escritor é examinada dentro da terceira modalidade de marginalidade, a que é provocada pelo próprio indivíduo.

ELIEZER LEVIN, *Adeus, Iossl*

Algumas comunidades, judaicas e não-judaicas, tendem a separar os idosos do ambiente familiar, marginalizando-os do contato com parentes e de obrigações em geral. Ao ver-se privados de uma atuação, por mínima que seja, na rotina da família, os distanciados perdem em interação com parentes, amigos e vizinhos, deixam de acompanhar as novidades que sempre ocorrem no desenvolvimento da família, enfim, vêem-se sem a âncora que os manteve localizados em algum lugar por toda uma vida.

Em *Adeus, Iossl*, de Eliezer Levin, emerge uma versão de marginalidade aparentemente espontânea e voluntária, representada por um pai, na faixa da chamada "terceira idade", que decide sair da casa do filho e ir morar num "Lar dos Velhos"[42]. Com o protagonista afastando-se do convívio familiar para ingressar num "lar", a narrativa explora sua percepção de ser um estorvo no conjunto familiar, um dos motivos que o levou a procurar nova companhia, composta de pessoas "independentes" e afastadas, como ele.

Pressupondo uma base econômica isenta de problemas, o internamento voluntário do pai de Iossl traz à tona a questão da sutil infiltração de um sentido de inutilidade naqueles que atingem a "terceira idade". Eliezer Levin retrata o idoso privilegiado, focalizando uma classe social para a qual as franjas da sociedade são feitas de fios delicados e arremates elegantes. No nível da escrita, a marginalidade do pai é um fato concreto, despontando de forma óbvia na onomástica distribuída entre personagens: enquanto todos recebem um nome – o "Iossl" do título é a versão em ídiche de "José", filho do protagonista –, o personagem principal, o pai, permanece anônimo, sendo referido, no decorrer da narrativa, invariavelmente, como *ele*. O anonimato imposto a *ele* simbolizaria as faces anônimas dos idosos que, constituindo uma massa forçadamente homogênea, perdem sua personalidade ou a deixam esvair-se ao ingressarem no seu casulo de lembranças, no fictício aconchego do "lar".

No microcosmo do "lar" para onde se mudou, sua individualidade vai se reestabelecer apenas por posições recortadas do passado: *ele* é ex-professor, viúvo, pai, sogro e avô. Integrando-se ao convívio dos demais, no espaço dos exilados domésticos, conserva os valores judaicos, preserva sua independência, lembra a esposa com saudades, mantendo-se em contato com o filho e outros membros da família. Esses liames, no entanto, não o demovem da posição de alguém que, voluntariamente ou não, se encontra às margens da sociedade e tem consciência dessa situação.

Nem toda a separação, na hipótese da fabulação de *Adeus, Iossl*, é limitada ou derrotista. Na versão de Levin, os vários episódios ocorridos com *ele*, entre humorísticos e melancólicos, revelam uma busca de harmonia entre renovação de vida e uma instituição – o Lar dos Velhos – que é, por sua função, uma alegorização da estação final. Romanceando esse período, Levin ameniza o processo de afastamento dos idosos da fluidez social, ao mesmo tempo que instala uma atmosfera de ambigüidade no relacionamento interno do "lar". Satélites solitários do seu próprio passado e fartamente glamourizados por progra-

---

42. Eliezer Levin, *Adeus, Iossl,* São Paulo, Perspectiva, 1994.

mas organizados para fazer passar o tempo, os habitantes da eufêmica casa de pensão unem-se pelo pensamento comum de que, algum dia, "Alguém virá nos buscar" (p. 189). Levin os capta tentando usufruir de um casulo aparentemente ordeiro e feliz que, no entanto, não passa de um frágil apêndice marginal.

Um outra dimensão, extrema e raramente lembrada, dada a tarja de vergonha comunitária, refere-se à marginalidade, imposta ou deliberada, dos fomentadores de meretrício e das mulheres que o praticaram, fossem elas inocentes vítimas ou voluntárias conscientes. Intenso tráfico de moças judias para fins de prostituição ocorreu entre a Europa e as Américas, de 1870 até pouco antes da explosão da Segunda Guerra Mundial. Uma vez descoberta tal situação, abriu-se uma luta intermitente de diversos quadrantes da comunidade judaica contra os "impuros" (*tanaim*, em hebraico) e sua espúria cultura, espraiada desde as *schtetl* da Europa aos Estados Unidos, Brasil, Uruguai e Argentina[43].

Uma das armas utilizadas no combate a esse segmento da sociedade foi a marginalização, seguida de exclusão e invocações de excomunhão[44]. Impedidos de participar da vida corrente ou dos rituais dos outros judeus, como freqüentar as sinagogas ou serem enterrados no mesmo cemitério, os marginalizados fundaram associações, entre as quais a mais conhecida foi a argentina Zvi Migdal. Controlando todas as atividades da colônia meretrícia, a matriz de Buenos Aires, com filiais no Uruguai e no Brasil, impedia que seus afiliados, principalmente as mulheres, abandonassem seus domínios sob pena de cruéis punições, muitas fatais. Os implacáveis juízes eram os donos dos bordéis, os cáftens e as caftinas, que dominavam o cenário de aluguéis de quartos e pensões, passes de mulheres, despesas de viagem para os intermediários e suas presas, recebendo, em troca, os frutos do comércio provido pelas fêmeas em seu poder.

---

43. Ver Edward J. Bristow, *Prostitution & Prejudice, The Jewish Fight against White Slavery 1870-1939,* Nova York, Schocken Books, 1983. (No I Encontro Brasileiro de Estudos Judaicos [Universidade do Estado do Rio de Janeiro, 24-26 out. 1994], a comunicação de Beatriz Kushnir "As Polacas no Brasil: um Exercício de Sociabilidade e Solidariedade" expõe, entre outros problemas, as condições das judias que se viram forçadas à prostituição por judeus.)

44. Ainda que desprezível ao longo da sua coexistência com a sociedade judaica, a prostituição encontra-se registrada nas Escrituras Hebraicas (*Gênesis*, 38:14, *Reis*, 3: 16-27 e mais). Depois da imposição de meretrício religioso por elementos externos (gregos e romanos, que impeliam virgens a se sacrificarem aos deuses), o profano passou a ser uma emulação do modelo sacro, principalmente em mercados, feiras e hospedarias, dentro e fora das cidades do Oriente Médio. Decretos judaicos contra a prática de prostituição foram dirigidos primeiro às prostitutas dos templos, depois às meretrizes comuns. A escrita pós-bíblica (Talmud e Halahá) analisa algumas circunstâncias da prostituição e chega a defender certos direitos de seus participantes, entre homens e mulheres ("Prostitution", *Encyclopedia Judaica*, vol. 13).

A comunidade judaica, além de se envergonhar pelas práticas efetuadas por tais elementos, temia que a ocasião fosse apropriada pelos anti-semitas, que identificariam todos os judeus com os atos ilícitos daqueles patrícios. A polícia e a comunidade, coordenadas para debelar essa mancha na sua constituição legislativa, social e religiosa, somente conseguiram derrotar as meretrizes, seus proprietários e demais apêndices quando sua organização já se encontrava enfraquecida ao longo de mais de cinqüenta anos de existência.

O sistema de "recrutamento" de mulheres judias (então virgens e jovens) se fazia por judeus europeus que já tinham emigrado e que voltavam para seus países de origem com aparência de ricos, desimpedidos e ansiosos por se casarem com uma "moça da terra". Com esse invólucro, ludibriavam meninas-moças e suas famílias, que viam, no casamento com o jovem bem-sucedido, promessa de vida melhor do que a que levavam na Europa, imersos na pobreza e no anti-semitismo. O casamento era efetuado com todas as cores e letras dos legítimos, em presença da família da moça, antes de o jovem casal despedir-se rumo a horizontes já desbravados pelo marido, geralmente nas Américas.

Um pouco antes ou depois da primeira curva do trem ou dos primeiros sulcos marítimos, o homem deixava sua máscara cair. A moça era então informada de que teria, de ora em diante, uma outra forma de viver. Seu ganha-pão seria a prostituição e o homem seria seu agente, assim como já o era de outras mulheres. Muitas vezes não se consumava nenhum enlace entre o casal, pois conservando-as virgens, os falsos esposos teriam maiores lucros com suas presas. Como "polacas", "francesas" ou "russas", as mulheres judias eram armazenadas em várias cidades da costa atlântica da América do Sul e preparadas para seu *début* por mulheres do ofício. Poderoso contingente de homens atraídos pelo dinheiro fácil desafiava a comunidade judaica, que se unia, desde rabinos ortodoxos a feministas *avant la lettre*, contra o insulto à ética judaica e a afronta às leis civis do país.

Formando uma subcultura dentro da cultura dominante, os proxenetas abriam-se caminhos pela corrupção da polícia; dominavam as rotas transatlânticas com suas cargas de mulheres, que eram mercadejadas como, com algumas variações e não havia muito tempo, os portugueses mercadejavam os escravos vindos da África.

As "escravas brancas", como a imprensa denominou as mulheres aliciadas, viviam sob o terror de torturas, ataques físicos e chantagens psicológicas. Com certas exceções, todas se sentiam vítimas de uma armadilha cruel, algumas tentando escapar de uma prisão cuja chave estava nas mãos de seus donos, seus falsos maridos. Estes faziam vários papéis, como de gigolôs, chefes de quadrilhas e toda uma gama de ocupações na vasta rede de traficantes que a sociedade dominante riscava de seu mapa ambiental.

Os textos ficcionais sobre esse assunto tendem a denunciar os perpretadores do crime de lenocínio e a inocentar, em geral, suas vítimas, ao mesmo tempo que descobrem, nas prostitutas escravizadas, mananciais de amor materno entrelaçados a profundos sentimentos de culpa. Outro traço caracterizador do tratamento desse tópico é o enquadramento de sua descendência em situações positivas quando, burlando a vigilância dos chefes, as prostitutas chegavam a conceber e ter um filho. Em regra geral, descendentes daquelas mulheres são focalizados como adultos integrados na ordem social e profissional do país, livres de máculas passadas, por se terem distanciado da colônia meretrícia por esforços empreendidos por suas próprias mães ou por pessoas de sua confiança.

MOACYR SCLIAR, *(o ciclo das águas)*

Esse romance segue um dos roteiros, como acima sumarizado, de um intermediário, Mêndele, que alicia Esther, uma jovem ignorante, para a prostituição[45]. Suas atividades têm início segundo o percurso convencional, quando Esther é entregue a um freguês de Mêndele, ainda no navio que os leva da Europa ao Brasil. A narrativa é parcialmente desenvolvida por Marcos, filho de Esther, um jovem professor de história natural, concentrado no exame microscópico das águas turvas de um riacho que corre ao lado da Vila Santa Luzia, bairro onde se localizava o bordel onde Esther trabalhou.

Nora Glickman percebe a trama do romance como sendo relacionada,

claramente, com as impurezas das águas de Santa Luzia – bairro humilde de Porto Alegre – em seu curso em direção ao mar. A lente de ampliação de um microscópio, igual ao que Marcos usa em seu laboratório de biologia, revela em pormenores a invasão bacteriológica das águas. No entanto, as crianças de Santa Luzia criam-se sadias e livres de impurezas. Em outro plano, Marcos, filho ilegítimo da mãe portadora de sífilis, igualmente cresce sadio; desempenha uma função ativa na sociedade brasileira e expressa idéias pragmáticas sobre educação, política e religião[46].

A construção da história se divide entre Marcos, o filho da prostituta, e o narrador invisível, que acompanha o percurso de Esther, ainda moça, desde a Europa a Buenos Aires, com escalas no Rio de Janeiro e em Porto Alegre. Duas imagens, como símbolos flutuantes, são recorrentes no romance – um olho, ora humano, ora animal, e áreas dominadas por "água turva e fétida". Flagrantes de um olho, representa-

---

45. Moacyr Scliar, *(o ciclo das águas)*, (1º Prêmio Érico Veríssimo de Romance 1975), Porto Alegre, Globo, 1977.
46. Nora Glickman, *La Trata de Blancas. Estudo Crítico sobre Leib Malaj*, Buenos Aires, Editorial Pardes, 1984, pp. 45-46.

ção insofismável de uma entidade superior, seja ela o poder férreo dos donos das mulheres, seja a diabolização do destino, entrelaçam-se com imagens de águas, estagnadas e poluídas. Contrastando com essas cenas, impõem-se personagens cegos e águas correntes e límpidas, num jogo comparativo entre a vida real de Esther (cega) e aquela que ela não vive (a limpidez da água). O nome do bairro, convém lembrar, homônimo de Santa Luzia, a protetora dos cegos, estenderia um significado subliminar à cegueira e estagnação moral dos seus habitantes e à contrastante lucidez dos cegos físicos e de Esther.

Foco de desprezo da comunidade, Esther é vista enfrentando o mundo da sua cova solitária:

> Recusam-na. [...] Uma vez ela vai ao cinema [...] Quando ela se aproxima, faz-se silêncio; à sua passagem, afastam-se. Ela vê uma senhora gorda cuspir no chão. Vê uma senhora nervosa murmurar qualquer coisa ao ouvido do marido (pp. 34-35).

Flagrantes de rejeição continuam sempre que ela tem que interagir com a sociedade circundante:

> Procura o *mohel*, o homem da circuncisão. Este, a princípio, resiste; não quer fazer a circuncisão no filho de uma impura, de uma mulher que vive na boca do povo; teme por sua própria reputação (p. 57).

Enquanto esse romance de Scliar se desenvolve por um jogo de sugestivas alusões e descrições da realidade das prostitutas, as obras de dois outros escritores, Pernidji e Largman, fazem referências diretas ao vício, ao terror e à impotência das mulheres nos meandros do chamado submundo.

MAURÍCIO ESKENAZI PERNIDJI, *A Última Polaca ou Sarah Pede: por Favor, Não Tragam Flores à minha Sepultura*

Sarah, a protagonista de *A Última Polaca...*, já estigmatizada por ser filha de uma prostituta, é forçada, pela família que a acolhera, a casar-se com um tal de Mordechai[47]. A família adotiva lhe faz ver que, tendo a má reputação da sua mãe como um "passado", só deveria sentir-se privilegiada em casar-se com um homem importante como Mordechai, imigrante que fizera sucesso no Brasil e que retornara à procura de uma noiva "da terra".

Uma vez desembarcados, o homem faz o papel de negociante falido que necessitará de todos os sacrifícios da mulher para poder pagar suas dívidas. Sensível, inteligente e enamorada do marido, a quem ela

---

47. Maurício Eskenazi Pernidji, *A Última Polaca ou Sarah Pede: por Favor, Não Tragam Flores à minha Sepultura,* Rio de Janeiro, Editora SERJ, 1985. (O livro será referido como *A Última Polaca.*)

não teve tempo de conhecer melhor, Sarah entrega-se ao meretrício, mesmo porque, como mercadoria marcada, não teria outra escolha em vida.

Consciente de que era "amaldiçoada e excomungada" (p. 14), o anátema que a separava do resto da comunidade é textualmente lembrado:

> Malditos e excomungados, por todos os judeus, profetas e anjos do céu! Malditos sejam quando se deitam. Malditos quando se levantam. Suas lamúrias, preces e gemidos nunca serão ouvidos pelo Altíssimo. Malditas suas comidas. Maldito o produto do ventre de suas mulheres. Ninguém lhes dirija a palavra e nunca lhes ouçam os dizeres, não se aproximem a menos de dois metros. Que sua presença seja mais abominável que o pó das sandálidas de um leproso (p. 15).

Através da vivência de Sarah nos prostíbulos das francesas, a narrativa desvela suas atividades e de outras com igual destino, seus remorsos e culpas. Entre todas, instala-se um compulsivo magnetismo, misturado ao pavor, aos proxenetas ou cáftens, que já contavam com uma associação no Rio de Janeiro, em 1879[48].

ESTHER LARGMANN, *Jovens Polacas*

Roteiro similar é seguido, em parte, no romance *Jovens Polacas*, de Esther Largman[49]. Sarah Weisser, a protagonista, é vítima da mesma armadilha de casamento com um príncipe encantado, que a tirou da Europa e a jogou no Brasil. Como a Esther de Scliar, mas diferente da Sarah de Pernidji, a protagonista de Largman provinha de família modesta e religiosa. Uma vez na garganta do meretrício, suas tentativas de fuga e ameaças de denúncia lhe valeram a morte por assassinato. Depois de sua morte, uma filha, mantida escondida, é adotada por uns primos no Rio de Janeiro. A história passa a ser narrada por Mira, que, ao contrário da mãe estigmatizada, leva uma vida convencional sob os cuidados dos parentes-pais, estuda e cresce para tornar-se esposa de pequeno comerciante no Rio de Janeiro, com quem tem duas filhas.

Apesar de estar consciente de que seu casamento fora uma forma de apagar as pegadas da sua mãe, Mira identifica-se com o protótipo do marginalizado pela comunidade judaica:

> Creio que foi por essa época que tomei gosto pela leitura de Spinoza e Platão. Estou só, muito só, e me vem à memória uma das frases que logo ataram minha amizade com o excomungado judeu: "O temor da solidão é inerente a todos os homens" (p. 116).

---

48. Bristow, *op. cit.*, p. 113.
49. Esther R. Largman, *Jovens Polacas*, Rio de Janeiro, Rosa dos Tempos, 1993.

Pelo transcorrer das experiências de Sarah e suas colegas e pela descrição dos sentimentos pessoais da filha, perpassam termos como "mancha" (p. 42), "impuros" (p. 131), "estigma" (p. 218), "ser marginal" (p. 255) e outros no mesmo teor.

A história incorpora também resultados de pesquisas junto ao antigo *bas-fond* judaico, feitas por um jovem jornalista, que descobre vários aspectos daquela cultura, chegando até o Cemitério de Inhaúma, o terreno onde se faziam os enterros dos marginalizados. Pelo recurso de intercalações descritivas, desenrola-se no romance parte da história do meretrício no Rio de Janeiro e suas articulações com o sul do país e com países vizinhos. Mescla de documentário, depoimento ficcionalizado e ficção, *Jovens Polacas* parece abrigar uma mensagem de ordem atemporal e ética, indicando a inocência inata dos descendentes das prostitutas. Isso em resposta a nem sempre sutil discriminação da sociedade contemporânea contra eles, sombreando-os com um anátema antigo, embora mudo.

Idêntica preocupação com os descendentes daquelas mulheres ressoa na obra de Scliar, através da alegoria de uma repentina e inexplicável presença de águas límpidas e claras em meio às águas impuras, viveiro de vermes. No romance de Pernidji, a protagonista, abalada por uma tragédia, adota uma menina, salva-a do ambiente que desprezava mulheres e com ela realiza seus sonhos de mãe – outra vez, um espaço claro e promissor em meio a um ambiente negativo e dramático.

SAMUEL REIBSCHEID, "Mi Nombre És Max"

A mesma fixação por crianças descendentes de prostitutas expõe-se no conto "Mi Nombre És Max!", de Samuel Reibscheid[50]. Em linguagem carregada de ironia, chacota e termos chulos, típicos dos limites do submundo do meretrício ("A zona era uma cidade fechada em si mesma", p. 207), o autor desvela o lado fescenino das mulheres que, conhecidas como caftinas, duplicavam o papel dos cáftens. A voz narrativa se alterna com a de Max, antigo proxeneta, ativo no "bordel da Sara de São Paulo", onde ele "fazia de tudo: leão de chácara, garçom, provedor e, às vezes, cozinheiro" (p. 209). Diante do abandono de uma criança pela caftina, Max se encarrega de criar a menina, para quem deu "as melhores escolas, médicos, dentistas. Tudo o que o dinheiro pode comprar! Aulas de inglês, francês, balé e piano! Viagens à Europa. Ela teve de tudo!" (p. 210). "Formada em Sociologia pela Sorbonne [...] fazendo o Ph.D." (p. 211), a moça foi desde cedo retirada dos círculos freqüentados por Max e sua mãe.

---

50. Samuel Reibscheid, *Breve Fantasia* (contos), São Paulo, Scritta, 1995, pp. 205-214.

Outras complicações emergem do misterioso passado da mãe, mas o foco principal é a preocupação de Max em manter sua filha adotada em ambiente afastado e diferente daquele em que ele e seus companheiros viveram. A herança da marginalidade ou sua culpa não fazia parte do legado que ele gostaria de passar a seus descendentes.

Tanto esse conto quanto os romances nesta seção revelam partes de uma cultura auto-suficiente, parcialmente dependente da sociedade onde se enquadrava, a judaica. Considerado assunto tabu por muitos anos, mesmo depois do seu desaparecimento oficial, os poucos textos literários que o abordam abrem frestas na realidade dos parasitas sociais, os cáftens e as caftinas. Marginalizados até depois de mortos, eles ainda permanecem na lembrança coletiva da sociedade como uma *shanda* (vergonha, em hebraico).

A Modalidade Interior

Na variedade interiorizada de separação não ocorre, necessariamente, rejeição por membros de grupos consangüíneos nem por elementos exteriores à comunidade. O sentimento de afastamento é íntimo, invisível aos olhos dos outros, mas de dramáticas conseqüências em pauta pessoal. A questão do auto-isolamento, como expressa na literatura, além de sua importância estético-literária, ganha foros sociais e psicológicos que podem revelar angústias pessoais consideradas insolúveis.

Na exoneração individual por iniciativa própria, dois elementos distinguem-se na formação de uma marginalidade interior: um *ennui* da vida e o sentimento de auto-ódio. Conforme ilustrações adiante, os que se declaram aborrecidos com a vida e os que se detestam por serem judeus são, geralmente, retratados na ficção contemporânea como pessoas instruídas, pertencentes à classe média alta, com um quociente de inteligência bastante desenvolvido e com emprego fixo. A sensação de não pertencer e de se aborrecer com o meio ambiente, arraigada no indivíduo, como parte de seu organismo psíquico e social, é literariamente representada por um poema de Décio Bar e pelos contos "Lenda do Abacate" e "O Casamento de Bluma Schwartz", de Samuel Rawet.

As escritas e personalidades do renomado Samuel Rawet, do Rio de Janeiro, e do publicitário e poeta Décio Bar, de São Paulo, podem ser percebidas como impregnadas de um fastio da própria existência e descaso por si mesmos. Ambos se encaminharam, levados por esses sentimentos, à exoneração final, à morte.

DÉCIO BAR, *POEMA*

Nascido em São Paulo, a 27 de agosto de 1943, e falecido na mesma cidade, em 16 de julho de 1991, Décio exerceu uma série de atividades amadoras e profissionais, como teatrólogo, compositor, cineasta, documentarista, jornalista, publicitário, desenhista e pintor. Não havia ordem no seu leque de interesses, desde que suas inquietações intelectuais eram simultâneas e também alternadas. Entre a adolescência até a faixa adulta, ele deixou-se levar por inconformismo, rebelião e buscas. No lado mais metódico da sua vida, prestou exame de ingresso e cursou, ao longo dos anos, as faculdades de filosofia, sociologia, jornalismo e arquitetura. Não se "formou" em nenhuma delas; sua escolaridade completou-se por leituras e no trabalho.

Admirador de Groucho Marx, comediante do cinema americano, Décio tinha sua própria linha de humor; solitário, costumava ouvir música erudita; curioso, viajava com freqüência e chegou a conhecer o Pólo Sul, em missão jornalística. Aventurando-se em cinematografia, produziu filmes de crítica social, como *O Berço Xplêndido* e *Calabar,* editou *Violada na Caixa D'Água* e trabalhou num roteiro para a televisão, com o nome provisório de *Madeira-Mamoré.*

Autor dos versos que figuram na epígrafe deste capítulo, Décio encarna uma auto-exclusão que permaneceu invisível aos olhos dos outros até o fim da sua vida. Tinha uma personalidade rica, conflituosa e desafiadora das coordenadas sociais estabelecidas. Sua curta biografia o caracteriza, paradoxalmente, como um indivíduo gregário, interessado pelo progresso social, traços que se evidenciam em alguns de seus trabalhos ligados ao jornalismo e à publicidade e em suas obras ficcionais e poéticas, ainda inéditas. Desprezando a organização político-social do seu tempo, afastou-se da sua estrutura conservadora e tentou preparar sua própria geração para uma mudança.

Freqüentava lugares como a Vila Buarque, um bairro universitário e boêmio de São Paulo na década de 60, onde poetas, dramaturgos e ficcionistas liam fragmentos de poemas, esboços de peças e trechos de romances "em andamento". A mobilidade intelectual de Bar o levava a ser, nesses improvisados saraus, mais um atento espectador do que participante. Seus trabalhos eram mostrados apenas a alguns amigos; com alguns, coordenou o primeiro número de *Sigma*, uma revista que permaneceu inédita. Um romance, *No Temporal*, igualmente nunca foi publicado.

Como jovem, ele viveu numa São Paulo que começava, na área de letras e artes plásticas, a despontar em bulício e vitalidade com um grupo de artistas, os "novíssimos". Freqüentavam a Rua Maria Antônia (onde se localizava a Faculdade de Filosofia, Ciências e Letras da Universidade de São Paulo), Rua General Jardim, onde se instalaram "repúblicas" de estudantes, e a Rua da Consolação, com o Cine Bijou, de cinema de arte e localizado atrás da igreja, e o Bar Redondo, em frente ao Teatro de Arena. Essa área geográfica teve papel preponderante na luta travada entre estudantes politizados da universidade e a polícia, em 1964, um episódio de influência na disposição de Décio Bar, que passou a sentir-se amargurado e, mesmo, derrotado com os eventos daquele ano.

Décio tinha então 21 anos e sofreu profundamente com o golpe de 1964, com as constantes proibições dos militares e os desaparecimentos de amigos e colegas. Dizia-se anarquista, mas evitou qualquer compromisso político; no entanto, engajou-se aos "novíssimos", grupo literário no qual participaram, entre outros, os poetas Carlos Felipe Moisés, Cláudio Wiler, Rodrigo de Haro e Lindof Bell. Embora tenha escrito prosa e poesia, deixou poucas publicações; a maior parte de seus textos ficcionais e poéticos foi descoberta depois de sua morte.

Diz Elaine Pedreira Rabinovich, sua companheira de muitos anos e mãe de sua filha, que, enquanto a vida profissional de Décio era reconhecida por prêmios nos campos da publicidade e do jornalismo, ele permanecia um homem insatisfeito, consigo e com a sociedade. Desiludido com as manobras políticas no Brasil e incomodado com seus problemas de ordem geral, ele, um idealista e pensador independente, teve dificuldades em permanecer impassível diante dos alarmantes sinais de declínio social no país.

Aparentemente, sua identidade judaica não interferiu em suas procuras e revoltas. Nos contatos profissionais ou entre amigos, pouco mencionava sua condição de judeu mas, segundo Elaine Rabinovich, ele chegou a esboçar intenção em expor, num livro, aspectos da sua infância e primeira juventude passadas no Bom Retiro, área de São Paulo conhecida como "bairro judeu". Como tantos outros trabalhos, esse livro não se concretizou; seja por excesso de autocrítica ou baixa auto-estima, Décio tinha o hábito de destruir o que escrevia. O livro sobre sua formação judaica poderia estar entre os papéis destruídos por ele.

Décio fez, de si mesmo, um binômio psicológico, constituído por uma personalidade incomum, feita de excluso e de participante. Seu poema sem título, transcrito a seguir, expressa seu afastamento social e sua tentativa de auto-eclipse. Nos seus curtos versos, o poeta faz uso de vários recursos, empregando jogo semântico ("laço" e "lasso"), antítese ("sem-gracíssima palhaço") e oposições ("não desamolece", "antes, dilata"). Nos seus versos, procura conceituar-se numa auto-apresentação em que se equilibram o ser e o não-estar (a lacuna, no sexto verso, encontra-se na forma original do poema):

> Minha exclusão do espaço
> Não desamolece o laço
> e o que agora sou,
> faço.

Antes, dilata o traço
Do   que estou,
Lasso
sem-gracíssima palhaço[51].

A súbita morte do poeta surpreendeu a todos os que o conheceram. Num curto espaço de tempo que a antecedeu, já doente física e espiritualmente, ele procurava amigos e recolhia-se à solidão, tentando concatenar esses movimentos díspares. É possível que, ao perpretar o ato final, também interpretado como acidental, talvez o mais decisivo na vida de um ser humano, Décio Bar tenha realizado, de fato, aquilo que ensaiara em incursões pelo intelecto: a experiência da atitude anti-social extrema, a auto-exclusão da vida.

SAMUEL RAWET, "A Lenda do Abacate" e "O Casamento de Bluma Schwartz"

Rawet afastou-se voluntariamente da sociedade em geral, fazendo da comunidade judaica, nos últimos anos de vida, alvo de seu escárnio e repulsa.

Seu falecimento foi quase imediatamente precedido por certas atitudes de desvinculamento social, como faltas no emprego, afastamento dos colegas de trabalho, dos familiares do Rio de Janeiro e de seus amigos escritores. Em entrevista a um jornal paulista, o escritor revelou:

> Conheci a vida literária até a náusea e voltei à minha condição de leitor e autor [...] solitário. [...] Uma verdadeira invasão de pseudocultura dominou a área e o mercado. Pseudo-sociologismo, pseudo-economismo, pseudopoliticismo, dando a impressão de grandes autores e grandes correntes de pensamento. Que besteira! Confesso que diante de tal atordoamento, a gente pára um pouco, embasbacada, envergonhada com a própria ignorância, até o dia que descobre, ou intui, que tudo não passa de lixo[52].

Do aborrecimento da vida, passou ao tédio de ser judeu, "demitindo-se" do judaísmo. Seu artigo de despedida, "Kafka e a Mineralidade Judaica ou a Tonga da Mironga do Kabuletê", é um explosivo manifesto repleto de impropérios; é também um espantoso e inusitado acúmulo de reivindicações pessoais montado sobre um ensaio de crítica literária, como se descobre no primeiro parágrafo (grifos do autor):

> Aproveito os comentários sobre o livro de Erich Heller, *Kafka*, em tradução de James Amado, e publicado pela Cultrix, para fazer a minha declaração pública, a quem interessar possa, de meu desvinculamento completo e total de qualquer aspecto rela-

---

51. Poema inédito, avulso, datado 1989 (?). Agradeço a Elaine Pedreira Rabinovich a gentileza em me confiar informações, notas biográficas e trabalhos inéditos de Décio Bar.
52. Sem autor, "O Retorno de Rawet, após uma Década", *O Estado de S. Paulo*, 17 mai. 1981, p. 35.

cionado com a palavra *judeu*, familiar ou não. Não, não sou anti-semita, porque semitismo não significa necessariamente judaísmo, sou *anti-judeu*, o que é bem diferente, porque *judeu* significa para mim o que há de mais baixo, mais sórdido, mais criminoso, no comportamento deste animal de duas patas que anda na vertical. Não vou pedir desculpas pela linguagem vulgar. O meu vocabulário é o do carioca, e com pilantras é impossível e inadequado, literária e estilisticamente, o emprego de vocabulário mais refinado. Quero pedir a essa meia dúzia [...] de judeus [...] que vivem me aporrinhando por aí, que desinfetem![53]

A violenta diatribe de Rawet é significativa quanto à dimensão literária trazida por um judeu que proclama detestar seu povo e, como decorrência, a si mesmo. Carece de importância o grau de seus insultos ou sua negativa em se reconhecer anti-semita, efetuada na tentativa em esclarecer a etimologia da palavra "semita". O fato é que, no consenso geral, "anti-semita" é termo entendido como sinônimo de "antijudeu" e vice-versa. Opondo-se aos judeus da forma virulenta como o fez, Rawet não poderia escapar da identidade de racista, que ele não teria meios de negar. Suas reações enquadram-se num comentário dos psicólogos Jahoda e Ackerman:

[...] enquanto quase todos os anti-semitas não-judeus não rejeitam somente os judeus, mas também outros grupos, a hostilidade do anti-semita judeu é dirigida quase exclusivamente contra os judeus[54].

Gilda S. Szklo observa que

o "afastamento" de Rawet da religião judaica desde 77, o seu isolamento e a sua renúncia aos valores da tradição, dentro daquele seu espírito contraditório e polêmico, daquela sua riqueza de pensamento e liberdade espiritual (aflitiva e indagadora), poderiam ser interpretados não simplesmente como um ato de rebeldia – uma negação da luta – mas como a busca de si; um ato de transfiguração, através desta nudez dramática, deste despojamento de tudo que leva à plenitude, e constitui, noutras palavras, o itinerário espiritual de Rawet[55].

Moacyr Scliar descreve uma experiência muito mais próxima a Rawet do que a proporcionada pela leitura de seus artigos (como o acima mencionado, outros foram publicados em diversos jornais). A descrição de um encontro breve e explosivo entre os dois escritores está numa crônica assinada por Scliar, sobre um congresso literário:

Eu participava numa das mesas-redondas, e nesta ocasião me foi perguntado sobre literatura judaica no Brasil. Falei então, e com grande entusiasmo, sobre o livro de Rawet. Terminado o debate, alguém me disse que ele estava presente. Fui procurá-lo, e

53. Samuel Rawet, "Kafka...", *Escrita,* São Paulo, Vertente, ano II, n. 24, set. 1977, p. 22.
54. Marie Jahoda & Nathan W. Ackerman, *Distúrbios Emocionais e Anti-Semitismo,* São Paulo, Perspectiva, 1969, p. 124.
55. Gilda Salem Szklo, "A Experiência do Trágico (Recordando Rawet...)", *Suplemento Literário, Minas Gerais,* n. 950, 15 dez. 1984, p. 3.

disse as coisas habituais: que tinha grande admiração por sua obra, que há muito desejava conhecê-lo, etc. A reação foi inesperada e violenta. Aos berros, Samuel Rawet disse que não queria conhecer ninguém, que estava farto de judeus e que queria ser deixado em paz. [...] o Samuel está louco, é o que as pessoas diziam. Acho que loucura é um rótulo pobre, e até certo ponto injusto, para descrever a atitude de Samuel Rawet, em relação àqueles que, afinal, eram sua gente. Importante é caracterizar a forma que esta perturbação emocional nele tomou, a do auto-ódio judaico[56].

Não se deve confundir auto-ódio com autocrítica, comum a qualquer sociedade sadia e pela qual a sociedade, eventualmente, acaba por se conhecer melhor. O auto-ódio é um profundo detestar-se, sinal inequívoco de repulsa interior e auto-anulação, reflexos da aceitação e legimitização de desprezo e preconceito porventura emitidos por vozes exteriores.

Aparentemente, segundo mostra na sua escrita, Samuel não cresceu odiando os judeus, tendo se impregnado desse sentimento em algum momento dos seus últimos anos. Enquanto em *Contos do Imigrante*, seu primeiro livro publicado, o escritor expressa certa medida de amor humano e até carinho pelos judeus escorraçados, em publicações posteriores, como em *Que os Mortos Enterrem seus Mortos*, ele já não distingue uns de outros; aí, todos os personagens judeus são alvo de humilhação e sarcasmo.

Nesse livro de contos, incluindo uma temática de caráter universal e não necessariamente judaica, Rawet modela um personagem judeu, em "A Lenda do Abacate", identificando-o como *Schlimazel Mensch*. Nome e sobrenome, em ídiche, significam "pessoa sem sorte", o que coloca o personagem a um destino de fracasso sem remissão. No mesmo livro, em "O Casamento de Bluma Schwartz", uma noiva é caracterizada por atitudes de frieza e cinismo e atos criminosos de vingança. A palavra "judeu" ou termos derivados não aparecem nesse texto, mas é evidente a onomástica judaica – Bluma Schwartz, apesar da ambigüidade do sobrenome, que também pode ser alemão – apontando para a origem do personagem[57].

Ao emprestar nomes em ídiche a criaturas ficcionais envolvidas em atos de pouca ou nenhuma virtude moral, Rawet estaria indicando que razões ulteriores, não só as ditadas por sua imaginação criativa, o motivassem. Essas eram conhecidas só por ele. Com essa aparente arrogância, que deve esconder uma insegurança que só especialistas em psicologia poderiam diagnosticar, ele vai rebelar-se contra suas raízes, deliberadamente afastando-se da comunidade judaica com a qual tinha, pelo menos, uma relação atávica, negando-se a continuar sendo

---

56. Moacyr Scliar, "Samuel Rawet Foi uma Figura que Sempre me Perturbou", *Shalom*, ano XVII, n. 224, set. 1984, pp. 6-7.

57. Samuel Rawet, *Que os Mortos Enterrem Seus Mortos,* São Paulo, Vertente, 1981: "A Lenda do Abacate", pp. 57-62, e "O Casamento de Bluma Schartz", pp. 13-16.

identificado como pertencente à grei. No entanto, apesar de seus esforços em desvencilhar-se das suas origens, pedindo demissão do grupo, ele é conhecido e identificado como "escritor brasileiro judeu", como o é neste ensaio – por sua condição de imigrante judeu, por sua identidade confessa e pela temática que sua ficção em prosa abrange.

A tensão entre, de um lado, os defensores da moral, da religião e da estrutura social vigente e, de outro, os transgressores de todos esses domínios, estão literariamente representadas nas três modalidades assinaladas acima. As diferentes maneiras de manipulação da marginalidade redundam em que indivíduos sejam forçados para fora dos círculos sociais comunitários, seja por força de terceiros ou impulsionados por sua própria vontade.

Sutilmente conectado ao tópico da marginalidade é a percepção de ideais sionistas no ambiente judaico. Sendo o sionismo um dos principais focos modernos de perseguição antijudaica, explica-se sua presença neste capítulo.

No Brasil convivem diversas religiões e as mais variadas vertentes ideológicas. Os textos examinados adiante são reveladores de um ensaio de harmonização entre o sionismo e a sociedade circundante não-judaica. Zevi Ghivelder e Janette Fishenfeld, ambos do Rio de Janeiro, refazem um itinerário sionista, em parte histórico, em parte sonhador, conciliando as duas metades do sionismo, a real e a ideal.

O SIONISMO NAS LETRAS BRASILEIRAS JUDAICAS

Sentimentos idealistas pela formação de um Estado judeu autônomo são expostos em muitas das obras aqui examinadas. Começando pelas memórias ficcionalizadas dos camponeses das fazendas da ICA, no Rio Grande do Sul, o tema entrelaça-se aos diálogos dos imigrantes urbanizados e de seus descendentes. Quase toda essa escrita entretém situações em que o sionismo é discutido em referências favoráveis e, também, contrárias à realidade existencial do Estado judeu. Disseminado pela escrita brasileira judaica, o tema é retomado no título do romance *As Seis Pontas da Estrela*.

ZEVI GHIVELDER, *As Seis Pontas da Estrela*

Zevi Ghivelder nasceu no Rio de Janeiro, em 1934, descendente de judeus da Bessarábia. Jornalista, escritor, poeta, comentarista político, pertence aos quadros diretivos da organização Manchete e de outros meios de comunicação. A respeito de *As Seis Pontas da Estrela*, seu primeiro trabalho ficcional, em entrevista que me concedeu, em 1986, Ghivelder disse:

Quem escreveu este livro não foi eu – a rigor, a pessoa que sou hoje não tem nada a ver com a pessoa que o escreveu há dezesseis anos atrás. Hoje eu o escreveria bem melhor (em questão de estilo). Seria incapaz de escrever qualquer outro assunto, em termos de ficção, que não fosse judaico. É excelente o fato de que um livro de temática judaica tenha alcançado um prêmio como o Walmap 1969; os originais foram enviados com pseudônimo[58].

Nessa mesma entrevista, o escritor ressaltou sua formação sionista e seu apego às coisas judaicas, dissociando-se da religião e seus rituais. Para ele, e em suas palavras, "ser judeu é um modo de vida, é um modo de encarar a vida, é uma condição".

O romance *As Seis Pontas da Estrela* é um cadinho de experiências vividas por quase todos os imigrantes já retratados, em diversas obras, no Brasil. Ghivelder alcançou uma síntese das possíveis vivências de dois grupos distintos de judeus no Rio de Janeiro, os chegados antes da Segunda Guerra Mundial, e os outros, na condição de sobreviventes do Holocausto. A narrativa tem início quando a trama enfocada pelo autor já se aproxima de um término, focalizando o jovem Marcos Grinman na relojoaria de seu pai, logo após o falecimento da mãe. Observador de acontecimentos individuais e coletivos que atingiram as duas levas imigratórias, o rapaz pode representar a estabilidade alcançada pelas gerações aqui nascidas, concretizando o ideal de sobrevivência e adaptação social dos primeiros imigrantes.

Certos eventos acontecidos na sociedade carioca judaica na década de 40 ecoam na fabulação do romance, como os esforços da comunidade em oferecer um avião à Força Aérea Brasileira no decorrer da Segunda Guerra Mundial. Ao representar os idealistas e sonhadores, Marcos imagina o

avião, tal como seu pai o havia descrito durante a coleta de dinheiro. Era de metal reluzente, e a estrela de Davi, em vez de pequena, aparecia enorme em cima da asa. Chegava, até, a imaginá-lo desenhado a bico de pena, num traço igual ao das ilustrações do antigo livro da história judaica (p. 127).

É quase transparente o ideal sionista, como metaforizado aqui por Ghivelder, na dinâmica da estrela pronta para o vôo e na ligação de seu desenho com a antiguidade judaica.

Justaposição do antigo e moderno é um dos esteios da representação sionista na obra de Ghivelder. Também insere-se na sua escrita um sentimento de marginalidade, perceptível tanto em membros da pri-

58. Zevi Ghivelder, *As Seis Pontas da Estrela,* Rio de Janeiro, Bloch, 1969 (Menção Especial do Prêmio Walmap 1969). Entrevista efetuada na sede da revista *Manchete*, no Rio de Janeiro, em abril de 1985. Outras obras do autor: *Sonetos Atentos* (1990) e *Missões em Israel* (1993).

meira quanto da segunda leva de imigrantes. Os gritos de Sara, mulher de Jankiel, querendo voltar ao mundo antigo, paralisam-se diante da realidade: "Voltar para onde, Sara? Nós não temos mais casa... Nem aqui, nem lá..." (p. 148).

Nem por serem vítimas dos variados graus de marginalidade impostos sobre eles na Europa anti-semita, os personagens de Ghivelder se mostram unidos quanto à preservação do sionismo. Cada um deles retém suas idéias de acordo com suas ambições e consciência, como o apego sionista de Ariel Stig, o vendedor de livros, que se transfere para Israel, realizando o sonho impossível de tantas gerações que o precederam; enquanto isso, procurando moldar-se à sociedade não-judaica, o jornalista e oportunista Júlio Schwartzberg traduz seu sobrenome para Montenegro.

Outras pessoas, no entanto, preenchem diversas posições, entrosando-se à cidade e mantendo aceso, ao mesmo tempo, seu interesse pelo estabelecimento de Israel: Dona Eva, proprietária de pensão; Leopoldo Schiller, estudioso, formado em contabilidade; Jankiel Grinman, pai de Marcos, vendedor ambulante, antes de estabelecer-se como relojoeiro; Favel Alterman, ex-vendedor de relógios, que se promoveu de representante de geladeiras americanas a dono de imóveis; Berl Mehler, o sobrevivente que "dominava, sobretudo, o modo de dialogar com os brasileiros" (p. 154); e o sefardita Eliezer Toledano, uma espécie de prumo de calma e ponderação no bulício dominado pelos asquenasitas.

Entre outros traços estilísticos, o romance de Ghivelder se caracterizaria pela limpidez no trato do tópico do sionismo, das condições européias que o engendraram e da sua preservação no ambiente brasileiro. O autor consegue expor as várias modalidades políticas correntes no meio judaico sem resvalar para o panfletismo, comum em outras obras que tratam do mesmo tópico. Deslocado de sua contemporaneidade, o assunto é importante em termos de registro histórico-ficcional, em que se focalizam comportamentos humanos diante de situações típicas de transplante geográfico, social e psicológico.

JANETTE FISHENFELD, *Os Dispersos*

Outra representação literária do tópico do sionismo se descobre no conto "A Visita do Embaixador", de Janette Fishenfeld[59]. Ao contrário de um tratamento direto, como dado por Ghivelder ao tema, a contista arma um corpo metafórico em que predomina, como arquétipo, o sacrifício de Isaac, decodificado pelo sentimento sionista de um homem cujo filho participou da guerra pela independência de Israel, em 1948.

O conto se compõe de um remoinho de situações que precedem a visita de um embaixador do recém-fundado Estado de Israel a uma sinagoga, no Rio de Janeiro. Em plano de reivindicação social, a narrativa denuncia o elitismo no setor religioso, em que se contrastam os níveis de vida do rabino com a do presidente da sinagoga e a do vigia. Sobrepõe-se, a esse plano, a ansiedade de um velho pai sobre seu filho, que tinha cessado de lhe enviar notícias. Sem que o velho soubesse, estas se encontram numa carta do governo de Israel, em hebraico, língua desconhecida pelo pai. Ele passa a carta ao embaixador, para que a leia, que então se informa do destino do rapaz que se fez soldado, em Israel, sacrificando-se na Guerra da Independência. Mais um herói do sionismo, o pai permaneceria um Isaac moderno, ignorante de que seu filho ficara no Monte Moriah.

Poderia inferir-se que, como emerge na literatura judaica do país, há um equilíbrio entre o ideal multimilenar judaico – interpretado pelo movimento sionista – e seu enquadramento na sociedade brasileira. Atritos são minimizados na escrita ficcional, seja por refletirem a realidade circundante, seja por assim os designarem seus autores literários.

A marginalidade de ordem política é relativamente desconhecida nos limites brasileiros, salvo as exceções notadas. Pressões de ordem psicológica e social, interior e exterior à comunidade, emergem na literatura como resquícios de uma vigilância constante e imorredoura à integridade dos preceitos éticos judaicos.

Os trabalhos ficcionais que incluem o tema sionismo, anotados neste capítulo, refletem algumas atividades sionistas no ambiente brasileiro. Além desse tópicos, a riqueza dessas obras estende-se por áreas culturais, sociais, religiosas, entre outras, todas em direção a uma visão de uma maneira de ser judeu/judia.

---

59. Janette Fishenfeld, "A Visita do Embaixador", *in Os Dispersos,* Niterói, Wizo do Brasil, 1966, pp. 34-62. (Para informações biográficas sobre a autora, cf. Capítulo 4.)

6. Memórias do Holocausto*

> [...] *não esqueças daquelas coisas que os teus olhos têm visto, e se não apartem do teu coração todos os dias da tua vida; e as farás saber a teus filhos, e aos filhos de teus filhos.*
>
> Deuteronômio, 4, 9

Obras literárias produzidas no Brasil sobre problemas enfrentados pelos judeus durante o regime nazista na Europa até agora se têm baseado, principalmente, na memória individual de sobreviventes. Algumas características desses trabalhos são aqui examinadas ao longo de uma proposta para sua localização no corpo memorial da literatura brasileira. O tratamento literário do tema do genocídio teve início recentemente, na nossa escrita, daí ser objeto de modesto aparato analítico.

Os primeiros discursos da literatura brasileira abrangendo o tema do Holocausto – termo significativo da destruição da comunidade judaica européia – têm surgido com os sobreviventes judeus refugiados no Brasil. Estes resguardaram-se, psicologicamente, de escrever sobre suas lembranças atrozes, pelo menos por três décadas entre a data em que chegaram ao país e o momento de abrirem as comportas de suas memórias. Sentindo-se liberados de restrições pessoais, passaram a narrar, pela escrita, as lembranças dos horrores vivenciados, principalmente, durante e após a Segunda Guerra Mundial. Além dos trabalhos memorialistas em prosa, o tópico emerge em depoimentos de um grupo de refugiados e faz parte do repertório de um dramaturgo brasileiro

---

* O presente capítulo é uma extensão modificada do meu artigo "O Tema do Holocausto na Literatura Brasileira", publicado em *NOAJ, Revista Literária*, Jerusalém, n. 6, ago. 1991, pp. 55-65.

judeu. Neste capítulo, sugerem-se algumas classificações de caráter didático das categorias em que os discursos são apresentados, para uma compreensão abrangente da memória do Holocausto na narrativa brasileira.

O salto temporal-espacial a que alguns dos sobreviventes se lançaram, ao narrarem suas experiências, ressoa por uma diversidade de registros, numa interação de memórias, autobiografias, romances e emulações de diários. Quando não escritos diretamente em português, os textos são traduções dos idiomas em que os memorialistas registraram suas lembranças, já em ambiente brasileiro. Com a assistência de tradutores profissionais, o resultado não se terá afastado do estilo e da dinâmica originais.

O termo "holocausto" tem sido relacionado ao assassinato de seis milhões de judeus entre 1939 e 1945, na Europa e em parte da Ásia. De origem grega (*holokauston*), a palavra indica um sacrifício através da incineração total de uma oferenda a um deus, em troca de algum benefício. O conceito de oferta de sacrifício só pode ter um valor eufemístico em relação aos assassinados pelo regime nazista, pois não se coaduna ao genocídio dos judeus – um sacrifício feito em troca de nenhum benefício – durante a Segunda Guerra Mundial. Registram-se tentativas de substituição do termo "holocausto" por dois outros: *shoah*, em hebraico, e *hurban* ou *horbe* ("h" aspirado), em ídiche. O primeiro é coerente com a destruição, calamidade e desolação resultantes do programa de genocídio. É uma palavra de antigüidade bíblica, tendo sido resgatada pelo hebraico moderno para refletir a destruição do judaísmo europeu. O termo ídiche, além de abranger o significado de *shoah*, estende-se para aludir a uma longa história de catástrofes[1]. Em português, nos relatos sobre aquele período, predominam os termos *holocausto* e *genocídio*.

Neste estudo, escolho a palavra *holocausto*, mais pela freqüência de seu uso do que pela fidelidade empírica de seu significado. Na minha percepção, o termo *genocídio* é mais fiel aos tipos de crimes perpretados pelos nazistas, que chegaram a destruir dois terços da comunidade judaica européia.

TEMAS BÉLICOS NA LITERATURA BRASILEIRA

O tema do Holocausto nas nossas letras tem características únicas, tanto por ser assunto recém inaugurado na cultura brasileira quanto por nela fazer-se presente, quase exclusivamente, por meio de es-

---

1. S. Lilian Kremer, "Preface", *in Witness Through the Imagination*, Detroit, Wayne State University Press, 1989, p. 8.

trangeiros radicados no país. Não sendo similares, necessariamente, a assuntos condizentes a estratégias militares, as narrativas pertinentes àquele período são organizadas do ponto de vista de civis. Em regra geral, dizem respeito a descrições de deslocamentos geográficos e ambientais e de internamento em campos-prisões e em campos de extermínio, sempre revolvendo memórias enlutadas; algumas narrativas levantam lembranças de tempos felizes, anteriores aos acontecimentos do Holocausto, também expressando regozijo por vidas poupadas. O tópico se circunscreve, principalmente, à guerra contra os judeus e, apesar de ter sido uma guerra de partes desiguais (militares armados contra civis desarmados), é no sentido inerente a atos beligerantes e deles derivados que se pode entender a literatura do Holocausto como pertinente a "tema bélico".

Tópicos bélicos e congêneres têm modesto registro na ficção do Brasil. Tradicionalmente, a exploração de tais temas se tem limitado a certos episódios épicos coloniais e imperiais e a biografias de "grandes vultos" das Forças Armadas. Estes últimos são emoldurados por conflitos como a Guerra dos Farrapos ("Revolução Farroupilha," 1835-1845), a Batalha Naval do Riachuelo, na Guerra do Paraguai (1865-1870), as Guerras de Canudos (1896-1897) e do Contestado (1912-1916) e as revoluções paulistas (1924, 1932), entre levantes e insurreições armadas relevados por histórias locais. Entre essas consta a revolta, no Brasil colonial, liderada pelo judeu Manoel Beckman e seu irmão Thomaz. Ambos agiram em defesa da população negligenciada pela Coroa Portuguesa no Maranhão; por seu papel de líder, Manoel foi condenado à morte, pela representação local do Santo Ofício da Inquisição[2].

Experiências de caserna também têm gerado modesto acervo imaginativo e de seu número relativamente restrito se sobressai 9 *Histórias Reiúnas*, coleção de contos para a qual colaboraram escritores como Lúcia Benedetti e M. Cavalcante Proença[3]. Seria oportuno lembrar que sempre existiu uma historiografia militar brasileira de autoria de historiadores militares e civis que, por sua própria ocupação, não são ficcionistas[4]. A linhagem bibliográfica desses historiadores multiplicou-se sobretudo na década de 70, por iniciativa da Biblioteca do Exército Editora, quando se produziram trabalhos relativos a episódios bélicos brasileiros e estrangeiros, sobretudo encomiásticos. Revistas militares têm apresentado razoável número de publicações,

---

2. Para a "Revolta ou Revolução dos Beckman" e a ascendência judaica de dois de seus líderes, ver Maria Liberman, *O Levante do Maranhão – "Judeu Cabeça do Motim": Manoel Beckman,* São Paulo, USP/Centro de Estudos Judaicos, 1983.

3. *9 Histórias Reiúnas* (Prefácio de Nelson Werneck Sodré), Rio de Janeiro, Ministério da Guerra, Biblioteca do Exército, 1956.

4. Ver Nelson Werneck Sodré, *História Militar do Brasil,* 3. ed., Rio de Janeiro, Civilização Brasileira, 1979.

principalmente de cunho honorífico, versando e preservando a memória do envolvimento brasileiro na Segunda Guerra Mundial[5].

Uma generalizada sensação de distanciamento psicológico em relação aos acontecimentos europeus durante a Segunda Guerra Mundial permeia a disposição de literatos brasileiros. Do mesmo modo, talvez por estar fisicamente distanciado dos seus campos de batalhas, consta que o público brasileiro não fazia mais do que uma vaga associação entre aqueles eventos e sua vida diária. O seguinte comentário, embora limitado aos paulistas, identificaria as reações do resto da população quanto às circunstâncias que se desenrolavam na Europa entre 1939 e 1945:

> Lembrança marcante deste tempo foi a experiência do blecaute que deu aos paulistanos uma pálida sensação – sem mortos, sem feridos, sem perigos – dos momentos angustiosos por que tinham passado ou estavam passando outras gentes, nas terras sujeitas a bombardeios aéreos[6].

Previamente ao surgimento de uma literatura dedicada ao Holocausto, publicaram-se alguns trabalhos sobre a Segunda Guerra Mundial e a contribuição dos brasileiros em campos da Itália, como testemunhos, vítimas e sobreviventes. A característica comum a essas obras é a voz narrativa pertencer a pessoas que estiveram envolvidas no teatro de combates. Nesse setor, a participação da Força Expedicionária Brasileira (FEB) encontra-se refletida, por exemplo, na coletânea de crônicas *Nas Barbas do Tedesco*, composta por uma enfermeira participante da campanha brasileira na Itália, e nas narrativas *A FEB por um Soldado* e *Segunda Guerra Mundial: Todos Erraram, inclusive a FEB*, cada uma delas de autoria de ex-combatentes[7]. Ao valor documental dessas obras agrega-se uma índole comum, analítica e memorialista, que espelha experiências da perspectiva de quem vive em ambiente de caserna. Uma nova geração de historiadores acadêmicos, formados em escolas superiores brasileiras principalmente depois de 1970, se tem inclinado a estudar certas áreas específicas da Segunda Guerra Mundial, utilizando uma metodologia universitária. Neste caso encontra-se Roney Cytrynowicz, da Universidade de São Paulo, com uma obra analítica do genocídio perpetrado contra os judeus[8].

---

5. Ver Carlos de Meira Mattos, "As Forças Armadas do Brasil na Segunda Guerra Mundial", *Revista do Clube Militar*, Rio de Janeiro, 64, 294, mai./jun. 1990, pp. 23-30 (com bibliografia pertinente).

6. Ernani da Silva Bruno, "O Mundo, as Guerras", in *Almanaque de Memórias, Reminiscências, Depoimentos, Reflexões*, São Paulo, Hucitec, 1986, p. 145.

7. Elza Cansanção Medeiros, *Nas Barbas do Tedesco*, Rio de Janeiro, Companhia Editora Americana / Ministério da Guerra, 1955; Joaquim Xavier da Silveira, *A FEB por um Soldado*, Rio de Janeiro, Nova Fronteira, 1989; Joel Silveira, *Segunda Guerra Mundial: Todos Erraram, inclusive a FEB*, Rio de Janeiro, Espaço e Tempo, 1989.

8. R. Cytrynowicz, *Memória da Barbárie, A História do Genocídio dos Judeus na Segunda Guerra Mundial*, São Paulo, Nova Stella / Edusp, 1990.

JUDEUS NO BRASIL E A SEGUNDA GUERRA MUNDIAL

Em relação à participação de brasileiros judeus na Segunda Guerra Mundial, Egon e Frieda Wolff revelam que "[...] israelitas no Brasil [...] combateram lado a lado com os outros brasileiros na frente de batalha [...] de simples soldado raso a general"[9]. Entre o que participaram diretamente nos avanços militares dos brasileiros, encontra-se Boris Schnaiderman, de origem judaica, cujo primeiro romance envolve suas experiências na Segunda Guerra Mundial.

BORIS SCHNAIDERMAN, *Guerra em Surdina* (1964)

Nasceu na Ucrânia em 1917, ao tempo em que Lénin, Trótski e Stálin dividiam o poder comunista e faltando um ano para findar-se a Primeira Guerra Mundial. Por causa dos distúrbios provocados por esse conflito e com a drástica mudança de regime que levou à criação da União Soviética, a família Schnaiderman viu-se na contingência de emigrar, chegando ao Brasil em 1926. Aqui Boris vai experimentar uma variedade de ocupações e prosseguir nos estudos até formar-se em agronomia. Por sua inclinação por leituras e por sua descoberta de vocações além dessa especialidade, ele se encaminha, gradualmente, à profissionalização literária como crítico, tradutor e professor universitário de literatura russa.

Schnaiderman participou na Segunda Guerra Mundial como *pracinha* (diminutivo de "praça", designação genérica do militar, de soldado a suboficial) e terceiro-sargento de artilharia. Numa entrevista em que esclarece o papel que a guerra teve na ordenação de suas idéias, em certa fase da sua vida, ele igualmente informa sobre o parco espírito de beligerância do povo brasileiro, coincidindo com o mencionado acima a partir de outras fontes:

> Com a guerra, encontrei um objetivo, que foi a tomada de consciência antinazista. Lembro-me que era um dos poucos convocados que tinha o que chamávamos de "espírito de guerra". Uns estudantes tinham protestado contra os afundamentos de navios brasileiros, mas mesmo assim, a grande massa não chegou a sentir a coisa[10].

Sendo o primeiro judeu no Brasil, de origem européia, a transcrever literariamente a Segunda Guerra Mundial das fileiras militares, ele

---

9. Egon & Frieda Wolff, "Os Judeus no Brasil e a Segunda Guerra Mundial", *Conferências e Comunicações em Institutos Históricos,* Rio de Janeiro, Klabin Irmãos / Cemitério Comunal Israelita, 1988, pp. 69-72.
10. "A Fascinante Viagem à Literatura Russa: Boris Schnaiderman", depoimento a Jaime Klintowitz, Ricardo Costa Braga e Marcos Faerman, *Shalom*, ano XVII, n. 210, mai./jun. 1983, pp. 6-11.

representa a essência do imigrante aculturado, aquele que absorveu os valores da terra adotada para defendê-la como brasileiro nato.

Guerra em Surdina, romance estruturado por uma mescla de relatos em primeira e terceira pessoas, é imbuído de recursos inovativos, como o monólogo interior, e de artifícios literários tradicionais, como solilóquios e formato de diário[11]. Em algum ponto da Itália, personagens e fatos ligados a problemas e tensões típicos da guerra atingem João Afonso, o protagonista-narrador além de outros combatentes, durante a permanência do seu batalhão no *front*. Em entrevista que me concedeu, o autor localizou seu primeiro livro publicado "no limiar entre observação direta, ficção e memória"[12].

Para narrar o que viu, o autor coloca-se na posição de um brasileiro "fora de forma", isto é, já afastado das condições da intensa experiência na Itália[13]. A oportunidade de servir nas trincheiras italianas trouxe à tona algumas alusões sobre sua identidade, examinadas por Schnaiderman através de um diálogo amistoso:

> Engraçado que o fato de ser de origem russa chamava mais atenção do que ser judeu. Uma vez um capitão me perguntou: "Mas, vem cá, você é russo e quer ir para uma guerra que é de brasileiros. Que estranho!" Aí, eu disse: "Não, a guerra não é só dos brasileiros, além disso, eu sou brasileiro". E ele me respondeu: "Não, você é russo, nasceu na Rússia. Mas você quer mesmo ir para a guerra?"[14]

Faz-se evidente, nessa troca de perguntas e respostas, uma espécie de daltonismo ao revés do capitão brasileiro que, ao contrário dos daltônicos clínicos, subentende e realça o "vermelho" em Schnaiderman, enquanto o pracinha se apressa em corrigir as distorções ótica e étnica do capitão.

Pondo de lado sua identidade judaica e sua infância russa, Schnaiderman expõe a solubilidade de duas culturas numa só, a brasileira. É dessa perspectiva que o romance *Guerra em Surdina*, em seu armazenamento de episódios que repercutiram no espírito de um sol-

---

11. Boris Schnaiderman, *Guerra em Surdina,* Rio de Janeiro, Civilização Brasileira, 1964; para a segunda edição, o título foi estendido para *Guerra em Surdina: Histórias do Brasil na Segunda Grande Guerra,* São Paulo, Brasiliense, 1985. Publicações (seleção): *A Poética de Maiakovski Através de Sua Prosa* (1971); *Projeções: Rússia, Brasil, Itália* (1977); *Dostoievski: Prosa, Poesia – O Senhor Prokhartchin* (1982); *Turbilhão e Semente: Ensaios sobre Dostoievski e Bakhtin* (1983); *Poesia Russa Moderna: Nova Antologia* (em colaboração com Augusto e Haroldo de Campos, 1985); *"Glasnot" e Poesia* (tradução do russo com Haroldo de Campos e Nelson Ascher), *Revista USP, Dossiê URSS Glasnot/Cultura* ([10], 1991). (Para uma biografia do escritor, ver *Encontro com Boris Schnaiderman.* Ilha de Santa Catarina, Noa Noa, 1986.)

12. Entrevista com B. Schnaiderman em sua residência, 25 de maio de 1985.

13. A primeira edição do romance foi precedida pela publicação de um de seus capítulos, com o título "Fora de Forma", *Comentário* (ano IV, vol. 4, 2 [14], abr.-jun. 1963), p. 193.

14. "A Fascinante Viagem à Literatura Russa: Boris Schnaiderman", *op. cit.*, p. 8.

dado brasileiro, pode ser compreendido como narrativa relativa à Segunda Guerra Mundial.

Jacó Guinsburg, "O Retrato" (1946)

O tema do Holocausto ainda estava longe de ingressar no horizonte literário brasileiro quando Jacó Guinsburg publica um conto com esse tópico, em 1946, mal a guerra se findava. Por esse relato, Guinsburg pode ser considerado um dos precursores da tópico do Holocausto nas letras brasileiras, mesmo não tendo sido sua vítima de forma direta. O tema do Holocausto se desenvolveria trinta anos mais tarde, no Brasil, na voz narrativa de alguns dentre seus sobreviventes.

Nascido na Bessarábia, em 1921, Jacó Guinsburg tinha três anos de idade quando ele e sua família, seguindo um dos padrões do deslocamento judaico europeu, desembarcaram em Santos, no Brasil. De imediato, a família mergulhou na cultura brasileira, indo morar no interior do estado de São Paulo, na cidade de Olímpia, onde Jacó e os seus foram recebidos por um parente. Depois do nascimento de um irmão (1926), voltaram para Santos e, em 1930, mudaram-se para São Paulo. Residiram por dois anos no Bom Retiro, que começava a caracterizar-se como bairro judeu. Praticamente imerso em duas culturas, Guinsburg se identifica como " 'filho' de um bairro de imigrantes e de uma cidade pequena" e, reiterando afirmação anterior, "o meu mundo era o mundo brasileiro"[15].

Instalando-se definitivamente em São Paulo, o futuro professor, crítico literário e editor começa a interessar-se pelas letras como autodidata pois, "em vez de freqüentar escolas, preferia as livrarias"[16], enquanto que em sua casa teve "contato com a vida judaica desde garoto"[17]. Doutor pela Universidade de São Paulo e professor de estética teatral e teoria do teatro na mesma universidade, entre outras distinções, recebeu o "Prêmio do Mérito Intelectual Judaico", do Congresso Judaico Mundial, no setor latino-americano, em 1983.

No ambiente doméstico, onde falava e lia ídiche, teve início sua devoção por essa língua. Um dos pioneiros a escrever para jornais literários brasileiros sobre literatura judaica, Guinsburg também deve ser contado entre os primeiros na divulgação da literatura ídiche, como

---

15. Essas informações resultam de uma mescla de declarações dadas por Jacó Guinsburg durante uma entrevista que me concedeu (na sede da Editora Perspectiva, em 1986), em depoimento a Marcos Faerman & Ricardo Costa Braga, "Jacó Guinsburg, o Otimismo Premiado", *Shalom*, ano XVIII, n. 218, fev. 1984, pp. 12-20.

16. Plínio Martins Filho, "Nota Biográfica", in Sônia M. de Amorim e Vera Helena F. Tremel (Introdução de Jerusa Pires Ferreira) (orgs.), *J. Guinsburg, Editando o Editor*, São Paulo, COM/ARTE, 1989, p. 73.

17. "Jacó Guinsburg, o Otimismo Premiado", *op. cit.*, p. 13.

editor, ensaísta e tradutor de ficção e teatro desse idioma ao português.

A Europa estava em guerra e o Holocausto queimava, quando ele e os primos Carlos e Edgar Ortiz fundaram uma editora, pela qual publicaram *Antologia Judaica*, com prefácio assinado por Guinsburg. A consciência de ser judeu, durante aquele período crítico para a humanidade e o judaísmo, seguiu uma trajetória nunca interrompida, ao inaugurar sua escrita ficcional com o conto "O Retrato"[18]. Narrativa em primeira pessoa, a história assinala duas situações relativas à Segunda Guerra Mundial: a reação generalizada da multidão brasileira à vitória aliada e o efeito que aquele conflito teve, particularmente, num rapaz e na sua família de judeus expatriados no Brasil. A estratégia do relato focaliza, como *leitmotiv*, o retrato de um parente da Romênia que, como o protagonista, era também adolescente, embora um pouco mais jovem. Contatos visuais entre o narrador e a foto servem de recursos estilísticos para marcar diferentes fases daquele período da sua vida, que se revelavam a cada encontro de olhares. São cinco as miradas que o adolescente-narrador joga sobre o retrato do primo e a cada uma delas corresponde uma nova tensão e a percepção, no rapazinho do Brasil, de um dramático retesamento entre as exigências de sua adolescência e as notícias que o alcançavam do caos na Europa.

O então incipiente escritor projeta a população brasileira em sintonia universal com os acontecimentos ultramarinos próximos ao fim da guerra. Ao registrar uma certa temperatura emocional do povo, Guinsburg contradiz assertivas generalizadas sobre a indiferença do público brasileiro:

A cidade toda mudara de aspecto. Um misto de ansiedade e de alívio estampava-se em todos os semblantes. Os rádios gritavam por todos os lados. De minuto em minuto, os *speakers* anunciam notícias de última hora, e imediatamente formava-se uma multidão [...] Um dia a cidade febricitou. Terminara a guerra. Uma multidão incalculável apinhava-se nas ruas. Foguetes explodiam. Marchas triunfais ressoavam, cortando marcialmente os ares. Todos os semblantes riam, todos os olhos fulguravam (p. 6).

A guerra termina, o parente menino da Romênia nunca chega a encarnar-se em personagem vivo. Ao final do conto, o retrato se desfaz em "esboço esfumaçado de um rosto de adolescente" (p. 6), sutilmente sugerindo o fim do retratado, num forno crematório.

18. Jacó Guinsburg, "O Retrato", *O Reflexo – Revista Juvenil*, São Paulo, 1946, pp. 5-6. Obras do autor (selecionadas): Ensaios: *Guia Histórico de Literatura Hebraica* (1977); *O Romantismo* (org., 1978); *Semiologia do Teatro* (et al., 1978); *Stanislavski e o Teatro de Arte de Moscou* (1985); *Leone de'Sommi, Um Judeu no Teatro da Renascença Italiana* (1989); *Vanguarda e Absurdo: Uma Cena de Nosso Tempo* (1990); *Aventuras de Uma Língua Errante, Ensaios de Literatura e Teatro Ídiche* (1996). Contos: "Maria" (1955), "Noturno da Imigração" (1957), "O Zeide" (1991).

O TEMA DO HOLOCAUSTO NO IMAGINÁRIO BRASILEIRO

O aparecimento dessa temática provoca problemas de categorização e de localização no curso da nossa literatura. Por fazer uso de uma imaginação limitada pela realidade histórica, apegada a situações tangíveis pela memória, esse tipo de criatividade escrita não se insere automaticamente em quadros literários convencionais. A isso se acresce, como se indicou acima, que o mundo militar não usufrui de grandes espaços na sensibilidade criativa nem na preferência de leitores brasileiros. De outro lado, a situação do Holocausto, embora inclua, como base intransponível, uma maquinária militar atrevida, é examinada, por seus sobreviventes, do ponto de vista humano, por um registro de emoções que vão desde a visualização de cenas traumáticas a recortes mentais de momentos jubilosos.

O mesmo tópico, nas literaturas de outros países, tem causado, entre críticos, preocupação similar quanto à sua classificação e posição nas respectivas histórias literárias. Apesar de não serem inteiramente satisfatórias, algumas de suas sugestões são aqui seguidas à medida que reorientam uma aterrissagem crítica sobre um terreno em que também recém se ingressa no Brasil. Ross Winterowd, por exemplo, classificou onomasticamente essa nova ordem literária com a palavra "outra", aplicada ao título de seu livro, *The Rethoric of the "Other" Literature (A Retórica da "Outra" Literatura)*[19]. Para ele, a "outra" literatura é "não-imaginativa," caracterizando-se como um "discurso sobre fatos," como é a literatura que trata do Holocausto. O crítico Lawrence Langer a chama simplesmente de "literatura da atrocidade", em referência a que foi criada depois de passada a tragédia que a engendrou e que, como se indica, é a escrita sobre indignidades humanas perpretadas por alguns e intensamente sofridas por outros[20].

Os textos brasileiros condizentes com as memórias do Genocídio compartilham a característica de serem fusões de manifestações imaginativas, testemunhais, emocionais e intelectuais. Na maior parte dos trabalhos literários, estas integram-se numa única voz narrativa, a do memorialista, que expressa uma multiplicidade de experiências individuais e coletivas.

Outro traço em comum a esses memorialistas é a tentativa de reter e, ao mesmo tempo, compartilhar a realidade dos fatos ocorridos com eles durante o transcorrer da Segunda Guerra Mundial (1939-1945).

---

19. W. Ross Winterowd, *The Rethoric of the "Other" Literature,* Carbondale e Edwardsville: Southern Illinois University Press, 1990. Para uma sondagem no problema da literatura não-ficcional em relação à temática do Holocausto, ver James E. Young, *Writing and Rewriting the Holocaust, Narratives and the Consequences of Interpretation,* Bloomington e Indianapolis, Indiana University Press, 1988.

20. Lawrence L. Langer, "In the Beginning Was the Silence", *in The Holocaust and the Literary Imagination,* New Haven / Londres, Yale University Press, 1975, p. 1.

Seus textos insólitos refletem uma tensão subtextual entre preservar pela memória e divulgar pela escrita o programa nazista de genocídio étnico e aniquilação cultural que vitimizou, ostensivamente, seis milhões de pessoas.

Os relatos sobre as experiências vividas pelos narradores em campos de concentração, de extermínio, de trabalho escravo e nos guetos, bem como os referentes a roteiros de fugas, caracterizam-se, em grande parte, pela similaridade das situações descritas por eles. O que Bakhtin indicou como sendo "textos dialógicos" aplica-se, em devida proporção, a essas descrições[21]. Os discursos relativos ao Genocídio podem ser interpretados como dialógicos pela feição iterativa e intercambiável dos dados neles expostos e pelas emoções expressas. Neles observa-se uma polisseminação temática referente a espaço, tempo e atividades relacionadas com perseguições, deportações, encarceramentos e mortes. Certas vozes lamentosas ecoam nos textos em coincidências referentes a lugares, datas e episódios. Assim, muitas narrativas incorporam as mesmas áreas geográficas, marcos históricos idênticos e traumas psicológicos similares; o mesmo se dá com trajetos que, percorridos por um memorialista, foram também palmilhados por muitos outros; ordens, humilhações morais e violências físicas são igualmente descritas em muitos dos discursos sobre o período, assim como os testemunhos das mortes que se repetiram incessantemente. Outro denominador comum aos escritores é que, com poucas exceções, cada um deles publicou apenas um livro, que lhes terá servido funcionalmente como liberação catártica, aparentemente o móvel fundamental para seus retornos mentais e conseqüentes narrativas.

Apesar dos elementos afins nos textos, cada obra é marcada por sua individualidade, reconhecível por seu respectivo contexto, construído segundo a perspectiva insubstituível do narrador e do uso que faz da linguagem. Daí sua paradoxal qualidade de ser um corpo coletivo e, ao mesmo tempo, individual, abrigando uma pluralidade de histórias e uma diversidade de reações.

O exercício literário brasileiro judaico sobre o Genocídio encontra-se, quase ao findar-se o século XX, como íntima reflexão e descrição das barbaridades sofridas pelos próprios narradores e por pessoas próximas a eles, por laços sangüíneos e de amizade. Sua escrita está apegada ao morticínio, principalmente pelos fios da memória, manifestando-se por um número mínimo de artifícios literários. O tema bi-

---

21. Em termos simples, o dialogismo de Bakhtin refere-se à percepção de que tudo tem um significado e deve ser entendido como parte de um todo, onde há uma constante interação de significados, cada um com a potencialidade de condicionar os demais. Ver "Discourse in the Novel", *in* Michael Holquist (ed.), *The Dialogic Imagination, Four Essays by M. M. Bakhtin*, Austin, University of Texas Press, 1986.

furca-se, entre os trabalhos examinados, pelas recordações das agruras sofridas no desenrolar da guerra e pelas reminiscências de fatos acontecidos como conseqüência dela, ao longo dos itinerários percorridos nas fugas sem destino fixo.

Com o natural desaparecimento da geração que teve contato direto com o programa de extermínio de judeus, essa matéria passa a servir de tema instigador para obras literárias imaginativas imbuídas de intenções artísticas. Os novos escritores do Holocausto são os chamados "testemunhas pela imaginação," como já se tornaram conhecidos na literatura norte-americana[22]. Essa modalidade literária se representa no Brasil, por exemplo, com o romance *Hitler Manda Lembranças*, de Roberto Drummond, alguns contos de *A Vida Secreta dos Relógios e Outras Histórias*, de Roney Cytrynowicz, e por alguns episódios em *Breve Fantasia*, de Samuel Reibscheid[23].

Segundo noticiário pela imprensa especializada, Drummond incorporou, a seu romance dados recolhidos entre sobreviventes do nazismo residentes no Brasil e informações sobre o período de conhecimento geral. Sem ter experimentado pessoalmente as tensões, angústias e agonias dos campos, o escritor transferiu, para seus personagens, certas experiências relatadas pelos entrevistados. O resultado é uma obra em que convergem "testemunhas pela imaginação" e uma fabulação característica da ficção em prosa. Estruturalmente inovador, o romance é dividido em *rounds* e "intervalos", emulando as etapas de uma luta de pugilismo. A trama envolve indivíduos da classe média brasileira que se entroncam com pessoas de diversas nacionalidades, remanescentes das perseguições de Hitler. Estas encontram, no Brasil, desafios típicos da convivência urbana, mudanças políticas e uma atmosfera estimuladora de novas experiências, sem que as antigas cedessem seu lugar na memória dos sobreviventes. Pelo contrário, elas dominam a maior parte de suas atitudes sociais e perspectivas de vida.

Roney Cytrynowicz também alude a esse período como uma "testemunha através da imaginação", através de relatos ouvidos daqueles que o atravessaram, geralmente um parente (o tio-avô em "Manequins", outro tio em "Dormentes"), ou por seus próprios recursos criativos. Dos oito contos de que se compõe *A Vida Secreta dos Relógios*, quatro

---

22. Em *Witness Through the Imagination* (Testemunhas através da Imaginação, ver nota 1) estuda-se ficção relativa ao Genocídio dos judeus por pessoas que dele não participaram. Entre outros, são examinados romances de Saul Bellow, Bernard Malamud, Isaac Bashevis Singer, Cynthia Ozick, Leslie Epstein e Chaim Potok. A base comum desses escritores é que nenhum deles esteve envolvido, em carne e osso, na experiência do Holocausto.

23. Roberto Drummond, *Hitler Manda Lembranças*, Rio de Janeiro, Nova Fronteira, 1984; Roney Cytrynowicz, *A Vida Secreta dos Relógios e Outras Histórias*, São Paulo, Página Aberta, 1994; Samuel Reibscheid, *Breve Fantasia*, São Paulo, Página Aberta, 1995.

abrigam o tema do Holocausto: "Manequins" se constrói através de uma associação de imagens, instigadas pela ocupação de cenógrafo de um tio-avô do narrador, ex-habitante de um campo de concentração. Pelo relato intervêm as possíveis lembranças do ex-prisioneiro como o narrador as imagina, recriadas segundo descrições fragmentadas oferecidas pelo octogenário. A ocupação principal do cenógrafo, costurar para atores e vestir manequins para provas, leva o sobrinho-neto a descobrir sua própria inclinação pela costura, lembrando-se de ter costurado uma boneca de pano quando menino. Essa lembrança é um dos elos emocionais que o narrador estabelece entre ele e o velho, fundindo-se com o sobrevivente na sua experiência de trabalho no campo, apesar de ter nascido depois de passado o Holocausto.

Enquanto "Manequins" se constrói à base das lembranças de um sobrevivente, "Barracão II" é uma criação ficcional sobre um confronto vingativo com o passado. Este é representado por um nazista que, por via das chamadas experiências médicas num campo de concentração, eliminara o irmão gêmeo do vingador, que se tornara cirurgião plástico. Lembranças daquelas sessões "científicas" o levam, hipoteticamente, a reproduzir as feições do irmão no carrasco, antes de matá-lo, para assim poder morrer com ele. O conto se desenvolve por uma espécie de pontilhismo literário, formado de breves pinceladas verbais, interpretadas por frases curtas, imagens sumárias e colagem de memórias. O mesmo estilo é reiterado em "Dormentes", a inverossímil história de um tio que teria escondido um rádio durante seu internamento em Auschwitz. O quarto conto, "Gás", incorpora o Holocausto por um refinamento de mensagens crípticas: na modernidade do Novo Mundo, sobrevivente é asfixiado em casa, por gás que escapava do aquecedor de água, marca Siemens; "trinta e nove" telefonistas e falhas em comunicação (lembraria 1939); "chuvisco" soando como "Auschwitz"; empregados da casa funerária, com nomes alemães; irônica incineração do judeu em crematório público, conforme seu prévio desejo manifesto.

Os quatro contos estendem-se por uma relação inequívoca entre o passado dos sobreviventes e o momento da atualidade. Dessa perspectiva, o narrador acentua uma inextricável associação simbólica entre manequins truncados e dormentes, de operação cirúrgica a escapamento de gás, na modernidade de vidas aparentemente "reconstruídas".

Enfoque similar às histórias do Holocausto é apresentado por Samuel Reibscheid em alguns contos de seu livro. Ele também trabalha com imagens advindas do Holocausto através de relatos, lembranças de sobreviventes e coleções de fotografias, guardadas por famílias. Assim é o quadro que se apresenta em "Rosinha da Galícia", narrativa montada sobre o folhear de um álbum de fotos antigas, no qual o narrador depara com a foto de uma moça. Declarando que "Minha imaginação me leva a lugares incríveis" (p. 69), a testemunha nãopresente evoca o que não viu, mas que imagina – a queima de livros, as humilhações, deportação, todo o aparato da destruição. O estilo de Reibscheid, longe de ser convencional ou corriqueiro, joga com quadros dantescos numa sarabanda surrealista, onde Moisés distribui maná, Santos Dumont conversa com Júlio Verne, enquanto uma pira queima viúvas hindus e jogadores de futebol, de solidéu, cantam em coro, numa sinagoga, e assim por diante. O mundo moderno e o mundo de antes se entrelaçam, quando o narrador se levanta de sua visita surrealista ao passado e vai jogar bola com o filho, no presente.

A narrativa convencional sobre o Holocausto, composta por alguém que não o tenha experimentado pessoalmente, tende a salientar personagens isolados e minúcias de afazeres diários da sobrevida dos que escaparam. Essa seria uma das diferenças entre a escrita de "testemunhas pela imaginação" e os testemunhos dos sobreviventes. Estes se apresentam como textos emergentes de múltiplas fontes de dor, circunscritas ao período em que seus autores foram extirpados da vida cotidiana e embarcados para a fundição onde reinava Tanatos. As demais distinções entre textos criados ao redor de uma idéia e aqueles criados a partir da vivência do Holocausto fazem-se explícitas nas narrativas, nos depoimentos e no teatro, como têm surgido no Brasil nos últimos vinte anos.

Proposta de Metodologia Analítica

Em estado de descrição testemunhal, o tema do Holocausto na literatura brasileira é retratado, quase em sua totalidade, da perspectiva daqueles que o sofreram diretamente e de como a ele reagiram, psicológica e fisicamente. Embora não seja possível fazer uma contagem rigorosa da diversidade de estilos nos discursos sobre esse tema, pode-se observar que a manifestação literária sobre o Holocausto afeta o discurso narrativo brasileiro em muitas formas. Como tentativa de verificação da sua variedade textual e estilística, faz-se possível separar, hipoteticamente, as lembranças escritas por três áreas distintas, identificáveis pelos módulos *pedagógico*, *híbrido* e *ficcional*. Tal estrutura não deve ser entendida como um esquema de compartimentos rígidos, pois suas fronteiras tendem a dissolver-se pelas similaridades estilísticas e psicológicas, encontradas na escrita. Tal esquema é útil, no entanto, por agilizar uma visão da literatura sobre o Holocausto:

MÓDULO PEDAGÓGICO

Caracteriza-se pela composição de teor paradidático, sobre a rotina nos guetos e campos de concentração, como vivida pela pessoa que narra. Os discursos distinguem-se por seu conteúdo autobiográfico, explanações sobre determinado momento histórico, documentação textual e por mínima elaboração imaginativa. As narrativas se referem aos principais momentos da ascensão hitlerista à medida que esta interceptava a normalidade das vidas judaicas, incluindo a dos memorialistas. Os sobreviventes conduzem-se como autodidatas no campo da historiografia, preservando certas convenções utilizadas por manuais escolares. Seus textos são geralmente acompanhados de desenhos, fotos de arquivos pessoais e públicos, mapas, tabelas de estatísticas e de coleções iconográficas, assegurando, assim, a fidelidade da escrita a eventos particulares e coletivos.

Neste setor inclui-se parte das obras de Chaim Nekrycz, polonês radicado em São Paulo, cujas publicações são assinadas por Ben Abraham, seu *nom de plume*; seu trabalho é paradigmático por suas intenções didáticas que visam um público não-judeu e a comunidade brasileira israelita nascida depois do término da Segunda Guerra Mundial.

MÓDULO HÍBRIDO

Esse módulo caracteriza-se por uma combinação de estilos: apresenta traços pedagógicos entrelaçando-se com descrições de vivências durante a guerra, reais ou imaginadas. Grande número dos sobreviventes que escrevem sobre o Holocausto, no Brasil, enquadra-se nesta categoria, pela qual se combina uma exposição didática ao testemunho pessoal e à ficcionalidade. Os memorialistas resgatam datas, locais, eventos e nomes de seus conterrâneos, descrevendo acontecimentos que lhes ocorreram durante o período que antecedeu a guerra e durante o seu percurso; sua memória percorre uma seqüência linear alternada com deslocamentos temporais fragmentados. O distanciamento temporal das circunstâncias os leva a acrescentar reflexões e observações de cunho pessoal às lembranças, espelhando intenções ambíguas entre uma angústia de reter o passado e a necessidade de livrar-se dele através de uma catarse.

Como exemplos deste módulo, destacam-se Joseph Nichthauser, por *Quero Viver... Memórias de um Ex-Morto*; Ben Abraham em *...e o Mundo Silenciou*; Konrad Charmatz em *Pesadelos... (Memórias)* e Malka L. Rolnik em *Os Abismos*, todos mesclando recursos ficcionais e dados empíricos nas suas obras[24]. Embora tenham adaptado artifícios

24. Bibliografia selecionada dos escritores mencionados no texto (bibliografia completa refere-se apenas aos livros citados no texto; os demais são indicados somente por sua data de publicação): Ben Abraham: *...e o Mundo Silenciou,* São Paulo, Símbolo, 1972; obras do mesmo autor: *Holocausto* (1976), *Izkor* (1979), *Segunda Guerra Mundial, Síntese* (1985), *O Trajeto* (1982); Konrad Charmatz: *Pesadelos, Como É que Eu Escapei dos Fornos de Auschwitz e Dachau (Memórias).* Tradução do ídiche por Ana Lifschitz, São Paulo, Novo Momento, 1976; Joseph Nichthauser: *Quero Viver.... Memórias de um Ex-Morto,* São Paulo, Ricla, 1972; Olga Papadopol: *Rumo à Vida,*

tradicionalmente empregados por ficcionistas, estes escritores chegam a uma síntese que engloba informações sobre suas experiências pessoais e uma representação imaginativa do real. Suas histórias, exteriorizadas como construções periféricas à narrativa ficcional, não deixam de expor o forte cunho pessoal típico de memórias. Nichthauser relaciona oito campos em que esteve internado (Sosnowice, Sucha, Sakrau, Bismarkhutte, Reigersfeld, Auschwitz, Gross-Rosen, Buchenwald), enquanto Ben Abraham repassa experiências em cinco anos e meio no gueto de Lodz, duas semanas passadas em Auschwitz e mais tempo em outros campos. Konrad Charmatz, saindo de Sosnoviec (o mesmo que Nichthauser grafa *Sosnowice*), descreve o campo de Dachau, onde chegou como um dos poucos sobreviventes da "mortífera marcha Varsóvia-Dachau". Pelo módulo híbrido de composição, conciliam-se memória e imaginação, aparentemente isentos de atritos entre fidelidade ao momento histórico e criatividade ficcional.

O mesmo recurso híbrido é representado por Malka L. Rolnik, ao convergir ficção, interpretação e documentário na segunda parte de *Os Abismos*. Enquanto a primeira parte é autobiográfica, a autora utiliza, na segunda, procedimentos literários que localizariam sua narrativa na junção entre o ficcional e o descritivo – sobre amigos, parentes e conhecidos, assassinados pelos nazistas.

MÓDULO FICCIONAL

Esse tipo de discurso representa-se por pequeno número de escritores; é conduzido por uma voz narradora onisciente, que analisa ou interpreta reações dos personagens, penetrando por seu íntimo emocional e reflexivo, ao estilo característico de narrativas ficcionais convencionais. Eventos históricos intervêm na formulação de dramas e conflitos e no envolvimento de personagens que tiveram de reconstruir suas vidas truncadas pelo Holocausto. Na categorização deste módulo inserem-se Américo Vértes e Alfredo Gartenberg, cujas obras abarcam ocorrências e incidentes que tiveram lugar principalmente fora dos limites geográficos do Holocausto, dentro do período que o precedeu e no que o seguiu; ambos os escritores entregam a narrativa a uma terceira pessoa, a quem outorgam poderes de narrador polivalente. Os dois romances guardam, também, elementos indicativos de que as narrativas contenham transposições autobiográficas.

São Paulo, Símbolo, 1979; Alexandre Storch: *Os Lobos,* São Paulo, Soma, 1983; Sônia Rosenblatt: *Lembranças Enevoadas,* Recife, Companhia Editora de Pernambuco, 1984; I. Podhoretz: *Memórias do Inferno,* São Paulo, Edição do Autor, s.d.

Entre Duas Evas, de Vértes, descreve as angústias de um médico húngaro, fugitivo da guerra, que encontra refúgio no Uruguai e, em seguida, no Brasil[25]. Esse romance extrapola a Segunda Guerra Mundial para expressar um entrecho de aventuras, conflitos pessoais, saudades de um amor perdido e indagações filosóficas, provocadas no autor pela ruptura final da rotina européia judaica. Imersa em atmosfera aventureira, a história parece moldada no romantismo alemão do século XIX, com pares de heróis e vilões, que se confrontam em situações mais pertinentes a conflitos de capa e espada do que aos trágicos acontecimentos que forraram a Segunda Guerra Mundial. Ao percorrer veredas pelo interior do Brasil, o protagonista tem oportunidade de utilizar seus conhecimentos de medicina na floresta amazônica e de salientar o "exotismo" do Novo Mundo. Ele convive com o índio brasileiro, a quem percebe como uma versão tropical do *nobre selvagem* rousseauniano, imagem que terá sido inculcada na mente do autor durante sua juventude estudantil, na Hungria pré-Hitler.

O *J Vermelho*, de Gartenberg, desenrola-se também ao longo de um trajeto fora da Europa, por um casal de alemães (Max, judeu, e Eva, não-judia) e seus respectivos emaranhados psicológicos. Ele, sentindo-se desgarrado de seu solo, chora sua Alemanha morta e a exasperação do grande amor que nutria por sua terra, que o traiu, entregando-se aos nazistas, anulando seus direitos civis e marcando seu passaporte com a letra "J" de *Juden* (judeu). Eva, como planta de liames, enreda pessoas para abrir-se caminho, obtendo, entre outros trunfos, vistos para entrar no Brasil. As etapas da viagem emolduram os problemas do casal, que se desenvolvem a partir e por força do período do Holocausto, que o autor localiza como pano de fundo para ações e eventos que envolvem os personagens[26].

Os romances de Gartemberg e de Vértes, ao lado de sua parte imaginativa, desvelam, subtextualmente, dependência de seus autores com eventos que ocorreram no mundo real. Na fusão de narrativa de cunho ficcional com estratos empíricos, predomina o critério individual da liberdade de atitude, da originalidade criativa e da prática estética. No entanto, além das marcas individualistas de cada um dos discursos, os romances sobre o Holocausto apresentam uma peculiar inter-relação de áreas em comum. Notam-se essas similaridades em certas características pertinentes ao nível do texto narrativo (personagem, espaço e tempo), em relação ao tratamento psicológico do tema e em outras mais, relativas aos percursos tomados e aos arremates dados aos discursos, depois de finda a guerra.

25. Américo Vértes, *Entre Duas Evas*, São Paulo, Edição do Autor, 1969; Malka Lorber Rolnik, *Os Abismos*, Curitiba, Montana Composições Eletrônicas, 1990.
26. Alfredo Gartenberg, *O J Vermelho*, Rio de Janeiro, Nova Fronteira, 1976 (ver Nancy Rozenchan, "O J Vermelho", *Ensayos sobre Judaísmo Latinoamericano*, Buenos Aires, Editorial Milá, 1990, pp. 394-405).

Similaridades Textuais

No conjunto global das obras sobre o Holocausto, das várias similaridades observadas entre as narrativas, destacam-se:

Lacunas de Memória

Comuns à maioria dos narradores, falhas de memória são geralmente compensadas com situações ocorridas com outros, adaptadas como próprias, dada a repetição dos males coletivos. Alguns memorialistas confessam seus lapsos de memória, enquanto outros abandonam o fio do relato, nem sempre retomando-o. Entretanto, a peculiaridade do discurso isenta a pessoa narradora desse tipo de transgressão estilística pois, ao deixar de contar acontecimentos referentes a um determinado período, o curso do fio narrativo não chega a ser dispersado pela voz memorialista. A monotonia dos dias preenchidos com trabalhos forçados, punições exorbitantes e diversas humilhações transforma-se, nas lembranças, numa sucessão de experiências repetidas e parecidas umas às outras. Dessa forma, várias narrativas concorrem à continuidade dos relatos fragmentados ou truncados, por incorporarem as mesmas áreas geográficas, idênticos cataclismas históricos e experiências psicológicas similares.

Lembranças Enevoadas, de Sônia Rosenblatt, de origem romena e radicada no Brasil (Recife), enfatiza lacunas da memória da autora no próprio título do livro. Suas recordações se ressentem da passagem do tempo e das seqüelas de uma amnésia adquirida ao tempo das suas experiências como fugitiva e "refugiada" na Rússia.

Fidelidade às Ocorrências

A busca de fidelidade ao ato vivido ou observado é expresso por um férreo apego à veracidade. Tanta é a preocupação dos memorialistas com a descrição do real como eles o vivenciaram, que um trabalho, projetado como ficcional, poderá subliminarmente converter-se em crônica do Holocausto ao longo da sua travessia narrativa, o que lhe emprestará uma característica híbrida de documentário e ficção. Daí a possível classificação de "semificcional" a esta produção que incorpora a criatividade ficcional ao descritivo, não renunciando ao dado histórico. A fidelidade de uma obra semificcional difere da estrutura do romance histórico em que, neste, a história pode confundir-se com ficção; no relato memorialista semificcional, o narrador, em geral, preocupa-se em suspender o componente imaginativo para dar espaço a uma revelação histórica, como faz Ben Abraham em *...e o Mundo Silenciou*.

Tratamento do Tempo

Como o evento narrado corresponde a um tempo desenterrado pela memória, o seu reavivamento desencadeia uma série de lembranças de acontecimentos, simultâneos ou sucessivos, ocorrendo, em certas narrativas, um esfacelamento do tempo convencional. Como resultado, expõem-se áreas isentas de coordenação e ordem cronológica.

Desde que foram obrigados a entregar seus bens pessoais, incluindo relógios, a marcação do tempo durante o período de encarceramento, nos campos ou nos guetos, se fazia por meios naturais, como a troca do dia pela noite e mudanças de estações. Entre outros recursos usados pelos prisioneiros para se orientarem com o tempo, estava um obsessivo acompanhamento mental de datas religiosas, celebradas de forma clandestina; sons do badalar rotineiro de sinos, de igrejas das vizinhanças; deliberada atenção ao acaso de conversas, rumores e boatos sobre acontecimentos ocorridos ou por ocorrer, dentro de certo espaço de tempo; obediência à obsessão horologial, com pontualidade e presteza, dos algozes dos campos e dos guetos.

Para avaliar a passagem do tempo durante as fugas e nos esconderijos, segundo as memórias de alguns sobreviventes, seus relógios improvisados eram as óbvias transformações diuturnas da natureza, sua sensibilidade às diferenças na temperatura ambiente e sua observação da degeneração de seus próprios corpos.

A maior parte dos memorialistas não consegue estabelecer limites temporais para muitos dos episódios lembrados, baseando-se, para isso, em referências subjetivas, como a eternidade dos sofrimentos e a efemeridade de raios de esperança por sua libertação em vida. Agarrando-se ao inefável, alguns narradores tentam recuperar o passado através de recursos típicos da sincronia de diários, desafiando a perspectiva diacrônica da memória, inclinada a captar a evolução de uma trajetória isenta das suas divisões temporais.

Artifícios Literários

As testemunhas narradoras têm enfrentado não só as dificuldades inerentes ao ato de narrar, como também a ausência de recursos léxicos – em todas as línguas – no nível infra-humano do Holocausto e de um apoio metafórico para as cenas testemunhadas. No Brasil, depois de vencido o espaço psicológico entre as lembranças da Europa e a inibição de contar o que lhes aconteceu, a maioria dos narradores fez uso de tropos comparativos simples, que recorrem ao reino animal: "vida de cão" (Charmatz, p. 138), "os Kapos ... tinham aspecto de feras" (Ben Abraham, p. 121), "corriam como lebres" (Nichthauser, p. 200), "tal qual um cão ameaçado" e "como uma ovelha solitária" (Rolnik, pp. 154-155).

Prendendo-se aos fatos, à descrição ambiental e ao registro de diálogos, os memorialistas não consideram seu trabalho uma obra artística; suas intenções, conforme os prefácios e prólogos da maioria deles, é deixar suas lembranças como um legado isento de adornos, em estado de comunicação pura, simples e direta.

Dimensão Física

O espaço trazido à memória dos narradores refere-se quase sempre à diminuta metragem por onde os prisioneiros podiam movimentar-se, ou pela quase infindável extensão de estradas de ferro e outros caminhos percorridos sob o comando nazista; no cativeiro, sua locomoção limitava-se a percursos que os levavam dos catres ao "trabalho", à fila da sopa ou à linha de execução. Nas várias versões sobre as experiências do Holocausto, predomina a presença de ambientes exíguos, incluindo-se aqueles que pontilharam suas fugas. Ao descrevê-los, grande número dos memorialistas faz referência a espaços interiores, como vagões de transporte, barracas, estábulos, celeiros, poços esquecidos, escavações no subsolo de florestas, ou quaisquer outros buracos que lhes servissem de esconderijo. Durante esses périplos, a dimensão da liberdade física era ilusoriamente grande, pois a "liberdade", circunscrita à clandestinidade, a subterfúgios da identidade pessoal e ao terror, era, obviamente, limitada.

Não-Originalidade Narrativa

Não se pode aspirar à originalidade no registro do Holocausto, que, no seu infinito horror, só pode ser abarcado por finitos recursos literários. Estes encontram-se repetidos por quase todos os textos alusivos ao período, entre os quais percebe-se, como predominante no manuseio da descrição, a voz narrativa autobiográfica. O "eu" do sobrevivente sobrepõe-se a todos os demais tratamentos, apesar de o memorialista ser, em algumas circunstâncias, parte de pequenos grupos ou de aglomerados maiores. O narrador projeta-se, quase sempre, como a pessoa mais em evidência nas circunstâncias narradas, quer esteja consciente dessa inclinação individualista, quer não. Descrições de atrocidades dentro dos guetos e dos campos de morte, traições, fugas, perseguições e os percalços nos esconditos das florestas repetem-se e refletem uns aos outros. São comuns alusões textuais à solidariedade e também a traições entre os presos, à reafirmação da fé judaica e à ansiedade pela preservação dos valores culturais judeus.

Além das características acima indicadas e das experiências similares sofridas, está o fato de os narradores serem imigrantes transferidos do continente europeu. Nenhum dos escritores aqui examinados é brasileiro nato (mas muitos deles se naturalizaram cidadãos brasileiros), nem imigrou a este país em idade escolar, ainda que alguns, chegando aqui em certa altura dos seus anos formativos, tenham ingressado em escolas ou se tenham feito autodidatas em português. Daí sua escrita caracterizar-se por uma qualidade de transplante, onde convergem uma paisagem predominantemente européia, diversos graus de reflexos da cultura judaica e uma convivência brasileira.

SIMILARIDADES PSICOLÓGICAS

Culpa

Outra dimensão comum às obras é o compartilhar entre os sobreviventes, explícito ou implícito, de um sentimento de culpa. Este, que parece ser um embaraço a alguns dos narradores, os leva a justificar a escrita de suas recordações, como se se sentissem culpados por ter sobrevivido ou pelo privilégio de poder narrar suas agruras. Ambas as sensações são delineadas em diferentes seções do texto, do frontispício das descrições ao interior da narrativa, e com distinto teor comunicativo, com pedidos de licença aos leitores para contar seus percalços, que se estendem de vagas alusões a um sentimento de culpa a confissões explícitas de responsabilidades ou remorsos.

A sensação de culpa, em suas complexidades e ramificações, é um dos sentimentos mais observados por psicólogos que trataram sobreviventes. O termo *survivor guilt* (culpa de sobrevivente), cunhado por William G. Niederland, um dos pioneiros no estudo das atitudes mentais dos que escaparam dos campos de morte, é utilizado também por Leslie Berger, no seu trabalho de identificação das conseqüências psicológicas dos campos nas vidas dos judeus que passaram por eles[27].

O sentimento maior é o de "culpa de ser sobrevivente" e este se revela principalmente nos discursos narrados por uma voz autobiográfica. Aqueles que fazem uso de uma elaboração ficcional para narrar suas experiências, transferindo-as para personagens, já não vêem a necessidade de excusar-se, uma vez que não estão expondo, em dimensão pessoal, os insultos, as indignidades e humilhações sofridas.

As justificativas para a constituição do texto escrito revelam origens diferentes. Konrad Charmatz explica, no "Prefácio" a *Pesadelos*, suas anotações como sendo resultantes de uma instigação exterior:

---

27. L. Berger, "The Long-Term Psychological Consequences of the Holocaust on the Survivors and Their Offspring", *in* Randolph L. Braham (ed.), *The Psychological Perspectives of the Holocaust and of Its Aftermath*, Nova York, CUNY, 1988, p. 179.

Decidi também escrever para satisfazer muitos de meus amigos e companheiros que não paravam de insistir, de exigir: escreva e publique tuas memórias! [...] Justamente pelo fato de todos esses horrores se acharem um tanto esmaecidos e estar sendo quase esquecido o que se passou [...] é que vou reavivar os quadros e recordar os trágicos acontecimentos [...] (p. 9).

Olga Papadopol sintetiza, em *Rumo à Vida*, uma ansiedade interior, de ordem pessoal, pela qual procura explicar a razão da sua escrita:

Desde que cheguei ao Brasil, em 1948, uma grande ânsia tomou conta de mim. Queria escrever, desejava desabafar, mas refreei meu impulso a fim de não traumatizar meus filhos que estavam ainda em terna idade (p. 21).

Mais adiante, na sua justificativa, ela se pergunta, ao ingressar no seu aposento de memórias: "Quero me convencer de que a melhor forma para poder viver é tentar esquecer, mas como encontrar a fórmula para apagar as lembranças?" (p. 24).

O autobiografado Alexandre Storch, em *Os Lobos*, evidencia, de forma onerosa, sua culpa não remida:

Não posso compreender até hoje o que aconteceu comigo. Por que, ao ouvir os gritos de meus pais e das minhas irmãs, não reagi? Não me perdoarei por isso enquanto viver! E ainda me pergunto, como foi que pude me conter sem descer e dizer como Sansão: – "Senhor Deus... dá-me força só esta vez... Morra eu com os filisteus" (p. 107).

O narrador onisciente, de outro lado, ao deslocar experiências do Holocausto para criaturas literárias, faz com que suas responsabilidades, reais ou imaginadas, espelhem-se de forma indireta, através do ato ficcionalizado. Com o mesmo efeito, expõe cenas deprimentes, vivenciadas por ele ou não, durante o período do Holocausto. Assim, não se sente obrigado à mesma necessidade de justificar ou desculpar o ato "indelicado" de expor misérias vividas, pois não as impõe diretamente ao leitor como sendo suas. Entram nesses quadros os romances *Entre Duas Evas*, de Américo Vértes, e *O J Vermelho*, de Alfredo Gartenberg, mencionados acima.

Solidariedade

Outra característica comum entre alguns dos narradores é um certo grau de solidariedade entre eles. Esse fenômeno foi observado por Stanley L. Rustin, que analisou as reações psíquicas daqueles que conseguiram reformular suas vidas seguindo certos moldes convencionais:

Nos anos que se seguiram à Segunda Guerra Mundial, muitos sobreviventes emigraram para os Estados Unidos, Israel, Canadá e para a América do Sul. Com freqüência, eles moravam próximos a outros sobreviventes. [...] Em terras estranhas, de idiomas estranhos, os sobreviventes se comunicavam entre si e estabeleciam o clima social e psicológico do período da guerra. [...] Os sentimentos de perda e luto eram componentes inevitáveis daqueles que sobreviveram o Holocausto[28].

Entre os que escaparam e vieram a contar o que viram, há uma espécie de tácito acordo em que suas experiências só poderiam ser transferidas para a escrita sendo calcadas em várias dimensões do real, como formulado por Nichthauser nos primeiros parágrafos de *Quero Viver...*: "Os personagens deste livro são todos reais e com nomes certos" (p. 11). Olga Papadopol afirma, firmemente: "Ninguém tem o direito de duvidar, porque existem testemunhas que confirmam e fazem revelações estarrecedoras de como a dignidade humana foi desprezada" (p. 21). Mesmo recorrendo às técnicas tradicionais do relato, como o fez Vértes em *Entre Duas Evas*, que criou uma dimensão ficcional ao seu testemunho, uma fidelidade à realidade é procurada, ainda que em meio a aproximações: "Estava próximo o Natal de 1943" (p. 49), "Próximo ao Natal de 1944" (p. 92).

Denúncias

Como indicado antes, circulam, pelas memórias do Holocausto, situações e personagens que tiveram presença e significado comum a muitos dos episódios vividos, em separado, pelos narradores. Uma situação freqüente nas narrativas é a denúncia de que a comunidade européia não-judaica permaneceu indiferente aos crimes perpetrados contra os judeus, em quase todos os países onde os nazistas imperaram. Konrad Charmatz, em *Pesadelos*, chama a atenção para os atos criminosos dos alemães sob os olhares da população civil:

> Marchamos pelas ruas de Varsóvia, portas se abrem, janelas; aparece gente nas sacadas em roupa de dormir, olhos muito abertos, observando com curiosidade a marcha da caravana de escravos. Alguns derramam uma lágrima, outros torcem as mãos diante do espetáculo que agrada à malignidade de outros. E ouvem-se vitupérios: – Judeus... Gatos... (p. 198).

Entre as recordações de Joseph Nichthauser salienta-se a indiferença dos habitantes de uma cidade, observada numa das paradas dos fatídicos trens (grifos meus): "Uma vez fora do vagão, fomos imediatamente isolados dos transeuntes que passavam *sem nos ver* [...]" (p. 106). Sônia Rosenblatt, integrante de colunas fustigadas pelo exército romeno aliado aos nazistas, também diz, em *Lembranças Enevoadas,* que, "a despeito de todo o sofrimento que a caravana revelava, *nenhum camponês*, das aldeias por onde passávamos, *ousava qualquer gesto de solidariedade*" (p. 29). Por último, o livro de Ben Abraham

---

28. Stanley L. Rustin, "A Psychological Examination", *in The Psychological Perspectives of the Holocaust and of its Aftermath, op. cit.,* p. 167.

que, no título, expressa seu testemunho e denuncia um alheamento universal: ...*e o Mundo Silenciou*.

Em muitos textos sobre o Holocauto sobressai também uma atitude de catarse, na experiência liberadora de expor as atitudes cruéis de alguns judeus. Os memorialistas fazem freqüentes referências aos chamados *kapos*, aqueles que foram temporariamente alçados, pelos nazistas, a posições de domínio sobre seus correligionários.

K. Charmatz, no prólogo a seu livro, diz: "Alcançada a liberdade senti premente necessidade de escrever um livro que eternizasse todos esses trágicos acontecimentos, recordando e imortalizando nomes que não deveriam ser esquecidos e extintos" (p. 8). Dentro dessa determinação pela fidelidade aos acontecimentos, o memorialista "eterniza" figuras que, paradoxalmente, deveriam ser esquecidas, como a imagem dos *kapos*. Estes pululam por suas lembranças portando máscaras duplas, sendo uma das faces – a sorridente e bajuladora – exposta a seus algozes nazistas, enquanto a outra – exigente e assustadora – era imposta a suas vítimas e irmãs de infortúnio. Assim ele retratou um "judeu da Yugoslávia, que em sua terra devia ter sido magarefe ou mercador de cavalos, pois era homem rude e brutal" (p. 154). Estas mesmas figuras, de duas caras, surgem na obra de Nichthauser: "Os Kapos tinham a aparência de selvagens em busca de presas; [...] berravam, insultando-nos sem motivo algum, apenas para agradar aos SS" (p. 169).

Rumkowski, uma das figuras mais polêmicas da história do Holocausto, é situado por Ben Abraham como um déspota que "procurou impor sua autoridade através da fome" (p. 30). Fazendo justiça à imagem legada aos sobreviventes, o "presidente Rumkowski", como ironicamente o chama este escritor, tinha também sua máscara dupla, uma para agradar aos nazistas, maltratando os judeus, e outra, pouco benevolente, a seus correligionários: "Rumkowski agarrou-me e deu-me duas bofetadas, uma de cada lado do rosto" (p. 63); logo depois dessa cena, seu agressor lhe facilitou entrada numa espécie de pensionato, para convalescer de tifo. A personalidade de Chaim Rumkowski tem sido descrita e ficcionalizada em suas dimensões de arbitrariedade e indulgência, em suas faces de homem mau e bom, ofensivo e simpático, hipócrita e ingênuo[29].

Alexandre Storch, que fugiu de Lamberg antes do ataque dos nazistas e enfronhou-se entre os russos, lembra, em *Os Lobos*, outra estirpe de judeus, surgida às portas das fornalhas dos nazistas, composta de delatores, representados por um tal "Dr. Manes Dikes, advogado, nascido em nossa cidade [...] apareceu logo após a entrada dos alemães; um 'figurão' junto à Gestapo, transformando-se em virtual 'dono' dos judeus de Rava e redondezas" (p. 95), que "provocara o extermínio de

---

29. Para uma versão ficcional das atividades de Chaim Rumkowski no gueto, ver Leslie Epstein, *King of the Jews,* Nova York, Avon Books, 1979.

minha esposa e filhos, da cunhada e suas crianças, e certamente de muitas outras famílias judaicas" (p. 100). Alguns correligionários são acusados de traidores: "Através de diversos delatores – infelizmente também judeus – localizaram a residência de minha família" (p. 98). De outro lado, Storch recorda também os primeiros planos de organização de movimentos judeus de resistência aos nazistas (p. 97).

O que vai distinguir uma obra de outra, ainda que todas revivam quase as mesmas imagens no mesmo período de tempo, é o teor da comunicação individual e a perspectiva da qual ela se manifesta. Os pontos de vista, o olhar sobre a guerra e os problemas que dela se irradiaram, permanecem similares também em diversos textos.

Perspectivas

Ben Abraham, em *...e o Mundo Silenciou,* enfatiza o valor do testemunho pessoal, fazendo abundante uso dos verbos *ver* e *ouvir*, confirmando a autenticidade dos seus relatos (grifos meus): "[...] *vi* meu pai gemendo" (p. 25), "De repente começamos a *ver* as coisas mais terríveis" (p. 27), "*Vimos* os doentes serem arrancados de suas camas [...] *ouvimos* os gritos [...] *vi*, então, algo inesquecível [...]" (p. 48), "*ouvi* alguém gritar para outro: – 'os judeus vieram para a fábrica de sabão' " (p. 79).

A perspectiva de Nichthauser, em *Quero Viver...,* é a do menino que viu o dia em que a guerra penetrou no seu mundo, a 31 de agosto de 1939, quando "ainda faltavam uns três meses para completar 11 anos" (p. 19). Ele relembra a única forma de dar vazão à sua perplexidade de garoto:

> De repente, não pude mais: comecei a chorar convulsivamente, como uma verdadeira criança que era (p. 23).

Seu sistema familiar se desintegraria dali a alguns dias, ficando com ele o irmão David, seu esteio moral na travessia da guerra, que lhe dava conselhos e lhe inculcou fé no "Todo Poderoso". Emana de seus textos a força espiritual absorvida do irmão e, mais tarde, quando este foi assassinado, comparações entre tempos mais felizes e os momentos vividos no campo de concentração:

> Veio-me ao pensamento o livro *O Último dos Moicanos*, que lera antes da guerra. Sentia-me abandonado e infeliz como o principal personagem do livro. Sou o último dos Nichthausers. O último de uma família enorme [...] David garantiu-me que eu sairia do campo vivo, mas não falou que ele sairia (p. 228).

Além de imbuída de um grau de espiritualidade que a distingue entre as obras brasileiras sobre o Holocausto, o texto expressa o frescor da ingenuidade mal-desperta do adolescente.

Charmatz, por sua vez, revive a mesma atmosfera de um ponto de vista de um adulto que tinha 29 anos ao tempo em que a Polônia foi invadida pelos alemães. Comerciante abastado, sua trajetória de humilhações se iniciara com a perda de sua empresa de lâminas de vidro. A constante busca de significado para o seu sofrimento mescla-se a descrições de episódios que, entre torturas e fugas, lhe ocorreram ou foram observados ocorrendo a outros. Ele revela os bastidores dos conglomerados humanos arbitrariamente armazenados nos guetos e campos, com suas negociatas, conluios e proteções interesseiras. Embora os demais memorialistas também tenham feito referência aos subornos e ao estado de corrupção espraiados pelos guetos, Charmatz identifica-se como um dos beneficiários de algumas tramas, as quais se justificavam à luz da sua invencível vontade de continuar vivo e, para isso, ter de negociar seu destino a todo custo. No entanto, em 1944, como ele lembra, sua "boa sorte se esvai" (p. 172), e passa a ser um dos inúmeros flagelados judeus que presenciaram o término da civilização judaica européia. A lucidez da descrição de sua vida no gueto leva-o a ver-se como um dos derradeiros observadores de um mundo por terminar. Ao comentar uma noite diferente das outras, passada num acampamento de trabalho instalado em Varsóvia, ele também cita *O Último dos Moicanos*, a mesma obra lembrada por Nichthauser, interpretando o romance à luz do paradoxo de uma cena de *Pessach* (celebração anual da fuga de Moisés e dos ex-escravos, do Egito):

> Os últimos resquícios do judaísmo europeu se debatiam contra a aniquilação no acampamento de escravos. Por todos os lados flamejava um inferno que engolia as últimas vítimas. E aqui, bem no meio do inferno se reúnem os últimos moicanos do atormentado povo judeu e assam os matzohs em homenagem ao Pessah, realizando a cerimônia do Seder, o dia da liberdade [...] (p. 185).

Humor

Paradoxalmente, o humor foi outro elemento a penetrar pela escrita sobre o Holocausto, mas poucos entre os memorialistas fazem seu registro. Malka L. Rolnik pertence ao diminuto número de narradores que inclui uma nota de humor na descrição dos horrores vividos, em *Os Abismos*:

> Um dia, um de nossos vizinhos voltou com o rosto muito inchado. Além do nariz não se podia reconhecer mais nada. [...] Todos nós em casa ficamos olhando para aquela pessoa que se transformou tão repentinamente, rindo sem parar, rindo da nossa própria desgraça (p. 43).

O mesmo expediente encontra-se em *Lembranças Enevoadas*, de Sônia Rosenblatt:

Para culminar, numa daquelas noites Sunia gritou assustada ao contacto com o novo "visitante" peludo, mole e quente como um gato. Era um rato do campo, forte e rápido [...] Tal episódio foi o ingrediente que faltava às nossas amarguras e para superá-las nós o usávamos como motivo de brincadeiras. [...] Procurávamos nos divertir com as nossas próprias desgraças e rindo ficava menos amargo o nosso dia-a-dia (p. 36).

Ben Abraham inclui uma nota de humor sarcástico, ao referir-se à rotina do corte de cabelo:

Os cabelos tinham crescido em ambos os lados da cabeça; no meio – como era de hábito – passavam a máquina todas as semanas, por ordem dos S.S. Aliás, esse lugar era conhecido como *Leusenstrasse*, isto é, rua dos piolhos. Uma piada, pois os piolhos não precisavam de estrada, passeavam por todo o nosso corpo, inclusive entravam na boca e no nariz (p. 127).

Solidão

O esquema humorístico, revelando-se como trégua para alguns, não foi sequer lembrado por outros. O relato de Olga Papadopol, *Rumo à Vida*, isento de interferência humorística, apresenta um texto carregado de infortúnios. O itinerário percorrido pela narradora e seu marido, iniciado em companhia de membros da família, todos falecidos pelos caminhos, é uma maratona de trabalho, fadiga, maus tratos e morte na Rússia stalinista. As esparsas pausas entre as descrições são dedicadas a contínuas referências à sua forte esperança de vida e à fé religiosa, como razões da sua sobrevivência. Por suas lembranças intercalam-se passagens de ordem mística: "Agradecíamos constantemente a Deus por nos poupar e por nos permitir perceber em tempo quando precisávamos fugir" (p. 55).

Essas premissas, carregadas de fé e crença no sobrenatural, encontram-se bastante afastadas do pensamento do psicanalista e escritor Viktor E. Frankl, também um sobrevivente, que adotou uma atitude solipsista, ao refletir:

Quando um homem percebe que o seu destino é sofrer, terá que aceitar seu sofrimento como seu dever; seu próprio e único dever. Ele terá que reconhecer o fato de que mesmo no sofrimento ele é original e que está sozinho no universo. Ninguém pode aliviá-lo do seu sofrimento ou sofrer em seu lugar. Sua sobrevivência real baseia-se na maneira em que ele carrega sua carga[30].

Segundo Frankl, é a força mental da vítima que poderá livrá-la do sofrimento, postulando a aceitação da solidão como elemento inevitável no processo.

---

30. Viktor E. Frankl, "Experiences in a Concentration Camp", *in Man's Search for Meaning*, Nova York, Washington Square Press, 1985 (reproduz edição de 1959), p. 99.

I. Podhoretz, autor de *Memórias do Inferno*, releva a solidão como um bloco quase material, de tal modo viveu e se sentiu isolado ao longo de sua trajetória de fuga. Ele é o único entre os escritores a redigir memórias do ponto de vista de quem tinha uma "visão do mundo de alguém em total solidão" (p. 98). Sua obra memorialista distingue-se não só pela perspectiva solipsista com que encarou sua realidade de vítima, mas pela estrutura binária que inseriu nas lembranças. Lado a lado com o relato das circunstâncias perigosas em que sobreviveu a guerra, flui uma voz reflexiva, graficamente parentética e exposta em grifo, enfatizando o contraste com as memórias:

> Por horas estive observando uma aranha que tecia sua teia tão rapidamente e com tanta experiência, larga por fora e mais fechada por dentro. Um trabalho de engenharia. Capturando a vítima com a teia, a aranha prendia-a enredando-a e depois a comia. Não se deve culpar a aranha por lutar pela sua sobrevivência, ela não tem ódio de religiões ou raças, nem padres para pregar a vingança. (*Será que os animais odeiam-se uns aos outros como as pessoas? Entre eles não existe racismo. Para que servem nossos estudos, nossas pesquisas, nossas experiências? Será que somos mesmo mais inteligentes que os animais?* ...) (p. 73).

Olga Papadol esforçou-se em evitar a sensação de isolamento, buscando solidariedade dos judeus e complacência entre os não-judeus. Ela e o marido atravessaram a guerra de forma itinerante, conseguindo entrar e sair da União Soviética antes de rumarem, por acaso, ao Brasil. É quando ocorre o encerramento do círculo de torturas para ambos, conforme sua leitura do ambiente tropical:

> À medida que nos aproximávamos do Atlântico Sul, o calor começava a nos aquecer, os nossos corpos não mais estavam enregelados e as nossas almas pareciam criar vida nova. Os peixes eram abundantes e enormes cardumes vagavam pelos mares (p. 97).

É clara a relação alegórica – calor, cardumes – criada instintivamente por Papadopol ao ver-se livre dos anos de infortúnios e perceber a chegada de melhores dias, como ela explica na reiteração:

> Fomos tão-somente pessoas simples que venceram em sua perseverança, que conservaram a fé em Deus e na humanidade, apesar de todos os pesares (p. 105).

OUTRAS SIMILARIDADES

Trajetórias de Fugas

Parte dos escritores relacionados dedicou-se a descrever suas experiências como fugitivos dos campos, a caminho e nas regiões onde entraram como refugiados. Segundo seus relatos, a Rússia foi um dos países que os "acolheu" e onde foram tratados como escravos, tanto pelos governantes quanta pela população. Aqueles que escaparam dos campos e dos guetos encontraram, nas estepes e nas minas russas, outras modalidades de sofrimento, como andarilhos maltrapilhos e esfomeados[31].

Como os relatos sobre o terror nazista, as narrativas das fugas também encontram-se cristalizadas pela distância temporal-espacial. Em ambos os casos, este congelamento singulariza a narrativa como predeterminada, desde que o dado tido como certo é o narrador (ou narradora) ter sobrevivido a guerra para poder relatar sua involuntária participação nela e nas suas conseqüências.

Reconhecimentos

Conscientes de que uma expectativa poderia crescer no espírito de seus leitores, alguns memorialistas encerram suas histórias indicando o destino que tomaram depois de finda a guerra. Soluções gratificantes dão um laço final a alguns relatos, principalmente quando é o caso de seus autores terem aportado no Brasil.

Sônia Rosenblatt formula uma frase de agradecimento ao identificar seu país de adoção: "No Brasil encontramos o calor da acolhida [...] a paz e o trabalho que nos permitiu reerguer um novo lar" (p. 76); Olga Papadopol registra seu regozijo ao ouvir sons de buzinas e pragas de motoristas irritados debaixo da janela de seu apartamento, em alguma cidade brasileira. Ben Abraham finaliza ...*e o Mundo Silenciou* com a reflexão: "Todo dia agradeço a Deus pelo presente que me deu. Pela vida [...] Hitler está morto. Himmler está morto, e com eles Gobels e tantos outros. - Eu estou vivo" (p. 135).

José Nichthauser fecha suas memórias com a mesma perplexidade com que as abriu; petrificado emocionalmente por quase dois anos e meio de escravidão, o narrador presencia a chegada das tropas americanas e em sua companhia, um capelão católico e um rabino. Recorda ele que ambos se ajoelham e põem-se a chorar quando vêem os escombros e os retalhos humanos que sobraram do Holocausto. O autor de *Quero Viver...*, com dezesseis anos e meio àquela altura, perplexo, lhes pergunta: "Por que estão chorando?" (p. 231).

Na prosa de ficção, o Holocausto é assunto singular: captado fora dos limites brasileiros, o período é universalmente reconhecido por seu processo de desumanização, terror e destruição. Desenvolvido literariamente no Brasil por algumas das vítimas que o sobreviveram, o tema poderia inserir-se na literatura brasileira ao lado de categorias já formali-

---

31. *Os Lobos*, de Alexandre Storch, *Lembranças Enevoadas*, de Sônia Rosenblatt, e *Rumo à Vida*, de Olga Papadopol, referem-se a experiências passadas em território russo.

zadas, como romance e contos; no seu memorial (diários), entre crônicas (lembranças datadas) e no gênero epistolar pelas cartas, reais ou imaginadas. Estes três últimos tipos de discurso – memórias, crônicas e cartas – são identificados por Winterowd como pertencentes a um estilo "confessional", pois suas feições textuais, moldadas pela realidade vivida, deixam pouco espaço para uma recriação imaginada.

O problema da localização das obras literárias sobre o Holocausto na literatura nacional depara-se com cogitações de diversos tipos, como a questão levantada por S. Lilian Kremer:

> Como pode a literatura – uma forma de arte usada para trazer ordem ao caos, para impor forma ao informe, para explorar as instabilidades dos pensamentos e emoções humanas – como pode dar forma e estrutura às atrocidades de um programa esquemático, mecanizado e socialmente organizado de aniquilação, que nega os valores humanos que a literatura celebra? [...] É um problema estético encontrar uma linguagem que seja apropriada ao universo nazista, uma linguagem adequada aos quadros da burocracia do mal[32].

No caso específico das memórias trazidas à superfície literária pelos sobreviventes do genocídio, em português, ocorre o mesmo tipo de obstáculo léxico. O vocabulário passível de ser utilizado nas descrições de algumas passagens é limitado e chega a ser tedioso, até mesmo abafado por uma pátina de banalidade. Com a linguagem manietada, a memória é traída e a sensibilidade sofre distorções. Em conseqüência, o que fez parte de dores hiperbólicas molda-se dentro de limites de acontecimentos triviais, o que foi absurdo torna-se grotescamente normal e o sofrimento individual e coletivo passa a ser confundido com o cotidiano aceitável. Por outro lado, incidentes comuns, como inesperados encontros com parentes, amigos, conhecidos, ex-vizinhos e ex-colegas, nos campos e nos guetos, que seriam parte da rotina de um mundo normal, são trazidos à tona das recordações escritas com um significado extraordinário nas vidas dos sobreviventes. Esses encontros seriam suas últimas conexões com o universo que se destruía diante de seus olhos.

MEMÓRIA DO HOLOCAUSTO E O TEATRO

ARI CHEN, *O Sétimo Dia* (1968)

O tema do Holocausto também encontra-se representado no gênero teatral, com *O Sétimo Dia*, de Ari Chen[33]. Incorporando elementos

---

32. *Witness through the Imagination, op.cit.,* p. 28.
33. Ari Chen, *O Sétimo Dia (Um Exorcismo em Dois Atos e um Epílogo)* ("Menção Honrosa", Prêmio Serviço Nacional de Teatro, 1966), Rio de Janeiro, Serviço Nacional de Teatro/Ministério de Educação e Cultura, 1968. (Ver nota biográfica sobre

sobrenaturais, a peça focaliza um dia de sábado nas vidas de quatro sobreviventes da Segunda Guerra Mundial: o médico Maurício; sua mulher Mara, pianista; Rosa, viúva recém-casada; e Marco, apaixonado pela lembrança de um amor juvenil. Numa noite de sexta-feira, que dá início à celebração do sábado judaico, estes personagens são "visitados" pelos espíritos de quatro pessoas: dos pais de Maurício, do primeiro marido de Rosa e da moça por quem Marco esteve apaixonado quando a guerra os separou. Todos reaparecem como seres mortais, como o foram um dia, quando faziam parte do passado das pessoas visitadas. Os sobreviventes não os vêem como espíritos, mas sim como pessoas que foram dadas por mortas durante o Holocausto.

Entre os fantasmas e os sobreviventes, estes morando em São Paulo ao tempo das visitas, a comunicação é iniciada pelos espectros que, ao encontrarem as pessoas que estavam procurando, confrontam-se com a reconstrução das vidas dos refugiados da guerra. O encontro fantasmagórico teve lugar no bairro do Bom Retiro, por volta da década de 60. Infiltrando-se nas existências normalizadas dos seus parentes e amigos vivos, os visitantes recordam o Holocausto, em cada uma das casas onde se acomodaram durante o sábado judaico. Em meio a uma atmosfera sobrenatural, percebida pelos espectadores, mas desconhecida, ainda, pelos personagens vivos, todos tentam conectar os fios vitais soltos no espaço e no tempo, os mesmos que foram parte de uma tessitura rotineira, numa sociedade estruturada e organizada, antes de ser destruída.

Marco e Fanny, que eram jovens e enamorados antes do Genocídio, durante o reencontro alimentam-se de imagens de dias gloriosos de amor, compensando suas frustrações existenciais; Rosa, depois de já se ter conciliado com a certeza da morte do marido Isaac e se ter casado pela segunda vez, se vê na inusitada situação de ter dois maridos, ingressando com eles por um labirinto de questionamentos; Mara, mulher de Maurício, descobre sua verdadeira identidade durante o colóquio com os sogros visitantes e o filho destes, revelando-se, entre esses quatro, uma trágica associação familiar que traz, à peça teatral, um dos seus momentos mais dramáticos e exigentes.

Uma atmosfera de tensão transcende a troca de informações e identidades entre todos os personagens e é possível imaginar que, transposta ao palco, a tonalidade emanada de uma simples leitura possa igualmente estabelecer uma suspensão etérea e rarefeita entre os personagens.

Nas instruções cenográficas, o dramaturgo sugere influências chagallianas para sua encenação, nas "Notas para um Cenário":

Ari Chen no Capítulo 5. Nas edições em português, assim como no noticiário de imprensa e na publicidade de suas peças, seu nome aparece grafado *Ari*.)

Paredes e telhados, se houverem, deverão ser coloridos em tons fortes, inclinados, sem perspectiva, em feitio expressionista. Não é o Bom Retiro real que quis descrever, mas uma essência fantástica dele, que somente Chagall soube representar. Por isto, imaginaria dentro deste cenário (e perfeitamente compatível com o verdadeiro Bom Retiro) silhuetas de sinagogas e igrejas inclinando-se, reverentemente, uma para a outra; sobre algum telhado, um catavento em forma de galo, girando. Se houver um violonista alado disponível, ele passaria, tocando no momento do casamento [...] Anjos e demônios trariam em seus braços as visitas para o sábado. E muito mais. E sobre tudo isto, um manto de otimismo mesclado de infinita tristeza.

Esta atmosfera chagalliana transparece nos assomos surrealistas, mágicos, misteriosos, carregados de dor e nostalgia e levemente tocados de alegria, condensados nos reencontros. Um outro aspecto, diferente deste, prolonga-se pela peça: afastados do confluir de abstrações, quatro personagens não-judeus expressam uma perspectiva empírica para a articulação do sobrenatural. São eles o português Manuel, a italiana Maria e os brasileiros Nair e Francisco. Através deles, o dramaturgo estabelece um prisma realista que perfaz um dado real em contraste com o onírico. A justaposição dos estrangeiros com os brasileiros poderia ser interpretada como uma representação simbólica de situação etnicamente diversificada. Enquanto Nair oferece amor e apoio terapêutico a Maurício, Maria e Manuel fazem papéis condizentes ao coro grego, informativo e especulativo. Ao negro Francisco se reserva a missão de estancar o sol do sábado do alto de um edifício em construção, através de rituais secretos e esotéricos. Ele parece resumir várias facetas, uma das quais seria preencher o papel de hífen místico entre os dois grupos, os sobreviventes e os mortos, os nacionais e os forasteiros.

Se Francisco chegasse a estancar o sol, a luz diurna do sábado nunca terminaria e os visitantes nunca se iriam. No entanto, o sol baixa, a noite se aproxima, termina o Sábado e os fantasmas se vão, retraindo-se nas sombras da resignação. Deixam atrás deles os quatro sobreviventes que, depois do mergulho no passado, emergem do encontro como seres estupefactos, confusos e saudosos. No entanto, para eles, a vida continua.

Publicada em 1966, a peça foi premiada com a "Quarta Menção Honrosa" para aquele ano pelo Serviço Nacional de Teatro. Uma carta, datada de 23 de agosto de 1966, informando da atribuição do prêmio, também esclarece que a peça seria publicada pela Campanha Nacional de Teatro, "em edição própria ou através de convênio"[34]. *O Sétimo Dia* foi encenada no Rio de Janeiro, por ocasião da reabertura do Teatro João Caetano, em julho de 1967. Produzida por João Bethencourt, sob direção

---

34. Carta encontrada nos arquivos de Ari Chen, em Natania, Israel. É assinada por Heliodora Carneiro de Mendonça, então diretora do Serviço Nacional de Teatro. O autor apresentou a peça ao concurso com o título "Visitas para o Sábado", conforme texto da carta.

de Rubem Rocha Filho, atuaram, entre outros, Ida Gomes, Léia Bulcão, Carlos Vereza, Miguel Rosenberg e Maria Esmeralda; cenários e figurinos foram projetados por Marcos Flaksman[35].

A peça, apreciada por seu magnetismo esotérico e surrealista, salienta a complexa realidade dos sobreviventes. Os espíritos visitantes não seriam mais do que a própria memória dos vivos, estabelecendo contato com seu passado. O jogo estratégico utilizado por Chen pode ser identificado com os artifícios literários influenciados pelas "narrativas de horror". Mais do que isto, está o fato de o dramaturgo ter encontrado esta via, desafiadora para a imaginação, para mostrar que os vivos convivem com seus mortos, ou o contrário, segundo sua resposta à pergunta: "Você acha que os mortos estão vivos?' – "Dentro de nós estão sempre vivos"[36].

Depoimentos

Recorrendo tão-somente à matéria crua de uma vivência concreta, surgem depoimentos de alguns indivíduos que escaparam, a tempo, do Holocausto. Um certo número de pessoas, identificadas igualmente como vítimas dos nazistas, abandonaram a Alemanha em troca do desconhecido e de uma radical mudança de vida. Ignorando se esta seria melhor ou pior do que já tinham vivido, estabeleceram-se no Norte do Paraná, no Brasil. Um livro com depoimentos de grande número destes refugiados, organizado por Ethel V. Kosminsky, ocupa lugar especial na categorização de obras sobre o Holocausto, dado seu caráter coletivo e sua orientação acadêmica.

ETHEL VOLFZON KOSMINSKY, *Rolândia, a Terra Prometida, Judeus Refugiados do Nazisno no Norte do Paraná* (1985)

Estudo sociológico de um segmento original da comunidade judaica no Brasil, esta obra refere-se a um grupo constituído de refugiados alemães, alguns entre eles, judeus, radicados, por volta de 1930, em área rural localizada ao norte do estado do Paraná[37]. Os expatriados represen-

---

35. Van Jafa, "Lançamento: *O Sétimo Dia*", *Correio da Manhã*, 2º Caderno, 11 jul. 1967, p. 2. Grande número de artigos sobre a peça, entusiastas e convidativos, foi publicado em vários jornais do Rio de Janeiro durante a temporada em que a peça permaneceu em cartaz.

36. Ney Machado, "Um Judeu no Teatro Brasileiro", *Diário de Notícias*, 4º Caderno, Rio de Janeiro, 9 jul. 1967, p. 6. (Agradeço à D. Sara Chen acesso e exame dos papéis de Ari Chen, entre os quais se encontra esta entrevista.)

37. Ethel Volfzon Kosminsky, *Rolândia, a Terra Prometida, Judeus Refugiados do Nazisno no Norte do Paraná*, São Paulo, FFLCH/USP, Centro de Estudos Judaicos, 1985. (No texto, a citação da obra será abreviada como *Rolândia, a Terra Prometida*.)

tariam os poucos privilegiados que alcançaram uma porta de saída da Alemanha, praticamente às vésperas de os nazistas começarem a destruir os judeus e aqueles que não concordavam com sua ideologia.

Em geral, os afortunados da última hora eram pessoas com conexões importantes fora das fronteiras alemãs, seja por estarem financeiramente consolidadas e, assim, poderem comprar seu escape em tempo, seja por serem universalmente reconhecidas por suas habilidades em várias áreas profissionais. Com o êxodo de habitantes desse calibre intelectual, a perda germânica nacional foi rápida e drástica:

> Para aqueles que valorizam realizações culturais e intelectuais, um dos espetáculos mais espantosos do Terceiro Reich foi o modo com que os nazistas empurraram para fora da Alemanha seus intelectuais, cientistas, artistas, escritores, compositores, arquitetos – pessoas criativas em todos os setores. [...] Com dois meses de Hitler no poder, centenas de personalidades literárias e artísticas estavam no exílio[38].

O grupo de refugiados que encontrou proteção e meios de subsistência no interior do Paraná não tinha reputação profissional de ordem mundial. No entanto, tinham outras vantagens, igualmente úteis, pois provinham de um estrato de profissionais liberais (médicos, advogados, professores) e muitos entre eles tinham propriedades e outros bens materiais. Estavam acostumados aos níveis da classe média e alta na Alemanha, com um estilo de vida social de burguês abastado. Graças a uma conjunção desses fatores e outras coordenadas felizes, conseguiram atravessar o oceano e estabelecer-se no exuberante matagal do Paraná, identificando-se mais como "alemães" do que como judeus, visto sua assimilação à sociedade alemã ter sido iniciada desde longa data. Mesmo assim, por serem netos ou bisnetos de judeus, na medição racista hitleriana, contavam com uma alta porcentagem de "sangue judeu", o que os qualificava de indesejáveis e os destinava ao desaparecimento sumário.

As vozes expostas no livro *Rolândia, A Terra Prometida* são depoimentos dos imigrantes e seus primeiros descendentes que, juntos, contam a história de uma colonização hesitantemente judaica. Conhecidos como "refugiados" da Segunda Guerra Mundial, os primeiros habitantes dessa colônia se mantiveram mais ou menos anônimos e ignorados pelos demais judeus, no Brasil, por cerca de vinte anos. Por entrevistas intercaladas com comentários da socióloga e coordenadora dos depoimentos, apreendem-se as lembranças dos alemães judeus do período pré-nazista e dos anos incipientes do seu estabelecimento em Rolândia. Por elas registram-se os mais variados relatórios pessoais sobre o mundo vivido pelos judeus europeus durante o período que

---

38. Alan Beyerchen, "Anti-Intellectualism and the Cultural Decapitation of Germany under the Nazis", *in* Jarrell C. Jackman & Carla M. Borden (orgs.), *The Muses Flee Hitler, Cultural Transfer and Adaptation 1930-1945*, Washington, D.C., Smithsonian Institution Press, 1983, pp. 29-30.

precedeu a rapinagem nazista. As reminiscências emergem, em grande parte, envoltas em luto, carregando, em seu leito, um caudal de mortos, entre parentes, amigos e conhecidos dos memorialistas.

Essa obra remete a uma composição testemunhal, que tem surgido em alguns países da Europa e em Israel, relacionada a lembranças de fatos acontecidos antes, durante e depois da Segunda Guerra Mundial. Tais volumes reúnem depoimentos de sobreviventes do Holocausto e recebem um nome genérico (*Yizkor-bicher*, em ídiche) que poderia traduzir-se como "livros de memórias enlutadas".

Tanto nos livros de memórias enlutadas quanto nas entrevistas conduzidas entre os imigrantes de Rolândia encontram-se informações sobre a vida judaica européia e perdas de familiares e bens materiais. Naqueles predomina a forma narrativa, abarcando extensos episódios da vida coletiva israelita, enquanto que os entrevistados do Paraná expressam-se por comentários abreviados. Estes enfatizam uma celebração de vida, que se sobrepõe às atrocidades nazistas que truncaram suas existências como cidadãos alemães e judeus. No entanto, *Terra da Promissão* e os livros de lembranças enlutadas, ditados pelos sobreviventes do Holocausto, convergem para a mesma confrontação com a mudança radical de rumos, a dolorosa percepção do irreparável com as perdas humanas e a nostalgia por um passado dificilmente, se não impossível, de ser reconstruído.

O conjunto de lembranças expressas no Paraná, por serem enlaçadas a violências, deportações e mortes, torna os depoimentos similares àqueles encontrados, em parte, nas obras de memórias enlutadas. Em contraste, enquanto os enlutados de países como a Polônia, a Bessarábia e a Rússia aprenderam a reconhecer as inúmeras modalidades e graus de anti-semitismo em seus países, os memorialistas-depoentes da Alemanha pensavam que, por serem cidadãos alemães, neles não se encontrariam os judeus. O anti-semitismo alemão, não tão óbvio quanto o eslavo, elegantemente inobtrusivo, no entanto, foi percebido a tempo pelo reduzido grupo de alemães que veio a refugiar-se no Paraná. Seu judaísmo, em muitos casos já diluído pelo tempo e descaso, não passaria despercebido pelos nazistas. Os depoimentos recolhidos por Kosminsky levam a crer que o programa de Genocídio teria feito, com aquele punhado de homens e mulheres, o mesmo que fez com os demais judeus.

O grupo de refugiados no Brasil se preservou por configurações social e religiosa originais. Como os camponeses de Filipson e Quatro Irmãos, quase cem anos antes, os alemães também vieram despreparados fisicamente para as lides do campo, mas por motivos diferentes. Sendo antigos moradores de áreas urbanas, amplas e refinadas, tendo muitos deles diplomas de estudos superiores, sentiram-se deslocados no ambiente rural. Entretanto, tendo conseguido pagar seu escape e sustentar-se durante algum tempo no Brasil com contas bancárias e os ganhos das vendas de imóveis na Alemanha, seus primeiros momentos no campo foram bem diferentes daqueles vividos pelos imigrantes da ICA. Ao contrário desses, que se mantiveram fiéis ao judaísmo dentro de suas possibilidades e que se afastaram do campo em direção às cidades incipientes, a grande maioria dos refugiados de origem judaica em Rolândia perseverou no cultivo dos campos (empregando colonos e ajudantes provisórios) e passou à prática do cristianismo, relegando sua ascendência judaica para um paulatino esquecimento.

Os judeus de Rolândia, tendo estado em contato íntimo com os alemães cristãos (principalmente luteranos) e tendo se identificado com a cultura alemã que precedeu a Hitler, já se consideravam "mais alemães do que judeus". No entanto, dado o lastro comum ao judaísmo não estar inteiramente desaparecido, os entrevistados se revestem de uma identidade híbrida que é apresentada, na coletânea de entrevistas, como sendo de "judeu-católico," "judeu-luterano", "judeu-liberal" e, somente quando não conjugado com outra manifestação religiosa, vem a ser identificado como "judeu". Ao tempo em que as entrevistas tiveram lugar (princípios da década de 80), a religião judaica não era praticada em nenhuma de suas manifestações rituais pelos refugiados ou seus descendentes. A presença da comunidade rural, no entanto, é marcante pela sua originalidade e pela preservação, ainda que em meio-tom, da idéia do judaísmo.

Enquanto os judeus imigrantes no Rio Grande do Sul têm sido alvo de obras literárias de diversas modalidades, o grupo de alemães judeus conta com um número mínimo de representação literária. As plantações dos refugiados no Paraná (produtoras, principalmente, de café, soja e trigo) não estimularam o surgimento de memorialistas ou narradores de suas experiências, em plano ficcional ou semificcional, com exceção de uma pequena obra autobiográfica, amplamente citada pela entrevistadora: *Os Jardins de Minha Vida*, de Mathilde Maier[39]. Publicada originalmente em alemão, o livro é uma coletânea de comentários sobre as floras européia e brasileira, intercalados com descrições sucintas sobre a vida judaica na Alemanha pré-hitlerista e sobre algumas experiências da autora, no norte do Paraná.

Mathilde Maier e seu marido se dedicaram, como os demais egressos da Alemanha, a trabalhar nas terras paranaenses, com a ajuda de colonos assalariados. Amantes do solo e da lavoura, o roteiro mnemônico de Maier é traçado como se fosse um tratado de botânica, flexionando sua percepção da realidade através de exames da imensa

---

39. Mathilde Maier, *Os Jardins de Minha Vida*, São Paulo, Massao Ohno, 1981. Tradução para o português da edição alemã *Alle Garten Meines Lebens (mit Zeichnungen der Autorin)*, Frankfurt am Main, Knecht, 1978. (Agradeço à professora Ethel Kosminsky a cópia do livro de Maier em português.)

variedade de jardins plantados por ela, enquanto vivia na Europa ou aqueles que ela encontrou desde sua partida de Munchen, sua cidade natal.

A obra apresenta valores duplos: como documento, baseia-se na abundância de pormenores sobre os primeiros momentos vividos pelos expatriados de origem judaica em Rolândia e na predominância de descrições sobre os afazeres diretamente relacionados com o solo, plantio e colheitas; como objeto literário, seu valor apóia-se na alegorização, pela utilização subtextual de alusões, ao binômio típico da experiência de imigrantes, ou seja, transplante e arraigamento. A autora alcança expressar a idéia de transferências e adaptações humanas através de uma alegorização de jardins europeus e brasileiros e pela simbolização de uma atmosfera de congraçamento entre jardineiros – os que ficaram cuidando de seus jardins e os que tiveram de sair, carregando algumas sementes consigo (reais e metafóricas).

É de interesse notar-se a repetição da idéia de jardim (*Garten*, em alemão] em outra obra de memórias enlutadas, *From a Ruined Garden* (*De um Jardim em Ruínas*)[40]. Os arquétipos bíblicos, como o jardim edênico, a vinha não protegida da pastora de Salomão e uma sugestão impressionista de estudo da Torá, pela *Pardess*, o pomar das delícias espirituais, refletem-se nas memórias das vidas passadas, os jardins forçosamente abandonados e deixados em ruínas.

A escrita relacionada ao tema do Holocausto na presente fase de seu desenvolvimento, no Brasil, propicia certas reflexões, algumas já sugeridas ao longo deste trabalho. Estas são de caráter a posicionar e legitimizar tais discursos no curso da literatura brasileira. Relatada por estrangeiros (apesar de quase todos, se não todos, serem brasileiros naturalizados), essa temática é tratada por narradores já aclimatados ao Brasil. O espaço de tempo necessário a que eles se desvinculassem (em parte, pelo menos) psicologicamente das vivências lembradas é o mesmo que lhes foi necessário para ajustarem sua sensibilidade à atmosfera de liberdade encontrada deste lado do oceano. Só depois disso é que os memorialistas se sentiram seguros para divulgarem seu passado e sua íntima conexão com o medo, o terror e a humilhação.

Os textos aqui assinalados têm validade suficiente para serem incluídos na literatura brasileira. Seus autores escreveram e viveram parte de suas vidas – talvez a melhor porção delas – em território brasileiro. Em conseqüência, os discursos memorialistas refletem uma sensi-

---

40. Jack Kugelmass & Jonathan Boyarin (orgs.), *From a Ruined Garden, The Memorial Books of Polish Jewry,* Nova York, Schoken Books, 1983.

bilidade aculturada ao Brasil e recorrem a uma ordem estética incorporada aos recursos conotativos da língua portuguesa. O impacto do Genocídio, não limitado, mas intensamente concentrado nos judeus, faz-se representar por expatriados que encontraram, no Brasil, não só a terra onde iniciaram uma vida nova, mas onde aprenderam a se expressar numa nova língua. Fazendo jus a estes dois renascimentos, seu legado evidencia a inauguração de uma dimensão inédita no cultivo da criatividade literária brasileira.

7. Do Passado ao Presente: A Literatura Pós-Imigração

Um olhar retrospectivo aos textos de autoria de judeus imigrantes e seus descendentes no Brasil incide em dois elementos proeminentes: imigração e memórias.

Este ensaio versou desde a imaginação amordaçada dos tempos coloniais até o livre exercício de expressão judaica no Brasil. Dos quase cinco séculos desse percurso, apenas os cinqüenta últimos anos podem atestar uma literatura brasileira judaica em pleno exercício e vigor. Esta é expressa na escrita ficcional, semificcional, teatral e poética e por depoimentos e crônicas. A literatura brasileira judaica começa, potencialmente, com os passaportes dos passageiros imigrantes e, na prática, desenvolve-se por uma estilização literária de lembranças individuais. Em síntese, a escrita literária assinada por imigrantes judeus e seus descendentes, no Brasil, nos últimos cinqüenta anos, caracteriza-se por um forte componente memorialista.

A memória literária resgata quase noventa anos de experiências em solo brasileiro, desde a chegada dos primeiros colonos às fazendas da ICA até o ingresso dos sobreviventes da destruição da comunidade judia européia, entre 1939 e 1945.

A imigração judaica, com sua diversidade social e cultural, encontrou, no Brasil, um denominador comum quanto à valorização do trabalho, ao reconhecimento de uma identidade brasileira-judaica e à percepção de uma vida livre de limitações derivadas de preconceitos. Sobre esses aspectos, os imigrantes criaram uma literatura do progresso humano e da liberação, em que pese a existência episódica de atos preconceituosos derivados antes da ignorância que da índole do povo e da tendência de sua evolução social.

Além de espelhar essas dimensões da vivência dos imigrantes no Brasil, a escrita expõe seus problemas de adaptação a clima e costumes novos, seus sentimentos de solidão na amplidão territorial do país e seus temores no mergulho no desconhecido. À medida que a "geração do sotaque" e seus primeiros descendentes revelam os escaninhos de seu repositório de memórias, outras facetas de suas experiências integram-se à narrativa, como as questões de aculturação, assimilação, marginalidade e a preservação do ideal sionista. Os laços essenciais entre essas vivências, aqui tomadas em separado para efeito de organização, transmutam-se numa escrita que espelha seus criadores e seu *modus vivendi* no Brasil, ao mesmo tempo que extrapola seu espaço cultural, adentrando-se na literatura nacional.

A chegada de sobreviventes do Genocídio fomentou o tema do Holocausto, um tópico singular e sem precedente na nossa literatura. Por ser uma experiência localizada fora das nossas fronteiras, o tema poderia ser considerado alienado à realidade nacional, o que, na verdade, factualmente é. No entanto, o genocídio planejado, como lembrado e registrado, em português, por seus sobreviventes no Brasil, integra-se à realidade vivenciada no país, no sentido de que esta terá proporcionado a liberação das memórias até então relegadas ao leito das lembranças dormentes.

O esquema seguido para a leitura dos textos, baseado em divisões por temas, é um recurso didático que terá facilitado a leitura de um corpo literário eclético. Exemplo dessa diversidade é a escrita sobre o ambiente rural, experimentado por grande número de memorialistas. As recordações desse ambiente estão, quase todas, entrosadas com o povoamento das fazendas da ICA. No entanto, os textos sobre elas diferem entre si de acordo com a importância que os memorialistas dão a seu passado e com a influência que suas lembranças terão nas suas futuras interações.

As experiências individuais relativas aos círculos urbanos, palmilhados por vendedores ambulantes que mal sabiam falar português, reverberam pela escrita principalmente por uma confiança no futuro, de parte dos memorialistas, seja idealizada, seja realista.

O brasileiro judeu, como em toda a Diáspora moderna, encontra-se na privilegiada situação de pertencer, abertamente, a duas esferas: a derivada do seu legado religioso, cultural e histórico e a cultivada por ele, no dia-a-dia da sua rotina, a par da igualdade com seus coetâneos e concidadãos. Na conscientização e nos problemas originados dessa situação, pela qual pode-se cunhar a expressão *identidade em dobradiça*, reside, em parte, a "condição judaica", emergente em muitas das páginas examinadas atrás. Da precariedade do judeu tipificado pela imagem de um violinista equilibrando-se nos escorregadios declives dos telhados das aldeias européias à firmeza do brasileiro judeu consciente dos deveres e direitos inerentes à sua cidadania, passou-se apenas uma geração. É esta que se vê retratada na quase absoluta maioria dos relatos, ficcionais ou não, nas crônicas, depoimentos, poesia e teatro, selecionados para esta edição.

Desde os primeiros passos dos imigrantes em solo brasileiro até os momentos limítrofes com a mudança de milênio, muitas transformações ocorreram na feição brasileira judaica. Ao longo da sua expansão demográfica, sua convivência com a sociedade civil fez-se mais íntima, com isto desvanecendo barreiras preconceituosas recíprocas e atraindo conversões religiosas voluntárias.

Como literatura tateante ou em fase embrionária, seu percurso está no fim. A geração do sotaque guardou e expôs seus principais momentos numa escrita caracterizada por autores relutantes em se mostrarem como escritores. Seus descendentes, aculturados e com as indecisões típicas de escritores incipientes, delineiam uma escrita literária mais próxima de padrões profissionais. Embora não desmembradas das lembranças do Velho Continente nem dos primeiros momentos imigratórios – e, possivelmente, nunca o será – delineiam-se novas feições literárias, por uma variedade de tópicos e diversificação de estilos. No presente momento, chega-se às portas de uma literatura pós-imigração.

LITERATURA PÓS-IMIGRAÇÃO

Sem abandonar temas relativos à imigração, conforme experimentada pela geração ou gerações precedentes, a partir da década de 1980, tem aumentado o número de escritores brasileiros judeus. Percebe-se, em seus textos, uma postura tensa, ansiosa, perfeccionista, em expansões e retraimentos estilísticos típicos de profissionais da escrita. Por outro lado, é visível a formação judaica desses ficcionistas, manifesta em diversas dimensões. O termo "identidade em dobradiça", acima mencionado, aplica-se às perspectivas tomadas nos textos selecionados a seguir. Esse posicionamento refere-se à evidente flexibilidade de um trabalho ficcional poder originar-se numa ambientação moderna, confirmada pela contemporaneidade de seus questionamentos, enquanto arraigado na cultura milenar judaica.

Os autores incipientes mesclam, na sua ficção, esses dois aspectos da sua convivência, estabelecendo seus liames judaicos através de flagrantes ficcionais, do uso esporádico de termos em ídiche e hebraico e por uma preocupação intrínseca à urdidura literária.

Mary Hirschfeld, em *Seja Lá o que For*, revela-se numa história que se estende do Brasil a Israel, com um interlúdio na Europa e nos Estados Unidos, antes do seu retorno ao Rio de Janeiro[1]. Segundo sua prefaciadora, a cantora Elizeth Cardoso,

1. Mary Hirschfeld, *Seja Lá o que For* (Prefácio de Elizeth Cardoso), São Paulo, Brasiliense, 1988.

Nem todas as pessoas têm coragem de expor sua vida num livro. Achei muita coragem dela contar tudo o que já fez. É coragem, é guerra, é luta, por todas as coisas, pelos problemas que ela enfrentou e tem enfrentado (p. 6).

A protagonista pode ser percebida como uma heróica e perturbada versão da menina de *Chapeuzinho Vermelho*: desobedece a mãe, vai pelo caminho da floresta e o lobo quase a come. Na versão carioca da história, Mary, adolescente, revolta-se contra a comunidade judaica local, muda-se para Israel, casa-se, tem uma criança, trabalha como jornalista, perde o emprego e se divorcia. Afetada por um câncer, volta para o Rio e para o convívio abandonado; adulta e com sua filha, passam a morar com os pais. Ao ver-se ameaçada de morte, com o câncer a perseguir órgãos internos, descobre refúgios e cuidados em recôncavos insuspeitos da vida burguesa da classe média, que ela abandonara alguns anos antes.

A trajetória de Mary como menina desobediente é um percurso no inconformismo. A narrativa se converte numa espécie de estandarte literário feminista, expressivo na projeção de sua força como mulher que não se enquadra nos moldes já experimentados e adotados pela sociedade. O espírito rebelde, que levaria a protagonista a enfrentar o câncer e lutar contra a morte, tem início em idade jovem, como recurso pela sua independência e contra a marginalidade:

> Foi um tempo de revolta. Como quando me recusei a tomar banho todos os dias. Lembro da época em que cismei que tinha que me batizar, que passei a freqüentar a Igreja de Santa Terezinha ali em frente. Acho que meus pais nunca souberam dessa história direito. Eu estava cheia de ser diferente, de ver todas as meninas irem à missa e eu ficar para trás, de ver todas rezando e eu ficar para trás. Queria ir junto (p. 35).

A atração pela assimilação perdura até a primeira viagem a Israel:

> Alguma coisa em mim começou a mudar somente a partir de 1971, quando me mudei para Israel. Até hoje não sei explicar o que me levou a largar tudo e partir, sozinha, para uma terra estranha, da qual eu não conhecia a cara, a língua, os ares. Eu, que nunca tinha sido muito judia mesmo (p. 42).

Sua permanência naquele país durou treze anos.

O romance não se apresenta como diário nem como relatório autobiográfico, mas se encontra apoiado nas estruturas de ambos. Datas e reações subjetivas, esteios destas formas narrativas, incluem-se na escrita:

> Formei-me, ensinei um ano em Vila Kennedy, e ainda em 1967 passei no vestibular de Psicologia da PUC, no Rio de Janeiro. Vida nova! Estava no curso que eu queria, na universidade que eu havia escolhido – contra a opinião de todos, é claro (p. 39).

As descrições pormenorizadas dos seus périplos transatlânticos quase poderiam categorizar o romance como livro de viagens. Mas seus deslocamentos geográficos mostram-se mais como reflexos de suas ansiedades e inquietações. Embora a narradora se dedique a descrever paisagens estrangeiras, culinária e pessoas do exterior, ela sobrepõe, à fácil compreensão dos roteiros, um complicado depósito de emoções que a fazem ziguezaguear entre climas de apoteose e de depressão. É um dado importante a candura com que expressa sua atuação, como uma Chapeuzinho que insiste em percorrer as rotas escolhidas por ela mesma, ainda que tenha de pagar seu preço por ser diferente.

Depois de Israel e da descoberta do câncer, em seguida ao nascimento de uma filha e à traição do marido, Mary se submete a uma metamorfose definitiva. Lúcida, com uma perspectiva da realidade vista da altura do seu muro mental, ela passa a ser fisicamente controlada por remédios, terapias e pelos cuidados dos outros. Continua como defensora dos seus caminhos, mas alguém retém a chave da porta. Num plano de símbolos e interpretações metafóricas, Mary é a rebelde, "a mulher que corre com os lobos", a força indomável que só poderia parar diante de uma doença terminal. Quase no último instante, o caranguejo faz uma curva: o câncer se paralisa e ela, então, aproveita a ocasião para descobrir sua paisagem interior e, também, a dos outros.

A escrita em *Seja Lá o que For* é atrevida e rompedora de tradições. A elasticidade verbal na obra de Hirschfeld envolve sua história num dinamismo ímpar, pela linguagem coloquial, pelo calão explícito e pelas sensações e reflexões que se atropelam mutuamente.

Imbricado no relato dos seus problemas de relacionamento e dos avanços da doença, encontra-se um conjunto temático judaico. A autora recolhe os aspectos mais evidentes da vivência na Diáspora: a sedução da assimilação, um desapego à comunidade judaica local, sua marginalidade em relação à classe média conservadora e repressora, a romantização do sionismo, o jogo de lucidez e confusão sobre suas origens, a ida e, principalmente, a volta e o conhecimento de outras dimensões de suas origens.

Uma distinta dimensão ficcional é alcançada por Roney Cytrynowicz, de São Paulo. Professor de história judaica e autor de uma obra sobre o Holocausto (ver Cap. 6), o historiador se lança como ficcionista com *A Vida Secreta dos Relógios e Outras Histórias*[2].

Surrealismo e uma inclinação pelo fantástico-maravilhoso imbricam-se em parte dos oito contos do livro. Neles registram-se, em molduras de humor, ironia e reflexões filosóficas, sentimentos de saudades, remorsos e vingança. Os cenários das histórias multiplicam-se pelo mundo: Bom Retiro, Tel-Aviv, Auschwitz, por onde a imagina-

2. Roney Cytrynowicz, *A Vida Secreta dos Relógios e Outras Histórias,* São Paulo, Página Aberta, 1994.

ção do narrador penetra como se ingressasse em atmosferas etéreas, esparsas e quase intangíveis.

A superfície serena da escrita, tipificada por frases curtas, economia descritiva e brevidade expositiva, mal esconde a agitação interior dos personagens. Embebidos em judaísmo, são, também, de alcance universal; as coordenadas judaicas que os sustentam referem-se à colocação de elementos tradicionais, a lembranças de um passado compartilhado por seis milhões de judeus durante a Segunda Guerra Mundial e a uma sutil descrição da imersão do autor na conceituação de judaísmo. De âmbito universal são as nostálgicas associações com o passado, assim como a sensação de solidão individual que se entreabre por quase todos os contos e a aguda percepção da passagem do tempo.

No conto cujo nome ecoa o título do livro, "A Vida Secreta dos Relógios", o protagonista, colecionador de relógios, é avô do narrador. A confluência universal-judaica, nesse conto, se dá através de uma sinédoque, uma compressão do geral ao particular. O mundo se explicaria pela rotação do tempo, afunilado pela marcação de um *tic-tac*, onomatopéia portuguesa que ressoa, por coincidência, com *tikkun* (conserto, em hebraico):

> Meu avô conserta. O que, exatamente? Conserto. Concerto. Em hebraico, *tikkun olam*, conserto do mundo, redenção cósmica, tempos messiânicos. Cada tic errado pode ser um defeito na sala das máquinas do universo. Diz a tradição judaica que uma única letra errada compromete a existência do mundo. Meu avô sabe. Ele cuida das quatro letras combinadas em duas palavras: tic-tac (p. 40).

A palavra *tikun* faz parte de orações, feitas com os rezadores voltados para a direção do templo destruído em Jerusalém. A justaposição do correr do tempo (relógio, avô) com o termo *tikun* descobre, no conto assinalado, a reverberação de uma ansiedade universal-judaica, a de manter sintonizados a dinâmica celeste e o destino humano.

Poderia pensar-se em "retorno" como a alavanca primordial da construção literária de Cytrynowicz. Sua fabulação inclui uma volta mental ao passado, com a reconstituição de momentos vividos e o respeito pela tradição. Em "O Sofá", o narrador revive noites de sextas-feiras, passadas na casa do avô, que "morava no Bom Retiro, em frente ao Parque da Luz" (p. 13), onde o sofá é o barco do menino-protagonista em suas navegações oníricas; em "Manequins", é a visita a um tio-avô, cenógrafo num teatro de Tel-Aviv, que revive outros cenários, concretos, transpassados por judeus, povoados pelos chefetes do Holocausto, um cenário impossível de ser transposto ao palco.

À realidade cotidiana, sobrepõem-se camadas supra-realistas, como em "A Senha do Demônio", conto que parece ter sido soprado pelos espectros de Isaac Bashevis Singer. Nele se eleva a rua da Graça, no bairro judeu Bom Retiro, aos ares extraterrenos das histórias do famoso escritor judeu. O escritor injeta, pela evidente influência de Singer, seu próprio jogo lúdico, espraiando uma tinta irônica pelas fantasmagorias de uma tela de computador.

Embora em escala menor aos demais atributos mencionados acima, o humor também é parte do perfil literário de Roney. Em "A Guerra dos Matzot", coreanos e judeus do Bom Retiro (outra vez, na rua da Graça) envolvem-se numa batalha de concorrências pela fabricação do biscoito sem sabor, que é consumido durante a Páscoa judaica (*matzá*, em hebraico, no singular). Intervenções de rabinos, diplomatas, reis, árabes e um "Estado-Maior Matzá" confluem na armação de um cenário jocoso-bélico, que extravasa os limites do bairro e se projeta como grave problema internacional.

Com um estilo diversificado, o autor trabalha com uma variedade de temas entrelaçados ao judaísmo. Suas habilidades literárias moldam tanto uma condensação da tragédia do Holocausto quanto uma explosão hilariante de uma guerra de patentes não-existentes, quanto sombrios recolhimentos ao passado.

Também de São Paulo é o jornalista Bernardo Ajzenberg, autor de *Goldstein & Camargo*, densa narrativa que envolve uma dinastia de amigos e sócios numa firma de advogados[3]. A armação do romance se dá com um processo judicial, que divide uma firma de advogados (os nomes do título) e revolve esferas mentais e psicológicas de Goldstein, um paulistano judeu de trinta anos. O pomo da discórdia é Luca Pasquali, amigo de infância e ídolo de Goldstein. O Luca é acusado de ter cometido um crime e Goldstein coloca-se em sua defesa. O ambiente conflitante se resume numa situação em que as emoções vividas na infância, entre o advogado e o réu, entram em combate com princípios de lealdade e posturas de honestidade profissional na faixa adulta de ambos.

A voz narrativa predominante é a de Camargo, mas outras vozes se fazem presentes por intersecção dialógica, transcrição e reminiscências. Por essa vocalização plural, pelo menos duas dimensões assomam nessa obra: uma, caracterizada por elementos entrosados ao judaísmo, na interpretação do autor, e, outra, por aspectos jurídicos da situação criada por Luca, para a qual converge também Camargo, o sócio não-judeu. Na participação de Camargo no caso, emerge a oportunidade textual de se relevarem padrões da ética e pensamento judaicos e conceitos sobre amizade, lealdade e profissionalismo.

Outras oportunidades de expressão para as raízes judaicas de Goldstein emergem nos diálogos com sua irmã Miriam. Embora tenham a mesma vivência no âmbito doméstico, diferem quanto a

---

3. Bernardo Ajzenberg, *Goldstein & Camargo*, Rio de Janeiro, Imago, 1994. Outras obras do autor: *Carreiras Cortadas* (1989) e *Efeito Suspensório* (1993).

suas perspectivas sobre sionismo e aspectos do judaísmo na Diáspora.

Obra inusitada, pois combina problemas de ordem jurídica com princípios legais herdados pela religião e ética judaicas, projeções subjetivas com a realidade da lei, esse romance indica destreza e maturidade estilísticas.

Também paulistano, Samuel Reibscheid, médico de profissão, estréia com *Breve Fantasia*[4]. Os 25 contos que compõem o livro revelam um escritor que escapa a qualquer nomenclatura que lembre a escrita convencional. Paradoxalmente, a linguagem que ele utiliza existe, embora não em circulação rotineira; os personagens que ele traz à tona das histórias são tangíveis; os conflitos que os envolvem são experiências reais, resvalando pelo biográfico. A metamorfose se opera pela perspectiva do escritor: os contos se sobrepõem à organização literária como jorros de gente, palavras e ações; aos borbotões, explodem reivindicações e, por quase todos os textos, espraia-se um derrame escatológico. Samuel não narra, grita; ele não arma uma história, ele deconstrói as existentes na literatura universal. Como judeu, ele usa o ídiche com cinismo, escolhendo, com freqüência, um vocabulário chulo e restrito a certos círculos menos envernizados da comunidade.

Sua visão da realidade lembra um filme *verité*, mas o ultrapassa com a força da palavra escrita; lembra as comédias dionisíacas, mas modernizadas pelos cenários e *personas* contemporâneas; espelha também o grotesco pantagruélico, as farsas carnavalescas e os arroubos e frenesis das sagrações pagãs ("H de Hora"). Reibscheid rompe com as convenções, levanta as cortinas do bom comportamento social e denuncia a hipocrisia ("Viva a Noiva!"), marcando, com isso, a tonalidade geral dos seus contos de estréia.

Além desses elementos, seus contos abrangem meandros de solidão ("Meu Nome é Jó"), solidariedade ("Rosinha da Galícia"), confraternização ("Conversa na Cozinha") e nostalgia ("Moshé Pierrot e Paloma Colombina"), assim como as sombras do Holocausto, algumas lembranças do Bom Retiro e um período de tempo em Israel. Por quase todas as narrativas, perpassam pinceladas de humor, borrões de ironia e rombos sarcásticos.

A compreensão de humor agregado a nomes de alguns personagens requer o conhecimento do ídiche para o efeito necessário: há o padre Cartofle (batata), o rabino Varénheques (no "Glossário": "espécie de pastel de batatas" – "Meu Nome é Jó") e "o professor Crépalech" (pastel recheado de carne – "Criação 10.061"). Outros nomes podem ser reconhecidos contra um fundo freudiano, como "Moisés Édipo" ("Viva a Noiva!"), contra uma paisagem histórica, "Isabel do Carmo Santíssima, aliás Rute Bat Isaac Bat.." ("Um Certo Cardozo e Rute e

---

4. Samuel Reibscheid, *Breve Fantasia,* São Paulo, Página Aberta, 1995.

Débora e Yehuda e...") ou pela anatomia, "Professor Levi Wassepotz. Prepuciólogo!" ("Viva a Noiva!").

Os contos de Samuel abrem uma frente atrevida e desafiadora. Enraizado na história do judaísmo, o escritor lança um olhar sarcástico em tudo o que lhe parece falso e supérfluo; respeita as tradições no que elas guardam de candura, como o acender de velas ("Conversa na Cozinha"), mas também as denuncia como atividades mecânicas ("Cinzas e Ciscos"). A obra de Reibscheid está além do papel de *épater le bourgeois* mas, no mínimo, é exatamente isto por onde este novo escritor começa.

Dois autores – Luis S. Krausz e Célia Igel Teitelbaum –, ainda inéditos quanto à publicação de romances, contam com publicações esparsas nos seus currículos literários. Seus romances em progresso permitem a observação de sinais de sendas novas na história da literatura judaica no Brasil. O rapto da realidade, ou a relação que cada um desses escritores incipientes estabelece com o mundo circundante, incorpora a cultura judaica como base: enquanto Luis redistribui os componentes do mundo tangencial sem interferir nem ultrapassar seu conjunto paisagístico, Célia mal apóia-se na realidade para dali alçar-se em vôos oníricos por associações de imagens surrealistas, distanciando seus textos da conjuntura real, mergulhando-os no impalpável.

Luis S. Krausz, de formação clássica, tradutor do inglês, francês e alemão, é de São Paulo, onde divide seu tempo entre jornalismo e docência universitária. Seu posicionamento no campo das letras se faz por dois flancos, como crítico literário e ficcionista. Entre sua contribuição crítica, conta-se artigo em jornal norte-americano, a respeito de livro de Frido Mann, neto de Thomas Mann[5]. Como contista, tem publicações, algumas sob o pseudônimo "Shalom Levi", em revista paulista judaica; um de seus contos foi premiado em concurso de uma revista de São Paulo[6]. Formado em Letras Clássicas pela Universidade de São Paulo, fez cursos de pós-graduação na Europa e nos Estados Unidos. Neste país, freqüentou o Seminário Teológico Judaico. A imersão de Krausz nos mundos judaico e helenista modela a construção de "Chanuká", o conto premiado. De índole tradicional-religiosa, a narrativa é uma versão lírica da vitória dos guerreiros macabeus contra o rei selêucida, em 165 antes da Era Comum.

Seu romance em progresso, com o título provisório *Teatro: São Pedro*, lembra o estilo pontilhista em pintura. É pormenorizado e expresso por uma linguagem quase transparente em sua fidelidade a ce-

---

5. Luis Krausz, "Thomas Mann's Grandson Describes Terezín", *Forward*, 4 nov. 1994.

6. Luis S. Krasuz, "Chanucá" (primeiro colocado, categoria adulto). *Morashá*, mar. 1994, p. 31. Entre suas traduções publicadas, contam-se *Canto dos Nibelungos* (1993) e *As mais Belas Histórias da Antigüidade Clássica* (1995).

nas, objetos e indivíduos. Faz da matéria temporal uma colagem de faixas sombreadas pelo passado e iluminadas pelo presente. Seus personagens as atravessam refletindo um lusco-fusco composto de lembranças e atualidades, com o qual o autor constrói sua rede ficcional. Seguem trechos avulsos desse romance em andamento:

> O velho cemitério judaico, um dos mais antigos de São Pedro, ficava num bairro outrora afastado, mas hoje em dia cheio de prédios de apartamentos, escritórios, e de um comércio florescente. Raramente eram realizados funerais, pois a maior parte dos jazigos já estava ocupada. Clothilde era uma das últimas de sua geração a chegar ali. Em sua juventude casara-se com um rico comerciante, que falecera poucos anos depois, e já naquela época ela reservara um túmulo junto ao dele.

> Às oito horas, entrou em seu estúdio. Num canto ficava o Steinway de meia-cauda, que ele mesmo escolhera, no enorme armazém da fábrica em Queens. Sobre a escrivaninha, algumas partituras em branco, uma caneta e um vidro de tinta preta. Diante da escrivaninha, a vidraça sobre a cidade. Pouco mais tarde, como vinha acontecendo todos os dias desde que terminara de escrever o sexteto, levantou-se, impaciente. Pierre Pietronikoff, diretor da Orquestra Municipal de São Pedro, encomendara-lhe um trabalho, comissionado pela Sociedade Pró-Música da cidade. [...] Ugo nunca escrevera, antes, um trabalho por encomenda e acontecia-lhe, havia agora perto de três meses, levantar-se todas as manhãs, frustrado, de sua mesa de trabalho, e ficar vagando pela cidade, levado por impulsos cada vez menos compreensíveis. [...]

> Ali estava o porto. Ali tinham-se separado, definitivamente, do mundo berlinense, que ainda levavam consigo a bordo, tornando-se exilados para sempre. Ali tinham-se rompido os últimos vínculos com um mundo em naufrágio, e que doravante cada um teria que levar apenas nos sonhos e nas lembranças. Em São Pedro aqueles judeus alemães formavam um estranho grupo à parte. Não se identificavam nem com os outros judeus, nem com outros alemães, no mais das vezes sentindo-se superiores a ambos – *goym* e *ostjuden*. Tinham uma identidade cultural própria e não participavam das sinagogas já existentes, de sefaradis ou de judeus da Europa oriental, pois os seus ritos e tradições, assim como os seus membros, lhes eram totalmente estranhos. Fugidos da Alemanha, eles faziam de tudo para que as suas próprias sinagogas os lembrassem da sua pátria anterior. E, assim, paradoxalmente, conservavam as suas lembranças de um país que tinham sido obrigados a deixar.

A segunda apresentação de trabalhos inéditos relaciona-se com Célia Igel Teitelbaum, que conta com um livro de poesias já publicado: *Passagem-Paisagem*[7]. De teor reflexivo, seus poemas penetram pelas aparências das coisas para tentarem conhecer sua essência. Ela faz da poesia um instrumento de auscultação: os ruídos que ouve, com seu ouvido interno, são perturbadores, agitados e, ao mesmo tempo, suaves e tranqüilos: "O Silêncio – Evoca o Barulho Apagado".

Formada em pedagogia, Teitelbaum lecionou por alguns anos em escolas judaicas de São Paulo, antes de dedicar-se à literatura. Suas inquietações são de ordem mística, religiosa, filosófica e metafísica. O romance ainda inédito, do qual se extrai a passagem abaixo, tem título

---

7. Célia I. Teitelbaum, *Passagem-Paisagem,* São Paulo, Massao Ohno, 1983.

em ídiche, *Nicht Ahin, Nicht Aher (Nem Lá, Nem Cá)*. O próprio nome do romance (ou rapsódia ficcional), nesta altura, em progresso, dá a medida da colocação de uma identidade em dobradiça incorporada ao seu texto. Não pertencer inteiramente nem ao mundo do passado judaico nem ao mundo do presente mesclado, não ser parte das inconveniências terrestres nem das amplidões eternas, não estar nem aqui nem lá, é o retorno ao ângulo do "violinista no telhado" ao qual se adere um impulso a esferas surrealistas, caleidoscópicas:

> Amei um bicho bíblico esta noite inteirinha. Não que tivesse ido pra lá. Eu é que vim pra cá. Eu sabia tudo de lá o que é o que é.
> Eu tenho unhas compridas. Eu falo em línguas antes da fala aramaica, e quando me serviram um *kaffé kaful* eu entendi porque já ouvira no futuro. Eu me recordava do que ainda aconteceria. Mas preferi ouvir sim e não em puro dizer aramaico.
> Este bicho era muito potente e muito longe de ser gente. O que me agradava nele, era o longe. Desde este tempo é que não gosto do que está perto.
> O bicho me acariciava o osso do pescoço. As unhas, o final dos pelos pubianos. O osso chamado Luz em aramaico, e ele sabia. Ele vinha da luz desse tempo. O bicho só me tocava no começo e no final.
> Lugares dantes jamais ousados. Ele me buscava na raiz dos dentes. E os tocava por fora e por dentro. Quando ainda fora, não era o aparente.
> Recontornou-me o contorno dos olhos por dentro dos olhos. E cerrava os seus de prazer quando tocava num osso desconhecido de mim. E lembrando de agora então para sempre e além de mim.
> Entreguei-lhe os pés. Ele não queria pegadas. Ofereci-lhe por onde tinha andado, e ele acostou-se com carinho no que não conhecia ainda. Encostou-se à frente do deserto, e na sede tomou o leite que vinha de mim. Excitei-me como uma mulher. Ele excitou-se como uma flor pré-histórica. E gemia sem ruído só pelos ventos do mar. Excitei-me como uma mulher a mais. O mais só se cedia, sem ainda a futura aparência. Eu já o conhecia das pedras, dos seixos e do mar. Deitou-me de frente no deserto e coçou brevemente uma pestana sua, que ia pelo ar.
> Quis ajudá-lo com as mãos. Entendi que as mãos ainda o serviriam depois. Não antes conhecê-lo agora.
> Entendia fluentemente línguas mortas, antigas, línguas feitas de trigais e de sementes. Toquei com a polpa dos dentes uma semente, antes de pré-história. E me engravidei para todo o sempre.
> Eu não sei se ele está contente ou indiferente. Saber, eu sei. Mas, dois mil anos ainda por passar, não sei se servirá ainda o também para a alegria. Com facilidade, entendi que tinha ido longe demais. Só o encontrar bastou para nos termos perdidos de nunca. E foi devagarzinho que fui entendendo igual ele, sem sinais de sim ou similares de nãos. A origem estava nascendo, embora tantos mil anos depois, até depois ainda do sempre, compreendi tudo mas me excitei como um rio à beira do mar. E senti que o que se sente, não muda. E ele sentiu igualmente por ele, o que também não se alterou.
> Esperou uma onda mais forte, e avançou-me à sua borda, até que os últimos grunhidos do mar se estourassem como flores de água, na direção humana de mim, não esta que só olha e não diz, mas no encontro onde se multiplica o mar. Engravidou-me de algas, imberbes bebês sem dentes mas falantes. E não me lembram se já falavam peo a ou Beit – daí o começo do Bereshit.

Nos trabalhos acima observados, distribuem-se características típicas da crítica social, do conservadorismo, da convencionalidade e da experimentação literária. Seus autores estão no limiar de um novo estágio na literatura brasileira judaica. A base memorialista cede espaço a modelos narrativos originais, não impedindo, no entanto, que as raízes e as razões da escrita nascida das lembranças dos imigrantes ainda sejam parte do imaginário.

Pelos exemplos representativos, percebe-se a predominância da imaginação, sem limites temporais ou geográficos e em audácia criativa, elementos que deverão caracterizar a escrita recém-inaugurada sobre temas pós-imigratórios na literatura brasileira judaica.

Regina Igel nasceu em São Paulo, onde se formou em Letras Neolatinas pela Faculdade de Filosofia, Letras e Ciências Humanas da USP. Radicada nos Estados Unidos desde 1970, lá obteve os graus de Mestrado (M.A.) em Literatura Hispano-americanas e de Doutorado (Ph.D.) em Literatura em Língua Portuguesa. Leciona letras brasileira e portuguesa no Departamento de Espanhol e Português da Universidade de Maryland, College Park (Estados Unidos). É responsável pela seção "Brazilian Novels" do *Handbook of Latin American Studies*, volume publicado bianualmente pela Biblioteca do Congresso. Tem se apresentado com comunicações em congressos literários internacionais e é autora do livro *Osman Lins, uma Biografia Literária* (São Paulo, T. A. Queiroz/Pró-Memória Instituto Nacional do Livro, 1988). Dentre os numerosos estudos sobre a criação literária brasileira e judio-brasileira contemporâneas, vale salientar artigos e ensaios "A Terra Santa na Tradição Popular Brasileira", "Aspectos da Presença Judaica na Narrativa Brasileira", "Os Cripto-Judeus", "A Imigração Judia na Ficção do Brasil", "Reavaliação de Estudos sobre o Negro Brasileiro", "Imigrantes na Ficção Brasileira Contemporânea", publicados no Brasil, em Israel, na Europa e nos Estados Unidos, e os verbetes sobre "Adão Voloch", "Alberto Dines", "Elisa Lispector", "Marcos Iolovitch", "Nélida Piñon" que figuram no *Jewish Writers in Latin America, A Dictionary*.

LITERATURA NA PERSPECTIVA

A Poética de Maiakóvski
  Boris Schnaiderman (D039)
Etc... Etc... (Um Livro 100% Brasileiro)
  Blaise Cendrars (D110)
A Poética do Silêncio
  Modesto Carone (D151)
Uma Literatura nos Trópicos
  Silviano Santiago (D155)
Poesia e Música
  Antônio Manuel e outros (D195)
A Voragem do Olhar
  Regina Lúcia Pontieri (D214)
Guimarães Rosa: As Paragens Mágicas
  Irene Gilberto Simões (D216)
Borges & Guimarães
  Vera Mascarenhas de Campos (D218)
A Linguagem Liberada
  Kathrin Holzermayr Rosenfield (D221)
Tutaméia: Engenho e Arte
  Vera Novis (D223)
O Poético: Magia e Iluminação
  Álvaro Cardoso Gomes (D228)
História da Literatura e do Teatro Alemães
  Anatol Rosenfeld (D255)
Letras Germânicas
  Anatol Rosenfeld (D257)
Letras e Leituras
  Anatol Rosenfeld (D260)
América Latina em sua Literatura
  Unesco (E052)
Vanguarda e Cosmopolitismo
  Jorge Schwartz (E082)
Poética em Ação
  Roman Jakobson (E092)
Que é Literatura Comparada
  Brunel, Pichois, Rousseau (E115)
Imigrantes Judeus / Escritores Brasileiros
  Regina Igel (E156)
Relações Literárias e Culturais entre Rússia e Brasil
  Leonid Shur (EL32)
O Romance Experimental e o Naturalismo no Teatro
  Émile Zola (EL35)

Leão Tolstói
  Máximo Górki (EL39)

Panaroma no Finnegans Wake
  James Joyce (org. de Haroldo e Augusto de Campos) (S001)

Ka
  V. Khlébnikov (S005)

Deus e o Diabo no Fausto de Goethe
  Haroldo de Campos (S009)

A Filha do Capitão e o Jogo das Epígrafes
  Púchkin/Helena S. Nazario (T003)

Textos Críticos
  Augusto Meyer – João Alexandre Barbosa (org.) (T004)

Panorama do Movimento Simbolista Brasileiro
  Andrade Muricy – 2 vols. (T006)

Ensaios
  Thomas Mann (T007)

Caminhos do Decadentismo Francês
  Fulvia M. L. Moretto (org.) (T009)

Aventuras de uma Língua Errante
  J. Guinsburg (PERS)

Termos de Comparação
  Zulmira Ribeiro Tavares (LSC)

Impresso nas oficinas da
Gráfica Palas Athena